BUKOWSKI

BUKOWSKI

Corro com a caça

Uma coletânea de Charles Bukowski
Organização de John Martin

Tradução
Marina Della Valle

Rio de Janeiro, 2024

Copyright © 1969, 1971, 1972, 1973, 1974, 1975, 1977, 1978, 1979, 1982, 1983, 1986, 1988, 1989, 1990, 1992, 1993 by Linda Lee Bukowski. All rights reserved.
Copyright da tradução © 2024 por Casa dos Livros Editora LTDA. Todos os direitos reservados.
Publicado mediante acordo com a Ecco, um selo da HarperCollins Publishers.
Título original: *Run With the Hunted: A Charles Bukowski Reader*

Todos os direitos desta publicação são reservados à Casa dos Livros Editora LTDA. Nenhuma parte desta obra pode ser apropriada e estocada em sistema de banco de dados ou processo similar, em qualquer forma ou meio, seja eletrônico, de fotocópia, gravação etc., sem a permissão do detentor do copyright.

Publisher: *Samuel Coto*

Editora executiva: *Alice Mello*

Editora: *Lara Berruezo*

Editoras assistentes: *Anna Clara Gonçalves e Camila Carneiro*

Assistência editorial: *Yasmin Montebello*

Copidesque: *Thaís Lima*

Revisão: *Suelen Lopes e João Rodrigues*

Design de capa: *Flávia Castanheira*

Ilustração de capa: *Bettina Bauer*

Diagramação: *Abreu's System*

Dados Internacionais de Catalogação na Publicação (CIP)
(Câmara Brasileira do Livro, SP, Brasil)

Bukowski, Charles, 1920-1994
  Corro com a caça / uma coletânea de Charles Bukowski ; organizado por John Martin ; tradução Marina Della Valle. – Rio de Janeiro : HarperCollins Brasil, 2024.

  Título original: Run With the Hunted
  ISBN 978-65-6005-095-2

  1. Contos – Coletâneas – Literatura norte-americana 2. Poesia – Coletâneas – Literatura norte-americana I. Martin, John. II. Título.

23-179749   CDD-811.54

Índices para catálogo sistemático:
1. Antologia : Autores norte-americanos : Autobiografia   811.54

Cibele Maria Dias – Bibliotecária – CRB-8/9427

Os pontos de vista desta obra são de responsabilidade de seu autor, não refletindo necessariamente a posição da HarperCollins Brasil, da HarperCollins Publishers ou de sua equipe editorial.

HarperCollins Brasil é uma marca licenciada à Casa dos Livros Editora LTDA.
Todos os direitos reservados à Casa dos Livros Editora LTDA.
Rua da Quitanda, 86, sala 601A – Centro
Rio de Janeiro, RJ – CEP 20091-005
Tel.: (21) 3175-1030
www.harpercollins.com.br

Para William Packard

Sumário

NOTA DO ORGANIZADOR por John Martin	9
PARTE I	11
PARTE II	141
PARTE III	263
PARTE IV	391
PARTE V	511
NOTA DA TRADUTORA por Marina Della Valle	657
O LUGAR PARA ENCONTRAR O CENTRO É NA BEIRADA por Natalia Timerman	661
"EU ERA CHARLES ALGUÉM": A AUTOFICÇÃO NA OBRA CONFESSIONAL DE BUKOWSKI por Flora Viguini	667

Nota do organizador

O material desta antologia de Bukowski foi retirado dos mais de vinte romances, livros de contos e coletâneas de poesia que o autor publicou pela Black Sparrow Press nos últimos vinte e cinco anos. Às vezes autobiográficos, às vezes resultado do maravilhoso dom de Bukowski para a observação, esses poemas e textos em prosa, em conjunto, servem para narrar a vida interna e externa do autor, da infância ao presente — e que vida espantosa e heroica. Enquanto existirem leitores inteligentes e corajosos, nem a obra de Bukowski nem sua vida, entrelaçadas como são, serão esquecidas.

John Martin é editor
e fundador da Black Sparrow Press.

I

& os grandes cavalos brancos vêm
& lambem o gelo do sonho

A primeira coisa de que me lembro é estar debaixo de alguma coisa. Era uma mesa, eu via a perna de uma mesa, via as pernas das pessoas e um pedaço pendente da toalha. Era escuro ali embaixo, eu gostava de ficar ali embaixo. Deve ter sido na Alemanha. Eu deveria ter entre um e dois anos de idade. Era 1922. Eu me sentia bem debaixo da mesa. Parecia que ninguém sabia que eu estava ali. A luz do sol batia no tapete e nas pernas das pessoas. Eu gostava da luz do sol. As pernas das pessoas não eram interessantes, não como a toalha pendurada, não como a perna da mesa, não como a luz do sol.

Então não há coisa alguma... então eis uma árvore de Natal. Velas. Enfeites de pássaros: pássaros com galhinhos de bagas nos bicos. Uma estrela. Duas pessoas grandes brigando, gritando. Pessoas comendo, sempre havia pessoas comendo. Eu também comia. Minha colher era dobrada, de modo que, se quisesse comer, precisava pegá-la com a mão direita. Se a pegasse com a esquerda, a colher se dobrava para longe da minha boca. Eu queria pegar a colher com a mão esquerda.

Duas pessoas: uma maior com cabelo cacheado, nariz grande, boca grande, muita sobrancelha; a pessoa maior parece estar sempre raivosa, sempre gritando; a pessoa menor é quieta, de rosto arredondado, mais pálida, com olhos grandes. Eu tinha medo das duas. Às vezes, havia uma terceira, uma gorda que usava vestidos com renda no pescoço. Ela usava um broche grande e tinha muitas verrugas no rosto com pelinhos nascendo nelas. "Emily", a chamavam. Essas pessoas não pareciam felizes juntas. Emily era a avó, a mãe do meu pai. O nome do meu pai era "Henry". O nome da minha mãe era "Katherine". Eu nunca os chamava pelo nome. Eu era "Henry Jr.". Aquelas pessoas falavam alemão na maior parte do tempo, e no começo eu também falava.

A primeira coisa que me lembro de ouvir a minha avó dizer foi: "Vou enterrar *todos* vocês!". Ela disse isso pela primeira vez um pouco antes de uma refeição, e diria muitas vezes depois disso, bem antes de começarmos a comer. Comer parecia muito importante. Comíamos purê de batata e molho, especialmente aos domingos. Também comíamos carne assada, *knockwurst* e *sauerkraut*, ervilha, ruibarbo, cenoura, vagem, frango, almôndega e espaguete, às vezes misturado com ravióli; tinha cebola cozida, aspargo, todo domingo tinha tortinha de morango com sorvete de baunilha. No café da manhã comíamos rabanada e linguiça, ou tinha panquecas ou waffles com bacon e ovos mexidos para acompanhar. E sempre tinha café. Mas, de tudo, me lembro melhor do purê de batata com molho e da minha avó, Emily, dizendo: "Vou enterrar *todos* vocês!".

Ela nos visitava sempre, depois que viemos para os Estados Unidos, pegando o bonde vermelho de Pasadena a Los Angeles. Nós a visitávamos apenas ocasionalmente, viajando no Ford Modelo T.

Eu gostava da casa da minha avó. Era uma casinha debaixo de uma massa pendente de pimenteiras. Emily mantinha todos os seus canários em gaiolas diferentes. Eu me lembro bem de uma visita. Naquela noite, ela foi cobrir as gaiolas com coberturas brancas para que os pássaros pudessem dormir. As pessoas sentavam-se em cadeiras e conversavam. Havia um piano e me sentei nele, apertei as teclas e ouvi seus sons enquanto as pessoas conversavam. Gostava mais do som das teclas de um lado do piano, que mal faziam barulho — o som que faziam era como lascas de gelo batendo uma na outra.

— Dá pra parar com isso? — disse meu pai, em voz alta.

— Deixe o menino tocar o piano — interveio minha avó.

Minha mãe sorriu.

— Esse menino — disse minha avó —, quando tentei pegá--lo do berço para dar um beijo, ele esticou o braço e me acertou no nariz!

Eles conversaram mais e continuei tocando piano.

— Por que não manda afinar essa coisa? — perguntou meu pai.

[Trecho do romance *Misto-quente*, 1982]

gelo para as águias

fico me lembrando dos cavalos
sob a lua
fico me lembrando de dar aos cavalos
açúcar
oblongos brancos de açúcar
eram como gelo,
e tinham cabeças como
águias
cabeças nuas que podiam morder e
não mordiam.

BUKOWSKI

Os cavalos eram mais reais que
meu pai
mais reais que Deus
e podiam ter pisado nos meus
pés mas não pisaram
podiam ter feito todo tipo de horror
mas não fizeram.

Eu tinha quase 5
mas ainda não me esqueci;
ah meu Deus eles eram fortes e bons
aquelas línguas vermelhas babando
das almas.

Eu tinha começado a ter aversão ao meu pai. Ele sempre estava bravo por causa de alguma coisa. Sempre que saíamos, ele discutia com as pessoas. Mas ele não parecia assustar a maioria delas; com frequência só o olhavam, com calma, e ele ficava mais furioso. Se saíamos para comer fora, o que era raro, ele sempre achava alguma coisa errada com a comida e, às vezes, se recusava a pagar.

— Tem cocô de mosca nesse chantili! Que inferno de lugar é esse?

— Sinto muito, senhor, não precisa pagar. Pode ir embora.

— Vou embora mesmo! Mas vou voltar! Vou queimar essa desgraça de lugar!

Uma vez estávamos em uma farmácia e minha mãe e eu ficamos por perto enquanto meu pai gritava com um caixa. O outro caixa perguntou à minha mãe:

— Quem é esse homem horroroso? Toda vez que ele entra aqui começa uma discussão.

— É meu marido — respondeu minha mãe ao caixa.

Porém me lembro de outra vez. Ele estava trabalhando como leiteiro e fazia entregas de manhãzinha. Uma manhã ele me acordou.

— Venha, quero te mostrar uma coisa.

Fui lá fora com ele. Estava vestindo pijamas e pantufas. Ainda estava escuro, a lua ainda estava no céu. Andamos até a carroça de leite, que era puxada por um cavalo. O cavalo estava imóvel.

— Olhe — disse meu pai.

Ele pegou um cubo de açúcar, colocou na mão e a estendeu para o cavalo. O cavalo comeu o cubo da mão dele.

— Agora tente você...

Ele colocou um cubo de açúcar na minha mão. Era um cavalo muito grande.

— Chegue mais perto! Estique a mão!

Eu estava com medo de que o cavalo fosse arrancar minha mão. A cabeça desceu; vi as narinas; os lábios se repuxaram para trás, vi a língua e os dentes, e então o cubo de açúcar sumiu.

— Aqui. Tente de novo...

Tentei de novo. O cavalo pegou o cubo de açúcar e sacudiu a cabeça.

— Agora — disse meu pai —, vou te levar de volta para dentro antes que o cavalo cague em você.

Eu não tinha permissão para brincar com outras crianças.

— São crianças más — comentou meu pai —, os pais delas são pobres.

— Isso — concordou minha mãe.

Meus pais queriam ser ricos, então se imaginavam ricos.

As primeiras crianças da minha idade que conheci estavam no jardim de infância. Elas eram muito estranhas, riam e conversavam e pareciam felizes. Eu não gostava delas. Sempre tinha a impressão de que ia ficar doente, vomitar, e o ar parecia estranhamente imóvel e branco. Pintávamos com aquarela. Plantamos sementes de rabanetes em um jardim e algumas semanas depois os comemos com sal. Eu gostava da mulher que dava aulas no jardim de infância, gostava mais dela que dos meus pais.

[Trecho do romance *Misto-quente*, 1982]

trapos, garrafas, sacos

quando menino
me lembro do som
de:
"TRAPOS! GARRAFAS! SACOS!"
"TRAPOS! GARRAFAS! SACOS!"

era durante a
Depressão
e se podia ouvir a
voz
muito antes de ver a
velha carroça
e o
velho e cansado
cavalo encarquilhado.

então se ouvia os
cascos:
clop, clop, clop...

CORRO COM A CAÇA

e então se via o
cavalo e a
carroça

e sempre parecia
ser
no dia mais quente do
verão:

"TRAPOS! GARRAFAS! SACOS!"

ah
aquele cavalo estava tão
cansado...
fios brancos de
saliva
caíam
conforme o freio afundava
na
boca

ele puxava uma intolerável
carga
de
trapos, garrafas, sacos

vi os olhos dele
grandes
em agonia

as costelas
aparentes

as moscas gigantes
rodopiavam e pousavam em
lugares feridos de sua
pele.

às vezes
um de nossos pais
gritava:
*"Ei! Por que não
alimenta esse cavalo, seu
filho da puta!"*

a resposta do homem era
sempre a
mesma:
"TRAPOS! GARRAFAS! SACOS!"

o homem era
incrivelmente
sujo, barba por
fazer, usando um chapéu
amassado e
manchado

ele
se sentava no topo de
uma grande pilha de
sacos

e
de vez em
quando

CORRO COM A CAÇA

quando o cavalo parecia
pisar
em falso

esse homem
batia
o longo chicote...

o som era como um
tiro de rifle

uma falange de moscas
subia
e o cavalo
puxava para a frente
de novo

os cascos escorregando e
deslizando no asfalto
quente
e então
tudo o que podíamos
ver
era a traseira da
carroça
e
o monte imenso de
trapos e garrafas
cobertos com
sacos
marrons

e
de novo
a voz:
"TRAPOS! GARRAFAS! SACOS!"

ele foi
o primeiro homem
que já quis
matar

e
não houve mais
nenhum
desde então.

As brigas eram contínuas. Os professores não pareciam saber sobre elas. E sempre havia problemas quando chovia. Qualquer menino que levasse um guarda-chuva para a escola ou usasse uma capa de chuva era alvo. A maioria dos nossos pais era pobre demais para comprar essas coisas. E, quando compravam, nós as escondíamos nos arbustos. Qualquer um visto carregando um guarda-chuva ou usando uma capa de chuva era considerado maricas. Apanhava depois da escola. A mãe de David o fazia carregar um guarda-chuva toda vez que estava ao menos um pouco nublado.

Havia dois intervalos. Os alunos do primeiro ano se reuniam em seu próprio campo de beisebol e os times eram escolhidos. David e eu ficávamos juntos. Era sempre a mesma coisa. Eu era escolhido quase no fim e David era escolhido por último, então sempre jogávamos em times diferentes. David era pior do que eu. Vesgo, não conseguia nem ver a bola. Eu precisava de muito treino. Nunca tinha jogado com as crianças da vizinhança. Não sabia como pegar ou acertar uma bola. Mas eu queria, gostava. David tinha medo da bola; eu, não. Eu batia forte, batia mais forte do que qualquer um, mas nunca conseguia acertar a bola. Sempre era eliminado. Uma vez rebati uma bola para fora. Foi bom. Outra vez consegui uma base por bolas. Quando cheguei à primeira, o jogador da primeira base disse:

— Só desse jeito que você vai chegar aqui um dia.

Eu parei e olhei para ele. Ele mascava chiclete e tinha longos pelos pretos saindo das narinas. O cabelo estava melecado de vaselina. Ele tinha um sorrisinho sarcástico permanente.

— Tá olhando o quê? — perguntou ele.

Eu não sabia o que dizer. Não estava acostumado com conversas.

— Os caras dizem que você é louco — falou ele —, mas eu não tenho medo. Vou te esperar depois da escola um dia desses.

Continuei olhando para ele. Ele tinha um rosto terrível. Então o arremessador se preparou e eu fui para a segunda base. Corri feito louco e deslizei até ela. A bola chegou tarde. O *tag* veio tarde.

— Você está *fora*! — gritou o menino que estava na vez de ser juiz.

Eu me levantei, sem acreditar.

— Eu disse: "*Você está fora!*" — gritou o juiz.

Aí eu soube que não era aceito. David e eu não éramos aceitos. Os outros queriam que eu ficasse "fora" porque eu *deveria estar* "fora". Eles sabiam que David e eu éramos amigos. Era por causa de David que não me queriam por perto. Conforme saí do campo, vi David jogando na terceira base com suas calças curtas. As meias azuis e amarelas estavam arriadas em torno dos pés. Por que ele tinha me escolhido? Eu era um homem marcado. Naquela tarde depois da escola, saí correndo da aula e caminhei para casa sozinho, sem David. Não queria vê-lo apanhando de nossos colegas de sala de novo, ou da mãe. Não queria escutar o violino triste dele. Mas, no dia seguinte, na hora do almoço, quando ele se sentou ao meu lado, comi as batatas fritas dele.

Meu dia chegou. Eu era alto e me sentia muito poderoso na primeira base. Não conseguia acreditar que era ruim como queriam que eu fosse. Eu girava o taco desenfreadamente, mas com força. Sabia que era forte, e talvez, como diziam, "louco". Mas tinha dentro de mim essa sensação de que existia algo real ali. Talvez só merda ressecada, mas era mais do que eles tinham. Eu estava rebatendo. "Ei, é o *rei do strikeout! Sr. Moinho de Vento!*". A bola veio. Girei e senti o taco bater como desejava havia tanto tempo. A bola subiu, bem *alto*, até o campo esquerdo, bem *acima* da cabeça do campista esquerdo. O nome dele era Don Brubaker, e ele parou e ficou olhando a bola voar sobre sua cabeça. Parecia que não ia descer nunca. Então Brubaker começou a correr atrás da bola. Ele queria me colocar para fora. Não ia conseguir. A bola caiu e rolou no campo de beisebol onde as crianças do quinto ano brincavam. Corri lentamente para a primeira base, bati nela, olhei para o cara na primeira, corri lentamente para a segunda, toquei nela, corri para a terceira, onde David estava, o ignorei, bati na terceira e andei para a *home plate*. Nunca houve um dia como aquele. Nunca houve um *home run* como aquele feito por um aluno do primeiro ano! Assim que pisei na *home plate*, ouvi um dos jogadores, Irving Bone, dizer para o capitão do time, Stanley Greenberg:

— Vamos colocá-lo no time principal.

(O time principal jogava com times de outras escolas.)

— Não — respondeu Stanley Greenberg.

Stanley estava certo. Nunca fiz outro *home run*. Na maior parte do tempo rebatia para fora. Mas eles sempre se lembravam daquele *home run*, e, apesar de ainda me odiarem, era um tipo melhor de ódio, como se não soubessem bem por quê.

A temporada do futebol americano era pior. Jogávamos futebol de contato. Eu não conseguia pegar ou arremessar a bola, mas entrei em um jogo. Quando o corredor veio, eu o peguei pelo colarinho da camisa e o joguei no chão. Quando ele começou a se levantar, dei um chute nele. Não gostava dele. Era o jogador da primeira base com vaselina no cabelo e pelos nas narinas. Stanley Greenberg veio para cima. Ele era maior do que todos nós. Poderia ter me matado se quisesse. Ele era nosso líder. O que ele dissesse, era ponto-final. Ele me disse:

— Você não entende as regras. Chega de futebol para você.

Fui colocado no vôlei. Jogava vôlei com David e os outros. Eu não era bom. Eles gritavam e berravam e se empolgavam, mas os *outros* estavam jogando futebol. Eu queria jogar futebol. Tudo de que precisava era de um pouco de treino. Vôlei era vergonhoso. Meninas jogavam vôlei. Depois de um tempo, eu parei de jogar. Só ficava no meio do campo, onde ninguém estava jogando. Eu era o único que não jogava algum esporte. Ficava ali a cada dia e esperava que os dois intervalos acabassem.

Um dia, quando estava lá de pé, me meti em mais confusão. Uma bola de futebol veio bem de trás e me acertou na cabeça. Isso me jogou no chão. Fiquei muito zonzo. Eles ficaram em volta, caçoando e rindo. "Ah, olha, o Henry desmaiou! O Henry desmaiou feito mulher! Ah, olha pro Henry!"

Eu me levantei enquanto o sol girava. Então ele ficou imóvel. O céu se aproximou e ficou plano. Era como estar em uma gaiola.

Eles estavam ao meu redor, rostos, narizes, bocas e olhos. Como estavam me provocando, achei que tinham me acertado com a bola deliberadamente. Era injusto.

— Quem chutou aquela bola? — perguntei.

— Quer saber quem chutou a bola?

— Isso.

— O que vai fazer quando descobrir?

Eu não respondi.

— Foi o Billy Sherril — disse alguém.

Billy era um menino gordo, mais legal do que a maioria, mas era um deles. Comecei a andar na direção de Billy. Ele ficou lá. Quando cheguei mais perto, ele atacou. Quase não percebi. Eu o acertei atrás da orelha esquerda e, quando ele colocou a mão sobre a orelha, eu o acertei na barriga. Ele caiu no chão. Ficou caído lá.

— Levante e brigue com ele, Billy — disse Stanley Greenberg.

Stanley levantou Billy e o empurrou na minha direção. Soquei Billy na boca e ele colocou as duas mãos no local.

— Tá certo — disse Stanley —, vou ficar no lugar dele!

Os meninos festejaram. Decidi correr, não queria morrer. Mas então um professor veio.

— O que está acontecendo aqui? — Era o sr. Hall.

— Henry implicou com o Billy — respondeu Stanley Greenberg.

— É isso mesmo, meninos? — perguntou o sr. Hall.

— É — disseram eles.

O sr. Hall me puxou pela orelha por todo o caminho até a sala do diretor. Ele me empurrou para uma cadeira na frente de uma mesa vazia e bateu à porta do diretor. Ele entrou por um tempo, e, quando saiu, foi embora sem olhar para mim. Fiquei ali sentado por cinco ou dez minutos antes que o diretor chegasse e se sentasse à mesa. Era um homem muito digno, com um volumoso cabelo branco e gravata-borboleta azul. Ele parecia um cavalheiro de verdade. O nome dele era sr. Knox. O sr. Knox cruzou as mãos e me encarou em silêncio. Quando fez isso, não tive tanta certeza de que fosse um cavalheiro. Parecia querer me humilhar, me tratar como os outros.

— Bem — disse ele, por fim —, me conte o que aconteceu.

— Não aconteceu nada.

— Você machucou aquele menino, Billy Sherril. Os pais dele vão querer saber por quê.

Não respondi.

— Acha que pode cuidar sozinho das coisas quando acontece algo de que não gosta?

— Não.

— Então por que fez aquilo?

Não respondi.

— Você se acha melhor do que as outras pessoas?

— Não.

O sr. Knox ficou sentado ali. Ele tinha um grande abridor de cartas e o deslizava para lá e para cá no estofo de feltro verde da mesa. Ele tinha um frasco grande de tinta verde na mesa e um porta-lápis com quatro canetas. Eu me perguntei se ele ia me bater.

— Então por que fez aquilo?

Não respondi. O sr. Knox deslizou o abridor de cartas para lá e para cá. O telefone tocou. Ele atendeu.

— Alô? Ah, sra. Kirby? Ele o quê? Quê? Escute, *você* não pode discipliná-lo? Estou ocupado agora. Certo, telefono quando acabar com esse aqui...

Ele desligou. Tirou o cabelo fino e branco dos olhos com uma mão e olhou para mim.

— Por que está me causando todo esse problema?

Não respondi.

— Acha que é durão, hã?

Fiquei em silêncio.

— Moleque durão, hã?

Havia uma mosca circulando a mesa do sr. Knox. Ela pairou sobre o frasco de tinta verde. Então pousou na tampa preta do frasco e ficou ali esfregando as asas.

— Certo, menino, você é durão e eu sou durão. Vamos apertar as mãos por isso.

Eu não me achava tão durão, então não estendi a mão para ele.

— Vamos, me dê a mão.

Estendi a mão e ele a pegou e começou a balançá-la. Então parou e olhou para mim. Ele tinha olhos azul-claros, mais claros do que o azul de sua gravata-borboleta. Os olhos dele eram quase belos. Ele continuou olhando para mim e segurando minha mão. O aperto começou a ficar mais forte.

— Quero te parabenizar por ser um cara durão. — Ele apertou com mais força. — Acha que sou um cara durão?

Não respondi.

Ele esmagou os ossos dos meus dedos. Eu conseguia sentir o osso de cada dedo cortando feito lâmina a carne do dedo ao lado. Disparos vermelhos brilharam diante dos meus olhos.

— Acha que sou um cara durão? — perguntou ele.

— Vou te matar — falei.

— Você vai o quê?

O sr. Knox intensificou o aperto. A mão dele era como um torno. Eu podia ver cada poro do rosto dele.

— Caras durões não gritam, gritam?

Eu não conseguia mais olhar para a cara dele. Apoiei o rosto sobre a mesa.

— Sou um cara durão? — perguntou o sr. Knox.

Ele apertou mais forte. Precisei gritar, mas gritei o mais baixo possível, para que ninguém nas salas de aula escutasse.

— E agora, sou um cara durão?

Eu esperei. Odiei precisar dizer algo. Então falei:

— É.

O sr. Knox soltou minha mão. Estava com medo de olhar para ela. Deixei-a pendurada ao lado do corpo. Notei que a mosca tinha ido embora e pensei: *Não é tão ruim ser uma mosca*. O sr. Knox estava escrevendo em um pedaço de papel.

— Agora, Henry, estou escrevendo um bilhete para os seus pais e quero que entregue para eles. E você vai entregar para eles, não vai?

— Vou.

Ele colocou o bilhete em um envelope e o entregou para mim. O envelope estava fechado e não tive vontade de abri-lo.

[Trecho do romance *Misto-quente*, 1982]

não temos grana, amor, mas temos chuva

chame de efeito estufa ou do que for
mas simplesmente não chove mais como
chovia antes.

eu me lembro bem das chuvas da
era da Depressão.
não havia nenhum dinheiro mas tinha
muita chuva.

BUKOWSKI

não chovia só por uma noite ou
um dia,
CHOVIA por 7 dias e 7
noites
e em Los Angeles os bueiros
não eram feitos para levar tanta
água
e a chuva caía GROSSA e
FEROZ e
FIRME
e você a OUVIA batendo
nos telhados e no chão
caíam cascatas
dos telhados
e sempre havia GRANIZO
grandes PEDRAS DE GELO
bombardeando
explodindo
batendo nas coisas
e a chuva
simplesmente não
PARAVA
e todos os tetos tinham goteira...
bacias,
panelas
eram colocadas em todo lugar;
gotejavam barulhentas
e precisavam ser esvaziadas
de novo e
de novo.

CORRO COM A CAÇA

a chuva subia pelas sarjetas,
pelos gramados, subia pelas soleiras e
entrava nas casas.
havia esfregões e toalhas de banho,
e a chuva sempre voltava pela
privada: borbulhante, marrom, louca, girando,
e os carros velhos ficavam nas ruas,
carros com problema na partida em um
dia de sol,
e os desempregados ficavam
olhando pelas janelas
para as velhas máquinas morrendo
como coisas vivas
lá fora.

os desempregados,
fracassos em um tempo de fracassos,
ficavam aprisionados em suas casas com
mulheres e filhos
e seus
bichos.
os bichos se recusavam a sair
e deixavam sua sujeira em
lugares estranhos.

os desempregados ficavam loucos
confinados com
as mulheres um dia belas.
ocorriam discussões terríveis
conforme avisos de execuções hipotecárias
caíam na caixa de correspondência.

BUKOWSKI

chuva e granizo, latas de feijão,
pão sem manteiga; ovos
fritos, ovos cozidos, ovos
poché; sanduíches de
pasta de amendoim e um frango
invisível
em cada panela.

meu pai, nunca um bom homem
no seu melhor, batia na minha mãe
quando chovia,
e eu me jogava
entre eles,
as pernas, os joelhos, os
gritos
até que se
separassem.

"*Vou te matar*", gritei
para ele. "*Se bater nela de novo*
vou te matar!"

"*Tira esse moleque*
filho da puta daqui!"

"não, Henry, fique com
sua mãe!"

todas as casas estavam
sitiadas mas creio que a nossa

CORRO COM A CAÇA

guardava mais terror que a
média.

e à noite
quando tentávamos dormir
as chuvas ainda caíam
e na cama
no escuro
vendo a lua contra
a janela riscada
segurando com
tanta bravura
a maior parte da chuva,
pensava em Noé e na
Arca
e pensava, aconteceu
de novo.
nós todos pensávamos
nisso.

e então, de repente,
parava.
e sempre parecia
parar
pelas 5 ou 6 da manhã,
então calmo,
mas não exatamente silêncio
porque as coisas continuavam a
pingar
    pingar
        pingar

BUKOWSKI

e não havia poluição
e lá pelas 8 da manhã
havia um
sol amarelo reluzente,
amarelo Van Gogh —
louco, ofuscante!
e então
as calhas dos tetos
aliviadas do fluxo de
água
começavam a se expandir
no calor:
PANG! PANG! PANG!
e todos se levantavam
e olhavam para fora
e lá estavam todos os gramados
ainda encharcados
mais verdes do que o verde poderia
ser
e lá estavam os pássaros
na grama
GORJEANDO feito loucos,
não tinham comido decentemente
por 7 dias e 7 noites
e estavam cansados de
bagos
e
esperavam enquanto as minhocas
subiam até o topo,
minhocas semiafogadas.
os pássaros as puxavam para

CORRO COM A CAÇA

cima
e as mandavam para
baixo; eram
melros e pardais.
os melros tentaram
espantar os pardais,
mas os pardais,
loucos de fome,
menores e mais rápidos,
conseguiram sua
parte.

os homens ficavam nas varandas
fumando cigarros,
sabendo agora
que precisariam
sair,
procurar aquele emprego
que provavelmente não estava
lá, dar partida no carro
que provavelmente não ia
dar partida.

e as um dia belas
esposas
ficavam nos banheiros
penteando o cabelo,
passando maquiagem,
tentando colocar seus mundos
novamente de pé,
tentando esquecer aquela

BUKOWSKI

tristeza horrível que
as tomava,
imaginando o que podiam
fazer para o
café da manhã.

e no rádio
nos diziam que a
escola agora estava
aberta.
e
logo
lá estava eu
a caminho da escola,
poças imensas na
rua,
o sol como um novo
mundo,
meus pais de volta àquela
casa,
cheguei à sala de aula
a tempo.

a sra. Sorenson nos recebeu
com "não vamos ter nosso
intervalo de sempre, o chão
está muito molhado".
"AHH!", a maioria dos meninos
disse.

"mas vamos fazer
uma coisa especial no

CORRO COM A CAÇA

intervalo", prosseguiu ela,
"e vai ser
divertido!"

bem, nós todos imaginamos
o que isso
seria
e a espera de duas horas
pareceu um longo tempo
enquanto a sra. Sorenson
seguia em frente
ensinando as
lições.

olhei para as
menininhas, todas pareciam tão
lindas e limpas e
alertas,
sentadas quietas e
eretas
e o cabelo delas era
lindo
sob o sol da
Califórnia.

aí a sirene do intervalo tocou
e nós todos esperamos pela
diversão.

aí a sra. Sorenson nos
disse:

"agora, o que vamos
fazer é que vamos contar
uns aos outros o que fizemos
durante a tempestade!
vamos começar pela fila
da frente e seguir ao redor!
agora, Michael, você é o
primeiro!"

bem, começamos todos a contar
nossas histórias, Michael começou
e continuou e continuou,
e logo percebemos que
estávamos mentindo, não
exatamente mentindo, mas sobretudo
mentindo, e alguns dos meninos
começaram a relinchar e algumas
das meninas começaram a
olhar feio para eles e
a sra. Sorenson disse:
"certo, eu peço um
tiquinho de silêncio
aqui!
estou interessada no que
vocês fizeram
durante a tempestade
mesmo que vocês
não estejam!"

então precisamos contar nossas
histórias e elas *eram*
histórias.

CORRO COM A CAÇA

uma menina disse que
quando o arco-íris
apareceu
ela viu o rosto de Deus
na ponta.
só que não disse
em qual ponta.

um menino disse que prendeu
a varinha de pescar
para fora da janela
e pegou um
peixinho
e deu para o
gato.

quase todo mundo contou
uma mentira.
a verdade era simplesmente
muito horrível e
vergonhosa para
contar.

aí a sirene tocou
e o intervalo
acabou.

"obrigada", disse a sra.
Sorenson, "isso foi muito
legal.
e amanhã o chão

vai estar seco
e vamos
usá-lo.
de novo."

a maioria dos meninos
festejou
e as menininhas
sentaram-se muito eretas e
imóveis,
parecendo tão lindas e
limpas e
alertas,
seus cabelos tão lindos
sob uma luz do sol que
o mundo poderia
nunca mais
ver.

Uma noite meu pai me levou em sua rota do leite. Não havia mais carroças puxadas por cavalos. Agora os caminhões de leite tinham motores. Depois de carregar na empresa de leite, saímos para a rota dele. Eu gostava de sair bem de manhãzinha. A lua estava no céu e dava para ver as estrelas. Estava frio, mas era empolgante. Eu me perguntava por que meu pai tinha me pedido para vir junto, já que havia começado a me bater com a tira de couro da navalha uma ou duas vezes por semana e não andávamos nos dando bem.

A cada parada ele saía e entregava uma ou duas garrafas de leite. Às vezes era queijo cottage ou leitelho ou manteiga, e de vez em quando uma garrafa de suco de laranja. A maioria das pessoas deixava bilhetes nas garrafas vazias explicando o que queria.

Meu pai dirigia, parando e saindo, fazendo entregas.

— Certo, menino, para qual direção vamos agora?

— Norte.

— Está certo. Vamos para o norte.

Fomos subindo e descendo as ruas, parando e saindo.

— Certo, para onde vamos agora?

— Oeste.

— Não, vamos para o sul.

Dirigimos em silêncio mais um pouco.

— Imagine, se eu te empurrasse agora do caminhão e te deixasse na calçada, o que você iria fazer?

— Não sei.

— Quero dizer, como iria viver?

— Bom, acho que iria voltar e beber o leite e o suco de laranja que você acabou de deixar nos degraus.

— E então iria fazer o quê?

— Iria procurar um policial e contar o que você fez.

— Iria, é? E o que iria falar para ele?

— Iria falar que você me disse que "oeste" era "sul" porque queria que eu me perdesse.

Começou a clarear. Logo todas as entregas tinham sido feitas e paramos em um café para tomar café da manhã. A garçonete se aproximou.

— Oi, Henry — disse ela ao meu pai.

— Oi, Betty.

— Quem é o menino? — perguntou Betty.

— É o pequeno Henry.

— Ele é igualzinho a você.

— Mas não tem o meu cérebro.

— Espero que não.

Fizemos o pedido. Comemos bacon e ovos. Enquanto comíamos, meu pai disse:

— Agora vem a parte difícil.

— Qual é?

— Preciso cobrar o dinheiro que as pessoas me devem. Algumas não querem pagar.

— Elas precisam pagar.

— É o que eu digo a elas.

Terminamos de comer e começamos a rodar de novo. Meu pai saía e batia em portas. Eu conseguia ouvi-lo reclamando alto: *"Como acha que eu vou comer? Você tomou o leite, agora é hora de cagar o dinheiro!"*.

Ele usava uma frase diferente toda vez. Às vezes, ele voltava com o dinheiro; às vezes, não.

Então o vi entrar em um pátio de casas de um andar. Uma porta se abriu e uma mulher ficou lá, vestindo um quimono de seda folgado. Ela fumava um cigarro.

— Escuta, gata, preciso receber o dinheiro. Você me deve mais do que qualquer um!

Ela riu dele.

— Vamos, gata, me dê só metade, me dê um pagamento, alguma coisa para mostrar.

Ela soprou um círculo de fumaça, esticou a mão e o desfez com o dedo.

— Escute, precisa me pagar — disse meu pai. — É uma situação desesperadora.

— Entre. Vamos conversar sobre isso — disse a mulher.

Meu pai entrou e a porta se fechou. Ele ficou lá por um bom tempo. O sol estava bem alto. Quando meu pai saiu, o cabelo caía sobre o rosto e ele enfiava as pontas da camisa para dentro das calças. Ele subiu no caminhão.

CORRO COM A CAÇA

— Aquela mulher te deu o dinheiro? — perguntei.

— Essa foi a última parada — disse meu pai. — Não aguento mais. Vamos levar o caminhão de volta e ir para casa...

Eu veria aquela mulher de novo. Um dia voltei para casa depois da escola e ela estava sentada em uma cadeira na sala da frente da nossa casa. Minha mãe e meu pai também estavam sentados lá, e minha mãe chorava. Quando minha mãe me viu, ficou de pé e correu para mim, me agarrou. Ela me levou para o quarto e me sentou na cama.

— Henry, você ama sua mãe?

Eu não amava, na verdade, mas ela parecia tão triste que eu disse:

— Amo.

Ela me levou de volta para o outro cômodo.

— Seu pai diz que ama aquela mulher — disse ela.

— Amo vocês *duas*! Agora tire essa criança daqui!

Senti que meu pai estava deixando minha mãe muito infeliz.

— Vou te matar — falei para meu pai.

— Tire essa criança daqui!

— Como você pode amar essa mulher? — perguntei ao meu pai. — Olhe o nariz dela. Ela tem um nariz de elefante!

— Meu Deus! — disse a mulher. — Eu não tenho que aguentar isso! — Ela olhou para o meu pai. — *Escolha*, Henry! Uma ou outra! Agora!

— Mas eu não consigo! Eu amo vocês duas!

— Vou te matar — falei para meu pai.

Ele veio e me deu um tapa na orelha, me jogando no chão. A mulher se levantou e correu para fora da casa, e meu pai foi atrás dela. A mulher pulou dentro do carro do meu pai, deu partida e foi embora. Aconteceu muito rápido. Meu pai correu pela rua atrás dela e do carro.

— *Edna! Edna, volte!*

Meu pai, na verdade, alcançou o carro, enfiou o braço no assento da frente e pegou a bolsa de Edna. Então o carro acelerou e meu pai ficou com a bolsa.

— Eu sabia que tinha alguma coisa acontecendo — contou minha mãe. — Então me escondi no porta-malas do carro e peguei os dois juntos. Seu pai me trouxe de volta para cá com aquela mulher horrível. Agora, ela pegou o carro dele.

Meu pai voltou com a bolsa de Edna.

— Todo mundo para dentro de casa!

Entramos, meu pai me trancou no quarto, e ele e minha mãe começaram a discutir. Era barulhento e muito feio. Então meu pai começou a bater na minha mãe. Ela gritava e ele continuava a bater nela. Eu saí por uma janela e tentei entrar pela porta da frente. Estava trancada. Tentei a porta de trás, as janelas. Tudo estava trancado. Fiquei no quintal e ouvi os berros e a surra.

Então a surra e os berros pararam e tudo que eu podia ouvir era minha mãe soluçando. Ela soluçou por muito tempo. Foi diminuindo gradualmente e, então, parou.

[Trecho do romance *Misto-quente*, 1982]

morte quer mais morte

morte quer mais morte, e suas redes estão cheias:
eu me lembro da garagem de meu pai, da infantilidade
com que espanava os corpos das moscas
das janelas que acharam que era uma saída —
seus corpos grudentos, feios, vibrantes

gritando como cães loucos estúpidos contra o vidro
apenas para girar e esvoaçar
naquele segundo maior do que inferno ou céu
sobre a beirada do peitoril,
e aí a aranha de seu buraco úmido
nervosa e exposta
o tufo do corpo inchando
ali esperando
sem saber de fato,
então *sabendo* —
algo lançando seu fio,
a teia molhada,
na direção da carapaça fraca de zumbido,
do pulsar;
uma última perna-fio desesperada se move
ali contra o vidro
ali viva no sol,
tecida em branco;

e quase como amor:
a aproximação,
a primeira sugada de aranha apressada:
enchendo seu saco
daquela coisa que vivia;
agachada ali de costas
drenando o sangue certo
enquanto o mundo gira lá fora
e minhas têmporas gritam
e jogo a vassoura nelas:
a aranha lenta em sua raiva de aranha
ainda pensando na presa

e acenando uma perna quebrada pasma;
a mosca muito imóvel,
um cisco de sujeira preso na palha;
chacoalho liberando a assassina
e ela anda manca e irritada
para algum canto escuro,
mas interrompo seu manquejar
seu rastejar feito herói derrotado,
e a palha esmaga suas pernas
agora acenando
sobre a cabeça
e procurando
procurando o inimigo
de algum modo valente,
morrendo sem dor aparente
somente rastejando para trás
pedaço por pedaço
sem deixar nada ali
até que enfim a pança vermelha espalha
seus segredos,
e eu corro de modo infantil,
a ira de deus no meu encalço,
de volta ao sol simples,
imaginando
enquanto o mundo gira
com um sorriso torto
se alguém mais
viu ou sentiu meu crime.

filho de satã

Eu tinha onze anos e meus dois amigos, Hass e Morgan, tinham doze, e era verão, sem escola, e estávamos sentados na grama sob o sol atrás da garagem do meu pai, fumando cigarros.

— Merda — falei.

Eu estava sentado debaixo de uma árvore. Morgan e Hass estavam sentados com as costas apoiadas na garagem.

— Que foi? — perguntou Morgan.

— Precisamos pegar aquele filho da puta — falei. — Ele é uma desgraça para essa vizinhança!

— Quem? — perguntou Hass.

— Simpson — falei.

— É — disse Hass —, muitas sardas. Ele me irrita.

— Não é isso — falei.

— Ah, é? — disse Morgan.

— É. Aquele filho da puta fala que fodeu uma menina atrás da minha casa na semana passada. É uma bela de uma mentira! — falei.

— Claro que é — concordou Hass.

— Ele não sabe foder — disse Morgan.

— Ele sabe mentir para caralho — falei.

— Não tenho saco para mentirosos — disse Hass, soprando um anel de fumaça.

— Não gosto de escutar esse tipo de besteira de um cara sardento — falou Morgan.

— Bem, então a gente tinha que pegar ele, talvez — sugeri.

— Por que não? — perguntou Hass.

— Vamos lá — disse Morgan.

Descemos pela frente da casa de Simpson e lá estava ele jogando handebol contra a porta da garagem.

— Ei — chamei —, olha só quem está *brincando* com ele mesmo!

Simpson pegou o rebote da bola e se virou para nós.

— Oi, camaradas!

Nós o cercamos.

— Fodeu alguma menina atrás de alguma casa nos últimos dias? — perguntou Morgan.

— Não!

— Como assim? — perguntou Hass.

— Ah, não sei.

— Acho que você nunca fodeu ninguém além de *você mesmo* — falei.

— Vou entrar agora — disse Simpson. — Minha mãe me pediu para lavar os pratos.

— Tua mãe tem prato dentro da boceta — disse Morgan.

Nós rimos. Chegamos mais perto de Simpson. De repente dei um soco duro de direita na barriga dele. Ele se dobrou, segurando as tripas. Ficou daquele jeito por meio minuto, depois se endireitou.

— Meu pai vai chegar a qualquer momento — falou ele.

— É? Teu pai fode menininhas atrás das casas também? — perguntei.

— Não.

Nós rimos.

Simpson não disse uma palavra.

— Olhe essas sardas — disse Morgan. — Cada vez que ele fode uma menininha atrás de uma casa ele ganha uma sarda nova.

Simpson não disse uma palavra. Ele só começou a parecer cada vez mais apavorado.

— Eu tenho uma irmã — comentou Hass. — Como vou saber que você não vai tentar foder a minha irmã atrás de alguma casa?

— Jamais faria isso, Hass, você tem a minha palavra!

— É?

— É, é verdade!

— Bom, então aqui vai uma, só para você *não* fazer!

Hass socou forte a barriga de Simpson com a direita. Simpson se dobrou de novo. Hass se abaixou, pegou um punhado de terra e enfiou pela gola da camisa de Simpson. Simpson se endireitou. Tinha lágrimas nos olhos. Um maricas.

— Me deixem ir, camaradas, *por favor*!

— Ir para onde? — perguntei. — Quer se esconder debaixo da saia da sua mãe enquanto os pratos caem da boceta dela?

— Você nunca fodeu ninguém — disse Morgan. — Você nem *tem* pinto! Você mija pela *orelha*!

— Se um eu dia te pegar *olhando* pra minha irmã — disse Hass —, você vai apanhar tanto que vai virar uma sarda *gigante*!

— Só me solta, por favor.

Eu tive vontade de soltá-lo. Talvez ele não tivesse fodido ninguém. Talvez tivesse só fantasiado. Mas eu era um jovem líder. Não podia demonstrar empatia.

— Você vem com a gente, Simpson.

— Não!

— Não meu *cu*! Você está vindo com a gente. *Agora, marche!*

Dei a volta nele e o chutei na bunda, com força. Ele gritou.

— *Cale a boca* — bradei —, *cale a boca ou vai ser pior! Agora, marche!*

Nós o fizemos andar pela frente da casa e atravessar o gramado seguindo pela entrada da minha casa até o meu quintal.

— Agora endireita as costas! — falei. — Mãos do lado do corpo! Vamos fazer um tribunal arbitrário.

Eu me virei para Morgan e Hass e perguntei:

— Todos que acham que este homem é culpado de mentir sobre foder uma menininha atrás da minha casa agora digam "culpado"!

— Culpado — disse Hass.

— Culpado — afirmou Morgan.

— Culpado — falei.

Eu me virei para o prisioneiro.

— Simpson, você foi julgado culpado!

As lágrimas agora realmente saíam de Simpson.

— Eu não fiz nada! — Soluçou.

— É disso que você é culpado — disse Hass. — De mentir!

— Mas vocês mentem o tempo todo!

— Não sobre foder — disse Morgan.

— É disso que mais mentem, foi com vocês que aprendi!

— Cabo — eu me virei para Hass —, amordace o prisioneiro! Estou cansado das mentiras de merda dele!

— Sim, senhor!

Hass correu para o varal de roupas. Pegou um lenço e um pano de prato. Enquanto segurávamos Simpson, ele enfiou o lenço na boca dele e então amarrou o pano de prato por cima. Simpson fez uns sons de engasgo e mudou de cor.

— Acha que ele consegue respirar? — perguntou Morgan.

— Ele pode respirar pelo nariz — falei.

— É — concordou Hass.

— Agora o que vamos fazer? — perguntou Morgan.

— O prisioneiro é culpado, não é? — perguntei.

— É.

— Bem, como juiz, eu o condeno a ser enforcado até a morte!

Simpson fazia sons debaixo da mordaça. Ele olhou para nós, implorando. Corri para a garagem e peguei a corda. Havia um pedaço enrolado cuidadosamente em uma trava grande na parede da garagem. Não sabia por que meu pai tinha aquela corda. Ele nunca a usava, até onde eu sabia. Agora ela seria usada.

Eu saí com a corda.

Simpson começou a correr. Hass foi atrás dele. Ele se jogou sobre Simpson e o derrubou. Ele o virou e começou a socá-lo no rosto. Eu corri e bati no rosto de Hass com a ponta da corda. Ele parou de bater. Levantou os olhos para mim.

— Filho da puta, vou chutar a porra da sua bunda!

— Como juiz, meu veredicto foi que este homem deve ser *enforcado*! Assim será! *Solte o prisioneiro!*

— Filho da puta, vou chutar a sua bunda até cansar!

— *Primeiro*, vamos enforcar o prisioneiro! *Então* você e eu vamos resolver essa questão!

— Pode apostar que vamos! — respondeu Hass.

— O prisioneiro agora vai se levantar! — falei.

Hass foi para o lado e Simpson se levantou. O nariz dele estava sangrando e tinha manchado a frente da camisa. Era um vermelho bem vivo. Mas Simpson parecia resignado. Ele não estava mais soluçando. Mas seu olhar estava aterrorizado, horrível de ver.

— Me dá um cigarro — pedi a Morgan.

Ele enfiou um na minha boca.

— Acenda — mandei.

Morgan acendeu o cigarro e eu traguei, então, segurando o cigarro cntre os lábios, exalei pelo nariz enquanto fazia uma forca na ponta da corda.

— Coloquem o prisioneiro na varanda — ordenei.

Havia uma varanda de trás. Sobre a varanda havia um beiral. Joguei a corda sobre uma viga, então puxei a forca para baixo, na frente da cara de Simpson. Eu não queria mais continuar. Imaginei que Simpson tinha sofrido o suficiente, mas era o líder e precisaria brigar com Hass depois; não podia demonstrar fraqueza.

— Talvez a gente não devesse — disse Morgan.

— Este homem é *culpado*! — gritei.

— Certo! — berrou Hass. — Que seja *enforcado*!

— Olha, ele se mijou — disse Morgan.

De fato, havia uma mancha escura na frente das calças de Simpson, e ela estava se espalhando.

— Sem colhões — falei.

Coloquei a forca sobre a cabeça de Simpson. Puxei a corda e levantei Simpson até a ponta dos dedos. Então peguei a outra ponta da corda e amarrei em uma torneira ao lado da casa. Prendi a corda com força e gritei:

— Vamos cair fora daqui!

Olhamos para Simpson pendurado ali na ponta dos pés. Ele estava girando muito de leve e já parecia morto.

Comecei a correr. Morgan e Hass correram comigo. Subimos pela entrada e então Morgan correu para sua casa, e Hass para a dele. Percebi que não tinha para onde ir. *Hass*, pensei, *ou você se esqueceu da briga ou não queria brigar.*

Fiquei na calçada por um minuto, então corri de volta para o quintal. Simpson ainda estava girando. Lentamente. Havíamos nos esquecido de amarrar as mãos dele. As mãos estavam levantadas, tentando tirar a pressão do pescoço, mas elas escorregavam. Corri para a torneira, desamarrei a corda e o soltei. Simpson acertou a varanda, então rolou para o gramado.

Ele estava virado para baixo. Eu o virei e desamarrei a mordaça. Ele parecia mal. Parecia que podia morrer. Eu me curvei sobre ele.

— Escute, filho da puta, não morra, eu não queria te matar de verdade. Se você morrer, eu sinto muito. Mas se você *não* morrer e contar para *qualquer um* algum dia, então você está morto com *certeza! Entendeu?*

Simpson não respondeu. Apenas olhou para mim. Tinha uma aparência terrível. Seu rosto estava roxo e ele tinha marcas de corda no pescoço.

CORRO COM A CAÇA

Eu me levantei. Olhei para ele por um instante. Ele não se mexeu. Parecia ruim. Senti que ia desmaiar. Então me recuperei. Inspirei profundamente e fui para a entrada. Era por volta das quatro da tarde. Comecei a andar. Desci o bulevar e então continuei andando. Tinha pensamentos. Sentia que minha vida havia acabado. Simpson sempre fora excluído. Provavelmente solitário. Nunca se misturava conosco, com os outros caras. Ele era estranho com isso. Talvez fosse o que nos incomodava nele. No entanto, havia algo de agradável nele, de algum jeito. Senti que tinha feito algo muito ruim, mas, por outro lado, não senti. Principalmente tive esse sentimento vago, centrado em meu estômago. Andei e andei. Andei até a estrada e voltei. Os sapatos realmente machucavam meus pés. Meus pais sempre me compravam sapatos baratos. Eles pareciam bons por talvez uma semana, então o couro rachava e os pregos começavam a atravessar a sola. Continuei andando de qualquer jeito.

Quando voltei à entrada de casa, era quase noite. Andei lentamente pela entrada e fui para o quintal. Simpson não estava lá. E a corda havia desaparecido. Talvez ele estivesse morto. Talvez estivesse em outro lugar. Dei uma olhada ao redor.

O rosto do meu pai estava emoldurado pela porta de tela.

— Entre aqui — disse ele.

Subi os degraus da varanda e passei por ele.

— Sua mãe ainda não chegou em casa. E isso é bom. Vá para o quarto. Quero ter uma conversinha com você.

Fui até o quarto, sentei-me na beirada da cama e olhei para meus sapatos baratos. Meu pai era um cara grande, um metro e oitenta e oito. Ele tinha uma cabeça grande, e olhos que pendiam sob sobrancelhas fartas. Os lábios eram grossos, e ele tinha orelhas grandes. Era mau sem nem precisar tentar.

— Onde você tava? — perguntou ele.

— Andando.

— Andando. Por quê?

— Gosto de andar.

— Desde quando?

— Desde hoje.

Houve um longo silêncio. Então ele falou novamente:

— O que aconteceu no nosso quintal hoje?

— Ele está morto?

— Quem?

— Eu disse para ele não falar. Se ele falou, não está morto.

— Não, ele não está morto. E os pais dele iam chamar a polícia. Precisei conversar com eles por muito tempo para não fazerem isso. Se tivessem chamado a polícia, isso teria matado sua mãe! Sabia disso?

Não respondi.

— Isso teria matado sua mãe, sabia disso?

Não respondi.

— Precisei dar dinheiro para eles ficarem em silêncio. Além disso, vou precisar pagar as despesas médicas. Vou te dar a surra da sua vida! Vou curar você. Não vou criar um filho que não se encaixa na sociedade humana!

Ele ficou lá na porta, sem se mover. Fitei os olhos dele debaixo daquelas sobrancelhas, aquele corpo grande.

— Eu quero a polícia — falei. — Não quero você. Prefiro a polícia.

Ele se moveu lentamente na minha direção.

— A polícia não entende pessoas como você.

Eu me levantei da cama e fechei os punhos.

— Vamos — falei —, vou lutar com você!

Ele estava em cima de mim em um instante. Houve um clarão de luz ofuscante e um golpe tão forte que nem o senti. Estava no chão. Eu me levantei.

— É melhor você me matar — falei —, porque, quando eu ficar grande o suficiente, eu vou matar você!

O golpe seguinte me jogou para baixo da cama. Parecia um bom lugar para ficar. Olhei para cima, para as molas, e nunca tinha visto nada tão amistoso e maravilhoso quanto aquelas molas lá em cima. Então eu ri, era um riso de pânico, mas eu ri, e ri porque me veio o pensamento de que talvez Simpson *tivesse* fodido uma menininha atrás da minha casa.

— Do que caralhos você está rindo? — berrou meu pai. — Você é com certeza o *Fílho de Satã*, você não é o *meu* filho!

Vi a mão grande dele vindo para baixo da cama, à minha procura. Quando chegou perto de mim, peguei-a com as duas mãos e mordi com toda a força que tinha. Houve um uivo feroz e a mão se retirou. Senti gosto de carne molhada na boca, cuspi. Então soube que, embora Simpson não estivesse morto, em pouco tempo eu bem poderia estar.

— Certo — ouvi meu pai dizer, em voz baixa —, agora você realmente pediu, e por Deus, você vai receber...

Eu esperei e, enquanto esperava, tudo que ouvia eram sons estranhos. Ouvia pássaros, ouvia os sons dos carros passando, ouvia até o coração batendo e o sangue correndo pelo corpo. Ouvia meu pai respirando e me movi para o centro exato debaixo da cama e esperei pelo que viria a seguir.

[Conto publicado na coletânea *Miscelânea septuagenária*, 1990]

O quinto ano foi um pouco melhor. Os outros estudantes pareciam menos hostis e eu estava ficando fisicamente maior. Ainda não era escolhido para os times, mas era menos ameaçado. David e seu violino haviam ido embora. A família se mudara. Eu voltava para casa sozinho. Com frequência era seguido por dois caras, dos quais Juan era o pior, mas eles não começavam nada. Juan fumava cigarros. Andava atrás de mim fumando um cigarro e sempre tinha um amigo diferente com ele. Nunca me seguia sozinho. Aquilo me assustava. Queria que fossem embora. No entanto, por outro lado, não me importava. Eu não gostava de Juan. Não gostava de ninguém naquela escola. Acho que sabiam disso. Acho que é por isso que não gostavam de mim. Eu não gostava do jeito que andavam, falavam ou da aparência deles, mas também não gostava de meus pais. Ainda tinha a sensação de estar cercado por um espaço branco vazio. Sempre havia uma leve náusea em meu estômago. Juan tinha a pele escura e usava uma corrente de latão em vez de cinto. As meninas tinham medo dele. E os meninos também. Ele e um de seus amigos me seguiam até em casa quase todos os dias. Eu entrava em casa e eles ficavam lá fora. Juan fumava seu cigarro, parecendo durão, e o amigo ficava ali. Eu os observava através da cortina. Por fim, iam embora.

A sra. Fretag era nossa professora de inglês. No primeiro dia de aula ela perguntou nossos nomes.

— Quero conhecer todos vocês — disse ela, sorrindo. — Agora, cada um de vocês tem um pai, tenho certeza. Acho que seria interessante se soubéssemos com o que os pais de vocês trabalham. Vamos começar com a carteira número um e continuamos pela sala. Marie, com que o seu pai trabalha?

— Ele é jardineiro.

— Ah, isso é legal! Carteira números dois... Andrew, qual o emprego do seu pai?

Era terrível. Todos os pais da vizinhança mais próxima tinham perdido o emprego. Meu pai tinha perdido o emprego. O pai de Gene passava o dia sentado na varanda da frente. Todos os pais

CORRO COM A CAÇA

estavam sem emprego, exceto pelo de Chuck, que trabalhava em um frigorífico. Ele dirigia um carro vermelho com o nome da empresa de carne do lado.

— Meu pai é bombeiro — disse a carteira número dois.

— Ah, isso é interessante — comentou a sra. Fretag. — Carteira número três.

— Meu pai é advogado.

— Carteira número quatro.

— Meu pai é... policial...

O que eu ia dizer? Talvez somente os pais da minha vizinhança estivessem desempregados. Eu tinha ouvido sobre a quebra da bolsa de valores. Significava algo ruim. Talvez a bolsa de valores só tivesse quebrado em nossa vizinhança.

— Carteira número dezoito.

— Meu pai é ator de cinema...

— Dezenove...

— Meu pai é violinista de concerto.

— Vinte...

— Meu pai trabalha no circo...

— Vinte e um...

— Meu pai é motorista de ônibus...

— Vinte e dois...

— Meu pai canta na ópera...

— Vinte e três...

Vinte e três. Era eu.

— Meu pai é dentista — falei.

A sra. Fretag passou pela sala até alcançar o número trinta e três.

— Meu pai não tem emprego — disse o número trinta e três.

Merda, pensei, queria ter pensado nisso.

Um dia a sra. Fretag nos deu uma tarefa.

BUKOWSKI

— Nosso distinto presidente, o presidente Herbert Hoover, vai visitar Los Angeles neste sábado para discursar. Quero que todos vocês estejam presentes para ouvir o nosso presidente. E quero que escrevam uma redação sobre o que acharam do discurso do presidente Hoover.

Sábado? Eu não tinha como ir. Precisava cortar a grama. Precisava tirar as hastes (eu nunca conseguia tirar todas as hastes). Quase todo sábado eu apanhava com a tira de couro de afiar navalha porque meu pai achava uma haste. (Eu também apanhava durante a semana, uma ou duas vezes, por outras coisas que deixava sem fazer ou não fazia direito.) Não tinha como dizer para meu pai que precisava ir ver o presidente Hoover.

Então não fui. Naquele domingo, peguei papel e me sentei para escrever como tinha visto o presidente. O carro aberto dele, com flores penduradas atrás, tinha entrado no estádio de futebol. Um carro, cheio de agentes do serviço de segurança, foi antes, e dois outros seguiram bem atrás. Os agentes eram homens corajosos com armas para proteger nosso presidente. A multidão se levantou quando o carro do presidente entrou na arena. Nunca houve algo como aquilo. Era o presidente. Era ele. Ele acenou. Nós festejamos. Uma banda tocou. Gaivotas circulavam acima como se também soubessem que era o presidente. E tinha aviões escrevendo no céu também. Escreviam palavras no céu como A PROSPERIDADE ESTÁ LOGO ALI. O presidente ficou de pé no carro e, ao fazer isso, as nuvens se abriram e a luz do sol caiu sobre o rosto dele. Era como se Deus também soubesse. Então os carros pararam e nosso presidente, cercado pelos agentes do serviço secreto, foi até a plataforma de discurso. Quando ele ficou de pé diante do microfone, um pássaro desceu do céu e pousou na plataforma perto dele. Ele afastou o pássaro e riu, e todos nós rimos junto. Então ele começou a falar e as pessoas escutaram. Não consegui ouvir direito o discurso porque estava sentado muito perto de uma máquina de pipoca que fazia muito barulho estourando milho, mas acho que o ouvi dizer que os problemas na Manchúria não eram sérios, e que em casa tudo ficaria bem, não deveríamos nos preocupar, tudo o que precisávamos fazer era acreditar nos Estados Unidos. Haveria emprego o bastante para todos. Haveria dentistas o bastante, com dentes o bastante para arrancar. Haveria incêndios o bastante, com bombeiros o bastante para apagá-los. Fábricas e indústrias abririam novamente. Nossos amigos na América do Sul pagariam suas dívidas. Logo todos nós iríamos dormir em paz, com os estômagos e os corações cheios. Deus e nosso grande país iriam nos cercar de amor e nos proteger do mal, dos socialistas, nos despertar de nosso pesadelo nacional, para sempre...

O presidente ouviu os aplausos, acenou, então voltou para o carro, entrou, e foi levado, seguido por carros cheios de agentes secretos, assim que o sol começou a descer, a tarde tornando-se noite, vermelha, dourada e linda. Tínhamos visto e ouvido o presidente Herbert Hoover.

Entreguei minha redação na segunda-feira. Na terça, a sra. Fretag ficou diante da classe.

— Li todas as suas redações sobre a visita do nosso distinto presidente a Los Angeles. Eu estava lá. Alguns de vocês, notei, não puderam comparecer por um motivo ou outro. Para os que não puderam comparecer, gostaria de ler esta redação escrita por Henry Chinaski.

A sala ficou terrivelmente silenciosa. Eu era o membro menos popular da sala, de lavada. Era como uma faca entrando no coração de todos eles.

— Isso é muito criativo — disse a sra. Fretag, e ela começou a ler minha redação.

As palavras soavam bem para mim. Todos estavam escutando. Minhas palavras enchiam a sala, de uma lousa a outra, batiam no teto e quicavam, cobriam os sapatos da sra. Fretag e se empilhavam no chão. Algumas das meninas mais bonitas da sala começaram a arriscar olhares furtivos para mim. Todos os caras durões estavam putos. As redações deles não valiam merda alguma. Bebi minhas palavras como um homem sedento. Até comecei a acreditar nelas. Vi Juan sentado ali como se eu o tivesse socado no rosto. Estiquei as pernas e me recostei no encosto. Acabou cedo demais.

— Com esse ponto alto — disse a sra. Fretag —, aqui termino a aula...

Eles se levantaram e começaram a arrumar o material.

— Você não, Henry — falou a sra. Fretag.

Sentei-me na cadeira e a sra. Fretag ficou ali olhando para mim. Então ela disse:

— Henry, você estava lá?

Fiquei ali sentado tentando pensar em uma resposta. Não consegui. Eu disse:

— Não, eu não estava lá.

Ela sorriu.

— Isso deixa tudo ainda mais impressionante.

— Sim, senhora...

— Pode ir, Henry.

Eu me levantei e saí. Comecei a caminhar para casa. Então, era o que queriam: mentiras. Belas mentiras. Era do que precisavam. As pessoas eram tontas. Ia ser fácil para mim. Olhei ao redor. Juan e seu amigo não estavam me seguindo. As coisas estavam melhorando.

[Trecho do romance *Misto-quente*, 1982]

jantar, 1933

quando meu pai comia
seus lábios ficavam
engordurados
de comida.

e quando ele comia
ele falava como estava
boa
a comida
e que
a maioria das pessoas
não comia
tão bem
quanto nós
comíamos.

ele gostava de
empapar
o que restava
no prato
em um pedaço de
pão
enquanto fazia
sons de apreciação
eram mais
semi-
grunhidos.

BUKOWSKI

ele *sorvia* o
café
fazendo sons
altos
borbulhantes.
então colocava
a xícara
na mesa:

"sobremesa? é
gelatina?"

minha mãe a
trazia
em uma vasilha grande
e meu pai
tirava
colheradas.
conforme caía
no prato
a gelatina fazia
sons estranhos,
quase como
sons de
peido.

então vinha o
chantili,
aos montes
sobre a
gelatina.

CORRO COM A CAÇA

"ah! gelatina e
chantili!"

meu pai chupava a
gelatina e
chantili
da colher —
o som era como se
estivesse entrando em um
túnel de
vento.

ao terminar
aquilo
ele limpava a
boca
com um grande guardanapo
branco,
esfregando forte
em movimentos
circulares,
o guardanapo quase
escondendo
toda a
cara dele.

depois disso
vinham os
cigarros
Camel.
ele acendia um
com um fósforo

BUKOWSKI

de madeira,
então colocava o
fósforo,
ainda queimando,
sobre um
cinzeiro.

então um gole de
café, a xícara
de volta à mesa, e
um trago no
Camel.

"ah, essa foi uma
boa
refeição!"

momentos depois
no meu quarto
na minha cama
no escuro
a comida que eu
tinha comido
e o que eu tinha
visto
já me
deixavam
doente.

a única coisa
boa

era
ouvir
os grilos
lá fora,
lá fora
em outro mundo no qual
eu
não
vivia.

———

Um dia, como no primário, com David, um menino se prendeu a mim. Ele era pequeno, magro e quase não tinha cabelo no topo da cabeça. Os caras o chamavam de Carequinha. O nome de verdade dele era Eli LaCrosse. Eu gostava de seu nome de verdade, mas não dele. Ele simplesmente colou em mim. Era tão patético que eu não podia mandá-lo cair fora. Era como um cachorro vira-lata, com fome e se debatendo. Eu não me sentia bem por andar com ele. Mas, já que conhecia aquela sensação de cachorro vira-lata, o deixava ficar por perto. Ele usava um palavrão em quase todas as frases, ao menos um palavrão, mas era tudo fingimento, ele não era durão, era amedrontado. Eu não era amedrontado, mas era confuso, então talvez formássemos um bom par.

Eu andava com ele até a casa dele todos os dias depois da escola. Ele morava com a mãe, o pai e o avô. Tinham uma casinha do outro lado de um parque pequeno. Eu gostava da área, tinha grandes árvores cheias de sombra, e, já que algumas pessoas me disseram que eu era feio, sempre preferia a sombra ao sol, a escuridão à luz.

Durante nossas caminhadas para casa, Carequinha me contou sobre o pai. Ele tinha sido médico, um cirurgião de sucesso, mas

BUKOWSKI

perdera o registro profissional porque era um bêbado. Um dia conheci o pai de Carequinha. Ele estava sentado em uma cadeira debaixo de uma árvore, apenas sentado ali.

— Pai — disse ele —, esse é o Henry.

— Oi, Henry.

Aquilo me lembrou de quando vi meu avô pela primeira vez, de pé na soleira da porta. Só que o pai de Carequinha tinha cabelo e barba pretos, mas os olhos dele eram iguais, brilhantes e luminosos, tão estranhos. E ali estava Carequinha, o filho, e ele não brilhava de forma alguma.

— Vamos — falou Carequinha —, venha comigo.

Descemos para um porão, debaixo da casa. Estava escuro e úmido, e ficamos de pé por um tempo até que nossos olhos se acostumassem com a escuridão. Então consegui ver uma série de barris.

— Esses barris estão cheios de tipos diferentes de vinho — disse Carequinha. — Cada barril tem um espicho. Quer experimentar um pouco?

— Não.

— Vamos, porra, só um gole.

— Para quê?

— Você se acha um homem da porra ou o quê?

— Sou durão — falei.

— Então experimenta essa merda.

Ali estava o pequeno Carequinha, me desafiando. Sem problemas. Fui até um barril, baixei a cabeça.

— Vira o espicho, porra! Abra a boca, caralho!

— Tem alguma aranha aqui?

— Anda! Anda, porra!

Coloquei a boca debaixo do espicho e o abri. Um líquido fedido saiu e caiu na minha boca. Cuspi.

CORRO COM A CAÇA

— Não seja covarde! Engole, que merda é essa!

Abri o espicho e abri a boca. O líquido fedido entrou e eu engoli. Fechei o espicho e fiquei ali. Achei que fosse vomitar.

— Agora você bebe um pouco — falei para Carequinha.

— Claro — disse ele —, eu não tenho medo dessa porra!

Ele foi para baixo de um barril e deu um belo gole. Um marginalzinho daqueles não iria me vencer. Fui para baixo de outro barril, abri e dei um gole. Fiquei de pé. Começava a me sentir bem.

— Ei, Carequinha — falei —, gostei dessa coisa.

— Bom, experimenta mais dessa merda, então.

Experimentei mais. Tinha um gosto melhor. Eu me sentia melhor.

— Esse troço é do seu pai, Carequinha. Eu não deveria beber.

— Ele não liga. Parou de beber.

Nunca tinha me sentido tão bem. Era melhor do que me masturbar.

Fui de barril em barril. Era mágico. Por que ninguém tinha me avisado? Com isso, a vida era ótima, era um homem perfeito, eu era o melhor de todos.

Eu me endireitei e olhei para Carequinha.

— Cadê a sua mãe? Vou foder a sua mãe!

— Eu te mato, filho da puta, fica longe da minha mãe!

— Sabe que consigo te dar uma coça, Carequinha.

— Sei.

— Certo, vou deixar a sua mãe em paz.

— Então vamos, Henry.

— Mais um gole...

Fui para um barril e dei um longo gole. Então subimos a escada do porão. Quando saímos, o pai de Carequinha ainda estava sentado em sua cadeira.

— Vocês estavam na adega de vinhos, é?

— Estávamos — disse Carequinha.

— Estão começando cedo, não estão?

Não respondemos. Saímos para a rua, e eu e Carequinha fomos a uma loja que vendia chicletes. Compramos vários pacotes e enfiamos na boca. Ele estava preocupado que a mãe descobrisse. Eu não estava preocupado com nada. Nos sentamos em um banco do parque e mascamos chiclete, e pensei, bem, agora descobri algo, descobri algo que vai me ajudar, por muitos e muitos anos. A grama do parque parecia mais verde, os bancos pareciam melhores e as flores se esforçavam mais. Talvez aquela coisa não fosse boa para cirurgiões, mas qualquer um que quisesse ser cirurgião tinha alguma coisa errada, para começo de conversa.

[Trecho do romance *Misto-quente*, 1982]

poema de amor a uma stripper

cinquenta anos atrás eu via as garotas
balançarem e tirarem a roupa
no Burbank e no Follies
e era muito triste
e muito dramático
conforme as luzes mudavam de verde para
roxo para rosa
e a música era alta e
vibrante,
agora me sento aqui esta noite
fumando e
ouvindo música

clássica
mas ainda me lembro de alguns dos
seus nomes: Darlene, Candy, Jeanette
e Rosalie.
Rosalie era a
melhor, ela tinha a manha,
e nós nos retorcíamos nas cadeiras e
fazíamos sons
enquanto Rosalie trazia magia
aos solitários
tanto tempo atrás.

agora, Rosalie
ou muito velha ou
muito quieta debaixo da
terra,
aqui é o menino
espinhento
que mentia a
idade
só para ver
você.

você era boa, Rosalie
em 1935,
boa o bastante para lembrar
agora
quando a luz é
amarela
e as noites são
lentas.

O ginásio passou rápido o suficiente. Lá pelo oitavo ano, indo para o secundário, tive acne. Muitos dos caras tinham, mas não como a minha. A minha era realmente terrível. Era o pior caso da cidade. Eu tinha espinhas e furúnculos cobrindo todo o rosto, as costas, o pescoço e um pouco no peito. Aconteceu bem quando eu começava a ser aceito como um cara durão e um líder. Eu ainda era durão, mas não era a mesma coisa. Precisei me resguardar. Observava as pessoas de longe, como se fosse uma peça de teatro. Só que eles estavam no palco e eu era um público de uma pessoa só. Sempre tivera problemas com as garotas, mas com acne era impossível. As garotas estavam mais distantes do que nunca. Algumas eram realmente lindas — os vestidos, os cabelos, os olhos, o modo como se portavam. Apenas andar pela rua em uma tarde com uma delas, sabe, conversando sobre tudo e qualquer coisa, acho que teria feito com que eu me sentisse muito bem.

Além disso, havia alguma coisa a meu respeito que me metia continuamente em problemas. A maioria dos professores não confiava em mim, especialmente as professoras. Eu nunca disse algo fora de linha, mas diziam que era minha "atitude". Era alguma coisa no jeito como me sentava desleixado na cadeira e no meu "tom de voz". Eu era sempre acusado de "debochar", embora não tivesse consciência disso. Muitas vezes era tirado de sala durante a aula ou era enviado para a sala do diretor. O diretor fazia sempre a mesma coisa. Ele tinha uma cabine telefônica no escritório. Ele me fazia ficar na cabine telefônica com a porta fechada. Passei muitas horas naquela cabine telefônica. O único material de leitura ali era o *Ladies Home Journal*. Era tortura deliberada. Eu lia o *Ladies Home Journal* mesmo assim. Li cada nova edição. Esperava que talvez pudesse aprender alguma coisa sobre as mulheres.

Devo ter recebido cinco mil deméritos até a formatura, mas parecia não importar. Eles queriam se livrar de mim. Eu estava lá fora na fila que enchia o auditório um a um. Cada um de nós tinha um capelo e uma beca baratos que eram passados seguidamente para o próximo grupo que se formava. Podíamos ouvir o nome de cada pessoa enquanto ela andava pelo palco. Estavam dando muita importância para a porra da formatura do ginásio. A banda tocava o hino da escola:

Ah, Mt. Justin, Ah, Mt. Justin
Seremos verdadeiros,
Nossos corações cantam desenfreados
Todos os nossos céus são azuis...

Ficamos em fila, cada um esperando para marchar pelo palco. No público estavam nossos pais e amigos.

— Vou vomitar — disse um dos caras.

— Só vamos de uma merda para uma merda maior — falou outro.

As meninas pareciam mais sérias a respeito daquilo. Era por isso que eu não confiava nelas de verdade. Elas pareciam ser parte das coisas erradas. Elas e a escola pareciam ter a mesma música.

— Essa coisa me deprime — disse um dos caras. — Queria fumar.

— Toma...

Outro cara passou um cigarro para ele. Nós o passamos entre os quatro ou cinco do grupo. Dei um trago e exalei pelas narinas. Então vi Wagner Cacheado se aproximando.

— Joga fora! — falei. — Aí vem o cabeça de vômito.

Wagner veio na minha direção. Estava usando o uniforme de ginástica cinza, incluindo o suéter, como na primeira vez em que eu o vira, e em todas as posteriores. Ele ficou na minha frente.

— Escuta — disse ele —, você acha que vai se livrar de mim porque está saindo daqui, mas não vai! Vou seguir você pelo resto da sua vida. Vou seguir você até os confins do mundo e vou te pegar!

Eu só o encarei em silêncio e ele foi embora. O pequeno discurso de formatura de Wagner só me deixou muito maior com os caras. Eles acharam que eu devia ter feito alguma coisa das grandes para irritá-lo. Mas não era verdade. Wagner só era maluco.

Chegamos cada vez mais perto da porta do auditório. Não só podíamos ouvir cada nome ser anunciado, e os aplausos, mas podíamos ver o público.

Então era minha vez.

— Henry Chinaski — chamou o diretor ao microfone.

E eu fui para a frente. Não houve aplausos. Uma alma boa na plateia bateu palmas duas ou três vezes.

Havia fileiras de assentos sobre o palco para os formandos. Nós nos sentamos ali e esperamos. O diretor fez um discurso sobre oportunidade e sucesso nos Estados Unidos. Então acabou. A banda tocou a música da escola Mt. Justin. Os alunos e seus pais e amigos se levantaram e se misturaram. Andei por aí, procurando. Meus pais não estavam lá. Eu me certifiquei disso. Andei em volta e dei uma boa olhada.

Estava tudo bem. Um cara durão não precisava daquilo. Tirei meu capelo e beca ancestrais e dei ao cara no fim do corredor, o zelador. Ele dobrou as peças para a próxima vez.

Fui para fora. O primeiro a sair. Mas aonde poderia ir? Tinha onze centavos no bolso. Voltei andando para onde morava.

[Trecho do romance *Misto-quente*, 1982]

espera

verões quentes no meio dos anos 1930 em Los Angeles
onde um terreno a cada três estava vazio
e era uma viagem curta aos
laranjais —
se você tivesse um carro e a
gasolina.

verões quentes no meio dos anos 1930 em Los Angeles
muito jovem para ser homem e muito velho para
ser menino.

tempos difíceis
um vizinho tentou roubar nossa
casa, meu pai o pegou
entrando pela
janela,
o segurou lá no escuro
no chão:
"filho da puta
podre!"

"Henry, Henry, me solte,
me solte!"

"filho da puta vou matar
você!"

minha mãe ligou para a polícia.

BUKOWSKI

outro vizinho tacou fogo na casa
em uma tentativa de receber o
seguro.
ele foi investigado e
preso.

verões quentes no meio dos anos 1930 em Los Angeles
nada para fazer, nenhum lugar para ir, ouvindo
a conversa apavorada de nossos pais
à noite:
"o que vamos fazer? o que vamos
fazer?"

"meu deus, não sei..."

cães famintos nas vielas, pele repuxada
sobre as costelas, pelos caindo, línguas
de fora, olhos tristes, mais tristes do que qualquer tristeza
na terra.

verões quentes no meio dos anos 1930 em Los Angeles
os homens da vizinhança estavam quietos
e as mulheres eram como pálidas
estátuas.

os parques cheios de socialistas,
comunistas, anarquistas, de pé nos bancos
do parque, discursando, instigando.
o sol baixou em um céu claro e
o oceano estava limpo
e não éramos

CORRO COM A CAÇA

nem homens nem
meninos.

dávamos aos cães os restos secos e duros de
pão
que eles comiam gratos,
olhos brilhando em
surpresa,
rabos balançando com tanta
sorte

enquanto
a Segunda Guerra se movia em nossa direção,
mesmo então, durante aqueles
verões quentes no meio dos anos 1930 em Los Angeles.

Naquele verão, julho de 1934, mataram John Dillinger a tiros na
frente do cinema em Chicago. Ele nunca teve chance. A Dama de
Vermelho tinha apontado o dedo para ele. Mais de um ano antes
os bancos tinham entrado em colapso. A Proibição foi revogada
e meu pai bebia cerveja Eastside de novo. Mas a pior coisa foi
Dillinger ter morrido. Muita gente admirava Dillinger, e aquilo
deixou muita gente mal. Roosevelt era presidente. Ele fazia os
*Fireside Chats** no rádio e todos ouviam. Ele sabia falar. E começou
a montar programas para dar emprego às pessoas. Mas as coisas
ainda eram muito ruins. E minhas espinhas tinham piorado, eram
inacreditavelmente grandes.

---

* Conversas ao lado da lareira, em tradução livre, foi uma série de trinta e um discursos de Franklin D. Roosevelt transmitidos pelo rádio entre 1933 e 1944. [N.T.]

BUKOWSKI

Em setembro daquele ano eu estava planejando ir para a Woodhaven High, mas meu pai insistiu para que eu fosse para a Chelsey High.

— Olha — falei para ele —, a Chelsey fica fora do distrito. É muito longe.

— Faça o que estou mandando. Vai se matricular na Chelsey High.

Eu sabia por que ele queria que eu fosse para a Chelsey. As crianças ricas iam para lá. Meu pai era louco. Ainda pensava em ser rico. Quando Carequinha descobriu que eu ia para a Chelsey, decidiu ir para lá também. Não conseguia me livrar dele ou das minhas espinhas.

No primeiro dia fomos de bicicleta até a Chelsey e estacionamos. Era uma sensação terrível. A maioria daqueles moleques, ao menos os mais velhos, tinha o próprio carro, muitos deles conversíveis novinhos, e eles não eram pretos ou azul-escuros como a maioria dos automóveis, e sim amarelo-vivo, verdes, laranja e vermelhos.

Os caras sentavam-se neles do lado de fora da escola, e as meninas se reuniam em volta e saíam para passeios. Todos estavam bem-vestidos, os caras e as meninas, usavam pulôveres, relógios de pulso e sapatos da última moda. Pareciam muito adultos, preparados e superiores. E ali estava eu com minha camisa feita em casa, meu único par esfarrapado de calças, meus sapatos batidos, e estava coberto de espinhas. Os caras nos carros não tinham problemas com acne. Eram muito bonitos, eram todos altos e limpos com dentes brancos e brilhantes e não lavavam o cabelo com sabonete. Pareciam saber de algo que eu não sabia. Eu estava no fundo do poço de novo.

Já que todos os caras tinham carros, eu e Carequinha ficamos com vergonha de nossas bicicletas. Nós as deixávamos em casa e íamos e voltávamos andando da escola, quatro quilômetros cada vez. Levávamos sacolas marrons com lanches. Mas a maioria dos alunos nem comia na cantina da escola. Dirigiam até uma sorveteria com as garotas, tocavam as *jukeboxes* e riam. Estavam a caminho da USC, a Universidade da Carolina do Sul.

Eu sentia vergonha das minhas espinhas. Na Chelsey, você podia escolher entre educação física e o Corpo de Formação de Oficiais da Reserva. Escolhi o corpo de formação porque não precisava usar a roupa de ginástica e ninguém veria as espinhas no meu corpo. Mas odiava o uniforme. A camisa era feita de lã e irritava as espinhas. O uniforme era usado de segunda a quinta. Às sextas podíamos usar roupas normais.

Estudávamos o Manual de Armas. Era sobre guerra e merdas do tipo. Precisávamos passar em exames. Marchávamos pelo campo. Praticávamos o Manual de Armas. Manusear o rifle durante vários exercícios era ruim para mim. Eu tinha espinhas nos ombros. Às vezes, quando eu batia o rifle no ombro, uma espinha se rompia e vazava através da camisa. O sangue atravessava, mas como a camisa era grossa e feita de lã, a mancha não era óbvia e não parecia sangue.

Contei para minha mãe o que estava acontecendo. Ela forrou os ombros da camisa com remendos de tecido branco, mas só ajudou um pouco.

Uma vez um oficial veio para uma inspeção. Ele pegou o rifle das minhas mãos e o segurou, olhando pelo cano, procurando poeira. Ele devolveu o rifle para mim, então olhou para uma mancha de sangue no meu ombro direito.

— Chinaski! — explodiu ele. — O seu rifle está vazando óleo.

— Sim, senhor.

Passei pelo semestre, mas as espinhas ficavam cada vez piores. Eram grandes como nozes e cobriam o rosto todo. Eu sentia muita vergonha. Às vezes, em casa, ficava na frente do espelho do banheiro e apertava uma delas. Pus amarelo saía e respingava no espelho. E pequenos carocinhos duros brancos. De um modo horrível, era fascinante que tudo aquilo estivesse ali dentro. Mas eu sabia como era difícil para as outras pessoas olharem para mim.

A escola deve ter aconselhado meu pai. No fim daquele semestre fui tirado da escola. Fui para a cama e meus pais me cobriram com unguentos. Havia um bálsamo marrom que fedia. Meu pai preferia aquele. Queimava. Ele insistia para que eu deixasse agir por mais tempo, muito mais tempo do que as instruções sugeriam. Uma noite ele insistiu para que eu deixasse por horas. Comecei a gritar. Corri para a banheira, a enchi e tirei o bálsamo com dificuldade. Estava queimado, no rosto, nas costas e no peito. Naquela noite fiquei sentado na beira da cama. Não conseguia me deitar.

Meu pai entrou no quarto.

— Achei que tinha dito para você deixar aquele negócio!

— Olha o que aconteceu — disse a ele.

Minha mãe entrou no quarto.

— Esse filho da puta não *quer* ficar bom — disse meu pai a ela. — Por que eu tive que ter um filho assim?

Minha mãe perdeu o emprego. Meu pai continuou saindo de carro todas as manhãs como se estivesse indo trabalhar.

— Sou engenheiro — dizia às pessoas. Ele sempre quis ser engenheiro.

Conseguiram que eu fosse para o Hospital Geral do Condado de L.A.. Recebi um cartão branco comprido e subi no bonde número sete. A passagem custava sete centavos (ou quatro fichas por vinte e cinco). Coloquei minha ficha e fui para o fundo do bonde. Tinha uma consulta às oito e meia da manhã.

CORRO COM A CAÇA

Alguns quarteirões na frente, um menininho e uma mulher subiram no bonde. A mulher era gorda e o menino tinha uns quatro anos. Sentaram-se no assento atrás de mim. Olhei pela janela. Seguimos andando. Eu gostava do bonde número sete. Ia bem rápido e balançava enquanto o sol brilhava lá fora.

— Mamãe — ouvi o menininho dizer. — O que tem de *errado* com a cara daquele homem?

A mulher não respondeu.

O menino fez a mesma pergunta de novo.

Ela não respondeu.

Então o menino gritou:

— *Mamãe! O que tem de errado com a cara daquele homem?*

— Calado! Não sei o que tem de errado com a cara dele!

Fui para a parte de admissões do hospital e me instruíram a me apresentar no quarto andar. Lá, uma enfermeira na mesa pegou meu nome e me disse para me sentar. Sentávamo-nos em duas longas filas de cadeiras de hospital, uma de frente para a outra. Mexicanos, brancos, negros. Não havia orientais. Não havia algo para ler. Alguns dos pacientes tinham jornais do dia anterior. Eram pessoas de todas as idades, magras e gordas, baixas e altas, velhas e jovens. Ninguém falava. Todos pareciam muito cansados. Auxiliares andavam para lá e para cá, às vezes se via uma enfermeira, mas nunca um médico. Uma hora se passou, duas. Ninguém foi chamado. Eu me levantei para ir ao bebedouro. Olhei para as pequenas salas onde as pessoas seriam examinadas. Não havia vivalma em qualquer uma das salas, nem médicos nem pacientes.

Fui até a mesa. A enfermeira estava olhando para um grande livro grosso com nomes escritos. O telefone tocou. Ela atendeu.

— O dr. Menen ainda não chegou.

Ela desligou.

79

BUKOWSKI

— Com licença — falei.

— Sim? — perguntou a enfermeira.

— Os médicos ainda não chegaram. Posso voltar mais tarde?

— Não.

— Mas não tem ninguém aqui.

— Os médicos estão atendendo.

— Mas estou marcado às oito e meia.

— Todo mundo está marcado às oito e meia.

Havia umas quarenta e cinco ou cinquenta pessoas esperando.

— Já que estou na lista de espera, posso voltar em algumas horas, talvez tenha algum médico aqui então.

— Se for embora agora, vai automaticamente perder a consulta. Vai precisar voltar amanhã se ainda quiser ser atendido.

Voltei e me sentei em uma cadeira. Os outros não protestaram. Havia muito pouco movimento. Às vezes, duas ou três enfermeiras passavam rindo. Uma vez empurraram um homem em uma cadeira de rodas. As duas pernas dele estavam enfaixadas, e a orelha do lado da cabeça que dava para mim tinha sido cortada. Havia um buraco preto dividido em duas pequenas seções, e parecia que uma aranha tinha entrado ali e feito uma teia. Horas se passaram. O meio-dia veio e se foi. Mais uma hora. Duas horas. Ficamos sentados esperando. Então alguém disse:

— Ali está um médico!

O médico entrou em uma das salas de consulta e fechou a porta. Todos observamos. Nada. Uma enfermeira entrou. Nós a ouvimos rir. Então ela saiu. Cinco minutos. Dez minutos. O médico saiu com uma prancheta na mão.

— Martinez? — chamou o médico. — José Martinez?

Um mexicano velho e magro ficou de pé e começou a andar na direção do médico.

— Martinez? Martinez, meu velho, como está?

CORRO COM A CAÇA

— Doente, doutor... Acho que morrer...

— Bem, agora... Entre aqui...

Martinez ficou lá dentro por muito tempo. Peguei um jornal largado e tentei ler. Mas todos estávamos pensando em Martinez. Se Martinez saísse de lá, alguém seria o próximo.

Então Martinez gritou:

— *Aaaahhhh! Aaaahhh! Para! Para! Ahhh! Misericórdia! Deus! Por favor, para!*

— Ora, ora, isso não machuca... — disse o médico.

Martinez gritou de novo. Uma enfermeira entrou correndo na sala de consulta. Houve um silêncio. Todos podíamos ver a sombra preta de uma porta semiaberta. Então um auxiliar entrou correndo na sala de exame. Martinez fez um som gorgolejante. Ele foi tirado de lá em uma maca com rodas. A enfermeira e o auxiliar o empurraram pelo corredor e por umas portas de vaivém. Martinez estava sob um lençol, mas não estava morto porque o lençol não estava puxado sobre o rosto.

O médico ficou na sala por mais dez minutos. Então ele saiu com a prancheta.

— Jefferson Williams? — chamou.

Não houve resposta.

— Jefferson Williams está aqui?

Não houve resposta.

— Mary Blackthorne?

Não houve resposta.

— Harry Lewis?

— Sim, doutor?

— Venha para a frente, por favor...

Era muito lento. O médico atendeu mais cinco pacientes. Então saiu da sala de consulta, parou na mesa, acendeu um cigarro e conversou com a enfermeira por quinze minutos. Ele parecia um homem muito inteligente. Tinha um tique do lado direito do rosto, que ficava se contraindo, e cabelos ruivos com fios grisalhos. Usava óculos os quais ficava tirando e colocando. Outra enfermeira entrou e deu a ele uma xícara de café. Ele deu um gole, então, segurando o café com uma mão, empurrou as portas de vaivém com a outra e foi embora.

A enfermeira encarregada saiu de trás da mesa com nossos cartões brancos compridos e chamou nossos nomes. Conforme respondíamos, recebíamos o cartão de volta.

— A ala está fechada por hoje. Por favor, volte amanhã, se desejar. O horário da sua consulta está carimbado no cartão.

Olhei para meu cartão. Fora carimbado com oito e meia da manhã.

[Trecho do romance *Misto-quente*, 1982]

Era como uma furadeira, poderia ser uma furadeira, eu sentia o cheiro do óleo queimando, e enfiavam aquela coisa na minha cabeça, na minha pele, e ela furava e trazia à tona sangue e pus, e eu ficava ali sentado, o macaco do meu cordão da alma pendurado à beira de um precipício. Eu estava coberto de espinhas do tamanho de pequenas maçãs. Era ridículo e inacreditável. Pior caso que já vi, disse um dos médicos, e ele era velho. Eles se reuniam ao meu redor como a alguma aberração. Eu era uma aberração. Ainda sou uma aberração. Tomava o bonde para ir e voltar da ala de atendimento gratuito. As crianças nos bondes encaravam e perguntavam às mães:

— O que tem de errado com aquele homem? Mãe, o que tem de errado com a *cara* daquele homem?

E a mãe fazia *"psssíuuu!"*. Aquele "psssiiiiu" era a pior condenação, e elas permitiam que seus pequenos filhos e filhas da puta me encarassem sobre o encosto dos assentos, e eu olhava pela janela e via os prédios passarem, e me afogava, esmurrado e me afogando, nada a fazer. Os médicos, por falta de outra coisa, chamavam de acne vulgar. Eu me sentava por horas em um banco de madeira esperando pela minha furadeira. Que história triste, não? Eu me lembro dos velhos prédios de alvenaria, das enfermeiras afáveis e descansadas, dos médicos rindo, tendo alcançado o sucesso. Foi lá que aprendi sobre a falácia dos hospitais — que os médicos eram reis e os pacientes eram uns merdas e que os hospitais estavam lá apenas para que os médicos fossem bem-sucedidos em sua superioridade branca engomada, eles podiam ser bem-sucedidos com as enfermeiras também: dr. dr. dr. aperte minha bunda no elevador, esqueça o fedor do câncer, esqueça o fedor da vida. Nós não somos os pobres tolos, nunca vamos morrer; bebemos nosso suco de cenoura e, quando nos sentimos mal, podemos pegar uma dose, uma agulha, toda a droga de que precisamos. Piu, piu, piu, a vida vai cantar para nós, nós das Grandes Oportunidades. Eu ia e me sentava e eles colocavam a furadeira em mim. *Brrrr, brrr, brrr, brr*, enquanto isso o sol fazia crescer as dálias e laranjas e brilhava através dos vestidos das enfermeiras, deixando as pobres aberrações malucas. *Brrrrrrrr, brrr, brr*.

— Nunca vi *ninguém* enfrentar a agulha assim!

— Olhe para ele, firme e forte!

De novo uma reunião de comedores de enfermeiras, uma reunião de homens que tinham casas enormes e tempo para rir e ler e ir a peças de teatro e comprar pinturas e esquecer como pensar, para esquecer como sentir qualquer coisa. Branco engomado e minha derrota. A reunião.

— Como você se sente?

BUKOWSKI

— Maravilhoso.

— Não sente dor com a agulha?

— Vai se foder.

— Quê?

— Eu disse: vai se foder.

— Ele é só um menino. Está amargurado. Não tiro a razão dele. Quantos anos você tem?

— Catorze.

— Só estava elogiando a sua coragem, a maneira como enfrentou a agulha. Você é durão.

— Vai se foder.

— Não pode falar comigo assim.

— Vai se foder, vai se foder, vai se foder.

— Você precisa resistir melhor. Imagina se fosse cego?

— Aí não precisaria olhar para a sua cara maldita.

— O menino é doido.

— Com certeza é, deixe ele em paz.

Aquilo era um hospital e tanto, e nunca percebi que vinte anos depois estaria de volta, de novo na ala gratuita. Hospitais, cadeias e putas: essas são as universidades da vida. Tenho vários diplomas. Pode me chamar de Sr.

[Trecho de "Notas de um velho safado", conto publicado na coletânea *Ao sul de lugar nenhum*, 1973]

———

A máquina de raios ultravioletas desligou. Eu tinha sido tratado de ambos os lados. Tirei os óculos de proteção e comecei a me vestir. A srta. Ackerman entrou.

— Espere — disse ela —, não coloque a roupa ainda.

CORRO COM A CAÇA

Pensei, o que ela ia fazer comigo?

— Sente-se na beira da mesa.

Eu me sentei lá e ela começou a esfregar um bálsamo em meu rosto. Era uma substância grossa parecida com manteiga.

— Os médicos decidiram usar uma nova abordagem. Vamos enfaixar o seu rosto para gerar drenagem.

— Srta. Ackerman, o que aconteceu com aquele homem com o narigão? Aquele nariz que continuava crescendo?

— O sr. Sleeth?

— O homem com o narigão.

— Aquele era o sr. Sleeth.

— Nunca mais o vi. Ele se curou?

— Ele morreu.

— Você quer dizer que ele morreu daquele narigão?

— Suicídio.

A srta. Ackerman continuou a passar o bálsamo.

Então ouvi um homem gritar da ala vizinha:

— *Joe, onde você está? Joe, você disse que ia voltar! Joe, cadê você?*

A voz era alta e tão triste, tão cheia de dor.

— Fez isso todas as tardes esta semana — disse a srta. Ackerman —, e Joe não vai vir buscá-lo.

— Não conseguem ajudá-lo?

— Não sei. Todos se aquietam, por fim. Agora pegue o dedo e segure esse protetor enquanto eu coloco os curativos em você. Isso. É isso. Agora solte. Ótimo.

— *Joe! Joe, você disse que ia voltar! Onde você está, Joe?*

— Agora aperte o dedo neste protetor. Aí. Segure aí. Vou te enrolar bem! Ali. Agora vou prender os curativos.

Então ela acabou.

— Certo, coloque a sua roupa. Vejo você depois de amanhã. Tchau, Henry.

— Tchau, srta. Ackerman.

Eu me vesti, saí da sala e andei pelo corredor. Havia um espelho em uma máquina de cigarros no saguão. Olhei no espelho. Estava ótimo. Minha cabeça inteira estava coberta de curativos. Eu estava todo branco. Não se podia ver nada além dos olhos, da boca e das orelhas, e alguns tufos de cabelo saindo do topo da cabeça. Eu estava *escondido*. Era maravilhoso. Parei, acendi um cigarro e dei uma olhada pelo saguão. Alguns pacientes internados liam revistas e jornais. Eu me senti muito excepcional e um pouco malvado. Ninguém tinha ideia do que acontecera comigo. Acidente de carro. Um assassinato. Incêndio. Ninguém sabia.

Saí do saguão e do prédio e fiquei na calçada. Ainda podia ouvi-lo.

— *Joe! Joe! Onde você está, Joe?*

Joe não viria. Não era bom confiar em outro ser humano. Não importava o que fosse necessário, os humanos não o tinham.

Na viagem de volta de bonde, sentei-me no fundo fumando cigarros com a cabeça enfaixada. As pessoas olhavam, mas eu não me importava. Havia mais medo do que horror no olhar delas agora. Eu esperava que pudesse ficar desse jeito para sempre.

Fui até o final da linha, e saí. A tarde estava virando noite e fiquei na esquina do Washington Boulevard com a Westview Avenue olhando as pessoas. As poucas que tinham empregos voltavam do trabalho para casa. Meu pai logo estaria voltando do emprego falso. Eu não tinha emprego, não ia à escola. Não fazia nada. Estava enfaixado, estava parado na esquina fumando um cigarro. Eu era um homem durão, um homem perigoso. Sabia das coisas. Sleeth tinha se suicidado. Eu não iria me suicidar. Eu preferia matar alguns deles. Levaria uns quatro ou cinco comigo. Mostraria a eles o que significava aprontar comigo.

Uma mulher desceu a rua na minha direção. Ela tinha belas pernas. Primeiro olhei direto nos olhos dela, depois olhei para baixo, para as pernas, e conforme ela passou observei a bunda, engoli a bunda dela. Memorizei a bunda dela e as costuras das meias de seda.

Jamais poderia ter feito aquilo sem os curativos.

Os curativos eram úteis. O Hospital do Condado de L.A. finalmente tivera uma ideia. As espinhas desincharam. Não desapareceram, mas diminuíram um pouco. Mas novas surgiam e inchavam de novo. Eles me furavam e me enfaixavam de novo.

As sessões com a furadeira eram intermináveis. Trinta e dois, trinta e seis, trinta e oito vezes. Não existia mais medo da furadeira. Nunca havia existido. Apenas uma raiva. Mas a raiva havia passado. Não havia nem resignação da minha parte, apenas repulsa, uma repulsa por isso ter acontecido comigo, e uma repulsa dos médicos que não conseguiam fazer algo a respeito daquilo. Eles estavam impotentes e eu estava impotente, a única diferença sendo que eu era a vítima. Eles podiam voltar para casa e para suas vidas e esquecerem, enquanto eu estava preso na mesma cara.

Mas aconteceram mudanças na minha vida. Meu pai arrumou um emprego. Ele passou em uma prova para o Museu do Condado de L.A. e conseguiu um emprego como segurança. Meu pai era bom em provas. Amava matemática e história. Ele passou na prova e finalmente tinha um lugar para ir toda manhã. Havia três vagas para guardas e ele conseguiu uma.

O Hospital Geral do Condado de L.A. de algum jeito soube, e a srta. Ackerman me disse um dia:

— Henry, este é o seu último tratamento. Vou sentir a sua falta.

— Ah, deixa disso — falei —, pare de brincar. Você vai sentir a minha falta tanto quanto eu vou sentir falta daquela agulha elétrica!

Mas ela estava muito estranha naquele dia. Os olhos grandes estavam lacrimosos. Eu a ouvi assoando o nariz.

Ouvi uma das enfermeiras perguntar a ela:

— Ora, Janice, o que há de errado com você?

— Nada. Estou bem.

Pobre srta. Ackerman. Eu tinha quinze anos e estava apaixonado por ela e coberto de espinhas e não havia algo que pudéssemos fazer.

— Certo — disse ela —, este vai ser o seu último tratamento de raio ultravioleta. Deite-se de barriga para baixo.

— Agora eu sei o seu primeiro nome — comentei com ela. — Janice. É um nome bonito. Como você.

— Ah, cale a boca — respondeu ela.

Eu a vi uma última vez quando a primeira campainha tocou. Eu me virei, Janice rearrumou a máquina e saiu da sala. Nunca mais a vi.

Meu pai não acreditava em médicos que não eram de graça.

— Eles te fazem mijar em um tubo, levam o seu dinheiro e vão para casa para as esposas em Beverly Hills — dizia ele.

Mas uma vez ele me mandou para um. Para um médico que tinha mau hálito e a cabeça redonda como uma bola de basquete, só que com dois olhinhos, quando uma bola de basquete não tinha nenhum. Eu não gostava do meu pai, e o médico não era melhor. Ele disse: sem frituras, e beba suco de cenoura. Era isso.

Eu entraria de novo no secundário no próximo semestre, disse meu pai.

— Estou ralando para impedir as pessoas de roubarem. Um crioulo* quebrou o vidro de um mostruário e roubou umas

---

* *Nígger*, no original, é uma injúria racial extremamente ofensiva. Seu uso, neste trecho, pode ter sido feito de forma proposital a fim de construir o personagem do pai de Chinaski como alguém preconceituoso. [*N.T.*]

moedas raras ontem. Peguei o filho da puta. Rolamos juntos escada abaixo. Segurei ele até os outros chegarem. Eu arrisco a minha vida todos os dias. Por que você fica aí sentado, amuado? Quero que você seja engenheiro. Como você vai ser o maldito de um engenheiro se acho cadernos cheios de mulheres com as saias levantadas e a bunda de fora? É só *isso* que sabe desenhar? Por que não desenha flores ou montanhas ou o oceano? Vai voltar para a escola!

Eu bebia suco de cenoura e esperava para refazer a matrícula. Só tinha perdido um semestre. As espinhas não estavam curadas, mas não estavam tão ruins quanto antes.

[Trecho do romance *Misto-quente*, 1982]

meu velho

dezesseis anos de idade
durante a depressão
eu voltava para casa bêbado
e todas as minhas roupas —
shorts, camisas, meias —
mala e páginas de
contos
estariam jogadas pelo
quintal e pela
rua.
minha mãe estaria
esperando atrás de uma árvore:

BUKOWSKI

"Henry, Henry, não
entre... ele vai
te matar, ele leu
seus contos..."

"eu consigo dar uma
surra nele..."

"Henry, por favor, pegue
isso... e
arrume um quarto."

mas ele se preocupava
que eu pudesse não
terminar o segundo grau
então eu voltava
de novo.

uma noite ele entrou
com as páginas de
um de meus contos
(que eu nunca tinha dado
 a ele)
e disse: "este é
um grande conto".
eu disse: "ok",
e ele me passou o conto
e eu o li.
era um conto sobre
um homem rico
que teve uma briga com
a mulher e tinha

CORRO COM A CAÇA

saído pela noite
para uma xícara de café.
e tinha observado
a garçonete e as colheres
e os garfos e
o saleiro e o pimenteiro
e o letreiro néon
na vitrine
e tinha voltado
para seu estábulo
para ver e tocar seu
cavalo favorito
que então
deu um coice na cabeça dele
e o matou.

de algum jeito
o conto tinha
significado para ele
embora,
quando o escrevi,
não tivesse ideia
do que estava
escrevendo.

então disse a ele:
"ok, velho, pode
ficar com ele".

e ele pegou
e saiu
e fechou a porta.

acho que foi
o mais próximo
que já estivemos.

Eu via o caminho diante de mim. Eu era pobre e ia continuar pobre. Mas eu não queria dinheiro especificamente. Não sabia o que queria. Sim, sabia. Queria um lugar para me esconder, um lugar onde não fosse preciso fazer nada. A ideia de ser alguma coisa não apenas me amedrontava, me dava ânsia. A ideia de ser um advogado, um vereador ou um engenheiro, qualquer coisa assim, me parecia impossível. Casar, ter filhos, ser aprisionado na estrutura familiar. Ir trabalhar em algum lugar todos os dias e voltar. Era impossível. Fazer coisas, coisas simples, participar de piqueniques em família, Natal, Quatro de Julho, Dia do Trabalho, Dia das Mães... um homem nascia apenas para suportar essas coisas e então morrer? Eu preferia ser um lavador de pratos, voltar sozinho para um quarto minúsculo e beber até dormir.

Meu pai tinha um plano mestre. Ele me disse:

— Meu filho, todo homem deveria comprar uma casa durante a vida. Por fim, ele morre e deixa aquela casa para o filho. O filho compra a própria casa e morre, deixa as duas casas para o filho *dele*. São duas casas. Aquele filho compra a própria casa, são três casas...

A estrutura da família. Vitória sobre a adversidade através da família. Ele acreditava nisso. Pegue a família, misture com Deus e a Pátria, adicione uma jornada de dez horas e você tinha o necessário.

Olhei para meu pai, para as mãos dele, o rosto, as sobrancelhas, e soube que aquele homem não tinha nada a ver comigo. Ele era um estranho. Minha mãe era não existente. Eu era amaldiçoado. Olhando para meu pai, não via algo além de uma obtusidade indecente. Pior, ele tinha mais medo de fracassar do que a maioria das pessoas. Séculos de sangue camponês e treinamento camponês. A linhagem Chinaski fora enfraquecida por uma série de servos camponeses que deram as vidas reais por ganhos fracionais e ilusórios. Nenhum homem na linhagem disse: "Não quero uma casa, quero *mil* casas, *agora!*".

Ele tinha me colocado naquele colégio de gente rica esperando que a atitude dos mandantes fosse passar para mim conforme eu observava os meninos ricos pararem seus cupês cor de creme com um guincho de pneus e pegarem as garotas em vestidos coloridos. Em vez disso aprendi que os pobres geralmente permanecem pobres. Que os jovens ricos sentem o fedor dos pobres e aprendem a achar isso um tanto divertido. Eles precisavam rir, ou seria muito aterrorizante. Eles tinham aprendido isso, através dos séculos. Jamais perdoaria as meninas por entrarem naqueles cupês cor de creme com os rapazes risonhos. Elas não podiam evitar, é claro, no entanto, você sempre pensa, talvez... Mas, não, não havia um talvez. Riqueza significava vitória, e vitória era a única realidade.

Que mulher escolhe viver com um lavador de pratos?

Durante o secundário, tentei não pensar muito em como as coisas se desenrolariam para mim. Parecia melhor atrasar o pensamento...

Finalmente era o dia da festa de formatura. Seria no ginásio das meninas com música ao vivo, uma banda de verdade. Não sei por quê, mas andei até lá naquela noite, os quatro quilômetros desde a casa dos meus pais. Fiquei lá fora no escuro e olhei para dentro, pela janela coberta por arame, e fiquei pasmo. As meninas pareciam muito adultas, majestosas, adoráveis, usavam vestidos longos e todas estavam lindas. Eu quase não as reconheci. E os rapazes em fraques, eles estavam ótimos, dançavam tão retos, cada um deles com uma garota nos braços, o rosto apertado no cabelo dela. Todos dançavam lindamente e a música era alta e clara e boa, poderosa.

Então vislumbrei meu reflexo olhando para eles: espinhas e cicatrizes no rosto, a camisa esfarrapada. Eu era como algum animal da selva atraído pela luz e olhando lá dentro. Por que tinha vindo? Eu me senti enjoado. Mas continuei olhando. A música terminou. Houve uma pausa. Os casais conversavam com facilidade. Era natural e civilizado. Onde tinham aprendido a conversar e dançar? Eu não sabia conversar ou dançar. Todo mundo sabia alguma coisa que eu não sabia. As meninas tinham uma aparência tão boa, os meninos, tão belos. Eu ficaria muito aterrorizado até para olhar para uma daquelas meninas, muito menos ficar sozinho perto de uma. Encará-la nos olhos ou dançar com ela estava além das minhas capacidades.

E, no entanto, eu sabia que o que eu via não era tão simples e bom como parecia. Havia um preço a ser pago por aquilo tudo, uma falsidade geral, que poderia facilmente ser acreditada, e poderia ser o primeiro passo para uma rua sem saída. A banda começou a tocar de novo e os rapazes e as moças voltaram a dançar e as luzes giravam acima, jogando tons de dourado, então vermelho, então azul, então verde, então dourado de novo, sobre os casais. Conforme os observava, disse a mim mesmo, um dia minha festa vai começar. Quando esse dia chegar, terei algo que eles não têm.

Mas, então, ficou demais para mim. Eu os odiava. Eu odiava a beleza deles, a juventude imperturbável, e enquanto os observava dançar através das poças coloridas de luz mágica, abraçados, sentindo-se tão bem, criancinhas ilesas, temporariamente com sorte, eu os odiava porque eles tinham algo que eu ainda não tivera, e eu disse a mim mesmo, disse a mim mesmo de novo, *um dia serei tão feliz quanto qualquer um de vocês, vocês vão ver.*

Eles continuaram dançando, e eu repeti isso para eles.

Então ouvi um som de trás de mim.

— Ei! O que você está fazendo?

Era um velho com uma lanterna. Ele tinha uma cabeça de sapo.

— Estou vendo a festa.

Ele segurou a lanterna bem debaixo do nariz. Os olhos eram redondos e grandes, brilhavam como os de um gato ao luar. Mas a boca era murcha, caída, e a cabeça era redonda. Tinha uma redondeza peculiar e sem sentido que me lembrou de uma abóbora tentando bancar o especialista.

— Cai fora daqui!

Ele passou o farolete sobre mim de cima a baixo.

— Quem é você? — perguntei.

— Sou o zelador da noite. Cai fora daqui antes que eu chame a polícia!

— Por quê? É a festa de formatura e eu sou um formando.

Ele apontou a luz para a minha cara. A banda tocava "Deep Purple".

— Mentira! — disse ele. — Você tem no mínimo vinte e dois anos.

— Estou no anuário, Turma de 1939, sala de formandos, Henry Chinaski.

— Então por que não está lá dentro dançando?

— Esquece. Vou para casa.

— *Faça isso*.

Saí andando. Continuei andando. A lanterna dele pulava pelo caminho, a luz me acompanhando. Saí do campus. Era uma bela noite morna, quase quente. Achei que tinha visto uns vaga-lumes, mas não tinha certeza.

[Trecho do romance *Misto-quente*, 1982]

a queima do sonho

a velha Biblioteca Pública de L.A. pegou
fogo
aquela biblioteca no centro
e com ela se foi
grande parte da minha
juventude.

estava sentado naqueles bancos
de pedra ali com o meu amigo
Carequinha quando ele
perguntou:
"vai entrar para a
Brigada
Abraham Lincoln?".*

"claro", disse a
ele.

mas percebendo que não era
um intelectual ou idealista
político
voltei atrás
naquilo
depois.

eu era um *leitor*
naquele tempo

---

* Batalhão formado por voluntários americanos que serviram como soldados, médicos e aviadores na Guerra Civil Espanhola contra os franquistas. [N.E.]

CORRO COM A CAÇA

indo de sala em
sala: literatura, filosofia,
religião, até medicina
e geologia.

bem cedo
decidi ser escritor,
achei que poderia ser a
saída
fácil
e os grandes rapazes romancistas não pareciam
muito durões para
mim.
tinha mais problemas com
Hegel e Kant.

a coisa que me
incomodava
a respeito de todos
é que demoravam tanto
para por fim dizer
algo vívido e/
ou
interessante.
achava que era
melhor do que todos
na época.

iria descobrir duas
coisas:
a) a maioria das editoras achava que qualquer

BUKOWSKI

coisa chata tinha algo a ver com coisas
profundas.
b) que levaria décadas
vivendo e escrevendo
antes que conseguisse
escrever
uma frase que estivesse
minimamente perto
do que eu queria que
fosse.

enquanto isso,
enquanto outros jovens corriam atrás das
moças,
eu corria atrás dos velhos
livros.
eu era um bibliófilo, embora um
desencantado
e isso
e o mundo
me moldaram.

eu vivia em uma cabana de compensado
atrás de uma pensão
por três dólares e cinquenta por
semana
me sentindo como um
Chatterton
enfiado em um pouco de
Thomas
Wolfe.

CORRO COM A CAÇA

meus maiores problemas eram
selos, envelopes, papel
e
vinho
com o mundo no limite
da Segunda Guerra Mundial.
eu ainda não tinha sido
confundido pela
fêmea, era virgem
e escrevia de três a
cinco contos por semana
e todos eram
recusados
pela *New Yorker, Harper's*
Atlantic Monthly.
tinha lido que
Ford Madox Ford cobria as paredes
do banheiro com suas
cartas de rejeição
mas eu não tinha um
banheiro então as enfiei
em uma gaveta
e quando ficou tão cheia
que mal podia
abri-la
tirei todas as rejeições
e as joguei fora com os
contos.

ainda assim
a velha Biblioteca Pública de L.A. permaneceu

BUKOWSKI

meu lar
e o lar de muitos outros
vagabundos.
usávamos discretamente os
banheiros
e os únicos de
nós
a serem expulsos eram os
que pegavam no sono nas
mesas da
biblioteca — ninguém ronca como um
vagabundo
a não ser que seja alguém com quem você se
casou.

bem, eu não era *bem* um
vagabundo. *eu* tinha um cartão da biblioteca
e pegava livros e
devolvia
grandes
pilhas deles
sempre levando o
limite
permitido:
Aldous Huxley, D. H. Lawrence,
e.e. cummings, Conrad Aiken, Fiódor
Dos, Dos Passos, Turguêniev, Górki,
H.D., Freddie Nietzsche,
Schopenhauer,
Steinbeck,
Hemingway,

CORRO COM A CAÇA

e daí
em diante...

eu sempre esperava que a bibliotecária
dissesse: "você tem bom gosto, jovem
rapaz...".

mas a vaca velha gasta e
estafada nem sabia quem ela
era
muito menos
eu.

mas aquelas prateleiras continham
tremenda graça: me permitiam
descobrir
os primeiros poetas chineses
como Tu Fu e Li
Po
que podiam dizer mais em uma
frase do que a maioria podia dizer em
trinta ou
cem.
Sherwood Anderson deve ter
lido
esses
também.

eu também carregava os Cantos
para dentro e para fora
e Ezra me ajudou

a fortalecer os braços, se não
o cérebro.

aquele lugar maravilhoso
a Biblioteca Pública de L.A.
era um lar para uma pessoa que tinha
um
lar dos
infernos
RIACHOS MUITO LARGOS PARA SALTAR
LONGE DA MULTIDÃO
CONTRAPONTO
O CORAÇÃO É UM CAÇADOR SOLITÁRIO*

James Thurber
John Fante
Rabelais
de Maupassant

alguns não funcionavam para
mim: Shakespeare, G. B. Shaw,
Tolstói, Robert Frost, F. Scott
Fitzgerald

Upton Sinclair funcionava melhor para
mim
do que Sinclair Lewis

---

* Este trecho faz referência às seguintes obras, respectivamente: *Brooks Too Broad for Leaping*, de Flannery Lewis; *Far from the Madding Crowd*, de Thomas Hardy; *Point Counter Point*, de Aldous Huxley; e *The Heart is a Lonely Hunter*, de Carson McCullers. [N.T.]

e eu considerava Gógol e
Dreiser grandes
idiotas.

mas esses julgamentos vêm mais
da maneira forçada de viver
de um homem do que de
sua razão.
a velha Pública de L.A.
provavelmente me impediu de
me tornar um
suicida
um ladrão
de banco
um
agressor de
mulheres
um açougueiro ou um
policial de motocicleta
e embora algumas dessas coisas possam
ser boas
é
graças
à minha sorte
e ao meu caminho
que essa biblioteca estava
lá quando eu era
jovem e buscava
me *agarrar* a
algo
quando parecia haver bem

pouco
ao redor.

e quando abri o
jornal
e li sobre o incêndio
que
destruiu a
biblioteca e a maior parte do
seu conteúdo

disse à minha
mulher: "eu passava o meu
tempo
ali...".

O OFICIAL PRUSSIANO
O JOVEM AUDAZ NO TRAPÉZIO VOADOR
TER E NÃO TER

NÃO PODE VOLTAR PARA CASA.*

Eu ia até os lugares mais decadentes da cidade para me preparar
para o futuro. Não gostava do que via por lá. Aqueles homens e
mulheres não tinham brilho ou ousadia em especial. Queriam o

---

* Este trecho faz referência às seguintes obras, respectivamente: "The Prussian
Officer", de D.H. Lawrence; "The Daring Young Man on the Flying Trapeze",
de William Saroyan; *To Have and Have Not*, de Ernest Hemingway; e *You Can't
Go Home Again*, de Thomas Wolfe. [N.T.]

que todo mundo queria. Havia também alguns claros doentes mentais por lá que podiam andar pelas ruas sem problemas. Tinha notado que, nos dois extremos da sociedade, nos muito pobres e nos muito ricos, os loucos com frequência tinham permissão para se misturarem. Sabia que eu não era totalmente são. Também sabia, como já sabia desde criança, que havia alguma coisa estranha a meu respeito. Tinha a impressão de eu que estava destinado a ser um assassino, um ladrão de banco, um santo, um estuprador, um monge, um eremita. Precisava de um lugar isolado para me esconder. A sarjeta era repugnante. A vida do homem são, comum, era tediosa, pior do que a morte. Parecia não existir uma alternativa possível. A educação também parecia uma armadilha. A pouca educação que me permitira receber me tornara mais cheio de suspeitas. O que eram médicos, advogados, cientistas? Eram apenas homens que se permitiam ser privados de sua liberdade de pensar e agir como indivíduos. Eu voltava para meu barraco e bebia...

Sentado ali bebendo, considerava suicídio, mas sentia um afeto estranho pelo meu corpo, pela minha vida. Por mais que estivessem feridos, eram meus. Olhava para o espelho da cômoda e sorria: se vai embora, bem poderia levar oito ou dez ou vinte deles com você...

Era uma noite de sábado em dezembro. Estava em meu quarto e bebi muito mais do que de costume, acendendo cigarro atrás de cigarro, pensando em garotas e na cidade e em empregos, e nos anos adiante. Olhando para a frente, gostava de bem pouco do que via. Eu não era um misantropo e não era um misógino, mas gostava de ficar sozinho. Era bom se sentar sozinho em um espaço pequeno e fumar e beber. Eu sempre tinha sido uma boa companhia para mim mesmo.

Então ouvi o rádio no quarto ao lado. O cara tinha ligado aquilo alto demais. Era uma música de amor nauseante.

— Ei, camarada! — berrei. — Abaixa essa coisa!

Não houve resposta.

Andei até a parede e bati nela.

— *Eu falei: "Abaixa essa porra!"*.

O volume permaneceu o mesmo.

Andei até a porta dele. Estava de calção. Levantei a perna e enfiei o pé na porta. Havia duas pessoas na cama de campanha, um velho gordo e uma velha gorda. Estavam trepando. Tinha uma pequena vela acesa. O velho estava por cima. Ele parou, virou a cabeça e olhou. Ela olhou de debaixo dele. O lugar estava bem arrumado, com cortinas e um tapetinho.

— Ah, desculpe...

Fechei a porta e voltei para meu quarto. Eu me senti terrível. Os pobres tinham o direito de foder para esquecer seus pesadelos. Sexo e bebida, e talvez amor, era tudo o que tinham.

Eu me sentei e servi um copo de vinho. Deixei a porta aberta. O luar entrou com os sons da cidade: jukeboxes, automóveis, xingamentos, cães latindo, rádios... Estávamos todos juntos naquilo. Estávamos todos em uma grande privada de merda juntos. Não havia escapatória. Todos iríamos embora com a descarga.

Um gato pequeno passou, parou na minha porta e olhou para dentro. Os olhos estavam acesos pela lua: vermelho puro como fogo. Que olhos maravilhosos.

— Vem, gatinho... — Estendi a mão como se tivesse comida nela. — Gatinho, gatinho...

O gato seguiu andando.

Ouvi o rádio no quarto ao lado ser desligado.

Terminei meu vinho e fui lá fora. Estava de calção, como antes. Eu os puxei para cima e me ajeitei. Fiquei de pé diante da outra porta. Eu tinha quebrado o trinco. Podia ver a luz da vela lá dentro. Eles tinham colocado alguma coisa para prender a porta, provavelmente uma cadeira.

Bati baixo.

Não houve resposta.

Bati de novo.

Ouvi alguma coisa. Então a porta se abriu.

O velho gordo estava ali de pé. O rosto dele tinha grandes pregas de tristeza. Ele era só sobrancelhas, bigode e dois olhos tristes.

— Escute — falei —, sinto muito pelo que fiz. Por que você e a sua garota não vêm para o meu quarto para uma bebida?

— Não.

— Ou talvez eu possa trazer alguma coisa para vocês beberem?

— Não — disse ele —, por favor, nos deixe em paz.

Ele fechou a porta.

Acordei com uma das minhas piores ressacas. Geralmente, dormia até o meio-dia. Naquele dia não consegui. Eu me vesti, fui ao banheiro da casa principal e fiz minha higiene. Voltei para fora, fui até a viela e depois desci a escada, desci o barranco e entrei na rua abaixo.

Domingo, o dia mais desgraçado de todos.

Fui até a Main Street, passando pelos bares. As acompanhantes estavam sentadas perto das entradas, as saias puxadas para cima, balançando as pernas, usando salto alto.

— Ei, querido, entre!

Main Street, East 5th, Bunker Hill. Lugares de merda dos Estados Unidos.

Não havia lugar para ir. Entrei em um fliperama. Andei por ali olhando os jogos, mas não tinha vontade de jogar nenhum deles. Então vi um fuzileiro naval na máquina de pinball. As duas mãos apertavam os lados da máquina, enquanto ele tentava guiar a bola com movimentos do corpo. Fui até ele e o peguei pela parte de trás do colarinho e pelo cinto.

— Becker, eu exijo uma revanche, caralho!

Eu o soltei e ele se virou.

— Não, não vai rolar — respondeu.

— Duas de três.

— Que saco — disse ele —, te pago uma bebida.

Saímos do fliperama para a Main Street. Uma acompanhante berrou de um dos bares:

— Ei, fuzileiro, entre aqui!

Becker parou.

— Vou entrar — disse ele.

— Não faça isso — falei —, elas são baratas humanas.

— Acabei de receber.

— As meninas bebem chá e colocam água na sua bebida. Os preços são o dobro e você nunca vê a garota depois.

— Vou entrar.

Becker entrou. Um dos melhores escritores não publicados nos Estados Unidos, vestido para matar e para morrer. Eu o segui. Ele foi até uma das garotas e falou com ela. Ela puxou a saia para cima, balançou os saltos altos e riu. Eles foram até uma cabine no canto. O barman foi até lá pegar os pedidos deles. A outra garota no bar olhou para mim.

— Ei, querido, quer jogar?

— Quero, mas só quando é o meu jogo.

— Tá assustado ou é viado?

— As duas coisas — respondi, me sentando na outra ponta do bar.

Tinha um cara entre nós, a cabeça sobre o balcão. A carteira dele tinha sumido. Quando acordasse e reclamasse, seria jogado para fora pelo barman ou entregue à polícia.

Depois de servir Becker e a acompanhante, o barman voltou para trás do balcão e veio até mim.

— Sim?

— Nada.

— É? O que você quer aqui?

— Estou esperando o meu amigo.

Fiz um gesto com a cabeça para a cabine do canto.

— Se sentar aqui, precisa beber.

— Certo. Água.

O barman saiu, voltou, colocou um copo de água no balcão.

— Vinte e cinco centavos.

Eu o paguei.

A garota do bar disse ao barman:

— Ele é viado ou está assustado.

O barman não respondeu. Então Becker acenou para ele, que foi pegar os pedidos deles.

A garota olhou para mim.

— Por que não está de uniforme?

— Não gosto de me vestir como todo mundo.

— Há algum outro motivo?

— Os outros motivos são problema meu.

— Vai se foder — disse ela.

O barman voltou.

— Você precisa de outra bebida.

— Certo — falei, passando outros vinte e cinco centavos para ele.

Encontramos outro bar perto da estação de ônibus. Não era um lugar de prostituição. Havia só um barman e cinco ou seis patronos, todos homens. Eu e Becker nos sentamos.

— É por minha conta — disse Becker.

— Eastside na garrafa.

Becker pediu duas. Ele olhou para mim.

— Vamos, seja homem, se aliste. Seja fuzileiro.

— Tentar ser homem não é algo que me empolga.

— Eu tenho a impressão de que você está sempre descendo a mão em alguém.

— Isso é só pelo entretenimento.

— Se aliste. Vai te dar alguma coisa sobre a qual escrever.

— Becker, sempre há alguma coisa sobre a qual escrever.

— O que você vai fazer, então?

Olhei para minha garrafa, a peguei.

— O que vai fazer da vida? — perguntou Becker.

— Parece que ouvi essa pergunta a vida inteira.

— Bom, não sei você, mas eu vou tentar de tudo! Guerra, mulheres, viagens, casamento, filhos, o pacote completo. O primeiro carro que comprar vou desmontar inteiro! Então vou montar de novo! Quero saber sobre as coisas, o que faz elas funcionarem! Gostaria de ser correspondente em Washington, D.C.! Gostaria de estar onde as grandes coisas estão acontecendo.

— Washington é uma merda, Becker.

— E mulheres? Casamento? Filhos?

— Uma merda.

— É? Bom, o que você quer?

— Me esconder.

— Pobre diabo. Precisa de outra cerveja.

— Certo.

A cerveja chegou.

Ficamos sentados em silêncio. Sentia que Becker estava na dele, pensando em ser fuzileiro, em ser escritor, em trepar. Ele provavelmente daria um bom escritor. Estava explodindo de entusiasmo. Provavelmente amava muitas coisas: o gavião em voo, o maldito oceano, lua cheia, Balzac, pontes, peças de teatro, o Prêmio Pulitzer, o piano, a maldita Bíblia.

Havia um radinho no bar. Tocava uma música popular. Então, no meio da música, houve uma interrupção. O locutor disse: "Um boletim acabou de chegar. Os japoneses bombardearam Pearl Harbor. Repito: os japoneses acabaram de bombardear Pearl Harbor. Pede-se que todo o efetivo militar retorne imediatamente para suas bases".

Nós olhamos um para o outro, mal conseguindo entender o que havíamos acabado de ouvir.

— Bom — disse Becker, em voz baixa —, é isso.

— Termine a sua cerveja — falei.

Becker deu um gole.

— Jesus, imagine se algum filho da puta estúpido aponta uma metralhadora para mim e puxa o gatilho?

— Isso bem pode acontecer.

— Hank...

— O quê?

— Pode ir comigo no ônibus até a base?

— Não posso fazer isso.

O barman, um homem com uns quarenta e cinco anos com uma barriga de melancia e olhos vagos, veio até nós. Ele olhou para Becker.

— Bem, fuzileiro, parece que você precisa voltar pra sua base, né?

Aquilo me irritou.

— Ei, gordo, deixe ele terminar a bebida, certo?

— Claro, claro... Quer uma bebida por conta da casa, fuzileiro? Que tal uma dose de um bom uísque?

— Não — respondeu Becker —, está tudo certo.

— Vá em frente — falei para Becker —, pegue a bebida. Ele acha que você vai morrer para salvar o bar dele.

— Certo — disse Becker —, vou pegar a bebida.

O barman olhou para Becker.

— Você tem um amigo desagradável...

— Só dê a bebida a ele — falei.

Os outros poucos fregueses balbuciavam loucamente sobre Pearl Harbor. Antes, não falavam uns com os outros. Agora estavam mobilizados. A Tribo estava em perigo.

Becker pegou a bebida. Era uma dose dupla de uísque. Ele bebeu tudo.

— Nunca te falei isso — disse ele —, mas sou órfão.

— Puta merda — falei.

— Pode ao menos ir até o ponto de ônibus comigo?

— Claro.

Nós nos levantamos e andamos até a porta.

O barman estava esfregando as mãos no avental. Ele tinha o avental amontoado e esfregava as mãos nele com empolgação.

— Boa sorte, fuzileiro! — gritou.

Becker saiu. Eu fiz uma pausa antes de passar pela porta e olhei de volta para o barman.

— Primeira Guerra Mundial, é?

— É, é... — respondeu alegremente.

Alcancei Becker. Nós meio que corremos juntos para a estação de ônibus. Soldados de uniforme já começavam a chegar. O lugar todo tinha um ar de empolgação. Um marinheiro passou correndo.

— *Vou matar um japa!** — gritou ele.

Becker ficou na fila da bilheteria. Um dos soldados estava com a namorada. A garota falava, chorava, o apertava, o beijava. O pobre Becker só tinha a mim. Eu fiquei ao lado, esperando.

---

* *Jap*, no original, era um termo pejorativo utilizado para se referir a japoneses. Seu uso se popularizou durante a Segunda Guerra Mundial. [*N.T.*]

CORRO COM A CAÇA

Foi uma longa espera. O mesmo marinheiro que gritara antes veio falar comigo:

— Ei, camarada, não vai nos ajudar? Por que está aqui de pé? Por que não vai se alistar?

Havia uísque no hálito dele. Ele tinha sardas e um nariz bem grande.

— Vai perder o seu ônibus — falei.

Ele foi na direção do ponto de partida dos ônibus.

— *Fodam-se os merdas dos japas desgraçados!* — exclamou.

Becker finalmente tinha a passagem. Fui com ele até o ônibus. Ele ficou em outra fila.

— Algum conselho? — perguntou.

— Não.

A fila sumia lentamente ônibus adentro. A garota chorava e falava rápido e em voz baixa com o soldado dela.

Becker estava na porta. Eu dei um soco no ombro dele.

— Você é o melhor que já conheci.

— Obrigado, Hank...

— Tchau...

[Trecho do romance *Misto-quente*, 1982]

o perdedor

e a coisa seguinte de que me lembro é estar sob uma mesa,
todo mundo tinha ido embora: a cabeça da bravura
sob a luz, fazendo careta, me batendo para baixo...
e então um batráquio estava lá, fumando charuto:
"Menino, você não é um lutador", me disse,

e eu me levantei e o joguei em uma cadeira;
foi como uma cena de filme, e
ele ficou ali sobre as ancas largas e disse
repetidamente: "Jesus, Jesus, qual é o problema com
você?", e eu me levantei e me vesti,
a fita ainda nas mãos, e quando cheguei em casa
arranquei a fita das mãos e
escrevi meu primeiro poema
e venho lutando
desde então.

a vida de um vagabundo

Harry acordou na cama, de ressaca. Ressaca pesada.

— Merda — disse ele, baixinho.

Havia uma pequena pia no quarto.

Harry se levantou, se aliviou na pia, limpou-a com a torneira, então enfiou a cabeça ali e bebeu um pouco de água. Depois jogou água no rosto e se secou com a camiseta que usava.

O ano era 1943.

Harry pegou algumas roupas do chão e começou a se vestir lentamente. As persianas estavam fechadas e estava escuro, a não ser por onde o sol entrava através das persianas quebradas. Havia *duas* janelas. Um lugar de classe.

Ele andou pelo corredor até o banheiro, trancou a porta e se sentou. Era incrível que ainda conseguisse excretar. Não comia havia dias.

Meu Deus, pensou ele, *as pessoas têm intestinos, bocas, pulmões, orelhas, umbigos, órgãos sexuais, e... cabelos, poros, línguas, às vezes dentes, e todas as outras partes... unhas, cílios, dedos dos pés, joelhos, barrigas...*

CORRO COM A CAÇA

Havia algo tão *enfastiado* a respeito daquilo tudo. Por que ninguém reclamava?

Harry acabou com o papel higiênico áspero da pensão. Você podia apostar que as proprietárias se limpavam com algo melhor. Todas aquelas proprietárias religiosas com seus maridos mortos havia muito tempo.

Ele levantou as calças, deu descarga, saiu de lá, desceu as escadas da pensão e foi para a rua.

Eram onze horas. Ele andou para o sul. A ressaca era brutal, mas ele não se importava. Aquilo significava que tinha estado em outro lugar, um lugar bom. Conforme andava, achou metade de um cigarro no bolso da camisa. Ele parou, olhou para a ponta enegrecida e esmagada, achou um fósforo, então tentou acender. A chama não pegou. Ele continuou tentando. Depois do quarto fósforo, que queimou seus dedos, conseguiu dar uma baforada. Teve ânsia, então tossiu. Sentiu o estômago estremecer.

Um carro passou por ele rapidamente. Estava cheio com quatro jovens.

— *Ei, peido velho! Morra!* — gritou um deles para Harry.

Os outros riram. Então foram embora.

O cigarro de Harry ainda estava aceso. Ele deu outro trago. Uma espiral de fumaça azul subiu. Ele gostou daquela espiral de fumaça azul.

Andou sob o sol quente pensando: estou andando e fumando um cigarro.

Harry caminhou até chegar ao parque do outro lado da biblioteca. Continuou tragando o cigarro. Então sentiu o calor da guimba e a jogou fora com relutância. Ele entrou no parque e andou até encontrar um lugar entre uma estátua e a vegetação rasteira. A estátua era de Beethoven. E Beethoven estava andando, de cabeça baixa, mãos apertadas atrás de si, obviamente pensando em algo.

Harry se abaixou e se esticou na grama. A grama cortada pinicava bastante. Era pontuda, afiada, mas tinha um cheiro bom e limpo. O cheiro da paz.

Insetos minúsculos começaram a enxamear em torno do rosto dele, fazendo círculos irregulares, cruzando os caminhos uns dos outros, mas nunca colidindo.

Eram apenas ciscos, mas os ciscos estavam procurando alguma coisa.

Harry olhou para o céu através dos ciscos. O céu estava azul, e alto pra cacete. Harry ficou olhando para o céu, tentando conseguir algum entendimento. Mas Harry não conseguiu coisa alguma. Nenhuma sensação de eternidade. Ou Deus. Nem mesmo o Diabo. Mas você precisava primeiro encontrar Deus para encontrar o Diabo. Eles vinham nessa ordem.

Harry não gostava de pensamentos sombrios. Pensamentos sombrios podiam levar a erros sombrios.

Ele então pensou um pouco em suicídio... de um jeito fácil. Como a maioria dos homens pensaria em comprar um novo par de sapatos. O maior problema com o suicídio era o pensamento de que poderia levar a algo pior. Ele realmente precisava era de uma garrafa de cerveja gelada, o rótulo encharcado, e com aquelas gotas geladas tão lindas na superfície do vidro.

Harry começou a cochilar... para ser acordado pelo som de vozes. As vozes de alunas bem jovens. Soltavam risadinhas, riam.

— *Aaah, olha!*

— *Ele está dormindo!*

— *A gente deveria acordar ele?*

CORRO COM A CAÇA

Harry semicerrou os olhos contra o sol, olhando para elas através de pálpebras quase fechadas. Não tinha certeza de quantas estavam ali, mas viu os vestidos coloridos: amarelo e vermelho e azul e verde.

— *Olha! Ele é lindo!*

Elas soltaram risadinhas, riram, saíram correndo.

Harry fechou os olhos novamente.

O que tinha sido aquilo?

Nada tão revigorante e encantador tinha acontecido com ele antes. Elas o chamaram de "lindo". Tanta bondade!

Mas elas não voltariam.

Ele se levantou e andou até o canto do parque. Havia uma avenida. Ele encontrou um banco de parque e se sentou. Havia outro vagabundo no banco ao lado. Ele era muito mais velho do que Harry. O vagabundo tinha uma aura pesada, escura, triste em torno de si que lembrava Harry do pai.

Não, pensou Harry, *estou sendo maldoso*.

O vagabundo olhou na direção de Harry. O vagabundo tinha olhinhos vazios.

Harry deu um leve sorriso para ele. O vagabundo se virou.

Então veio um barulho da avenida. Motores. Era um comboio do Exército. Uma longa fila de caminhões cheios de soldados. Os soldados transbordavam, estavam apinhados ali, penduravam-se dos lados dos caminhões. O mundo estava em guerra.

O comboio se movia lentamente. Os soldados viram Harry sentado no banco do parque. Então começou. Era uma mistura de silvos, vaias e xingamentos. Estavam gritando para ele.

— *Ei, filho da puta!*

— *Preguiçoso!*

Conforme cada caminhão do comboio passava, o próximo continuava:

BUKOWSKI

— *Tira a bunda desse banco!*

— *Covarde!*

— *Bicha de merda!*

— *Frouxo!*

Era um comboio muito comprido e muito lento.

— *Venha se juntar a nós!*

— *Vamos te ensinar a lutar, esquisitão!*

Os rostos eram brancos, marrons e pretos, flores de ódio.

Então o vagabundo velho se levantou do banco do parque e gritou para o comboio:

— *Vou pegar ele para vocês, camaradas! Lutei na Primeira Guerra Mundial!*

Os que estavam nos caminhões que passavam riram e abanaram os braços:

— *Pega ele, vô!*

— *Mostra a luz pra ele!*

Então o comboio foi embora.

Eles tinham jogado coisas em Harry: latas de cerveja vazias, latas de refrigerante, laranjas, uma banana.

Harry se levantou, pegou a banana, sentou-se, descascou e comeu. Estava maravilhosa. Então pegou uma laranja, a descascou, mastigou e engoliu a polpa e o suco. Ele encontrou outra laranja e a comeu. Então achou um isqueiro que alguém tinha jogado ou perdido. Girou a pedra. Funcionava.

Ele foi até o vagabundo sentado no banco, segurando o isqueiro.

— Ei, amigo, tem um cigarro?

Os olhinhos do vagabundo se cravaram em Harry. Eles eram vazios, como se as pupilas tivessem sido removidas. O lábio inferior do vagabundo tremeu.

— Você gosta de Hitler, *não gosta?* — disse ele, em voz bem baixa.

CORRO COM A CAÇA

— Olha, amigo — respondeu Harry —, por que você e eu não vamos embora daqui juntos? Talvez a gente consiga arrumar uma bebida.

Os olhos do velho vagabundo rolaram. Por um momento tudo o que Harry viu foram os brancos dos olhos avermelhados. Então os olhos rolaram de volta. O vagabundo olhou para ele.

— Não com... *você*!

— Certo — disse Harry —, te vejo por aí...

Os olhos do vagabundo velho rolaram de novo e ele repetiu, só que mais alto:

— *Não com... você!*

Harry saiu andando lentamente do parque e subiu a rua na direção de seu bar favorito. O bar estava sempre lá. Harry *atracava* no bar. Era seu único refúgio. Era impiedoso e exato.

No caminho, Harry passou por um terreno baldio. Um bando de homens de meia-idade jogava softbol. Estavam fora de forma. A maioria tinha barriga avantajada, baixa estatura, bunda grande, quase como mulheres. Eram todos inaptos para o Exército ou velhos demais para o alistamento.

Harry parou e assistiu ao jogo. Havia muitos *strikeouts*, arremessos selvagens, rebatedores acertados, erros, bolas mal acertadas, mas eles seguiam jogando. Quase um ritual, uma obrigação. E estavam com raiva. A única coisa em que eram bons era a raiva. A energia da raiva dominava.

Harry ficou assistindo. Tudo parecia um desperdício. Até a bola parecia triste, quicando por aí, inútil.

— Oi, Harry, por que não está no bar?

Era o velho e magro McDuff, baforando seu cachimbo. McDuff tinha uns sessenta e dois anos, ele sempre olhava diretamente para a frente, nunca para você, mas o via de algum jeito

BUKOWSKI

detrás daqueles óculos sem armação. E sempre estava usando um terno preto e gravata azul. Ele ia ao bar todos os dias por volta do meio-dia, tomava duas cervejas, então ia embora. E você não conseguia odiá-lo e não conseguia gostar dele. Era como um calendário ou um porta-lápis.

— Estou a caminho — respondeu Harry.

— Vou com você — disse McDuff.

Então Harry andou com o velho e magro McDuff, e o velho e magro McDuff baforava seu cachimbo. McDuff sempre mantinha aquele cachimbo *aceso*. Era a marca dele. McDuff *era* seu cachimbo. Por que não?

Eles caminharam sem conversar. Não havia o que dizer. Pararam no sinal, McDuff baforando seu cachimbo.

McDuff tinha poupado seu dinheiro. Nunca tinha se casado. Vivia em um apartamento de dois quartos e não fazia muita coisa. Bem, ele lia jornal, mas não com muito interesse. Não era religioso. Mas não por falta de convicção. Simplesmente não tinha se dado ao trabalho de considerar o aspecto, de um modo ou de outro. Era como não ser um republicano porque a pessoa não sabia o que era um republicano. McDuff não era feliz nem infeliz. De vez em quando ficava inquieto, algo parecia perturbá-lo e por um breve momento o terror enchia seus olhos. Depois ia embora rápido... como uma mosca que tinha pousado... então ido para um território mais promissor.

Chegaram ao bar. Eles entraram.

O povo de sempre.

McDuff e Harry encontraram seus bancos.

— Duas cervejas — entoou o velho e bom McDuff ao barman.

— Como vai, Harry? — perguntou um dos fregueses.

— Apalpando, balançando e cagando — respondeu Harry.

Ele se sentiu mal por McDuff. Ninguém o cumprimentara. McDuff era um mata-borrão sobre uma mesa. Não deixava uma

CORRO COM A CAÇA

impressão neles. Notavam Harry porque ele era um vagabundo. Ele fazia com que se sentissem superiores. Precisavam disso. McDuff só fazia com que se sentissem insossos, e já eram insossos.

Não aconteceu muita coisa. Todos ficaram sentados diante das bebidas, cuidando delas. Poucos tinham a imaginação para simplesmente tomar um porre.

Uma tarde de sábado estagnada.

McDuff pediu a segunda cerveja e foi bondoso o bastante para comprar outra para Harry.

O cachimbo de McDuff estava fervendo de seis horas de disparo contínuo.

Ele terminou a segunda cerveja e saiu, e Harry ficou sozinho com o resto da turma.

Era um sábado lento, mas Harry sabia que, se ficasse ali por tempo suficiente, ia conseguir. A noite de sábado era melhor, é claro, para pedir bebidas. Mas não havia lugar para ir até lá. Harry estava evitando a proprietária da pensão. Ele pagava por semana e estava nove dias atrasado.

Ficava bem morto entre as bebidas. Os fregueses, eles só precisavam se sentar e estar em algum lugar. Havia uma solidão generalizada, um medo leve e a necessidade de estarem juntos e conversarem um pouco, isso os acalmava. Tudo o que Harry precisava era de uma bebida. Poderia beber para sempre e ainda precisar de mais, não havia bebida o suficiente para deixá-lo satisfeito. Mas os outros... eles só ficavam *sentados*, conversando de vez em quando sobre o que quer que fosse.

A cerveja de Harry estava ficando choca. E a ideia era não a terminar, porque então você precisava comprar outra, e ele não tinha dinheiro. Precisava esperar e manter a esperança. Como um pedinte de bebidas profissional, Harry conhecia a regra número um: você nunca pedia uma. Sua sede era a brincadeira deles, e qualquer demanda por parte de Harry tirava deles a alegria de dar.

Harry deixou os olhos vagarem pelo bar. Havia quatro ou cinco fregueses ali. Não eram muitos e não eram essas coisas. Um dos que não eram essas coisas era Monk Hamilton. O maior esforço de Monk para alcançar a imortalidade era comer seis ovos no café da manhã. Todos os dias. Ele achava que isso lhe dava uma vantagem. Ele não era bom em pensar. Era imenso, quase tão largo quanto alto, com olhos claros fixos e despreocupados, pescoço de carvalho, grandes mãos peludas e nodosas.

Monk estava conversando com o barman. Harry observou uma mosca pousar dentro do cinzeiro molhado de cerveja na frente dele. A mosca andou por ali entre as bitucas, empurrou um cigarro encharcado, então soltou um zumbido nervoso, subiu, pareceu voar para trás e para a esquerda, então sumiu.

Monk era limpador de janelas. Os olhos vazios dele viram Harry. Os lábios grossos se torceram em um sorriso superior. Ele pegou a garrafa, veio andando e pegou o banco ao lado de Harry.

— Tá fazendo o quê, Harry?

— Esperando chover.

— Quer uma cerveja?

— Esperando chover cerveja, Monk. Obrigado.

Monk pediu duas. Elas chegaram.

Harry gostava de beber direto da garrafa. Monk serviu um pouco da dele em um copo.

— Harry, precisa de um emprego?

— Não pensei nisso.

— Tudo que vai precisar fazer é segurar a escada. Precisamos de um cara da escada. Não paga tão bem quanto trabalhar em cima delas, mas você ganha alguma coisa. Que tal?

Monk estava fazendo uma piada. Monk achava que Harry era fodido demais para saber disso.

— Preciso de um tempo para pensar, Monk.

Monk olhou para os outros fregueses, abriu de novo seu sorriso superior, piscou para eles, depois olhou de novo para Harry.

— Escuta, você só precisa segurar a escada. Vou estar lá em cima limpando as janelas. Tudo o que precisa fazer é segurar a escada. Não é muito difícil fazer isso, não é?

— Não tão difícil quanto um monte de coisas, Monk.

— Então você vai?

— Acho que não.

— Fala sério! Por que não experimenta?

— Não posso ir, Monk.

Todos então se sentiram bem. Harry era o menino deles. O tolo perfeito.

Harry olhou para todas aquelas garrafas atrás do balcão. Todos aqueles bons tempos à espera, todo aquele riso, toda aquela loucura... scotch, uísque, vinho, gim, vodca e todos os outros. No entanto aquelas garrafas estavam ali, sem uso. Era como uma vida que ninguém queria esperando para ser vivida.

— Escuta — disse Monk —, vou cortar o cabelo.

Harry sentiu a burrice quieta de Monk. Ele tinha ganhado alguma coisa em algum lugar. Ele se encaixava, como uma chave em uma fechadura que abria para algum lugar.

— Por que não vem comigo enquanto corto o cabelo?

Harry não respondeu.

Monk chegou mais perto.

— Paramos para uma cerveja pelo caminho e depois eu te compro outra.

— Vamos...

Harry esvaziou a garrafa com facilidade em sua sede, colocou a garrafa no balcão. Ele seguiu Monk porta afora. Desceram a rua juntos. Harry sentiu-se como um cão seguindo o dono. E Monk estava calmo, ele era funcional, tudo se encaixava. Era o sábado de folga dele e ia cortar o cabelo.

Encontraram um bar e pararam lá. Era muito melhor e mais limpo do que aquele em que Harry normalmente bebia. Monk pediu as cervejas.

E sua postura ali! *Um homem de verdade*. E confortável com isso. Ele nunca pensava em morte, pelo menos não na própria morte.

Conforme sentaram-se lado a lado, Harry soube que tinha cometido um engano — um emprego das oito às cinco seria menos doloroso.

Monk tinha uma pinta no lado direito do rosto, uma pinta muito relaxada, uma pinta não inibida.

Harry observou Monk pegar a garrafa e chupar. Era apenas algo que Monk *fazia*, como coçar o nariz. Ele não estava *morrendo* por uma bebida. Monk apenas ficava ali sentado com a garrafa e estava paga. E o tempo passava como merda descendo o rio.

Eles terminaram suas garrafas, Monk disse algo ao barman e o barman respondeu alguma coisa.

Então Harry seguiu Monk porta afora. Estavam juntos, e Monk ia cortar o cabelo.

Encontraram um barbeiro e entraram. Não havia outros fregueses. O barbeiro conhecia Monk. Enquanto Monk subia na cadeira, eles disseram algo um para o outro. O barbeiro estendeu o lençol e a cabeça de Monk pairou ali, pinta firme na bochecha direita, e disse:

— Curto perto das orelhas e não tanto em cima.

Harry, desesperado por mais uma bebida, pegou uma revista, virou algumas páginas e fingiu estar interessado.

Então ouviu Monk falando ao barbeiro:

— A propósito, Paul, esse é o Harry. Harry, esse é o Paul.

Paul e Harry e Monk.

Monk e Harry e Paul.

Harry, Monk, Paul.

— Olha, Monk — disse Harry —, talvez eu pudesse descer e pegar outra cerveja enquanto você corta o cabelo?

Os olhos de Monk se fixaram em Harry:

— Não, vamos tomar uma cerveja depois que terminarmos aqui.

Então os olhos se fixaram no espelho.

— Não tire *tanto* perto das orelhas, Paul.

Conforme o mundo girava, Paul seguia cortando.

— Pegando muito, Monk?

— Nada, Paul.

— Não acredito nisso...

— Melhor acreditar, Paul.

— Não foi o que escutei.

— Escutou o quê?

— Que, quando Betsy Ross fez aquela bandeira, treze estrelas não teriam embrulhado o *seu* mastro!

— Ah, merda, Paul, você é *demais*!

Monk riu. O riso dele era como linóleo sendo cortado por uma faca cega. Ou talvez fosse um grito de morte.

Então ele parou de rir.

— Não tire *muito* em cima.

Harry baixou a revista e olhou para o chão. O piso de linóleo tinha se transferido em um chão de linóleo. Verde e azul, com diamantes roxos. Um piso velho. Pedaços tinham começado a descascar, mostrando o chão marrom-escuro embaixo. Harry gostava do marrom-escuro.

Ele começou a contar: três cadeiras de barbeiro, cinco cadeiras de espera. Treze ou catorze revistas. Um barbeiro. Um freguês. Um... Quê?

Paul e Harry e Monk e marrom-escuro.

Os carros passavam lá fora. Harry começou a contar, parou. Não brinque com a loucura, a loucura não brinca.

Mais fácil contar as bebidas na mão: nenhuma.

O tempo soava como um sino vazio.

Harry estava consciente dos pés, dos pés nos sapatos, então dos dedos... nos pés... nos sapatos.

Ele retorceu os dedos dos pés. Sua vida arrebatadora indo para lugar nenhum, como uma lesma rastejando na direção do fogo.

Folhas cresciam em talos. Antílopes levantavam a grama da pastagem. Um açougueiro em Birmingham levantou o machado. E Harry estava sentado esperando em uma barbearia, esperando uma cerveja.

Ele não tinha honra, era um cão sem seu dia de sorte.

Aquilo continuou, continuou, continuou e continuou mais, e então acabou. O fim da peça da cadeira de barbeiro. Paul girou Monk para que ele pudesse se ver nos espelhos atrás da cadeira.

Harry odiava barbearias. Aquele giro final na cadeira, aqueles espelhos, eram um momento de horror para ele.

Monk não se importava.

Ele olhou para si mesmo. Estudou o próprio reflexo, rosto, cabelo, tudo. Ele parecia admirar o que via. Então falou:

— Certo, agora, Paul, pode tirar um pouco do lado esquerdo? E vê esse pedacinho de pé ali? Isso precisa ser cortado.

— Ah, certo, Monk... Vou cortar...

O barbeiro girou Monk de volta e se concentrou naquele pedacinho que estava para cima.

Harry observou as tesouras. Havia muito clique, mas não muito corte.

Então Paul girou Monk na direção dos espelhos de novo.

Monk olhou para si mesmo.

CORRO COM A CAÇA

Um leve sorriso recurvou a parte direita da boca dele. Então o lado esquerdo do rosto estremeceu levemente. Amor-próprio com apenas uma pitada de dúvida.

— Está bom — disse ele —, agora você acertou.

Paul espanou Monk com a vassourinha. Cabelos mortos caíam e flutuavam em um mundo morto.

Monk fuçou no bolso em busca do valor do corte e da gorjeta. A transação de dinheiro tilintou na tarde morta.

Então Harry e Monk estavam caminhando pela rua juntos de volta ao bar.

— Nada como um corte de cabelo — falou Monk. — Faz você se sentir um novo homem.

Monk sempre usava camisas azul-claro, mangas enroladas para cima para mostrar o bíceps. Um cara e tanto. Tudo de que precisava agora era de uma mulher para dobrar seus calções e camisetas, enrolar as meias para ele e colocá-las na gaveta do armário.

— Obrigado por me fazer companhia, Harry.

— Claro, Monk...

— Na próxima vez que for cortar o cabelo, queria que viesse comigo.

— Talvez, Monk...

Monk andava perto da sarjeta e era como um sonho. Um sonho amarelo. Simplesmente aconteceu. E Harry não sabia de onde veio a compulsão. Mas ele cedeu à compulsão. Ele fingiu tropeçar e se jogou sobre Monk. E Monk, feito um circo de carne desequilibrado, caiu na frente do ônibus. Conforme o motorista pisava no freio houve um baque, não muito alto, mas um baque. E ali estava Monk na sarjeta, corte de cabelo, pinta e tudo. E Harry olhou para baixo. A coisa mais estranha: ali estava a carteira de Monk. Tinha pulado do bolso de Monk no impacto e estava ali na sarjeta. Só que não estava achatada no chão, estava de pé como uma pequena pirâmide.

Harry se curvou, a pegou e a colocou no bolso da frente. A sensação era morna e cheia de graça. Ave Maria.

Então Harry se curvou sobre Monk.

— Monk? Monk... está tudo bem?

Monk não respondeu. Mas Harry notou que ele respirava e não havia sangue. E, de repente, o rosto de Monk parecia belo e galante.

Ele está fodido, pensou Harry, *e eu estou fodido. Somos todos apenas fodidos de maneiras diferentes. Não há verdade, não há nada real, não há nada.*

Mas ali havia algo. Havia uma multidão.

— Afastem-se! — exclamou alguém. — Deixem ele respirar!

Harry se afastou. Ele se afastou bem para dentro da multidão. Ninguém o impediu.

Ele andava para o sul. Ouviu a sirene da ambulância. Ela gemia junto com a culpa dele.

Então, rapidamente, a culpa desapareceu. Como uma guerra velha terminava. Você precisava seguir em frente. As coisas continuavam. Como pulgas e xarope para panqueca.

Harry entrou em um bar que jamais tinha notado antes. Havia um barman. Havia garrafas. Era escuro lá dentro. Ele pediu um uísque duplo, bebeu tudo. A carteira de Monk estava cheia e pródiga. Sexta devia ser dia de pagamento. Harry deslizou uma nota, pediu outro uísque duplo. Ele bebeu metade, esperou em homenagem, então bebeu o resto, e, pela primeira vez em muito tempo, sentiu-se bem.

Depois naquela tarde, Harry andou até a churrascaria Groton. Ele entrou e sentou-se ao balcão. Jamais tinha entrado ali antes. Um homem alto, magro, desinteressante com chapéu de chef e avental sujo saiu e se curvou sobre o balcão. Ele precisava se barbear e tinha cheiro de mata-barata. Ele lançou um olhar malicioso para Harry.

— Veio aqui para o *emprego?* — perguntou ele.

Por que caralhos todos tentam me colocar para trabalhar?, pensou Harry.

— Não — respondeu Harry.

— Temos vaga para lavador de pratos. Cinquenta centavos por hora e você pode apertar a bunda da Rita de vez em quando.

A garçonete passou por eles. Harry olhou para a bunda dela.

— Não, obrigado. No momento, quero uma cerveja. Na garrafa. De qualquer tipo.

O chef se inclinou para mais perto. Ele tinha pelos longos nas narinas, poderosamente intimidadores, como um pesadelo imprevisto.

— Escuta, seu sacana, você tem dinheiro?

— Tenho — disse Harry.

O chef hesitou por um tempo, então se afastou, abriu a geladeira e tirou uma garrafa. Ele arrancou a tampa, voltou até Harry, bateu a cerveja no balcão.

Harry deu um longo gole, baixou a garrafa com cuidado.

O chef ainda o examinava. O chef não conseguia entender bem.

— Agora — falou Harry —, quero uma bisteca, ao ponto a bem-passado, com batatas fritas, e pega leve na gordura. E me traga outra cerveja, agora.

O chef pairou diante dele como uma nuvem irritada, então saiu, voltou para a geladeira, repetiu o ato, o que incluía levar a garrafa e batê-la no balcão.

Então o chef foi para a grelha, jogou uma bisteca.

Uma gloriosa cortina de fumaça subiu. O chef encarava Harry através dela.

Por que ele não gosta de mim, pensou Harry, *não tenho ideia. Bem, talvez eu precise de um corte de cabelo (tira bastante em todo lugar, por favor) e me barbear, e meu rosto está meio surrado, mas minhas roupas estão um tanto limpas. Gastas, mas limpas. Sou provavelmente mais limpo do que o prefeito dessa porra de cidade.*

A garçonete passou. Ela não era feia. Nada especial, mas não era feia. Ela usava o cabelo amarrado em cima da cabeça, meio que bagunçado, e tinha cachos pendendo dos lados. Bonito.

Ela se inclinou sobre o balcão.

— Não quis a vaga de lavador de louças?

— Gosto do salário, mas não é a minha linha de trabalho.

— Qual é a sua linha de trabalho?

— Sou arquiteto.

— Você só fala merda — disse ela, e se afastou.

Harry sabia que não era muito bom em conversa fiada. Ele achava que, quanto menos falasse, melhor todo mundo se sentia.

Harry terminou as duas cervejas. Então a bisteca com fritas chegou. O chef bateu os pratos no balcão. O chef era um grande batedor.

Parecia um milagre para Henry. Ele avançou nela, cortando e mastigando. Não comia uma bisteca havia uns dois anos. Conforme comia, sentia uma nova força entrando em seu corpo. Quando você não comia com frequência, era um verdadeiro *acontecimento.*

Até o cérebro sorria. E o corpo parecia dizer: obrigado, obrigado, obrigado.

Então Harry terminou.

O chef ainda estava olhando para ele.

— Certo — disse Harry —, vou comer a mesma coisa de novo.

— Vai comer a mesma coisa de novo?

— É.

O olhar se tornou uma cara feia. O chef foi e colocou outra bisteca na grelha.

— E vou tomar outra cerveja, por favor. Agora.

— *Rita!* — gritou o chef. — *Traz outra cerveja pra ele!*

Rita veio com a cerveja.

— Para um arquiteto — disse ela —, você entorna bem.

— Estou planejando erguer uma coisa.

— Rá. Como se você conseguisse!

Harry focou a cerveja. Então se levantou e foi até o banheiro masculino. Quando voltou, terminou a cerveja.

O chef chegou e bateu o novo prato de bisteca com fritas na frente de Henry.

— A vaga ainda está aberta, se quiser.

Harry não respondeu. Ele começou o novo prato.

O chef foi até a grelha, de onde continuou a olhar para Harry.

— Você ganha duas refeições — disse o chef — *e* uma para levar.

Harry estava muito ocupado com a bisteca e as fritas para responder. Ainda estava com fome. Quando você era um vagabundo, e especialmente quando bebia, dava para passar dias sem comer, às vezes sem nem querer comer, e então, ela o atingia: uma fome insuportável. Você começava a pensar em comer toda e qualquer coisa: camundongos, borboletas, folhas, bilhetes de penhora, jornais, rolhas, o que for.

Agora, atacando a segunda bisteca, a fome de Harry ainda estava ali. As batatas fritas eram lindas e engorduradas e amarelas e quentes, algo como a luz do sol, uma luz do sol nutritiva e gloriosa que se podia morder. E a bisteca não era apenas uma fatia de alguma pobre coisa assassinada, era algo dramático, que alimentava o corpo, a alma e o coração, que fazia os olhos sorrirem, tornava o mundo não tão difícil de suportar. Naquele momento, a morte não importava.

Então ele terminou o prato. Tudo o que havia sobrado era o osso da bisteca, e ele fora deixado limpo. O chef ainda o encarava.

— Vou comer mais uma vez — disse Harry ao chef. — Outra bisteca com fritas e outra cerveja, por favor.

— *Não vaí, não!* — gritou o chef. — *Você vaí pagar e caír fora daquí!*

Ele deu a volta na grelha e ficou na frente de Harry. Tinha um bloco de pedidos. Escreveu nele com raiva. Então jogou a conta no meio do prato sujo. Harry a pegou do prato.

Havia outro freguês no restaurante, um homem rosado muito redondo, com uma cabeça grande e cabelo despenteado pintado de um marrom um tanto desencorajador. O homem tinha consumido várias xícaras de café enquanto lia o jornal.

Harry se levantou, puxou algumas notas, tirou duas e as colocou ao lado do prato.

Então saiu de lá.

O trânsito do começo da noite começava a entupir a avenida de carros. O sol baixava atrás dele. Harry olhou para os motoristas dos carros. Eles pareciam infelizes. O mundo era infeliz. As pessoas estavam no escuro. As pessoas estavam aterrorizadas e decepcionadas. As pessoas estavam presas em armadilhas. As pessoas estavam defensivas e frenéticas. Sentiam que suas vidas estavam sendo desperdiçadas. E tinham razão.

Harry seguiu andando. Ele parou em um sinal fechado. E, naquele momento, teve um sentimento muito estranho. Ele se sentiu como a única pessoa viva em todo o mundo.

Conforme as luzes ficaram verdes, ele se esqueceu daquilo. Cruzou a rua para o outro lado e continuou andando.

[Conto publicado na coletânea *Miscelânea septuagenária*, 1990]

escapada

O proprietário anda pelo corredor
tossindo
me avisando que está ali,
e preciso me esconder
nas garrafas,
não posso ir à latrina,
as luzes não funcionam,
há buracos nas paredes de
canos de água quebrados
e as privadas não dão descarga,
e o pequeno mela cueca
anda para lá e para cá
lá fora
tossindo, tossindo,
para lá e para cá no tapete desbotado
ele vai,
e não aguento mais,
eu escapo,
eu PEGO ele
bem quando passa,
"Qual o problema, porra?",
grita ele,
mas é tarde demais,
meu punho acerta o osso;
acaba rápido e ele cai,
murcho e molhado;
pego minha mala e então
desço as escadas

e a mulher dele está na porta,
ela SEMPRE ESTÁ NA PORTA,
eles não têm nada para fazer além
de ficar nas portas e andar por corredores,
"Bom dia, sr. Bukowski", a cara dela é a cara de um espião
rezando pela minha morte, "o que..."
e eu a empurro de lado,
ela cai pelos degraus da varanda sobre
uma sebe,
ouço os galhos quebrarem
e a vejo meio presa ali
feito uma vaca cega,
e então desço a rua
com minha mala,
o sol está bom,
e começo a pensar no
próximo lugar que vou
arrumar, e espero
encontrar uns humanos decentes,
alguém que possa me tratar
melhor.

poema para cães perdidos

aquela sensação boa que chega nas horas mais estranhas: uma
    vez, depois de dormir
em um banco de parque em uma cidade estranha, acordei, as roupas
úmidas de uma neblina leve, e me levantei e comecei a ir para o
    leste bem para

CORRO COM A CAÇA

a cara do sol que se levantava e dentro de mim havia uma alegria
    gentil que simplesmente
estava lá.
outra vez depois de pegar uma prostituta andamos
no luar das duas da manhã lado a lado
na direção do meu quarto barato, mas não desejava levá-la para
    a cama.
a alegria gentil vinha simplesmente por andar ao lado dela neste
    confuso
universo — éramos companheiros, companheiros estranhos,
    andando juntos,
sem dizer nada.
a echarpe branca e roxa dela pendia da bolsa — flutuando no
    escuro
enquanto andávamos
e a música poderia vir da luz da lua.

então teve a vez que
fui expulso por não pagar o aluguel e carreguei minha
mala de mulher para a porta de uma estranha e a vi sumir
lá dentro, fiquei ali um instante, primeiro ouvi o riso dela, então
    o dele, então fui
embora.
eu caminhava, era quente às dez da manhã, o
sol me cegava e só estava consciente do som dos
meus sapatos na calçada. então
ouvi uma voz: "ei, amigo, tem algum troco?".
olhei, e sentados contra o muro estavam três vagabundos de
    meia-idade, de cara vermelha,
ridiculamente perdidos e acabados. "quanto te falta
para uma garrafa?", perguntei. "vinte e quatro centavos", um deles

disse. enfiei a mão no
bolso, tirei todo o troco e dei para ele. "porra, cara,
muito
obrigado!", disse ele.
segui andando, então senti necessidade de um cigarro, fucei nos
meus
bolsos, senti papel, puxei para
fora: uma nota de cinco.
outra vez aconteceu em uma briga com o barman, Tommy (de novo)
na
viela traseira para a diversão dos fregueses. eu tomava minha
surra
costumeira, todas as garotas de shortinho torcendo pelo musculoso
homem de verdade irlandês ("ah, Tommy, dá uma bela surra
nele!")
quando algo clicou em meu cérebro, meu cérebro apenas disse
"é hora de algo diferente", e acertei Tommy
com força do lado da cabeça e ele me olhou: *espera, isso*
não está no roteiro, e então acertei outro e podia ver o medo
subindo nele como uma torrente, e eu
acabei com ele rápido e então os fregueses o ajudaram a se levantar e entrar
enquanto
me xingavam. O que me deu aquela alegria
aquele riso silencioso dentro do ser era que eu tinha feito aquilo
porque
havia um limite para a resistência de qualquer homem.
fui a um bar estranho a um quarteirão de distância, me sentei e
pedi uma
cerveja.

"não servimos vagabundos aqui", disse o barman. "não sou vagabundo",
 falei, "me traga a cerveja". a cerveja
chegou, eu dei um gole inebriante e eu estava ali.

sentimentos bons e raros chegam nos momentos mais estranhos,
  como agora conforme eu digo
isso tudo a você.

nós, os artistas —

em São Francisco a proprietária, oitenta anos, me ajudou a ar-
  rastar a vitrola
verde escadaria acima e eu toquei a 5ª de Beethoven
até que bateram nas paredes.
havia um grande balde no centro do quarto
cheio de cervejas e garrafas de vinho;
então pode ter sido do d.t., uma tarde
ouvi um som um pouco como um sino
só que o sino zumbia em vez de tocar,
e então uma luz dourada apareceu no canto do quarto
em cima perto do teto
e através do som e da luz
brilhou o rosto de uma mulher, velho, mas belo,
e ela olhou para mim
e então o rosto de um homem apareceu ao lado do dela,
a luz ficou mais forte e o homem disse:
nós, os artistas, temos orgulho de você!

então a mulher disse: o pobre rapaz está assustado,
e eu estava, e então sumiu.
eu me levantei, me vesti e fui ao bar
imaginando quem eram os artistas e por que deveriam ter
orgulho de mim. havia alguns vivos no bar
e consegui umas bebidas de graça, toquei fogo nas calças com as
cinzas do meu cachimbo de espiga, quebrei um copo delibera-
    damente,
não se meteram comigo, conheci um homem que dizia ser
    William
Saroyan,* e bebemos até que uma mulher veio e
o puxou pela orelha e pensei, não, esse não pode ser
William, e outro cara veio e disse: cara, você fala
firme, bem, escute, acabei de sair da cadeia por lesão
corporal, então não mexe comigo! fomos para fora do
bar, ele era um bom menino, sabia usar os punhos, e
seguiu um tanto empatado, então paramos e entramos
de novo e bebemos por mais umas duas horas. andei
de volta para minha casa, coloquei a 5ª de Beethoven e
quando batiam nas paredes eu batia
de volta.

fiquei pensando em mim jovem, então, o jeito que eu era,
e mal posso acreditar, mas não me importo.
espero que os artistas ainda tenham orgulho de mim
mas eles nunca voltaram
outra vez.

---

* Escritor e dramaturgo americano, Saroyan escreveu o conto "O jovem audaz
nos trapézio voador", mencionado por Bukowski no poema, sobre a Biblioteca
Pública de Los Angeles, "a queima do sonho". [N.E.]

CORRO COM A CAÇA

a guerra veio correndo e quando me dei conta
estava em Nova Orleans
entrando bêbado em um bar
depois de cair na lama em uma noite de chuva.

vi um homem esfaquear outro, então fui e
coloquei uma moeda na jukebox.
era um começo. São
Francisco e Nova Orleans eram duas de minhas
cidades prediletas.

II

deite-se
deite-se e espere como
um animal

os melros estão brutos hoje

sozinho como um pomar seco e usado
espalhado sobre a terra
para uso e rendição.

alvejado como um ex-pugilista vendendo
jornais na esquina.

tomado por lágrimas como
uma dançarina madura
que pegou o último pagamento.

um lenço cai bem vosso senhor vossa
excelência.

os melros estão brutos hoje
como
unhas encravadas
em uma madrugada na
cadeia —
vinho vinho ladainha,

BUKOWSKI

os melros correm por aí e
voam ao redor
tagarelando sobre
melodias espanholas e ossos.

e tudo está em
lugar nenhum —
o sonho é ruim como
biscoito de aveia e pneus murchos:

por que seguimos
com as mentes e os
bolsos cheios de
pó
como um menino mau que saiu da
escola —
você me
diga,
você que foi herói em alguma
revolução
você que ensina crianças
você que bebe com calma
você que tem casas grandes
e caminha em jardins
você que matou um homem e tem uma
bela esposa
você me diga
por que estou em chamas feito lixo
velho e seco.

podemos ter uma correspondência
interessante.

CORRO COM A CAÇA

vai manter o carteiro ocupado.
e as borboletas e formigas e pontes e
cemitérios
os produtores de foguete e cães e mecânicos de garagem
ainda vão seguir por um
tempo
até ficarmos sem selos
e/ou
ideias.

não tenha vergonha
de nada; acho que Deus fez de propósito
como
trancas nas
portas.

espelunca

você não viveu
até ter estado em uma
espelunca
com nada além de uma
lâmpada
e 56 homens
espremidos juntos
em catres
com todo mundo
roncando
de uma vez

e alguns desses
roncos
tão
profundos e
nojentos e
inacreditáveis —
resfôlegos
sombrios
ranhosos
nojentos
subumanos
do próprio
inferno.

sua mente
quase se parte
com aqueles
sons
de morte

e os
odores
que se misturam:
meias sujas
duras
cuecas
mijadas e
cagadas

e sobre isso tudo
ar

CORRO COM A CAÇA

circulando lentamente.
bem parecido com aquele
que emana de
latas de
lixo
sem tampa.

e aqueles
corpos
no escuro

gordos e
magros
e curvados

alguns
sem pernas
sem braços

alguns
sem mente

e pior de
tudo:
a total
ausência de
esperança.

ela os
amortalha

BUKOWSKI

os cobre
totalmente

não é
suportável.

você se
levanta

sai

anda pelas
ruas

para lá e para
cá em
calçadas

passando prédios

virando a
esquina

e de
volta
à
mesma
rua

pensando

CORRO COM A CAÇA

aqueles homens
foram todos
crianças
um dia

o que aconteceu
com
eles?

e o que
aconteceu
comigo?

está escuro
e frio
lá
fora.

Cheguei a Nova Orleans na chuva às cinco da manhã. Sentei-me
na estação de ônibus por um tempo, mas as pessoas me depri-
miam, então peguei minha mala e saí na chuva e comecei a andar.
Não sabia onde os pensionatos ficavam, onde a parte pobre ficava.

Eu tinha uma mala de papelão que estava desmanchando. Um
dia fora preta, mas o revestimento tinha descascado e o papelão
amarelo estava exposto. Tinha tentado resolver aquilo colocando
graxa preta de sapato sobre o papelão exposto. Conforme andava
na chuva, a graxa na mala escorria, e sem querer fiz listras pretas
nas duas pernas das calças ao mudar a mala de uma das mãos
para a outra.

Bem, era uma cidade nova. Talvez eu desse sorte.

A chuva parou e o sol saiu. Eu estava no bairro negro. Andei lentamente.

— *Ei, branquelo fodido!*

Coloquei a mala no chão. Uma mulher negra de pele clara* estava sentada nos degraus da varanda, balançando as pernas. Ela era bonita.

— *Ei, branquelo fodido!*

Não respondi. Só fiquei olhando para ela.

— *Quer um pouquinho desse rabo, branquelo fodido?*

Ela riu de mim. Tinha cruzado as pernas no alto e balançava os pés; tinha belas pernas, saltos altos, e ela balançava as pernas e ria. Peguei minha mala e comecei a me aproximar dela na entrada da casa. Conforme fiz isso, notei o lado da cortina de uma janela à minha esquerda se mexer só um pouco. Vi o rosto de um homem negro. Ele parecia o Jersey Joe Wolcott.** Eu saí da entrada para a calçada. O riso dela me seguiu pela rua.

Eu fiquei em um quarto no segundo andar do outro lado de um bar. O bar se chamava Gangplank Cafe. Do meu quarto eu podia ver as portas abertas e o interior dele. Havia uns rostos sinistros no bar, uns rostos interessantes. Eu ficava no quarto à noite, bebia vinho e olhava para os rostos no bar enquanto meu dinheiro acabava. Durante o dia dava grandes passeios lentos. Eu me sentava por horas olhando para os pombos. Só comia uma refeição por dia, assim meu dinheiro durava mais tempo. Encontrei um café sujo com um proprietário sujo, mas onde

---

* *High yellow*, no original, é um termo antigo para se referir a descendentes de brancos e negros de pele clara e pode ser considerado de cunho ofensivo. [N.T.]

** Jersey Joe Wolcott (1914-1994) foi um pugilista estadunidense. [N.E.]

você conseguia um belo café da manhã — panquecas, mingau, linguiça — por muito pouco.

Saí pela rua, como de costume, um dia, e fui passeando. Eu me sentia feliz e relaxado. O sol estava no ponto certo. Suave. Havia paz no ar. Conforme me aproximei do meio do quarteirão, havia um homem de pé do lado de fora da porta de uma loja. Passei andando.

— Ei, *camarada*!

Eu parei e me virei.

— Quer um emprego?

Andei de volta até onde ele estava. Atrás dele vi um cômodo grande e escuro. Havia uma mesa comprida com homens e mulheres de ambos os lados. Tinham martelos, com os quais batiam em objetos diante deles. No escuro, os objetos pareciam mariscos. Tinham cheiro de mariscos. Eu me virei e continuei andando pela rua.

Eu me lembrei de como meu pai voltava para casa toda noite e falava sobre o trabalho para minha mãe. A conversa de emprego começava quando ele entrava pela porta, continuava na mesa de jantar e terminava no quarto, onde meu pai gritava *"apagando as luzes!"* às oito da noite para ter seu descanso e ir com força total para o trabalho no dia seguinte. Não havia outro assunto a não ser o trabalho dele.

Na esquina fui parado por outro homem.

— Olha só, meu amigo... — começou ele.

— Sim? — perguntei.

— Olha só, sou veterano da Primeira Guerra Mundial. Coloquei a minha vida em risco por esse país, mas ninguém me contrata, ninguém me dá um emprego. Eles não dão valor ao que eu fiz. Estou com fome, me dê uma ajuda...

— Estou desempregado.

— Você está desempregado.

— É, isso mesmo.

Eu me afastei. Cruzei a rua para o outro lado.

— *Você está mentindo!* — gritou ele. — *Você está trabalhando! Você tem emprego!*

Poucos dias depois estava procurando um.

Ele era um homem atrás da mesa com um aparelho de audição, e o fio passava pelo lado do rosto dele e entrava pela camisa, sob a qual ele escondia a bateria. O escritório era escuro e confortável. Ele vestia um terno marrom gasto com uma camisa branca amassada e uma gravata puída. O nome dele era Heathercliff.

Eu tinha visto o anúncio no jornal local e o lugar era perto do meu quarto.

PRECISA-SE DE JOVEM AMBICIOSO
COM VISÃO PARA O FUTURO.
NÃO É NECESSÁRIO EXP.
COMEÇA NA SALA DE ENTREGAS E CRESCE.

Esperei do lado de fora com cinco ou seis homens, todos tentando parecer ambiciosos. Tínhamos preenchido nossos formulários de emprego e agora esperávamos. Fui o último a ser chamado.

— Sr. Chinaski, o que fez o senhor deixar os pátios ferroviários?

— Bem, não vejo futuro nas ferrovias.

— Eles têm bons sindicatos, serviços médicos, aposentadoria.

— Na minha idade, aposentadoria pode ser considerada quase supérflua.

— Por que veio para Nova Orleans?

— Eu tinha muitos amigos em Los Angeles, amigos que achei que estavam atrapalhando a minha carreira. Quis ir para um lugar onde pudesse me concentrar sem perturbação.

— Como vamos saber se você vai ficar *conosco* por um bom de tempo?

— Eu posso não ficar.

— Por quê?

— Vocês disseram que havia futuro para um homem ambicioso. Se não houver futuro aqui, então vou precisar ir embora.

— Por que não se barbeou? Perdeu uma aposta?

— Ainda não.

— Ainda não?

— Não. Apostei com o locatário que conseguiria um emprego em um dia mesmo com essa barba.

— Certo, nós entraremos em contato.

— Eu não tenho telefone.

— Não tem problema, sr. Chinaski.

Saí e voltei para meu quarto. Andei pelo corredor sujo e tomei um banho. Então vesti de novo as roupas, saí e comprei uma garrafa de vinho. Voltei para o quarto e me sentei perto da janela, bebendo e olhando as pessoas no bar, olhando as pessoas que passavam. Bebi lentamente e comecei a pensar de novo em conseguir uma arma e fazer aquilo rápido — sem todo o pensamento e a conversa. Uma questão de colhões. Eu me perguntei sobre meus colhões. Terminei a garrafa, fui para a cama e dormi. Lá pelas quarto da tarde fui acordado por uma batida à porta. Era um rapaz da Western Union. Abri o telegrama:

SR. H. CHINASKI. APRESENTAR-SE AO TRABALHO
OITO HORAS AMANHÃ. R.M. HEATHERCLIFF CO.

Era a área de distribuição de uma editora de revistas e ficávamos na mesa de entrega verificando os pedidos para ver se as quantidades coincidiam com os recibos. Então assinávamos o recibo e empacotávamos o pedido para entrega fora da cidade ou colocávamos as revistas de lado para a entrega local de caminhão. O trabalho era fácil e monótono, mas os barmen estavam em um estado de tumulto constante. Estavam preocupados com seus empregos. Eram uma mistura de homens e mulheres jovens, e não parecia haver um encarregado. Depois de várias horas começou uma discussão entre duas mulheres. Era algo a respeito das revistas. Estávamos empacotando revistas em quadrinhos e alguma coisa deu errado do outro lado da mesa. As duas mulheres ficaram violentas conforme a discussão continuou.

— Olhem — falei —, esses livros não valem a leitura, muito menos uma discussão.

— Certo — disse uma das mulheres —, nós sabemos que acha que é bom demais para esse emprego.

— Bom demais?

— É, a sua atitude. Acha que não notamos?

Foi quando soube que simplesmente *fazer* o trabalho não era suficiente, você precisava ter interesse nele, até uma paixão.

Trabalhei lá por três ou quatro dias, então na sexta éramos pagos na hora de sair. Recebíamos envelopes amarelos com notas verdes e o troco exato. Dinheiro de verdade, sem cheques.

Perto da hora de ir embora, o motorista do caminhão voltou um pouco mais cedo. Ele se sentou em uma pilha de revistas e fumou um cigarro.

— É, Harry — disse ele a um dos barmen —, tive um aumento hoje. Tive um aumento de dois dólares.

Na hora de ir embora, parei para comprar uma garrafa de vinho, fui para meu quarto, bebi e depois desci as escadas e telefonei para a empresa. O telefone tocou por um longo tempo. Por fim o sr. Heathercliff atendeu. Ele ainda estava lá.

— Sr. Heathercliff?

— Sim?

— Aqui é Chinaski.

— Sim, sr. Chinaski?

— Quero um aumento de dois dólares.

— Quê?

— Isso mesmo. O motorista de caminhão recebeu aumento.

— Mas ele está conosco há dois anos.

— Preciso de aumento.

— Pagamos dezessete dólares por semana e agora está pedindo por dezenove?

— Isso. Ganho ou não?

— Não podemos fazer isso.

— Então me demito.

Eu desliguei.

[Trecho do romance *Factótum*, 1975]

jovem em nova orleans

morrendo de fome, sentado pelos bares
e à noite andando pelas ruas por
horas.
o luar sempre parecia falso
para mim, talvez fosse,
e no French Quarter eu via
os cavalos e as carroças passarem,

BUKOWSKI

todos sentados ao ar livre nas carruagens
abertas, o motorista negro, e
atrás o homem e a mulher,
geralmente jovens e sempre brancos.
e eu era sempre branco.
e nem um pouco seduzido pelo
mundo.
Nova Orleans era um lugar para se
esconder.
podia desperdiçar minha vida
sem perturbações.
a não ser pelos ratos.
os ratos em meu quartinho escuro
se ressentiam muito de dividi-lo
comigo.
eram grandes e destemidos
e me encaravam com olhos
que falavam de
uma morte
impassível.

as mulheres estavam fora do meu alcance.
elas viam algo
depravado.
havia uma garçonete
um pouco mais velha do que
eu, ela sorria bastante,
demorava quando
trazia meu
café.

CORRO COM A CAÇA

aquilo era muito para
mim, aquilo era
suficiente.

havia algo a respeito
daquela cidade, porém:
não me fazia sentir culpa
por não ter sentimentos pelas
coisas que tantos outros
precisavam.
ela me deixava em paz.

sentado na cama
as luzes apagadas,
ouvindo os barulhos
externos,
levantando a garrafa
de vinho barato,
deixando o calor
da uva
entrar em
mim
ao ouvir os ratos
se movendo pelo
quarto,
eu os preferia
aos
humanos.

estar perdido,
ser louco talvez

BUKOWSKI

não é tão ruim
se você pode ficar
dessa maneira:
impassível.

Nova Orleans me deu
isso.
ninguém chamava
meu nome.

sem telefone,
sem carro,
sem emprego,
sem
nada.

eu e os
ratos
e minha juventude,
uma vez,
aquela vez
soube
que, mesmo através do
nada,
era uma
celebração
de algo a não se
fazer,
mas somente
saber.

consumação da tristeza

eu até ouço as montanhas
o jeito que elas riem
para cima e para baixo nos lados azuis
e lá embaixo na água
os peixes choram
e toda a água
são as lágrimas deles.
Escuto a água
nas noites que bebo
e a tristeza fica tão grande
eu a escuto no meu relógio
ela se torna puxadores na cômoda
ela se torna papel no chão
ela se torna uma calçadeira
um recibo de lavanderia
ela se torna
fumaça de cigarro
subindo uma capela de vinhas escuras...
pouco importa

bem pouco amor não é tão ruim
ou bem pouca vida

o que conta
é esperar em paredes
nasci para isso

nasci para vender rosas nas avenidas dos mortos.

Minha mãe gritou quando abriu a porta:

— *Fílho! É você, fílho?*

— Preciso dormir um pouco.

— Seu quarto está sempre esperando.

Fui ao quarto, tirei a roupa e subi na cama. Fui acordado por volta das seis da tarde pela minha mãe.

— Seu pai chegou em casa.

Eu me levantei e comecei a me vestir. O jantar estava na mesa quando entrei.

Meu pai era um homem grande, mais alto do que eu, com olhos castanhos; os meus eram verdes. O nariz dele era muito grande, e não se podia deixar de notar as orelhas. As orelhas queriam pular da cabeça.

— Olha só — disse ele —, se vai ficar aqui vou cobrar acomodação e alimentação, além de serviço de lavanderia. Quando conseguir um emprego, o que nos deve será tirado do seu salário até pagar tudo.

Comemos em silêncio.

Minha conta por acomodação, lavanderia etc. foi tão alta dessa vez que precisei de vários pagamentos para quitar. Fiquei até conseguir e me mudei logo depois. Não tinha como pagar os preços de casa.

Achei um pensionato perto do trabalho. Mudar-me não foi difícil. Minhas posses só enchiam metade de uma mala...

Mama Strader era minha locatária, uma ruiva tingida com um corpo bonito, vários dentes de ouro e um namorado envelhecido. Ela me chamou para a cozinha no comecinho da manhã e disse que me daria uma dose de uísque se eu fosse lá atrás e alimentasse as galinhas. Fiz isso e então me sentei na cozinha bebendo com Mama e o namorado dela, Al. Cheguei uma hora atrasado ao trabalho.

Na segunda noite houve uma batida à minha porta. Era uma mulher gorda com uns quarenta e cinco anos. Ela segurava uma garrafa de vinho.

— Eu moro mais adiante no corredor, meu nome é Martha. Ouço você escutando essa música boa o tempo todo. Pensei em te trazer uma bebida.

Martha entrou. Ela usava uma bata verde solta, e depois de alguns vinhos começou a me mostrar as pernas.

— Tenho pernas bonitas.

— Sou um apreciador de pernas.

— Olhe mais para cima.

As pernas dela eram muito brancas, gordas, flácidas, com veias roxas estufadas. Martha me contou a história dela.

Ela era prostituta. Andava pelos bares de vez em quando. Sua maior fonte de sustento era o dono de uma loja de departamentos.

— Ele me dá dinheiro. Eu vou na loja dele e pego o que quero. Os vendedores não me perturbam. Ele falou para eles me deixarem em paz. Não quer que a mulher dele saiba que sou melhor de cama do que ela.

Martha se levantou e aumentou o som do rádio. Alto.

— Sou uma boa dançarina — disse ela. — Olhe como eu danço!

Ela girou a tenda verde, levantando as pernas. Ela não era tão gostosa. Logo estava com a bata para cima, ao redor da cintura, balançando o traseiro na minha cara. A calcinha rosa tinha um buraco grande na banda direita. Então tirou a bata e ficou só de calcinha. Logo a calcinha estava no chão ao lado da bata, e ela rebolava. O triângulo de pelos na boceta estava quase escondido pela barriga pendurada, balançando.

O suor fazia o rímel dela escorrer. De repente os olhos dela se apertaram. Eu estava sentado na beira da cama. Ela pulou sobre mim antes que eu pudesse me mexer. A boca aberta dela estava pressionada na minha. Tinha gosto de saliva, cebola, vinho velho e (eu imaginei) o esperma de quatrocentos homens. Ela enfiou a língua dentro da minha boca. Estava grossa de saliva, eu senti ânsia de vômito e a empurrei para longe. Ela caiu de joelhos, abriu meu zíper e em um segundo meu pau mole estava na boca dela. Ela chupava e oscilava. Martha tinha uma fitinha amarela no cabelo curto grisalho. Havia verrugas e grandes pintas marrons no pescoço e no rosto dela.

Meu pênis subiu; ela gemeu, me mordeu. Eu gritei, a peguei pelo cabelo e a puxei para longe. Fiquei no meio do quarto, ferido e aterrorizado. Estava tocando uma sinfonia de Mahler no rádio. Antes que eu pudesse me mexer, ela estava de joelhos em mim de novo. Ela apertou minhas bolas sem perdão com as duas mãos. A boca dela se abriu, eu estava na mão dela; a cabeça dela oscilava, sugava, sacodia. Dando um tremendo puxão nas bolas enquanto quase mordia meu pau em dois, ela me forçou a ir para o chão. Sons de sucção encheram o quarto conforme o rádio tocava Mahler. Eu tinha a impressão de estar sendo devorado por um animal impiedoso. Meu pau subiu, coberto de cuspe e sangue. Essa visão a deixou em um frenesi. Eu me senti como se estivesse sendo comido vivo.

Se eu gozar, pensei, desesperado, *nunca vou me perdoar.*

Conforme me dobrei para tentar puxá-la pelos cabelos, ela agarrou minhas bolas de novo e as apertou sem perdão. Os dentes dela tesouraram a parte do meio do meu pênis, como se para me cortar em dois. Eu gritei, soltei o cabelo dela, caí de costas. A cabeça dela subia e descia de forma implacável. Eu tinha certeza de que o som daquela chupada podia ser ouvido por toda a pensão.

— *Não!* — gritei.

Ela persistiu com uma fúria desumana. Eu comecei a gozar. Era como sugar o interior de uma cobra presa. A fúria dela estava misturada com loucura; ela sugou aquele esperma, gorgolejando com ele na garganta.

Ela continuou a balançar e chupar.

— Martha! Para! Acabou!

Ela não parava. Era como se tivesse se transformado em uma enorme boca que devorava tudo. Ela continuou a balançar e chupar. Continuou e continuou.

— *Não!* — gritei de novo... Dessa vez ela tomou como se fosse leite maltado com baunilha de canudinho.

Eu desmoronei. Ela se levantou e começou a se vestir. Cantou:

When a New York baby says goodnight
it's early in the morning
goodnight, sweetheart
it's early in the morning
goodnight, sweetheart
milkman's on his way home...*

Fiquei de pé cambaleando, segurando a parte da frente das calças, e encontrei minha carteira. Tirei cinco dólares e passei para ela. Ela pegou os cinco dólares, enfiou na frente do vestido,

---

* Essa música é uma adaptação da letra de "Lullaby of Broadway", cantada por Frank Sinatra. A versão correta da canção, no entanto, diz que a garota é da Broadway, não de Nova York. Em tradução: "Quando uma menina de Nova York diz boa-noite / é manhã cedinho / boa noite, querido / é manhã cedinho / boa noite, querido / o leiteiro está voltando para casa...". [N.T.]

entre os seios, agarrou minhas bolas de novo de modo brincalhão, apertou, soltou e saiu dançando do quarto.

Tinha trabalhado tempo suficiente para economizar para uma passagem de ônibus para outro lugar, além de alguns dólares para me virar depois que chegasse. Larguei o emprego, peguei um mapa dos Estados Unidos e o analisei. Eu me decidi por Nova York.

Levei cinco garrafas de uísque na mala comigo no ônibus. Sempre que alguém se sentava ao meu lado e começava a falar, eu tirava uma garrafa e dava um longo gole. Cheguei lá.

A estação de ônibus de Nova York ficava perto da Times Square. Andei para a rua com minha mala velha. Era noite. As pessoas enxameavam para fora dos metrôs. Como insetos, sem rosto, loucos, corriam sobre mim, em mim e à minha volta, com muita intensidade. Eles giravam e se empurravam; faziam sons horríveis.

Eu me afastei para uma entrada e terminei a última garrafa.

Então caminhei, empurrei, enfiei o ombro, até ver uma placa de vagas na Third Avenue. A gerente era uma velha judia.*

— Preciso de um quarto — disse a ela.

— Precisa de um bom terno, meu rapaz.

— Estou sem grana.

— É um bom terno, por quase nada. Meu marido cuida da alfaiataria do outro lado da rua. Venha comigo.

Paguei pelo quarto, coloquei a mala lá em cima. Fui com ela ao outro lado da rua.

---

* Levando em consideração que o casal vende um terno podre para o personagem, o termo "judia" pode ser considerado problemático, principalmente por relacionar personagens judeus com enganação no comércio, que é um tropo antissemita. No entanto, não deixa de ser uma descrição comum, já que a comunidade judaica é considerável em Nova York. [N.T.]

— Herman, mostre o terno a esse rapaz.

— Ah, é um belo terno.

Herman o trouxe; azul-escuro, um pouco gasto.

— Parece muito pequeno.

— Não, não, serve bem.

Ele saiu de trás do balcão com o terno.

— Aqui. Experimente o paletó.

Herman me ajudou a colocar.

— Viu? Serve... Quer experimentar as calças?

Ele segurou as calças na minha frente, da cintura aos pés.

— Elas parecem boas.

— Dez dólares.

— Estou falido.

— Sete dólares.

Dei os sete dólares a Herman, peguei o terno e subi para meu quarto. Saí para pegar uma garrafa de vinho. Quando voltei, tranquei a porta, tirei a roupa, me preparei para minha primeira noite de sono de verdade em algum tempo.

Fui para a cama, abri a garrafa, amassei o travesseiro em um bolo duro às costas, respirei profundamente e me sentei no escuro olhando pela janela. Era a primeira vez que ficava sozinho em cinco dias. Eu era um homem que se dava bem com a solidão; sem ela, era como qualquer outro homem sem comida ou água. Cada dia sem solidão me enfraquecia. Não tinha orgulho de minha solidão; mas era dependente dela. A escuridão do quarto era como a luz do sol para mim. Dei um gole no vinho.

Subitamente o quarto se encheu de luz. Houve um chocalhar e um ronco. A linha elevada corria na mesma altura que o quarto. Um trem do metrô havia parado ali. Olhei para uma fileira de rostos de Nova York, que olharam de volta. O trem demorou, então saiu. Era escuro. Então o quarto se encheu de luz novamente. De novo olhei para os rostos. Era como uma visão do inferno que se repetia seguidamente. Cada nova leva de rostos era mais feia, demente e cruel que a anterior. Bebi o vinho.

Aquilo continuou: escuridão, então luz; luz, então escuridão. Terminei o vinho e saí para comprar mais. Voltei, tirei a roupa, deitei-me na cama de novo. A chegada e a partida dos rostos continuou; senti que estava tendo uma visão. Eu era visitado por centenas de demônios que o Demônio em Si não tolerava. Bebi mais vinho.

Finalmente me levantei e tirei o terno novo do armário. Vesti o paletó. Estava bem justo. O paletó parecia menor do que quando estava na alfaiataria. Subitamente veio o som de um rasgo. O casaco tinha aberto até em cima nas costas. Tirei o que restava do paletó. Ainda tinha as calças. Enfiei as pernas nela. Havia botões na frente, em vez de um zíper; conforme tentei fechá-los, a costura abriu na bunda. Coloquei a mão para trás e senti a cueca.

Andei sem rumo por quatro ou cinco dias. Então enchi a cara por dois dias. Mudei do quarto para Greenwich Village. Um dia li na coluna de Walter Winchell que O. Henry* só escrevia em uma mesa em algum bar de escritores famoso. Descobri o bar e fui procurar o quê?

Era meio-dia. Eu era o único freguês, apesar da coluna de Winchell. Ali fiquei, sozinho, com um espelho grande, o bar e o barman.

— Sinto muito, senhor, não podemos servi-lo.

---

* Walter Winchell (1987-1972) foi um jornalista americano considerado o inventor da coluna social e O. Henry (1892-1910) foi um famoso contista americano. [N.E.]

Eu estava pasmo, não consegui responder. Esperei uma explicação.

— Você está bêbado.

Eu provavelmente estava de ressaca, mas não bebia havia doze horas. Murmurei alguma coisa sobre O. Henry e fui embora.

Parecia uma loja vazia. Havia uma placa na janela: PROCURA--SE AJUDANTE. Entrei. Um homem com um bigode fino sorriu para mim.

— Sente-se.

Ele me deu uma caneta e um formulário. Preenchi o formulário.

— Ah? Faculdade?

— Não exatamente.

— Trabalhamos com propaganda.

— Ah, é?

— Não está interessado?

— Bem, veja, eu andei pintando. Um *pintor*, sabe? Fiquei sem dinheiro. Não consigo vender as coisas.

— Recebemos muita gente assim.

— Também não gosto delas.

— Alegre-se. Talvez fique famoso depois de morrer.

Ele seguiu dizendo que o serviço envolvia trabalho noturno no começo, mas que sempre havia chance de subir.

Eu disse que gostava de trabalho noturno. Ele disse que eu poderia começar no metrô.

Dois caras velhos me esperavam. Eu os encontrei dentro do metrô, onde os carros estavam estacionados. Recebi um monte de cartazes de papelão e um instrumento de metal pequeno parecido com um abridor de latas. Todos nós subimos em um dos carros estacionados.

— Olhe o que vou fazer — disse um dos caras velhos.

Ele pulou nos assentos empoeirados e começou a andar retirando os cartazes velhos com um abridor de latas. *Então era assim que aquelas coisas iam parar lá*, pensei. Pessoas as colocavam lá.

Cada cartaz era preso por duas barras de metal que precisavam ser removidas para encaixar o novo cartaz. As barras eram apertadas como molas e curvadas para seguir o contorno da parede.

Eles me deixaram tentar. As barras de metal resistiram a meus esforços. Não se moviam. As pontas afiadas cortavam minhas mãos enquanto eu trabalhava. Comecei a sangrar. Para cada cartaz tirado, havia um novo para substitui-lo. Cada um levava um tempão. Era interminável.

— Tem insetos verdes por toda Nova York — disse um dos caras velhos depois de um tempo.

— Tem?

— Tem. Você é novo em Nova York?

— Sou.

— Não sabe que o povo todo de Nova York tem esses bichinhos verdes?

— Não.

— É. Uma mulher queria trepar comigo ontem à noite. Eu disse: "Não, querida, sem chance".

— É?

— É. Disse a ela que trepava se ela me desse cinco pratas. Preciso de cinco pratas de bife para repor aquele gozo.

— Ela te deu as cinco pratas?

— Não. Ela me ofereceu uma lata de sopa de cogumelo da Campbell's.

Trabalhamos até o fim do vagão. Os dois velhos saíram da traseira, começam a andar na direção do próximo vagão de metrô parado a cerca de quinze metros nos trilhos. Estávamos doze metros acima do chão sem nada além de dormentes de trilhos para pisar. Vi que não seria difícil um corpo escorregar e cair no chão lá embaixo.

Saí do vagão do metrô e comecei a pisar lentamente de dormente a dormente, abridor de lata em uma mão, cartazes de papelão na outra. Um metrô cheio de passageiros parou; as luzes do trem mostraram o caminho.

O trem partiu; eu estava na escuridão total. Não conseguia ver os dormentes nem os espaços entre eles. Esperei.

Os dois caras velhos berraram do próximo vagão:

— Vamos! Depressa! Temos muito trabalho a fazer.

— Espere! Não consigo enxergar!

— Não temos a noite inteira!

Meus olhos começaram a se ajustar. Um passo de cada vez, segui em frente, lentamente. Quando cheguei ao carro seguinte, coloquei os cartazes no chão e me sentei. Minhas pernas estavam fracas.

— Qual o problema?

— Não sei.

— O que foi?

— Um homem pode morrer aqui.

— Ninguém caiu até hoje.

— Eu acho que poderia.

— Está tudo na mente.

— Eu sei. Como saio daqui?

— Tem uma escada bem ali. Mas precisa cruzar um monte de trilhos, precisa ficar de olho nos trens.

— Certo.

— E não pise no terceiro trilho.

— O que é isso?

— É a energia. É o trilho dourado. Parece ouro. Você vai ver.

Eu desci para os trilhos e comecei a pisar sobre eles. Os dois velhos me observaram. O trilho dourado estava ali. Dei um passo bem alto por cima ele.

Então eu meio corri e meio caí pelas escadas. Tinha um bar do outro lado da rua.

[Trecho do romance *Factótum*, 1975]

poema para gerentes de rh:

Um velho me pediu um cigarro
e eu tirei dois com cuidado.
"Andei procurando emprego. Vou ficar
no sol e fumar."

Ele era quase só trapos e raiva
e se recostou na morte.
Era um dia frio, de fato, e caminhões
carregados e pesados feito putas velhas
batiam e se emaranhavam nas ruas...

Caímos feito tábuas de um assoalho podre
enquanto o mundo luta para liberar o osso
que pesa seu cérebro.
(Deus é um lugar solitário sem bife.)

Somos pássaros moribundos
somos navios que naufragam —
o mundo se choca conosco

CORRO COM A CAÇA

e nós
esticamos os braços
e nós
esticamos as pernas
como o beijo da morte da centopeia:
mas eles quebram nossas costas, gentis,
e chamam nosso veneno de "política".

Bem, nós fumamos, eu e ele — homenzinhos
mordiscando pensamentos de cabeça de peixe...

Todos os cavalos não entram,
e conforme você vê as luzes das cadeias
e hospitais piscando,
e homens levando bandeiras como se fossem bebês,
lembre-se disso:

você é um instrumento bem estripado de
coração e estômago, planejado cuidadosamente —
então, se pegar um avião para Savannah,
pegue o melhor avião;
ou se comer frango em uma pedra,
faça dele um animal muito especial.
(Você o chama de ave; eu chamo aves de
flores.)

E se decidir matar alguém,
que seja qualquer um e não alguém:
alguns homens são feitos de partes mais especiais,
preciosas: não mate
se quiser

um presidente ou um rei
ou um homem
atrás de uma mesa —
estes têm longitudes celestes
atitudes iluminadas.

Se decidir,
nos leve
os que ficam parados e fumam e olham feio;
estamos enferrujados de tristeza e
febris
de subir escadas quebradas.

Nos leve:

nunca fomos crianças

como as suas crianças.

Não entendemos músicas de amor

como sua namorada.

Nossos rostos são linóleo rachado,
rachados pelos pés pesados, firmes,
de nossos mestres.

Recebemos tiros de pontas de cenoura
e sementes de papoula e gramática torta;
desperdiçamos os dias feito melros loucos
e rezamos por noites alcoólicas.

CORRO COM A CAÇA

Nossos sorrisos humanos de seda-asco nos envolvem
como o confete de outra pessoa:
nem somos membros do Partido.

Somos uma cena caiada com o
pincel branco doente da Idade.

Fumamos, adormecidos como um prato de figos.
Fumamos, mortos como a neblina.

Nos leve.

Um assassinato na banheira
ou algo rápido e brilhante; nosso nomes
nos jornais.

Conhecidos, enfim, por um momento,
por milhões de olhos descuidados e baços como bagos
que se mantêm privados
para flamejar e brilhar somente
com as pobres piadas de caipira
de seus comediantes convencidos, mimados, corretos.

Conhecidos, enfim, por um momento
como eles serão conhecidos
como você será conhecido
por um homem todo de cinza em um cavalo todo cinza
que se senta acariciando uma espada
mais longa do que a noite
mais longa do que a espinha curvada da montanha
mais longa do que todos os gritos

de bombas atômicas lançadas por gargantas
e explodidas em uma terra mais nova,
menos planejada.

Nós fumamos e as nuvens não nos notam.
Um gato anda e chacoalha Shakespeare do lombo.
Sebo, sebo, vela como cera: nossas espinhas
são moles e nossa consciência queima
inocentemente
a vida que resta ao pavio
nos foi distribuída.

Um velho me pediu um cigarro
e me contou seus problemas
e isso
foi o que ele disse:
que Idade era um crime
que a Pena pegou as honras
e o Ódio legou o
dinheiro.

Ele poderia ser seu pai
ou meu.

Ele pode ter sido um devasso
ou um santo.

Mas, fosse o que fosse,
ele foi condenado
e ficamos no sol e
fumamos

e olhamos em torno
em nosso tempo livre
para ver quem era o próximo da
fila.

nirvana

sem muita chance,
completamente desligado do
propósito,
ele era um homem jovem
andando de ônibus
pela Carolina do Norte
a caminho de
algum lugar
e começou a nevar
e o ônibus parou
em um pequeno café
nas colinas
e os passageiros
entraram.

ele sentou-se no balcão
com os outros,
fez o pedido e a
comida chegou.
a refeição era
particularmente
boa

BUKOWSKI

e o
café.

a garçonete era
diferente de todas as mulheres
que tinha
conhecido.
ela não tinha afetação,
havia um humor
natural que vinha
dela.
o chapeiro disse
coisas loucas.
o lavador de pratos,
nos fundos,
riu, um belo
riso
limpo,
agradável.

o homem jovem observou
a neve através das
janelas.

ele quis ficar
naquele café
para sempre.

naquela noite
foi tomado de assalto
pelo sentimento curioso

CORRO COM A CAÇA

de que tudo
era
lindo

ali,
que seria
sempre lindo
ali.

então o motorista do ônibus
disse aos passageiros
que estava na hora
de embarcar.

o homem jovem
pensou, vou apenas ficar
aqui sentado, vou apenas ficar
aqui.

mas então
ele se levantou e seguiu
os outros para dentro do
ônibus.

ele achou seu assento
e olhou para o café
através da janela do
ônibus.
então o ônibus saiu,
fez uma curva,
para baixo, saindo
das colinas.

BUKOWSKI

o homem jovem
olhava diretamente
para a frente.
ouviu os outros
passageiros
conversando
sobre outras coisas,
ou estavam
lendo

ou
tentando
dormir.

não tinham
notado
a
magia.

o homem jovem
encostou a cabeça no
ombro,
fechou os
olhos,
fingiu dormir.
não havia mais
nada a fazer —
apenas ouvir o
som do
motor
o som dos

pneus
sobre a
neve.

Depois de chegar à Filadélfia, encontrei uma espelunca e paguei uma semana de aluguel adiantado. O bar mais próximo tinha cinquenta anos. Dava para sentir o odor de urina, merda e vômito de meio século passando pelo chão do bar, subindo dos banheiros abaixo.

Eram quatro e meia da tarde. Dois homens brigavam no meio do bar.

O cara à minha direita me disse que o nome dele era Danny. O da esquerda disse que seu nome era Jim.

Danny tinha um cigarro na boca, a ponta brilhando. Uma garrafa de cerveja vazia deu voltas pelo ar. Ela passou a um fio do cigarro e do nariz dele. Ele não se mexeu ou olhou em torno, bateu as cinzas do cigarro no cinzeiro.

— Essa passou perto, filho da puta! Se vier perto assim de novo, vai ter briga!

Todos os assentos estavam ocupados. Havia mulheres ali, algumas donas de casa, gordas e meio estúpidas, e duas ou três senhoras que haviam sucumbido em tempos difíceis. Conforme me sentei ali, uma garota se levantou e saiu com um homem. Ela estava de volta em cinco minutos.

— Helen! Helen! Como você faz isso?

Ela riu.

Outro ficou de pé para testá-la.

— Isso deve ser bom. Tenho que experimentar um pouco!

Eles saíram juntos. Helen estava de volta em cinco minutos.

— Ela deve ter uma bomba de sucção no lugar da xoxota!

— Preciso experimentar um pouco disso — disse um cara velho na ponta do balcão. — Não fico de pau duro desde que o Teddy Roosevelt tomou a última colina.

Helen demorou dez minutos com aquele.

— Quero um sanduíche — falou um cara gordo. — Quem vai buscar um sanduíche para mim?

Eu disse que iria.

— Rosbife no pão, com tudo.

Ele me deu dinheiro.

— Fica com o troco.

Caminhei até o bar de sanduíches. Um cara velho com uma barrigona veio.

— Rosbife no pão, com tudo. E uma garrafa de cerveja enquanto estou esperando.

Bebi a cerveja, levei o sanduíche de volta para o gordo no bar, e achei outro assento. Uma dose de uísque apareceu. Bebi. Outra apareceu. Bebi. A *jukebox* tocava.

Um camarada jovem com uns vinte e quatro anos veio da ponta do bar.

— Preciso mandar limpar as venezianas — disse ele a mim.

— Precisa mesmo.

— O que você faz?

— Nada. Bebo. As duas coisas.

— E as venezianas?

— Cinco pratas.

— Está contratado.

Ele era chamado de Billy-Boy. Billy-Boy tinha se casado com a dona do bar. Ela tinha quarenta e cinco anos.

Ele me trouxe dois baldes, um pouco de sabão, trapos e uma esponja. Tirei as persianas, removi as ripas e comecei.

CORRO COM A CAÇA

— A bebida é de graça — disse Tommy, o barman noturno do bar — enquanto estiver trabalhando.

— Dose de uísque, Tommy.

Era um trabalho lento; a poeira havia se compactado, virado sujeira incrustada. Cortei as mãos várias vezes nas beiradas das barras de metal. A água com sabão ardia.

— Dose de uísque, Tommy.

Terminei um par de persianas e as pendurei. Os fregueses do bar se viraram para olhar meu trabalho.

— Lindo!

— Com certeza ajuda o lugar.

— Provavelmente vão aumentar o preço das bebidas.

— Dose de uísque, Tommy — falei.

Tirei outro par de persianas, puxei as ripas. Ganhei de Jim na máquina de pinball por vinte e cinco centavos, então esvaziei os baldes na privada e peguei água fresca.

O segundo par foi mais devagar. Minhas mãos colecionaram mais cortes. Duvido que aquelas persianas tivessem sido limpas nos últimos dez anos. Ganhei outros vinte e cinco centavos no pinball, então Billy-Boy berrou para que eu voltasse ao trabalho.

Helen passou a caminho da privada das mulheres.

— Helen, eu te dou cinco pratas quando acabar. Isso dá?

— Claro, mas você não vai conseguir fazer ele levantar depois de todo esse trabalho.

— Eu faço ele levantar.

— Vou estar aqui na hora de fechar. Se ainda conseguir ficar de pé, então é de graça.

— Vou estar de cabeça *erguida*, querida.

Helen voltou para o banheiro.

— Dose de uísque, Tommy.

— Ei, vai devagar — disse Billy-Boy —, ou não vai terminar o trabalho essa noite.

— Billy, se eu não terminar, você fica com os seus cinco.

— Fechado. Vocês todos escutaram isso?

— Nós te escutamos, Billy, mão de vaca.

— Uma para viagem, Tommy.

Tommy me deu o uísque. Bebi e fui trabalhar. Trabalhei arduamente. Depois de alguns uísques, tinha os três pares de persianas pendurados e brilhando.

— Certo, Billy, pode me pagar.

— Você não terminou.

— Quê?

— Tem mais três janelas no salão de trás.

— Salão de trás?

— Salão de trás. O salão de festas.

Billy-Boy me mostrou o salão de trás. Havia mais três janelas, mais três pares de persianas.

— Eu topo dois e cinquenta, Billy.

— Não, precisa lavar todas, ou não tem pagamento.

Peguei os baldes, joguei a água fora, coloquei água limpa e sabão e então tirei um par de persianas. Puxei as ripas, as coloquei sobre uma mesa e olhei para elas.

Jim parou a caminho da privada.

— Qual o problema?

— Não consigo limpar nem mais uma ripa sequer.

Quando Jim voltou da privada, foi ao bar e trouxe a cerveja. Ele começou a limpar as persianas.

— Jim, deixe para lá.

Fui ao bar, peguei outro uísque. Quando voltei, uma das garotas estava tirando um par de persianas.

— Tome cuidado para não se cortar — disse a ela.

Alguns minutos depois havia quatro ou cinco pessoas ali conversando e rindo, até Helen. Todos estavam limpando as persianas. Logo quase todos do bar estavam ali atrás. Eu tomei mais dois uísques. Por fim as persianas estavam terminadas e penduradas. Não tinha levado muito tempo. Elas brilhavam. Billy-Boy entrou.

— Não preciso te pagar.

— O trabalho está terminado.

— Mas você não terminou ele.

— Não seja um bosta mão de vaca, Billy — disse alguém.

Billy-Boy tirou os cinco dólares do bolso e eu peguei. Fomos para o bar.

— Uma bebida para todo mundo! — Coloquei os cinco dólares no balcão. — E uma para mim também.

Tommy começou a servir bebidas.

Bebi a minha e Tommy pegou os cinco dólares.

— Você deve três dólares e quinze centavos para o bar.

— Coloque na conta.

— Certo, qual é o seu sobrenome?

— Chinaski.

— Já ouviu aquela do polonês que foi para a casinha?

— Já.

As bebidas vieram até a hora de fechar. Depois da última, dei uma olhada ao redor. Helen tinha escapado. Helen tinha mentido.

Feito uma piranha, pensei, *com medo da montaria dura e longa...*

Eu me levantei e andei de volta para minha pensão. O luar estava claro. Meus passos ecoavam na rua vazia e soavam como se alguém estivesse me seguindo. Olhei em volta. Havia me enganado. Estava bem sozinho.

***

Quando cheguei a St. Louis ainda estava bem frio, com previsão de neve, e achei um quarto em um lugar bom e limpo, um quarto no segundo andar, atrás. Era começo da noite e eu estava tendo um dos meus ataques de depressão, então fui cedo para a cama e de algum jeito consegui dormir.

Quando acordei de manhã, estava muito frio. Eu tremia incontrolavelmente. Levantei-me e descobri que uma das janelas estava aberta. Fechei a janela e voltei para a cama. Comecei a sentir náuseas. Consegui dormir mais uma hora, então acordei. Eu me levantei, me vesti, mal consegui chegar ao banheiro do corredor e vomitei. Tirei a roupa e voltei para a cama. Logo houve uma batida à porta. Não respondi. As batidas continuaram.

— Sim? — perguntei.

— Você está bem?

— Estou.

— Podemos entrar?

— Entrem.

Eram duas garotas. Uma delas era um pouco mais para gorda, mas limpinha, brilhava em um vestido florido rosa. Ela tinha um rosto gentil. A outra usava um cinto largo apertado que acentuava seu belo corpo. O cabelo era comprido, escuro, e ela tinha um nariz bonitinho; estava com saltos altos, tinha pernas perfeitas e usava uma blusa branca com decote cavado. Os olhos dela eram castanho-escuros, bem escuros, e ela ficava olhando para mim, divertida, muito divertida.

— Sou a Gertrude — disse ela —, e essa é a Hilda.

Hilda conseguiu corar conforme Gertrude se moveu pelo quarto na minha direção.

— Nós ouvimos você no banheiro. Está doente?

— Estou. Mas não é nada sério. Uma janela aberta.

— A sra. Downing, a proprietária, está fazendo sopa para você.

CORRO COM A CAÇA

— Não, está tudo bem.

— Vai te fazer bem

Gertrude veio mais para perto da minha cama. Hilda permaneceu onde estava, rosa, lavada e corando. Gertrude ia para a frente e para trás nos saltos muito altos.

— Você é novo na cidade?

— Sou.

— Não está no Exército?

— Não.

— O que você faz?

— Nada.

— Não trabalha?

— Não trabalho.

— É — disse Gertrude a Hilda —, olhe para as mãos dele. Ele tem as mãos mais lindas. Dá para ver que nunca trabalhou.

A proprietária, sra. Downing, bateu. Ela era grande e agradável. Imaginei que o marido estivesse morto e que ela fosse religiosa. Ela trazia uma tigela grande de caldo de carne, segurando-a no ar. Eu via a fumaça subindo. Peguei a tigela. Trocamos cordialidades. Sim, o marido dela estava morto. Ela era muito religiosa. Tinha biscoitos de água e sal, além de sal e pimenta.

— Obrigado.

A sra. Downing olhou para as duas garotas.

— Vamos todas embora agora. Espero que fique bom logo. E espero que as meninas não tenham te importunado muito.

— Ah, não!

Eu sorri na sopa. Ela gostou daquilo.

— Vamos, meninas.

A sra. Downing deixou a porta aberta. Hilda conseguiu corar pela última vez, me lançou o menor dos sorrisos, então foi embora. Gertrude ficou. Ela me olhou tomar sopa.

— Está boa?

— Quero agradecer a todas vocês. Isso tudo... é muito incomum.

— Estou indo.

Ela se virou e andou bem devagar até a porta. Suas nádegas se mexiam sob a saia preta apertada; suas pernas eram douradas. No batente, ela parou e se virou, pousou os olhos escuros sobre mim mais uma vez, me segurou ali. Eu estava hipnotizado, brilhava. No momento em que sentiu minha resposta, ela jogou a cabeça para trás e riu. Tinha um pescoço adorável e todo aquele cabelo. Ela saiu pelo corredor, deixando a porta aberta.

Peguei o sal e a pimenta, temperei o caldo, quebrei os biscoitos dentro e alimentei minha doença.

Depois de perder várias máquinas de escrever em lojas de penhor, simplesmente desisti da ideia de ter uma. Escrevia meus contos à mão e os enviava dessa maneira. Eu os copiava à mão com uma caneta. Eu me tornei muito rápido nisso. Por fim conseguia copiar mais rápido do que escrevia. Escrevia três ou quatro contos por semana. Mantinha coisas no correio. Imaginei os editores na *Atlantic Monthly* e na *Harper's* dizendo: "Ei, olha aqui outra daquelas coisas daquele maluco...".

Uma noite levei Gertrude a um bar. Nós nos sentamos do mesmo lado de uma mesa e bebemos cerveja. Nevava lá fora. Eu me sentia um pouco melhor do que de costume. Bebemos e conversamos. Por volta de uma hora se passou. Comecei a olhar nos olhos de Gertrude e ela encarou de volta. "*A good man, nowadays, is hard to find!*",[*] ecoou a *jukebox*. Gertrude movia o corpo com a música, movia a cabeça com a música, e me fitava nos olhos.

---

[*] Este é um trecho da música "A Good Man Is Hard to Find", de Cass Daley. Em tradução: "Um bom homem, hoje em dia, é difícil de encontrar!". [*N.E.*]

— Você tem uma cara muito estranha — disse ela. — Você não é feio de verdade.

— Auxiliar de expedição número quatro, trabalhando para subir.

— Já esteve apaixonado?

— Amor é para pessoas reais.

— Você parece real.

— Eu não gosto de pessoas reais.

— Não gosta delas?

— Odeio.

Bebemos um pouco mais, sem falar muito. Continuava a nevar. Gertrude virou a cabeça e olhou para a multidão. Então ela se voltou para mim.

— Ele não é *lindo*?

— Quem?

— Aquele soldado ali. Está sentado sozinho. Ele se senta tão *reto*. E está usando todas as medalhas.

— Vamos lá, vamos sair daqui.

— Mas não está tarde.

— Pode ficar.

— Não, quero ir com *você*.

— Não ligo para o que você faz.

— É o soldado? Está puto por causa do soldado?

— Ah, merda!

— Foi o soldado!

— Estou indo.

Levantei-me da mesa, deixei gorjeta e fui para a porta. Ouvi Gertrude atrás de mim. Andei pela rua na neve. Logo ela estava andando ao meu lado.

— Você nem pegou um táxi. Esses saltos altos na neve!

BUKOWSKI

Não respondi. Andamos os quatro ou cinco quarteirões até a pensão. Subi os degraus com ela ao meu lado. Então fui para meu quarto, abri a porta, fechei, tirei a roupa e fui para a cama. Eu a ouvi jogando alguma coisa na parede do quarto dela.

Fileiras e fileiras de bicicletas silenciosas. Caixas cheias de peças de bicicleta. Fileiras e mais fileiras de bicicletas penduradas no teto: bicicletas verdes, bicicletas vermelhas, bicicletas amarelas, bicicletas roxas, bicicletas azuis, bicicletas de meninas, bicicletas de meninos, todas penduradas ali; os raios brilhantes, as rodas, os pneus de borracha, a pintura, os bancos de couro, lanternas traseiras, faróis, freios de mão; centenas de bicicletas, fileira após fileira.

Tínhamos uma hora para o almoço. Eu comia rapidamente, tendo ficado acordado a maior parte da noite e de manhã cedo, estava cansado, todo dolorido, e encontrei esse local isolado sob as bicicletas. Eu rastejava até lá embaixo, sob três camadas profundas de bicicletas imaculadamente dispostas. Ficava deitado de costas e, suspensas sobre mim, alinhadas com precisão, estavam penduradas fileiras de raios de prata reluzentes, aros de roda, pneus de borracha preta, pintura nova e brilhante, tudo em perfeita ordem. Era grandioso, correto, ordenado — quinhentas ou seiscentas bicicletas estendiam-se sobre mim, cobrindo-me, tudo no lugar. De alguma forma, era significativo. Eu olhava para elas e sabia que tinha quarenta e cinco minutos de descanso sob a árvore de bicicletas.

No entanto, também sabia, com outra parte de mim, que, se eu me soltasse e caísse no fluxo daquelas bicicletas novas e brilhantes, estaria acabado, acabado, nunca sairia dessa. Então, eu apenas me deitava e deixava as rodas, os raios e as cores me acalmarem.

Um homem de ressaca nunca deve se deitar de costas olhando para o telhado de um armazém. As vigas de madeira finalmente te pegam; e as claraboias — você pode ver a tela de arame nas claraboias de vidro —, essa tela de alguma forma lembra a um homem a prisão. Depois, há o peso dos olhos, o desejo de só uma bebida e, em seguida, o som das pessoas se movendo, você as ouve, sabe que sua hora acabou, de alguma forma tem que se levantar e andar por aí e preencher e embalar pedidos...

Ela era a secretária do gerente. O nome dela era Carmen, mas, apesar do nome espanhol, era loira e usava vestidos justos de tricô, sapatos de salto alto, meia-calça, cinta-liga, a boca cheia de batom, mas, ah, ela sabia rebolar, sabia chacoalhar, balançava ao trazer os pedidos para a mesa, balançava de volta ao escritório, todos os rapazes observando cada movimento, cada contração de suas nádegas; balançando, balançando, balançando. Eu não sou mulherengo, nunca fui. Para ser um mulherengo você tem que ser bom de papo. Eu nunca fui bom de papo. Mas, finalmente, com Carmen me pressionando, eu a conduzi para um dos vagões que estávamos descarregando na parte de trás do armazém e a comi de pé na parte de trás de um desses vagões. Era bom, era quente; pensei em céu azul e praias amplas e limpas, mas foi triste — definitivamente havia uma falta de sentimento humano que eu não conseguia entender e com a qual não sabia lidar. Puxei aquele vestido de tricô para cima dos quadris e fiquei ali metendo nela, finalmente pressionando a boca contra a boca grossa de batom escarlate dela, e gozei entre duas caixas fechadas, com o ar cheio de cinzas e com as costas dela pressionadas contra a parede de vagão estilhaçada e imunda na escuridão misericordiosa.

[Trecho do romance *Factótum*, 1975]

cisne de primavera

cisnes morrem na primavera também
e ali ele flutuava
morto em um domingo
de lado
circulando na corrente
e eu andei até a rotunda
e ouvi
deuses em carruagens
cães, mulheres
circulavam,
e a morte
descia minha garganta
como um camundongo,
e ouvi as pessoas chegando
com suas sacolas de piquenique
e riso,
e senti culpa
pelo cisne
como se a morte
fosse algo vergonhoso
e como um tolo
fui embora
e deixei para elas
meu lindo cisne.

um dia

Brock, o capataz, estava sempre afundando os dedos na bunda, usando a mão esquerda. Ele tinha um caso sério de hemorroida.

Tom notou isso durante o dia de trabalho.

Brock estava no pescoço dele havia meses. Aqueles olhos redondos e sem vida sempre pareciam estar observando Tom. E então Tom notava a mão esquerda, indo para trás e escarafunchando.

E Brock cutucava mesmo a bunda.

Tom fazia seu trabalho tão bem quando os outros. Talvez não demonstrasse o mesmo entusiasmo que alguns, mas terminava o trabalho.

No entanto, Brock estava sempre atrás dele, fazendo comentários, dando sugestões inúteis.

Brock era parente do dono da loja e um cargo fora criado para ele: capataz.

Naquele dia, Tom terminou de embalar a luminária na caixa oblonga de dois metros e meio e a jogou na pilha atrás da mesa de trabalho. Ele se virou para pegar outra luminária na linha de montagem.

Brock estava de pé diante dele.

— Quero falar com você, Tom...

Brock era alto e magro. Seu corpo se curvava para a frente a partir do meio. A cabeça estava sempre pendurada, pendia do pescoço longo e fino. A boca estava sempre aberta. O nariz era mais do que proeminente, com narinas extremamente grandes. Os pés eram grandes e desajeitados. As calças de Brock pendiam soltas em seu corpo magro.

— Tom, você não está fazendo o seu trabalho.

— Estou acompanhando a produção. Do que você está falando?

— Acho que não está usando embalagens o suficiente. Precisa usar mais papel picado. Tivemos uns problemas de quebra e estamos tentando corrigir isso.

— Por que não colocam as iniciais de cada trabalhador no papelão? Então, se houver quebra, pode descobrir.

— *Eu* que penso aqui, Tom, é o meu trabalho.

— Claro.

— Vamos, quero que venha aqui e veja como o Roosevelt empacota.

Eles foram até a mesa de Roosevelt.

Roosevelt era um homem de treze anos.

Observaram Roosevelt colocar o papel picado em torno da luminária.

— Vê o que ele está fazendo? — perguntou Brock.

— Bem, sim...

— O que quero dizer é: veja o que ele está fazendo com o papel picado.

— Sim, está colocando lá dentro.

— Está, claro... mas você vê como ele está *pegando* o papel picado... ele levanta e joga... é como tocar piano.

— Isso não vai *proteger* a luminária...

— Vai, *sim*. Ele está *afofando*, percebe?

Tom respirou fundo em silêncio.

— Certo, Brock, vou afofar...

— Faça isso...

Brock colocou a mão esquerda para trás e a enfiou.

— A propósito, você está uma luminária atrasado na linha de montagem agora...

— Claro que estou. Você estava falando comigo.

— Não importa, precisa acompanhar.

Brock deu outra enfiada, então saiu.

Roosevelt estava rindo baixo.

— *Afofa*, filho da puta!

Tom riu.

— Quanta merda um homem precisa aguentar só para ficar vivo?

— Muita — veio a resposta —, e mais...

Tom voltou para a mesa e acompanhou a linha de montagem. E, enquanto Brock estava olhando, ele "afofou". E Brock sempre parecia estar olhando.

Finalmente era hora do almoço, trinta minutos. Mas para muitos trabalhadores a hora do almoço não significava comer, significava ir até o Villa e se entupir de cerveja, lata atrás de lata, protegendo- se do turno da tarde.

Alguns dos camaradas tomavam estimulantes. Outros to- mavam calmantes. Muitos tomavam estimulantes e calmantes, engolidos com a cerveja.

Fora da fábrica, no estacionamento, havia mais pessoas sentadas dentro de carros velhos, cada um com uma festa. Os mexicanos estavam em alguns, e os negros estavam em outros, e às vezes, diferentemente das cadeias, estavam misturados. Não havia muitos brancos, só uns poucos sulistas calados. Mas Tom gostava da turma toda.

O único problema do lugar era Brock.

Naquele horário de almoço, Tom estava no próprio carro be- bendo com Ramon.

Ramon abriu a mão e mostrou a Tom uma pílula amarela grande. Parecia um quebra-queixo.

— Ei, cara, experimenta isso. Não vai se preocupar com nada. Quatro ou cinco horas passam como cinco minutos. E você vai ficar *forte*, *nada* vai te cansar...

— Obrigado, Ramon, mas estou muito fodido agora.

— Mas isso é para te *desfoder*, entende?

Tom não respondeu.

— Certo — disse Ramon —, eu tomei a minha, mas vou tomar a sua também!

Ele enfiou a pílula na boca, levantou a lata de cerveja e deu um gole. Tom observou aquela pílula enorme, ele podia vê-la descendo pela garganta de Ramon, então sumiu.

Ramon se virou lentamente para Tom, então riu.

— Olha, a maldita coisa nem chegou na minha barriga ainda e *já* estou me sentindo melhor!

Tom riu.

Ramon deu outro gole na cerveja, então acendeu um cigarro. Para um homem que supostamente se sentia muito bem, ele parecia muito sério.

— Não, eu não sou um homem... não sou um homem mesmo... Ei, ontem à noite tentei foder a minha mulher... Ela ganhou dezoito quilos este ano... Precisei ficar bêbado antes... Meti e meti, cara, e *nada*... Pior de tudo, fiquei sentido por *ela*... Falei para ela que era o trabalho. E *era* o trabalho e não era. Ela levantou e ligou a TV...

Ramon continuou:

— Cara, tudo mudou. Parece que há menos de dois anos, comigo e a minha mulher, tudo era interessante e divertido para a gente... Nós ríamos para caramba de tudo... Agora, isso tudo acabou... Foi para algum lugar, não sei onde...

— Eu sei do que está falando, Ramon...

CORRO COM A CAÇA

Ramon se endireitou de uma vez, como se tivesse recebido uma mensagem:

— Merda, cara, a gente precisa bater o ponto!

— Vamos!

Tom estava voltando da linha de montagem com uma luminária e Brock estava esperando. Brock disse:

— Certo, coloque isso ali. Venha comigo.

E eles foram para a montagem.

E ali estava Ramon com seu aventalzinho marrom, seu bigodinho.

— Você fica à esquerda dele agora — disse Brock.

Brock levantou a mão e as máquinas começaram. Elas moviam as lamparinas de dois metros e meio na direção deles em um ritmo firme, mas previsível.

Ramon tinha um enorme rolo de papel à frente, um carretel aparentemente interminável de papel pardo pesado. Chegou a primeira luminária da linha de montagem. Ele arrancou uma folha de papel, abriu-a sobre a mesa e colocou a luminária sobre ela. Virou o papel no sentido do comprimento, segurando-o com um pequeno pedaço de fita adesiva. Então dobrou a ponta esquerda em um triângulo, depois a ponta direita e então a luminária se moveu em direção a Tom.

Tom cortou um pedaço de fita adesiva e passou-a cuidadosamente ao longo do topo da luminária, onde o papel deveria ser selado. Então, com comprimentos mais curtos, ele prendeu firmemente a extremidade esquerda e depois a direita. Então ergueu a lamparina pesada, virou-se, atravessou um corredor e a colocou na vertical em um rack de parede, onde esperava um dos embaladores. Aí ele voltou para a mesa onde outra luminária se movia em sua direção.

Aquele era o pior trabalho da fábrica e todo mundo sabia.

— Vai trabalhar com Ramon agora, Tom...

Brock foi embora. Não havia necessidade de observá-lo: se Tom não cumprisse sua função direito, toda a linha de montagem parava.

Ninguém durava muito como ajudante de Ramon.

— Sabia que você ia precisar daquele amarelo — disse Ramon, com um sorriso.

As luminárias se moviam implacavelmente na direção deles. Tom rasgava pedaços de fita da máquina à sua frente. Era uma fita brilhante, grossa e molhada. Ele se obrigou a entrar no ritmo rápido do trabalho, mas, para acompanhar Ramon, uma certa cautela foi sacrificada: a ponta afiada da fita ocasionalmente fazia cortes longos e profundos em suas mãos. Os cortes eram quase invisíveis e raramente sangravam, mas, olhando para os próprios dedos e palmas, ele podia ver as linhas vermelhas brilhantes na pele. Não havia pausa. As luminárias pareciam se mover cada vez mais rápido e ficar cada vez mais pesadas.

— Porra — falou Tom —, preciso me demitir. Um banco de parque não seria melhor do que essa merda?

— Claro — respondeu Ramon —, claro, qualquer coisa é melhor do que essa merda...

Ramon trabalhava com um sorriso louco retesado, negando a impossibilidade daquilo tudo. E então as máquinas pararam, como acontecia de vez em quando.

Que dádiva dos deuses foi aquilo!

Algo emperrou, algo superaqueceu. Sem essas panes nas máquinas, a maioria dos trabalhadores não teria resistido. Nesses intervalos de dois ou três minutos, eles recompunham os sentidos e as almas. Quase.

Os mecânicos se mexiam loucamente procurando a causa da pane.

Tom olhou para as garotas mexicanas na linha de montagem. Para ele, todas eram muito bonitas. Davam seu tempo, suas vidas ao trabalho monótono e rotineiro, mas *mantinham* algo, alguma coisinha. Muitas delas usavam pequenas fitas no cabelo: azuis, amarelas, verdes, vermelhas... E faziam piadas internas e riam continuamente. Demonstravam imensa coragem. Os olhos delas sabiam de algo.

Mas os mecânicos eram bons, muito bons, e o maquinário logo começava a funcionar. As luminárias se moviam na direção de Tom e Ramon novamente. Todos estavam trabalhando para a Companhia Sunray mais uma vez.

Depois de um tempo, Tom ficou tão cansado que ia além da canseira, era como estar bêbado, era como estar louco, era como estar bêbado e louco.

Conforme Tom colou um pedaço de fita em uma luminária, ele gritou:

— *Sunray!*

Pode ter sido o tom ou o momento. De qualquer forma, todo mundo começou a rir, as mexicanas, os empacotadores, os mecânicos, até o velho que andava lubrificando e verificando as máquinas, todos riram, foi uma loucura.

Brock saiu.

— O que está acontecendo? — perguntou ele.

Recebeu silêncio.

As luminárias iam e vinham e os trabalhadores ficavam.

Aí, de alguma forma, como o despertar de um pesadelo, o dia havia acabado. Andaram para os suportes de cartões, puxaram seus cartões e entraram na fila para bater o ponto e sair.

Tom chegou ao relógio de ponto, passou o cartão, foi até o carro. Deu a partida e então saiu pela rua, pensando: *Espero que ninguém entre no meu caminho, acho que estou fraco demais para apertar o freio.*

Tom dirigiu de volta com o mostrador de gasolina entrando no vermelho. Estava cansado demais para parar e colocar gasolina.

Ele conseguiu estacionar, foi até a porta, abriu e entrou.

A primeira coisa que viu foi Helena, sua mulher. Ela usava um vestido de ficar em casa sujo, estava jogada no sofá, a cabeça em uma almofada. A boca estava aberta, ela roncava. Tinha uma boca um tanto redonda, e o ronco era uma mistura de cuspidas e engolidas, como se ela não conseguisse se decidir se ia cuspir ou engolir a vida.

Ela era uma mulher infeliz. Achava que sua vida não fora realizada.

Uma garrafa de gim estava na mesa de centro. Estava três quartos vazia.

Os dois filhos de Tom, Rob e Bob, de cinco e sete anos, jogavam uma bola de tênis contra a parede. Era a parede sul, aquela sem móveis. A parede já fora branca, mas agora estava esburacada e suja devido às batidas intermináveis das bolas de tênis.

Os meninos não prestaram atenção no pai. Pararam de bater a bola na parede. Agora estavam discutindo.

— *Eu te eliminei!*

— *Não, é a quarta bola!*

— *Batida três!*

— *Quarta bola!*

— Ei, esperem um minuto — falou Tom —, posso perguntar uma coisa para vocês?

Eles pararam e olharam, quase afrontados.

— Pode — disse Bob por fim. Ele era o de sete anos.

— Como vocês conseguem jogar *beisebol* batendo uma bola na parede?

Eles olharam para Tom, então o ignoraram.

— *Batida três!*

— *Não, quarta bola!*

Tom entrou na cozinha. Havia uma panela branca no fogão. Fumaça escura subia dela. Tom olhou sob a tampa. O fundo estava enegrecido, com batatas queimadas, cenouras, pedaços de carne. Tom tirou a panela e desligou o fogo.

Então foi para a geladeira. Havia uma lata de cerveja lá dentro. Ele a pegou, puxou a tampa e tomou um gole.

O som da bola de tênis contra a parede recomeçou.

Então houve outro som: Helena. Ela tinha trombado em alguma coisa. E logo ela estava ali, de pé na cozinha. Na mão direita, segurava o copo de gim.

— Acho que está puto, né?

— Só queria que você alimentasse as crianças.

— Você só me deixa meros três dólares por dia. O que vou fazer com meros três dólares?

— Pelo menos compre papel higiênico. Toda vez que quero limpar a bunda, olho ao redor e só tem o rolo de papelão pendurado.

— Ei, uma mulher também tem os problemas *dela! Como acha que eu vivo?* Todo dia, você sai no *mundo*, você sai lá fora e vê o mundo! Eu tenho que ficar *aqui*, sentada! Não sabe como é isso, dia após dia!

— É, bem, tem isso...

Helena deu um gole no gim dela.

— Você sabe que eu te amo, Tommy, e, quando você está infeliz, isso me machuca, machuca o meu coração, isso mesmo.

— Certo, Helena, vamos nos sentar aqui e nos acalmar.

BUKOWSKI

Tom foi para a mesinha de centro e sentou-se. Helena trouxe seu copo e sentou-se diante dele. Ela olhou para ele.

— Jesus, o que aconteceu com as suas mãos?

— Trabalho novo. Preciso descobrir um jeito de proteger as minhas mãos... Fita adesiva, luvas de borracha... alguma coisa.

Ele tinha terminado a lata de cerveja.

— Escuta, Helena, tem mais desse gim por aqui?

— Tem, acho que tem...

Ele observou enquanto ela foi ao armário, esticou-se para cima e pegou uma garrafa. Ela voltou com o copo, sentou-se novamente. Tom desembalou a garrafa.

— Quantas dessas você tem por aí?

— Algumas...

— Bom. Como você bebe isso? Puro?

— Você pode...

Tom deu um bom gole. Então olhou para as mãos, abrindo-as e fechando-as, observando as feridas vermelhas abrirem e fecharem. Elas eram fascinantes.

Ele pegou a garrafa, derramou um pouco de gim em uma palma, então esfregou sobre as mãos.

— Uau! Essa merda arde!

Helena deu outro gole na garrafa dela.

— Tom, por que não consegue outro trabalho?

— Outro trabalho? Onde? Há cem caras que querem o *meu*...

Então Rob e Bob entraram correndo. Eles deslizaram até parar na mesinha de centro.

— Ei — disse Bob —, quando vamos *comer*?

Tom olhou para Helena.

— Acho que temos salsicha em lata — respondeu ela.

— Salsicha em lata de novo? — perguntou Rob. — *Salsicha em lata? Detesto salsicha em lata!*

CORRO COM A CAÇA

Tom olhou para o filho.

— Ei, camarada, pega leve...

— Bem — disse Bob —, que tal uma bebida, então, caralho?

— Seu filho da puta! — gritou Helena.

Ela esticou o braço, a mão aberta, e acertou Bob com força na orelha.

— Não bata nas crianças, Helena — disse Tom —, eu tomei muito quando era criança.

— Não me diga como tratar os meus filhos!

— Eles também são meus...

Bob estava parado ali. A orelha estava bem vermelha.

— Então, você quer uma bebida, é? — perguntou Tom a ele.

Bob não respondeu.

— Venha aqui — disse Tom.

Bob se aproximou do pai. Tom passou a garrafa para ele.

— Vamos lá, beba. Beba, caralho.

— Tom, o que você está *fazendo*? — perguntou Helena.

— Vamos... beba — disse Tom.

Bob levantou a garrafa, deu um gole. Então devolveu a garrafa, ficou ali. Subitamente ele ficou pálido, até a orelha vermelha começou a empalidecer. Ele tossiu.

— Essa coisa é *horrível*. É igual a beber perfume. Por que vocês bebem isso?

— Porque somos burros. Você tem pais burros. Agora, vá para o quarto e leve o seu irmão com você...

— Podemos ver TV lá? — perguntou Rob.

— Sim, mas vão indo...

Eles saíram.

— Não vá transformar os meus filhos em *bêbados*! — disse Helena.

BUKOWSKI

— Só espero que tenham mais sorte na vida do que nós tivemos.

Helena deu um gole na garrafa. Isso a esvaziou.

Ela se levantou, tirou a panela queimada do fogão e a bateu na pia.

— Não *preciso* de todo esse maldito barulho! — disse Tom.

Helena parecia estar chorando.

— Tom, o que vamos *fazer*?

Ela jogou a água quente na panela.

— Fazer? — perguntou Tom. — A respeito do quê?

— A respeito do jeito que precisamos *viver*!

— Não há muita coisa que *possamos* fazer.

Helena raspou a comida queimada e então jogou sabão na panela, esticou o braço para o armário e pegou outro copo de gim. Ela veio, sentou-se diante de Tom, e abriu a garrafa.

— Vou deixar a panela de molho um pouco... Já vou pegar as salsichas em lata.

Tom bebeu da garrafa, a baixou.

— Querida, você é só uma velha bebum, uma velha cacha-ceira...

As lágrimas ainda estavam lá.

— Ah, sim, bem, *quem* você acha que me *deixou* desse jeito? *Adivinha!*

— Essa é fácil — respondeu Tom —, duas pessoas: eu e você.

Helena deu o primeiro gole da garrafa nova. Com isso, de uma vez, as lágrimas sumiram. Ela deu um sorrisinho.

— Ei, eu tenho uma ideia! Posso conseguir um emprego de garçonete ou alguma coisa... Você pode descansar um pouco, sabe... O que acha?

Tom esticou a mão sobre a mesa, a colocou sobre uma das mãos de Helena.

— Você é uma boa garota, mas vamos deixar como está.

Então as lágrimas vieram de novo. Helena era boa com as lágrimas, especialmente quando bebia gim.

— Tommy, você ainda me ama?

— Claro, querida, no seu melhor você é maravilhosa.

— Eu também te amo, Tom, sabe disso...

— Claro, querida, um brinde a isso!

Tom levantou a garrafa. Helena levantou a dela.

Eles brindaram com as garrafas de gim, então cada um bebeu em homenagem ao outro.

No quarto, Rob e Bob tinham ligado o rádio, tinham ligado *alto*. Havia uma gravação de risadas tocando, e as pessoas na gravação riam e riam e riam

e riam.

[Conto publicado na coletânea *Miscelânea septuagenária*, 1990]

Miami era o mais longe que eu podia ir sem sair do país. Levei Henry Miller comigo e tentei lê-lo do começo ao fim. Ele era bom quando era bom e vice-versa. Eu tomei um copo. Então tomei outro copo e mais outro. A viagem durou quatro dias e cinco noites. Tirando um episódio de fricção de perna e coxa com uma jovem morena cujos pais não a sustentariam mais na faculdade, nada mais aconteceu. Ela desceu no meio da noite em uma parte particularmente árida e fria do país e desapareceu. Sempre tive insônia e só conseguia dormir de verdade no ônibus quando estava completamente bêbado. Não ousei tentar isso. Quando chegamos, fazia cinco dias que não dormia nem cagava e mal conseguia andar. Era o início da noite. Era bom estar nas ruas novamente.

QUARTOS PARA ALUGAR. Fui e apertei a campainha. Nessas horas sempre colocava a mala velha fora da vista da pessoa que ia abrir a porta.

— Estou procurando um quarto. Quanto custa?

— Seis e cinquenta por semana.

— Posso dar uma olhada?

— Claro.

Entrei e a segui escada acima. Ela tinha cerca de quarenta e cinco anos, mas o traseiro dela balançava bem. Eu segui tantas mulheres subindo escadas assim, sempre pensando que, se ao menos uma senhora legal como essa se oferecesse para cuidar de mim e me alimentar com comida quente e saborosa, e me dar meias e calções limpos para usar, eu aceitaria.

Ela abriu a porta e eu olhei para dentro.

— Certo — falei —, parece tudo certo.

— Você está empregado?

— Sou autônomo.

— Posso perguntar o que você faz?

— Sou escritor.

— Ah, você escreveu livros?

— Ah, não estou pronto para um romance. Só faço artigos, coisas para revistas. Não são muito bons, na verdade, mas estou me desenvolvendo.

— Certo. Vou lhe dar a chave e fazer um recibo.

Eu a segui escada abaixo. A bunda não balançou tão bem descendo a escada quanto subindo. Olhei para a nuca dela e imaginei beijá-la atrás das orelhas.

— Eu sou a sra. Adams — disse ela. — Seu nome?

— Henry Chinaski.

Enquanto ela fazia o recibo, ouvi sons como madeira sendo serrada vindo de trás da porta à nossa esquerda; só que os ruídos eram pontuados por arquejos. Cada respiração parecia ser a última, mas cada respiração levava dolorosamente a outra.

— Meu marido está doente — disse a sra. Adams e, conforme me entregava o recibo e a chave, sorriu.

Os olhos dela eram de um belo tom de castanho e brilhavam. Eu me virei e subi de novo as escadas.

Quando entrei no meu quarto, lembrei que tinha deixado a mala lá embaixo. Desci para buscá-la. Quando passei pela porta da sra. Adams, os sons ofegantes estavam muito mais altos. Levei a mala para cima, joguei-a na cama, desci as escadas novamente e saí noite adentro. Encontrei uma avenida principal um pouco ao norte, entrei em uma mercearia e comprei um pote de manteiga de amendoim e um pão. Eu tinha um canivete e poderia passar a manteiga de amendoim no pão e comer alguma coisa.

Quando voltei para a pensão, parei no corredor e ouvi o sr. Adams, e pensei: é a Morte. Então subi para o meu quarto e abri o pote de manteiga de amendoim e, enquanto ouvia os sons da morte lá de baixo, enfiei meus dedos nela. Comi direto dos meus dedos. Foi ótimo. Então abri o pão. Estava verde e mofado e tinha um forte cheiro azedo. Como eles poderiam vender um pão assim? Que tipo de lugar era a Flórida? Joguei o pão no chão, tirei a roupa, apaguei a luz, puxei as cobertas e fiquei no escuro, escutando.

Consegui um emprego pelo jornal. Fui contratado por uma loja de roupas, mas não era em Miami, era em Miami Beach, e eu tinha que atravessar a água de ressaca todo dia de manhã. O ônibus corria por uma faixa de cimento muito estreita que se erguia fora d'água sem grade de proteção, sem nada; aquilo era tudo. O motorista do ônibus se recostava e nós rodávamos por essa faixa estreita de cimento cercada de água e todas as pessoas

BUKOWSKI

no ônibus, as vinte e cinco ou quarenta ou cinquenta e duas
pessoas confiavam nele, mas eu nunca confiei. Às vezes era um
novo motorista, e eu pensava, como eles selecionam esses filhos
da puta? Há águas profundas em ambos os lados e, com um erro
de julgamento, ele mata todos nós. Era ridículo. Vamos supor
que ele tivesse tido uma discussão com a mulher naquela manhã?
Ou câncer? Ou visões de Deus? Dentes ruins? Qualquer coisa.
Ele poderia fazer isso. Despejar todos nós. Sabia que, se *eu* estivesse dirigindo, consideraria a possibilidade ou a conveniência
de afogar todo mundo. E às vezes, depois de tais considerações, a
possibilidade se transforma em realidade. Para cada Joana D'Arc
há um Hitler empoleirado na outra ponta da gangorra. A velha
história do bem e do mal. Mas nenhum dos motoristas de ônibus
nos despejou. Em vez disso, eles pensavam em pagamentos de
carros, resultados de jogos de beisebol, cortes de cabelo, férias,
edemas, visitas familiares. Não havia um homem de verdade em
toda aquela merda. Sempre ia para o trabalho doente, mas em segurança. O que demonstra por que Schumann era mais relativo
que Shostakovich...*

Fui contratado como o que chamavam de faz-tudo. O faz-tudo
é o cara que simplesmente fica disponível, sem obrigações espe-
cíficas. Ele deve *saber* o que fazer depois de consultar algum poço
profundo de instinto ancestral. Supõe-se que a pessoa saiba o que
melhor manterá as coisas funcionando bem, melhor manterá a
companhia, a Mãe, e atenderá a todas as suas pequenas necessidades, que são irracionais, contínuas e mesquinhas.

---

* Robert Alexander Schumann (1810-1856) e Dmitri Dmitrievich Shostakovich (1906-1975) foram dois pianistas e compositores clássicos mundialmente
famosos. [*N.E.*]

CORRO COM A CAÇA

Um bom faz-tudo não tem rosto, não tem sexo, é sacrificial; está sempre esperando na porta quando chega o primeiro homem com a chave. Logo está lavando a calçada e cumprimenta pelo nome cada pessoa que chega, sempre com um sorriso alegre e de forma tranquilizadora. Obediente. Isso faz com que todos se sintam um pouco melhor antes que a maldita rotina comece. Ele se encarrega de que haja papel higiênico em abundância, principalmente na privada dos tornos mecânicos. Que os cestos de lixo nunca transbordem. Que nenhuma sujeira cubra as janelas. Que pequenos reparos sejam prontamente feitos em mesas e cadeiras de escritório. Que as portas se abram com facilidade. Que os relógios estejam na hora. Que o carpete permaneça preso. Que mulheres poderosas superalimentadas não precisem carregar pequenos pacotes.

Eu não era muito bom. Minha ideia era vagar sem fazer nada, sempre evitando o chefe e evitando os dedos-duros que poderiam falar com o chefe. Eu não era tão inteligente. Era mais instinto do que qualquer outra coisa. Eu sempre começava um trabalho com a sensação de que logo iria pedir demissão ou seria demitido, e isso me dava um jeito descontraído que era confundido com inteligência ou algum poder secreto.

Era uma loja de roupas, fábrica e comércio de varejo totalmente autossuficiente e independente. O mostruário, o produto acabado e os vendedores ficavam todos no andar de baixo; e a fábrica, no andar de cima. A fábrica era um labirinto de passarelas e caminhos pelos quais nem os ratos conseguiam rastejar, sótãos longos e estreitos com homens e mulheres sentados e trabalhando sob lâmpadas de trinta watts, apertando os olhos, pisando em pedais, enfiando agulhas, sem nunca olhar para cima ou falar, curvados e quietos, trabalhando.

BUKOWSKI

Por uma época, um de meus trabalhos na cidade de Nova York era levar peças de tecido para galpões como esse. Eu rodava meu carrinho de mão na rua movimentada, empurrando-o no meio do tráfego e depois em um beco atrás de algum prédio sujo. Tinha um elevador escuro e eu precisaria puxar cordas com carretéis de madeira redondos e manchados. Uma corda se dirigia para cima, outra corda sinalizava para baixo. Não havia luz, e, enquanto o elevador subia lentamente, eu observava no escuro os números brancos escritos nas paredes nuas — três, sete, nove, rabiscados a giz por alguma mão esquecida. Eu chegava ao meu andar, puxava outra corda com os dedos e, usando toda a minha força, abria lentamente a porta de metal pesada e velha, revelando fileiras e mais fileiras de velhas judias em suas máquinas, trabalhando em peças; a costureira número um na máquina número um, empenhada em manter seu lugar; a garota número dois na máquina número dois, pronta para substituí-la caso ela vacile. Elas nunca olhavam para cima ou reconheciam minha presença de alguma forma quando eu entrava.

Nesta fábrica e loja de roupas em Miami Beach, entregas não eram necessárias. Tudo estava à mão. No primeiro dia, caminhei pelo labirinto de galpões olhando para as pessoas. Diferentemente de Nova York, a maioria dos trabalhadores era negra. Aproximei-me de um homem negro, bem pequeno — quase minúsculo, que tinha um rosto mais agradável do que a maioria. Ele estava fazendo um trabalho de detalhe com uma agulha. Eu tinha meio litro no bolso.

— Você tem um trabalho podre aí. Quer uma bebida?

— Claro — disse ele.

Ele deu um bom gole. Aí devolveu a garrafa. Ele me ofereceu um cigarro.

— É novo na cidade?

— Sou.

— De onde você é?

— Los Angeles.

— Estrela de cinema?

— É, de férias.

— Não deveria estar falando com os ajudantes.

— Eu sei.

Ele ficou em silêncio. Ele parecia um macaquinho, um macaco velho e gracioso.* Para os rapazes lá embaixo, ele *era* um macaco. Tomei um gole. Estava me sentindo bem. Observei eles todos trabalhando em silêncio sob lâmpadas de trinta watts, as mãos se movendo rápida e delicadamente.

— Meu nome é Henry — falei.

— Brad — respondeu ele.

— Escuta, Brad, eu fico profundamente triste vendo seu pessoal trabalhar. Que tal se eu cantar uma musiquinha para vocês, caras e garotas?

— Não cante.

— Você tem um trabalho podre aí. Por que faz isso?

— Merda, não tem outro jeito.

— O Senhor disse que havia.

— Acredita no Senhor?

— Não.

— No que você acredita?

— Em nada.

— Estamos quites.

Conversei com alguns dos outros. Os homens eram pouco comunicativos, algumas das mulheres riram de mim.

---

* A comparação que Chinaski faz entre uma pessoa negra e um macaco (*monkey*, no original) é uma prática histórica e corriqueira de racismo. [N.T.]

— Sou um espião — ri de volta —, sou um espião da empresa. Estou observando todo mundo.

Dei outro gole. Então cantei minha canção favorita para eles, "My Heart Is a Hobo".* Eles continuaram trabalhando. Quando terminei, ainda estavam trabalhando. Houve silêncio por um tempo. Então ouvi uma voz:

— Escuta, branquelo, não volte aqui.

Decidi ir lavar a calçada da frente.

Demorou quatro dias e cinco noites para o ônibus chegar a Los Angeles. Como sempre, não dormi nem defequei durante a viagem. Houve uma pequena empolgação quando uma loirona entrou em algum lugar da Louisiana. Naquela noite, ela começou a dar por dois dólares, e todos os homens e uma mulher no ônibus aproveitaram a generosidade dela, exceto eu e o motorista. Os negócios eram feitos à noite na parte de trás do ônibus. O nome dela era Vera. Ela usava batom roxo e ria muito. Ela se aproximou de mim durante uma breve parada em um café e lanchonete. Parou atrás de mim e perguntou:

— Qual o problema, é bom demais para mim?

Eu não respondi.

— Bicha — ouvi ela murmurar enojada ao se sentar ao lado de um dos caras comuns...

Em Los Angeles, percorri os bares de nosso antigo bairro à procura de Jan. Não cheguei a lugar algum até encontrar Whitey Jackson trabalhando atrás do balcão no Pink Mule. Ele me disse que Jan estava trabalhando como camareira no Hotel Durham, na

---

* "My Heart Is a Hobo" (1947) é uma música de Bing Crosby (1903-1977), cantor, ator, comediante e apresentador americano. [N.T.]

Beverly com a Vermont. Eu caminhei até lá. Estava procurando o escritório do gerente quando ela saiu de uma sala. Ela parecia bem, como se ficar longe de mim por um tempo a tivesse ajudado. Então ela me viu. E ficou parada ali, seus olhos ficaram muito azuis e redondos e ela ficou lá. Então disse:

— Hank!

Ela correu e estávamos nos braços um do outro. Ela me beijou loucamente, tentei retribuir.

— Jesus — disse ela —, achei que nunca mais fosse te ver de novo!

— Estou de volta.

— Está de volta de vez?

— L.A. é a minha cidade.

— Chegue para trás — pediu ela —, me deixe olhar para você.

Eu dei um passo para trás, sorrindo.

— Você está magro. Perdeu peso — disse Jan.

— Você está bonita — falei —, está sozinha?

— Estou.

— Não há ninguém?

— Ninguém. Sabe que não suporto as pessoas.

— Fico feliz por você estar trabalhando.

— Venha para o meu quarto — disse ela.

Eu a segui. O quarto era bem pequeno, mas tinha uma atmosfera boa. Dava para olhar pela janela e observar o trânsito, ver os sinais funcionando, o vendedor de jornais na esquina. Gostei do lugar. Jan se jogou na cama.

— Venha, deite-se — chamou ela.

— Estou com vergonha.

— Eu te amo, seu idiota — disse ela. — Nós já transamos oitocentas vezes, então relaxa.

Tirei os sapatos e me estiquei. Ela levantou uma perna.

— Ainda gosta das minhas pernas.

— Ah, sim. Jan, você terminou o seu trabalho?

— Tudo menos o quarto do sr. Clark. E o sr. Clark não se importa. Ele me dá gorjeta.

— É?

— Não estou fazendo nada. Ele só me dá gorjeta.

— Jan...

— Sim?

— Gastei todo o meu dinheiro na passagem do ônibus. Preciso de um lugar para ficar até encontrar trabalho.

— Posso esconder você aqui.

— Pode?

— Claro.

— Eu te amo, gata — falei.

— Filho da puta — xingou ela.

Começamos a trepar. Era bom. Era muito bom.

Depois Jan se levantou e abriu uma garrafa de vinho. Abri meu último maço de cigarros e nos sentamos na cama, bebendo e fumando.

— Você está inteiro aqui — disse ela.

— O que quer dizer?

— Quero dizer que nunca conheci um homem como você.

— Ah, é?

— Os outros se entregam só dez por cento, ou vinte por cento, você se entrega *inteiro*, totalmente, é tão diferente.

— Não sei nada sobre isso.

— Você é um puto que prende, você consegue prender mulheres.

Isso me fez sentir bem. Depois que terminamos nossos cigarros, fizemos amor de novo. Então Jan me mandou comprar outra garrafa. Voltei. Eu precisava.

Fui contratado imediatamente em uma empresa de luminárias fluorescentes. Ficava na Alameda Street, ao norte, em um aglomerado de armazéns. Eu era o auxiliar de entregas. Era muito fácil, tirava os pedidos de uma cesta de arame, preenchia, embalava as luminárias em caixas de papelão e empilhava as caixas em paletes na baia de carregamento, cada caixa rotulada e numerada. Pesava as caixas, fazia um recibo de transporte e telefonava para as transportadoras para virem buscar o material.

No primeiro dia em que estive lá, à tarde, ouvi um estrondo atrás de mim, perto da linha de montagem. As velhas estantes de madeira que abrigavam as peças acabadas estavam desprendendo da parede e se espatifando no chão — metal e vidro batiam no chão de cimento, espatifando-se, fazendo um barulho terrível. Os trabalhadores da linha de montagem correram para o outro lado do prédio. Então tudo ficou em silêncio. O chefe, Mannie Feldman, saiu do escritório.

— *Que caralhos está acontecendo aqui?*

Ninguém respondeu.

— *Certo, parem a linha de montagem. Todo mundo pegue martelo e prego e coloque aquelas porras de estantes de volta lá!*

O sr. Feldman voltou para o escritório dele. Não havia nada que eu pudesse fazer a não ser entrar e ajudá-los. Nenhum de nós era carpinteiro. Levamos a tarde inteira e metade da manhã seguinte para pregar as prateleiras de volta. Quando terminamos, o sr. Feldman saiu do escritório.

— *Então, terminaram? Certo, agora me escutem, quero as novecentas e trinta e nove guardadas em cima, as oitocentas e vinte bem abaixo, e os lanternins e vidro nas prateleiras de baixo, entenderam? Agora, todo mundo entendeu?*

Não houve resposta. As novecentas e trinta e nove eram as lanternas mais pesadas — eram realmente pesadas —, e ele as queria no topo. Ele era o chefe. Fomos fazer isso. Empilhamos lá em cima, todo aquele peso, e empilhamos as coisas leves nas prateleiras de baixo. Depois voltamos ao trabalho. Essas prateleiras aguentaram o resto do dia e a noite. De manhã, começamos a ouvir rangidos. As prateleiras estavam começando a ceder. Os trabalhadores da linha de montagem começaram a se afastar, eles estavam sorrindo. Cerca de dez minutos antes da pausa para o café da manhã, tudo voltou a cair. O sr. Feldman saiu correndo do escritório:

— *Que caralhos está acontecendo aquí?*

Feldman estava tentando receber o seguro e falir ao mesmo tempo. Na manhã seguinte, um homem de aparência digna veio do Bank of America. Ele nos disse para não construirmos mais nenhuma prateleira.

— Simplesmente empilhem essa merda no chão. — Foi o jeito que ele falou.

O nome dele era Jennings, Curtis Jennings. Feldman devia um monte de dinheiro ao Bank of America, e o Bank of America queria seu dinheiro de volta antes que o negócio falisse. Jennings tomou conta do gerenciamento da companhia. Ele andava por ali observando todo mundo. Repassava os registros de Feldman; verificava os trincos e as janelas e a cerca de segurança em torno do estacionamento. Ele veio até mim:

— Não use mais a linha de caminhões Sieberling. Eles sofreram quatro roubos enquanto levavam uma de nossas entregas pelo Arizona e pelo Novo México. Há algum motivo em particular para você usar esses rapazes?

— Não, nenhum motivo.

O agente da Sieberling vinha me passando dez centavos a cada duzentos e trinta quilos de carga transportada.

Em três dias, Jennings demitiu um homem que trabalhava na recepção e substituiu três homens na linha de montagem por três jovens mexicanas dispostas a trabalhar pela metade do salário. Ele demitiu o zelador e, além de fazer remessas, me fez dirigir o caminhão da empresa nas entregas locais.

Recebi meu primeiro pagamento e me mudei da casa de Jan para um apartamento só meu. Certa noite, quando voltei para casa, ela havia se mudado para lá. Que porra, eu disse a ela, minha terra é sua terra. Pouco tempo depois, tivemos nossa pior briga. Ela foi embora e eu fiquei bêbado por três dias e três noites. Quando fiquei sóbrio, sabia que meu emprego havia acabado. Nunca voltei. Resolvi limpar o apartamento. Aspirei o chão, esfreguei os parapeitos das janelas, lavei a banheira e a pia, encerei o chão da cozinha, matei todas as aranhas e baratas, esvaziei e lavei os cinzeiros, lavei a louça, esfreguei a pia da cozinha, pendurei toalhas limpas e coloquei um novo rolo de papel higiênico. *Devo estar virando bicha,** pensei.

Quando Jan finalmente voltou para casa — uma semana depois —, me acusou de ter trazido uma mulher ali, porque tudo parecia tão limpo. Ela agiu com muita raiva, mas foi apenas um disfarce para a própria culpa. Eu não conseguia entender por que não me livrava dela. Ela era compulsivamente infiel — saía com qualquer um que encontrasse em um bar, e, quanto mais baixo e mais sujo ele fosse, mais ela gostava. Estava continuamente usando nossas discussões para se justificar. Continuei dizendo a mim mesmo que todas as mulheres do mundo não eram prostitutas, só a minha.

[Trecho do romance *Factótum*, 1975]

---

* *Fag*, no original, é a abreviação de *faggot*, um termo ofensivo para se referir a pessoas homossexuais. [N.T.]

quartel de bombeiros
(para Jane, com amor)

saímos do bar
porque estávamos sem dinheiro
mas tínhamos um par de garrafas de vinho
no quarto.

eram umas quatro da tarde
e passamos por um quartel de bombeiros
e ela começou a ficar
louca:

"um QUARTEL DE BOMBEIROS! Ah, eu adoro
caminhões de BOMBEIROS, são tão vermelhos e
tudo! Vamos entrar!"

eu a segui para
dentro. "CAMINHÕES DE BOMBEIROS!", ela berrou
balançando a grande
bunda.

ela já tentava subir em
um, puxando a saia até a
cintura, tentando saltar no
assento.

"aqui, aqui, deixa eu te ajudar!", um bombeiro
correu.

outro bombeiro veio até
mim: "nossos cidadãos são sempre bem-vindos",
ele me
disse.

o outro cara estava no assento com
ela. "você tem uma daquelas coisas GRANDES?"

ela perguntou a ele. "ah hahaha! Eu estou falando
daqueles grandes CAPACETES!"

"eu tenho um grande capacete também", ele disse a
ela.

"ah, hahaha!"

"você joga baralho?", perguntei ao *meu*
bombeiro. Eu tinha quarenta e três centavos e nada além de
tempo.

"volte aqui", ele
disse, "claro que não apostamos.
é contra as
regras."

"entendo", eu disse a
ele.

eu tinha transformado meus quarenta e três centavos em um
dólar e noventa
quando a vi subindo as escadas com o
bombeiro *dela*.

"ele vai me mostrar onde eles
dormem", ela me
disse.

"entendo", eu disse a
ela.

Quando o bombeiro dela deslizou pelo mastro
dez minutos depois
fiz sinal para ele se
aproximar.

"vai ser cinco
dólares."

"cinco dólares por
isso?"

"não queremos um escândalo,
queremos? Podemos perder nossos
empregos, é claro que não estou
trabalhando."

ele me deu os
cinco.

"sente-se aí, você pode conseguir
de volta."

"o que tão jogando?"
"vinte e um."

CORRO COM A CAÇA

"apostar é contra a
lei."

"tudo que é interessante é. além disso,
está vendo algum dinheiro na
mesa?"
ele se sentou.

com isso éramos
cinco.

"como foi, Harry?", alguém perguntou a
ele.

"nada mau, nada
mau."

o outro cara foi lá para
cima.

eles jogavam muito mal, na real.
não se importavam em memorizar as
cartas, não sabiam se sobravam
números altos ou números baixos, e basicamente jogavam muito
    alto,
não ficavam baixo o
suficiente.

quando o outro cara voltou
ele me deu uma nota de
cinco.

"como foi, Marty?"
"nada mau. Ela tem... uns bons
movimentos".
"carta pra mim", eu disse, "moça bonita e limpa. Eu
mesmo como".

ninguém falou
nada.

"algum incêndio grande esses dias?",
perguntei.

"não. nada de
mais."

"vocês precisam
de exercício, carta pra mim
de novo!"

um rapaz grande e ruivo que estava polindo um
caminhão
jogou seu trapo e
foi lá para cima.

quando desceu, me jogou uma nota de
cinco.

quando o quarto cara desceu dei a ele
três notas de cinco por uma de
vinte.

CORRO COM A CAÇA

não sei quantos bombeiros
estavam no prédio ou onde eles
estavam. achei que alguns tinham passado
mas tive espírito
esportivo.

estava escurecendo lá fora
quando a sirene
tocou.

eles começaram a correr
caras desceram pelo
mastro.

então ela desceu pelo
mastro. Ela era boa no
mastro. Uma mulher real, só instinto
e
bunda.

"vamos", disse a
ela.

ela ficou lá acenando para os
bombeiros mas eles não pareciam
mais muito
interessados.

"vamos voltar para o
bar", disse a
ela.

BUKOWSKI

"aaah, você conseguiu
dinheiro?"

"achei um pouco que não sabia que
tinha..."

nós nos sentamos na ponta do bar
com uísque e cerveja para
assentar.
"eu realmente dormi
bem."

"claro, querida, você precisa
dormir."

"olha aquele marinheiro me olhando!
ele deve achar que sou... uma..."

"não, ele não acha isso, relaxa, você tem
classe, classe de verdade, às vezes me lembra de uma
cantora de ópera, sabe, uma daquelas prima-donas.
sua classe está em
você todinha. termine de
beber."

pedi mais
duas.

"sabe, papai, você é o único homem que eu
AMO! quer dizer realmente... AMO! você
sabe?

CORRO COM A CAÇA

"claro que sei. às vezes acho que sou um rei
contra a vontade."

"é. é, é *isso* que quero dizer, algo
assim."

precisei ir ao mictório, quando voltei
o marinheiro estava sentado na minha
cadeira, ela passava a perna na dele e
ele falava.

fui lá e comecei um jogo de dardos
com Harry, o Cavalo, e o jornaleiro da
esquina.

O Hotel Sans era o melhor da cidade de Los Angeles. Era um
hotel velho, mas tinha classe e um charme que os lugares novos
não tinham. Ficava bem em frente do parque no centro.

Era renomado por convenções de empresários e putas caras
de talento quase lendário — que, no fim de uma noite lucrativa,
eram conhecidas por darem um pouco aos carregadores de malas.
Havia também histórias de carregadores que tinham se tornado
milionários — malditos carregadores com pintos de vinte e oito
centímetros que tiveram a boa sorte de conhecer e se casar com
alguma hóspede rica e velha. E a *comida*, a *lagosta*, os imensos chefs
negros com chapéus brancos muito altos que sabiam tudo, não
apenas sobre comida, mas sobre a Vida e sobre mim e tudo mais.

Fui designado para o carregamento. O carregamento tinha *estilo*: para cada caminhão que entrava havia dez caras para

descarregá-lo, quando bastavam só dois, no máximo. Eu usava minhas melhores roupas. Nunca tocava em nada.

Nós descarregávamos (eles descarregavam) tudo que chegava ao hotel, e a maior parte era comida. Meu palpite era que os ricos comiam mais lagosta do que qualquer coisa. Chegavam caixas e caixas delas, deliciosamente rosadas e grandes, abanando as garras e antenas.

— Você gosta dessas coisas, não gosta, Chinaski?

— Gosto. Ah, gosto. — Eu babava.

Um dia a mulher do departamento de emprego me visitou. O departamento de emprego ficava no fundo da área de carregamento.

— Quero que gerencie esse escritório aos domingos, Chinaski.

— O que eu faço?

— Só atenda ao telefone e contrate os lavadores de pratos de domingo

— Certo!

O primeiro domingo foi bom. Só fiquei ali sentado. Logo entrou um velho.

— Sim, amigo? — perguntei.

Ele usava um terno caro, mas estava amarfanhado e um pouco sujo; os punhos estavam começando a ceder. Ele segurava o chapéu na mão.

— Escute — falou ele —, vocês precisam de alguém bom de papo? Alguém que sabe conhecer e falar com as pessoas? Eu tenho um certo charme, conto boas histórias, sei fazer as pessoas rirem.

— É?

— Ah, é.

— Me faça rir.

CORRO COM A CAÇA

— Ah, o senhor não entende. O lugar precisa estar certo, o clima, a *decoração*, você sabe...

— Me faça rir.

— Senhor...

— Você não serve, você é um fracasso!

Os lavadores de pratos eram contratados ao meio-dia. Saí do escritório. Havia quarenta vagabundos ali.

— Certo, precisamos de cinco homens bons! Cinco *bons*! Sem bêbados, pervertidos, comunistas ou molestadores de crianças! E você precisa ter um cartão da previdência social! Certo, agora, peguem os cartões e levantem!

Os cartões foram tirados. Eles os abanavam.

— Ei, eu tenho um.

— Ei, amigo, aqui! Me dê uma chance!

Eu olhei lentamente para cada um deles.

— Certo, você com a mancha de merda no colarinho — apontei. — Venha cá.

— Não é de merda, senhor. É molho.

— Bom, não sei, amigo, para mim parece que você anda comendo mais cu do que rosbife!

— Ah, hahaha! — Os vagabundos riram. — Ah, hahaha!

— Certo, agora, preciso de *quatro* bons lavadores de prato. Tenho quatro moedas na mão. Vou jogar para cima. Os quatro homens que me trouxerem uma moeda de volta lavam pratos hoje!

Joguei as moedas para o alto, acima da multidão. Corpos pulavam e caíam, roupas rasgavam, houve xingamentos, um homem gritava, várias brigas. Então os quatro sortudos avançaram, um de cada vez, respirando pesadamente, cada um com uma moeda. Dei a eles seus cartões de trabalho e acenei para o refeitório dos funcionários, onde seriam alimentados pela primeira vez. Os outros vagabundos recuaram lentamente pela rampa de carregamento,

BUKOWSKI

pularam e caminharam pelo beco até o deserto do centro de Los Angeles em um domingo.

A Agência de Trabalhadores para a Indústria ficava localizada bem na beira da área pobre da cidade. Os vagabundos eram mais bem-vestidos, mais jovens, mas igualmente apáticos. Sentavam-se nos parapeitos das janelas, curvados para a frente, aquecendo-se ao sol e bebendo o café gratuito que a TPI oferecia. Não havia creme e açúcar, mas era grátis. Não havia divisória de arame nos separando dos funcionários. Os telefones tocavam com mais frequência e os balconistas eram muito mais relaxados do que na Agência do Mercado de Trabalho Agrícola.

Fui até o balcão e recebi um cartão e uma caneta presa por uma corrente.

— Preencha — disse o barman, um rapaz mexicano bonito que tentava esconder a afabilidade atrás de modos profissionais.

Comecei a preencher o cartão. Depois de endereço e telefone, escrevi: "Nenhum". Então, depois de educação e habilidades de trabalho, escrevi: "Dois anos na L.A. City College. Jornalismo e Belas Artes".

Então disse ao barman:

— Estraguei este cartão. Pode me dar outro?

Ele me deu um. Em vez daquilo, escrevi: "Graduação, L.A. High School. Auxiliar de remessas, almoxarife, trabalhador. Um pouco de datilografia".

Eu devolvi o cartão.

— Certo — falou o barman —, sente-se e vamos ver se chega alguma coisa.

Encontrei um espaço no parapeito de uma janela e me sentei. Um velho negro estava sentado ao meu lado. Ele tinha um rosto interessante; não tinha o olhar resignado de sempre que a maioria de nós sentados na sala tinha. Ele parecia estar tentando não rir de si mesmo e do resto de nós.

Ele me viu olhando para ele. Sorriu.

— O cara que dirige esse lugar é esperto. Ele foi demitido da agência de Trabalho Agrícola, ficou puto, veio aqui e começou isso. É especializado em trabalhadores de meio período. Quando um cara precisa descarregar um vagão rápido e barato, ele liga para cá.

— É, ouvi dizer.

— Um cara precisa descarregar um vagão rápido e barato, ele liga para cá. O cara que dirige esse lugar fica com cinquenta por cento. Não reclamamos. Pegamos o que tem.

— Tá tudo bem para mim. Merda.

— Você parece meio triste. Tudo bem?

— Perdi uma mulher.

— Vai ter outras e vai perdê-las também.

— Para onde elas vão?

— Experimenta isso.

Era uma garrafa na sacola. Tomei um gole. Vinho do porto.

— Obrigado.

— Não tem nenhuma mulher por aqui.

Ele me passou a garrafa de novo.

— Não deixe eles verem que estamos bebendo. É a única coisa que deixa eles loucos.

Enquanto estávamos sentados bebendo, vários homens foram chamados e saíram para fazer trabalhos. Isso nos alegrou. Ao menos alguma coisa acontecia.

Meu amigo negro e eu esperamos, passando a garrafa um para o outro.

Então estava vazia.

— Qual é a loja de bebidas mais perto? — perguntei.

BUKOWSKI

Peguei as instruções e saí. De alguma forma, estava sempre quente na parte pobre de Los Angeles durante o dia. Você via vagabundos velhos andando com sobretudos pesados no calor. Mas, quando anoitecia e a Missão* estava cheia, aqueles sobretudos eram úteis. Quando voltei da loja de bebidas, meu amigo ainda estava lá.

Sentei-me e abri a garrafa, passei o saco.

— Abaixa isso — disse ele.

Era confortável ficar ali dentro bebendo vinho.

Alguns mosquitos começaram a se juntar e a rodar na nossa frente.

— Mosquitos do vinho — falou ele.

— Os filhos da puta estão viciados.

— Eles sabem o que é bom.

— Eles bebem para esquecer as mulheres deles.

— Eles só bebem.

Acenei para eles no ar e peguei um dos mosquitos de vinho. Quando abri a mão, tudo o que vi na palma era um cisco preto e a visão estranha de duas asinhas. E só.

— Aí vem ele.

Era o rapaz bonito que cuidava do lugar. Ele se apressou até nós.

— Certo! Caiam fora daqui. Caiam fora daqui, bêbados dos infernos! Caiam fora daqui antes que eu chame a polícia!

Ele nos apressou para a porta, empurrando e xingando. Eu me senti culpado, mas não senti raiva. Mesmo enquanto ele empurrava, eu sabia que ele não se importava realmente com o que fazíamos. Ele tinha um grande anel na mão direita.

---

* L.A. Mission, no original, é uma obra de caridade voltada para oferecer apoio para pessoas em situação de rua que continua em atividade até hoje. [N.T.]

Não nos movemos rápido o suficiente e levei o anel logo acima do olho esquerdo; senti o sangue começar a subir e depois senti o olho inchar. Meu amigo e eu estávamos de volta à rua.

Nós nos afastamos. Encontramos uma porta e nos sentamos no degrau. Entreguei a garrafa a ele, que deu um gole.

— Coisa boa.

Ele me passou a garrafa. Dei um gole.

— É, coisa boa.

— O sol saiu.

— É, o sol saiu mesmo.

Nós nos sentamos em silêncio, passando a garrafa de um para o outro.

Então a garrafa estava vazia.

— Bom — disse ele —, preciso ir.

— Até mais.

Ele foi embora. Eu me levantei, fui para o outro lado, virei a esquina e subi a Main Street. Segui em frente até chegar ao Roxie.

Fotos das strippers estavam expostas atrás do vidro, na frente. Aproximei-me e comprei um ingresso. A garota na gaiola parecia mais bonita do que nas fotos. Agora eu tinha trinta e oito centavos. Entrei no teatro escuro a oito fileiras da frente. As três primeiras filas estavam lotadas.

Eu tive sorte. O filme tinha acabado e a primeira stripper já estava no palco. Darlene. A primeira geralmente era a pior, uma veterana caída, agora reduzida a levantar a perna na linha do coro na maior parte do tempo. Tínhamos Darlene na abertura. Provavelmente uma delas havia sido assassinada ou estava menstruada ou tendo um ataque de gritos, e essa era a chance de Darlene dançar sozinha novamente.

Mas Darlene era boa. Magra, mas com peitos. Um corpo como um salgueiro. No fim daquelas costas magras havia um traseiro enorme. Era como um milagre — o suficiente para deixar um homem louco.

Darlene estava vestida com um longo vestido de veludo preto com uma fenda bem alta — as panturrilhas e coxas eram um contraste branco contra o preto. Ela dançou e olhou para nós com olhos cheios de rímel. Era sua chance. Ela queria voltar, ser uma dançarina de destaque mais uma vez. Eu estava do lado dela. Enquanto ela trabalhava nos zíperes, mais e mais dela começou a aparecer, a deslizar para fora daquele sofisticado veludo preto, perna e carne branca. Logo ela estava de sutiã rosa e fio dental — os diamantes falsos balançando e brilhando enquanto ela dançava.

Darlene dançou e agarrou a cortina do palco. A cortina estava rasgada e cheia de poeira. Ela a agarrou, dançando ao ritmo da banda de quatro homens e à luz do holofote rosa.

Ela começou a foder aquela cortina. A banda balançou no ritmo. Darlene realmente deu para aquela cortina; a banda agitava e ela agitava. A luz rosa mudou abruptamente para roxa. A banda intensificou, tocou tudo. Ela parecia chegar ao clímax. A cabeça dela pendeu para trás, a boca se abriu.

Então ela se endireitou e dançou de volta para o centro do palco. De onde eu estava sentado, pude ouvi-la cantando para si mesma sobre a música. Ela pegou o sutiã rosa e o arrancou, e um cara três fileiras abaixo acendeu um cigarro. Havia apenas o fio dental agora. Ela enfiou o dedo no umbigo e gemeu.

Darlene permaneceu dançando no centro do palco. A banda tocava de modo tranquilo. Ela começou um rebolado suave. Estava fodendo a gente. O fio dental com contas balançava lentamente. Então a banda de quatro homens começou a aumentar gradualmente mais uma vez. Eles estavam chegando ao ponto culminante do ato; o baterista estalava *rím shots* como fogos de artifício; pareciam cansados, desesperados.

Darlene passou os dedos pelos seios nus, mostrando-os para nós, os olhos cheios de sonho, os lábios úmidos e entreabertos. Então, de repente, ela se virou e acenou com seu traseiro enorme para nós. As contas saltaram e brilharam, enlouqueceram, cintila-ram. O holofote tremeu e dançou como o sol. A banda de quatro homens crepitava e batia. Darlene se virou. Rasgou as contas. Eu olhei, eles olharam. Podíamos ver os pelos de sua boceta através da gaze cor de carne. A banda realmente deu uma surra na bunda dela.

E eu não consegui ficar duro.

[Trecho do romance *Factótum*, 1975]

a noite em que levaram whitey

sonhos de pássaros e papel de parede descascando
sintomas de um sono cinzento
e às quatro da manhã Whitey saiu de seu quarto
(o conforto do pobre é estar em grupo
como papoulas de verão)
e ele começou a gritar *me ajude! me ajude! me ajude!*
(um velho com cabelo branco como presa de marfim)
e ele vomitava sangue
me ajude me ajude me ajude
e eu o ajudei pelo corredor
e bati à porta da locatária
(ela é francesa como os melhores vinhos, mas dura como
um bife americano) e

eu gritei o nome dela, *Marcella! Marcella!*
(o leiteiro logo chegaria com suas
garrafas brancas e puras como lírios gelados)
Marcella! Marcella! me ajude me ajude me ajude,
e ela berrou de volta pela porta:
filho da puta polaco,* tá bêbado de novo? então
prometeico o olho na porta
e ela
tomou o rio vermelho em seu cérebro retangular
(ah, não sou mais do que um polaco bêbado
um rebatedor substituto ruim um escritor de cartas aos jornais)
e ela falou no telefone como uma dama pedindo pão e ovos,
e eu me segurei na parede
sonhando poemas ruins e minha própria morte
e os homens vieram... um com um charuto, outro precisando se
    barbear,
e fizeram com que ele se levantasse e descesse as escadas
a cabeça de marfim em chamas (Whitey, meu amigo de copo —
todas as músicas, Cante, Cigano, Ria, Cigano,** fale sobre
a guerra, as brigas, as boas putas,
os hotéis da favela boiando em vinho,
boiando em conversa maluca,
charutos baratos e raiva)
e a sirene o levou embora, exceto a parte vermelha
e eu comecei a vomitar e o carcaju francês gritou

---

* *Polack*, no original, é uma anglicização do substantivo polonês *polak*. No entanto,
o termo é considerado uma injúria racial por ter sido usado historicamente
como uma forma ofensiva para se referir a imigrantes poloneses, sobretudo
nos Estados Unidos. [N.E.]

** *Sing, Gypsy, Laugh, Gypsy*. Neste trecho, Bukowski parece estar referenciando
uma música do filme *The Inspector General* (1949) chamada "The Gypsy Drinking
Song". [N.E.]

CORRO COM A CAÇA

vai precisar limpar isso, tudo isso, você e o Whitey!
e os navios a vapor passaram e homens ricos em iates
beijavam garotas com idade para serem filhas deles,
e o leiteiro chegou e ficou olhando
e as luzes de néon piscavam vendendo algo
pneus ou gasolina ou roupa de baixo
e ela bateu a porta e fiquei sozinho e
envergonhado
era a guerra, a guerra para sempre, a guerra nunca terminava,
e eu gritava contra as paredes descascadas
a fraqueza de nossos ossos, nossos meios cérebros cachaceiros,
e a manhã começou a subir pela parede —
descargas soavam, havia bacon, havia café,
havia ressacas, e eu também
entrei e fechei a porta e me sentei e esperei pelo sol.

o soldado, a mulher dele e o vagabundo

eu era vagabundo em São Francisco, mas uma vez consegui
ir ao concerto de uma sinfonia junto com o povo bem-
-vestido
e a música era boa mas algo na
plateia não era
e algo na orquestra e
no maestro não
era,
embora o prédio fosse bom e a
acústica, perfeita.
preferia ouvir a música sozinho

BUKOWSKI

no meu rádio
e depois fui para meu quarto e
liguei o rádio, mas
então houve uma batida na parede:
"DESLIGA ESSA PORCARIA!".

havia um soldado no quarto ao lado
morando com a esposa
e ele logo estaria lá para me
proteger de Hitler então
desliguei o rádio e depois ouvi a mulher
dele dizer: "não deveria ter feito isso".
e o soldado disse: "FODA-SE AQUELE CARA!".
o que eu achei que era uma boa coisa para
ele mandar a mulher fazer.
é claro,
ela nunca fez isso.

de qualquer modo fui a outro concerto ao vivo
e naquela noite ouvi rádio bem
baixinho, ouvido colado no
alto-falante.

a guerra tem preço e a paz nunca dura e
milhões de jovens em todo lugar iam morrer
e enquanto ouvia música clássica eu os
ouvia fazendo amor, desesperados e
pesarosos, através de Shostakovich, Brahms,
Mozart, através do crescendo e do clímax
e através da parede
dividida de nossa escuridão.

a tragédia das folhas

acordei para a secura e as samambaias estavam mortas,
as plantas nos vasos amarelas como milho;
minha mulher tinha ido embora
e as garrafas vazias como corpos sangrados
me cercavam com sua inutilidade;
o sol ainda estava bom, porém,
e o bilhete da proprietária partido em uma amarelidão
boa e pouco exigente; o que era preciso agora
era de um bom comediante, estilo antigo, um bufão
com piadas sobre dores absurdas; a dor é absurda
por existir, nada mais;
eu me barbeei com cuidado com uma lâmina velha
o homem que um dia fora jovem e
dizia-se ter talento; mas
é essa a tragédia das folhas,
das samambaias mortas, das plantas mortas;
e andei para um corredor escuro
onde estava a proprietária
execradora e final,
me mandando para o inferno,
agitando os braços gordos e suados
e gritando
gritando pelo aluguel
porque o mundo falhara com nós
dois.

você e sua cerveja e como você é tão bom

Jack entrou pela porta e encontrou um maço de cigarros na cornija da lareira. Ann estava no sofá lendo uma edição da *Cosmopolitan*. Jack acendeu o cigarro, sentou-se em uma poltrona. Faltavam dez minutos para meia-noite.

— Charley falou para você não fumar — disse Ann, levantando os olhos da revista.

— Eu mereço. Foi dureza hoje.

— Você ganhou?

— Decisão dividida, mas ganhei. Benson foi um rapaz durão, cheio de colhões. Charley diz que o próximo é Parvinelli. Se ganharmos de Parvinelli, ganhamos o campeonato.

Jack se levantou, foi para a cozinha, voltou com uma garrafa de cerveja.

— Charley me disse pra deixar você longe da cerveja. — Ann baixou a revista.

— "Charley me disse, Charley me disse..." Estou cansado disso. Venci minha luta. Venci dezesseis direto, tenho direito a uma cerveja e um cigarro.

— Você deveria ficar em forma.

— Não importa. Consigo bater em qualquer um deles.

— Você é tão bom, fico ouvindo quando você fica bêbado, você é tão bom. Fico enjoada.

— Eu sou bom. Dezesseis direto, quinze nocautes. Quem é melhor?

Ann não respondeu. Jack levou a garrafa de cerveja e o cigarro ao banheiro.

— Você nem me deu um beijo. A primeira coisa que fez foi ir até a garrafa de cerveja. Você é bom, sim. Um bom bebedor de cerveja.

CORRO COM A CAÇA

Jack não respondeu. Cinco minutos depois ele estava na porta do banheiro, as calças e as cuecas abaixadas em torno dos sapatos.

— Jesus Cristo, Ann, não consegue nem deixar um rolo de papel higiênico aqui?

— Desculpe.

Ela foi até o armário e pegou um rolo para ele. Jack terminou seu negócio e saiu. Então ele terminou a cerveja e pegou outra.

— Aqui está você, morando com o melhor meio-pesado no mundo e só reclama. Muitas garotas gostariam de ficar comigo, mas tudo o que você faz é se sentar aí e reclamar.

— Sei que você é bom, Jack, talvez o melhor, mas você não sabe como é *chato* sentar aqui e escutar você repetindo como você é tão bom.

— Ah, está chateada com isso, está?

— Estou, droga, você e a sua cerveja e como você é tão bom.

— Fale um meio-pesado melhor. Você nem vem para as minhas lutas.

— Há *outras* coisas além de lutar, Jack.

— O quê? Ficar jogada lendo a *Cosmopolitan*?

— Gosto de aprimorar a minha mente.

— Você precisa. Tem muito trabalho a ser feito ali.

— Eu te digo que há outras coisas além de lutar.

— O quê? Fale.

— Bem, arte, música, pinturas, coisas assim.

— Você é boa em alguma dessas coisas?

— Não, mas aprecio.

— Merda, eu prefiro ser o melhor no que estou fazendo.

— Bom, melhor, o melhor... Deus, não consegue gostar das pessoas pelo que elas são?

— Pelo que elas *são*? O que elas *são*, na maioria? Lerdos, sanguessugas, dândis, alcaguetas, cafetões, serviçais...

— Você está sempre desprezando as pessoas. Nenhum dos seus amigos é bom o suficiente. Você é tão incrível!

— É isso aí, querida.

Jack entrou na cozinha e saiu com outra cerveja.

— Você e a maldita cerveja!

— É o meu direito. Eles vendem. Eu compro.

— Charley disse...

— Foda-se o Charley!

— Você é tão maravilhoso!

— Está certo. Pattie ao menos sabia. Ela admitia. Tinha orgulho. Ela sabia que isso valia alguma coisa. Você só reclama.

— Bom, por que não volta para a Pattie, então? O que está fazendo comigo?

— É exatamente o que estou falando.

— Bom, não somos casados, posso ir embora a qualquer hora.

— É uma vantagem que temos. Merda, volto quase morto depois de dez rounds difíceis e você nem fica feliz porque ganhei. Você só reclama de mim.

— Escuta, Jack, há outras coisas além de lutar. Quando conheci você, te admirei pelo que era.

— Eu era um lutador. Não *há* muitas outras coisas além de lutar. É o que sou: um lutador. É a minha vida, e sou bom nisso. O melhor. Percebi que você sempre vai para gente de segunda categoria... como o Toby Jorgenson.

— Toby é muito engraçado. Ele tem senso de humor, senso de humor de verdade. Gosto do Toby.

— O melhor resultado dele é nove, cinco e um. Consigo ganhar dele caindo de bêbado.

— E Deus sabe que você está sempre caindo de bêbado. Como você acha que eu me sinto nas festas quando você está lá jogado no chão, desmaiado, ou andando pela sala dizendo para todo mundo: "Sou ótimo, sou ótimo, sou ótimo!". Não acha que eu me sinto feito uma idiota?

— Talvez você seja uma idiota. Se gosta tanto do Toby, por que não vai com ele?

— Ah, só disse que gostava dele, que achava que ele era *engraçado*, isso não quer dizer que quero ir para a cama com ele.

— Bom, você vai para a cama comigo e diz que eu sou chato. Não sei que diachos você quer.

Ann não respondeu. Jack se levantou, foi até o sofá, levantou a cabeça de Ann e a beijou, voltou e sentou-se novamente.

— Escuta, deixe eu te contar dessa luta com o Benson. Até você teria ficado orgulhosa de mim. Ele me acerta no primeiro round, um sorrateiro de direita. Eu me levanto e o seguro pelo resto do round. Ele enfia outro em mim no segundo. Mal me levanto no oito. Eu o seguro de novo. Passo os próximos rounds ficando em pé. Levo o sexto, o sétimo, o oitavo, acerto ele de novo no nono e duas vezes no décimo. Não chamo isso de decisão dividida. Eles declararam dividida. Bem, são quarenta e cinco pratas, entende isso, menina? Quarenta e cinco pratas. Sou ótimo, não pode negar que sou ótimo, pode?

Ann não respondeu.

— Vamos lá, me diga que sou ótimo.

— Certo, você é ótimo.

— Bom, agora sim. — Jack andou até ela e a beijou de novo.

— Eu me sinto tão bem. Boxe é uma obra de arte, de verdade. É preciso ter colhões para ser um bom artista e é preciso ter colhões para ser um grande lutador.

— Certo, Jack.

— "Certo, Jack", é só isso que vai dizer? Pattie ficava feliz quando a gente vencia. Ficávamos os dois felizes a noite inteira. Não posso compartilhar quando faço algo bom? Inferno, você está apaixonada por mim ou está apaixonada pelos perdedores, os meias-bocas? Acho que você ia ficar mais feliz se eu fosse um perdedor.

— Quero que você ganhe, Jack, é só que você enfatiza tanto o que faz...

— Inferno, é o meu ganha-pão, a minha vida. Tenho orgulho de ser o melhor. É como voar, voar para o céu e dar uma surra no sol.

— O que você vai fazer quando não puder mais lutar?

— Inferno, vamos ter dinheiro o bastante para fazer o que quisermos.

— Exceto nos dar bem, talvez.

— Talvez eu aprenda a ler a *Cosmopolitan*, a aprimorar a minha mente.

— Bom, há espaço para aprimoramento.

— Vai se foder.

— Quê?

— Vai se foder.

— Bom, está aí uma coisa que você não faz há um tempo.

— Alguns caras gostam de foder mulheres reclamonas. Eu, não.

— Imagino que a Pattie não reclamava?

— Todas as mulheres reclamam, você é a campeã.

— Bom, por que não volta para a Pattie?

— Você está aqui agora. Só posso abrigar uma puta de cada vez.

— Puta?

— Puta.

CORRO COM A CAÇA

Ann se levantou e foi até o armário, pegou a mala e começou a colocar suas roupas lá dentro. Jack foi até a cozinha e pegou outra garrafa de cerveja. Ann estava chorando e com raiva. Jack sentou-se com sua cerveja e deu um bom gole. Ele precisava de um uísque, precisava de uma garrafa de uísque. E de um bom charuto.

— Posso voltar para pegar o resto das minhas coisas quando você não estiver por aqui.

— Não se preocupe. Vou mandar entregar para você.

Ela parou na porta.

— Bom, acho que é isso — disse ela.

— Acho que é.

Ela fechou a porta e se foi. Procedimento padrão. Jack terminou a cerveja e foi até o telefone. Ele discou o número de Pattie. Ela atendeu.

— Pattie?

— Ah, Jack, como você está?

— Ganhei a grande hoje. Decisão dividida. Tudo que preciso fazer é ganhar do Parvinelli e consigo o campeonato.

— Você vai bater os dois, Jack. Sei que consegue.

— O que está fazendo hoje, Pattie?

— É uma da manhã, Jack. Andou bebendo?

— Umas. Estou celebrando.

— E a Ann?

— Estamos separados. Só ando com uma mulher por vez, sabe disso, Pattie.

— Jack...

— O quê?

— Estou com um cara.

— Um cara?

— Toby Jorgenson. Ele está no quarto...

— Ah, sinto muito.

— Sinto muito também, Jack, eu te amava... talvez ainda ame.

— Ah, merda, vocês mulheres realmente jogam essa palavra por aí...

— Sinto muito, Jack.

— Está tudo bem.

Ele desligou. Então foi até o armário para pegar um casaco. Ele o colocou, terminou a cerveja, desceu de elevador até o carro. Dirigiu direto pela Normandie a mais de cem quilômetros por hora, estacionou na loja de bebidas no Hollywood Boulevard. Desceu e entrou. Pegou um pacote de seis de Michelob, um pacote de aspirinas. Então, no balcão, pediu ao balconista uma dose de Jack Daniel's. Enquanto o balconista os registrava, um bêbado apareceu com dois pacotes de seis Coors.

— Ei cara! — disse ele a Jack. — Você não é o Jack Backenweld, o lutador?

— Sou — respondeu Jack.

— Cara, eu vi a luta de hoje. Jack, você tem colhões. Você é realmente muito bom!

— Obrigado, cara — disse ao bêbado, então pegou sua sacola de suprimentos e foi até o carro.

Ele sentou-se ali, tirou a tampa do Daniel's e deu um belo gole. Então deu ré, foi para o oeste, para Hollywood, pegou a esquerda na Normandie e notou uma menina adolescente bem-feita de corpo na rua. Ele parou o carro, tirou o uísque da sacola e mostrou a ela.

— Quer uma carona?

Jack ficou surpreso quando ela entrou.

— Eu o ajudo a beber isso, senhor, mas sem benefícios adicionais.

— De jeito nenhum — disse Jack.

Ele desceu a Normandie a uns cinquenta quilômetros por hora, um cidadão que se preza e terceiro no ranking dos meio-

-pesados no mundo. Por um momento ele sentiu vontade de contar a ela com quem ela estava andando, mas mudou de ideia, esticou o braço e apertou um joelho dela.

— Tem um cigarro, senhor? — perguntou ela.

Ele tirou um com a mão, apertou o acendedor. Ele saltou e acendeu o cigarro para ela.

[Conto publicado na coletânea *Ao sul de lugar nenhum*, 1973]

câncer

eu a encontrei no topo da
escadaria.
ela estava sozinha.
"oi, Henry", disse ela, então,
"sabe, odeio este quarto, não tem
janela."

eu estava com uma ressaca terrível.
o cheiro era insuportável,
tive a impressão de que ia
vomitar.

"eles me operaram há dois dias",
disse ela. "eu me senti melhor no dia
seguinte, mas agora está igual, talvez
pior."

"sinto muito, mãe."

"sabe, você estava certo, seu pai
é um homem terrível."

pobre mulher. um marido brutal e
um filho alcóolatra.

"licença, mãe, já já estou de
volta..."

o cheiro tinha entranhado em mim,
meu estômago pulava.

saí do quarto
desci metade das escadas,
me sentei ali
me segurando no corrimão,
respirando o ar
fresco.

a pobre mulher.

continuei respirando o ar e
consegui não
vomitar.

eu me levantei e voltei pela
escada e para o quarto.

"ele me enfiou em uma instituição
psiquiátrica, sabia
disso?"

CORRO COM A CAÇA

"sabia. eu informei a eles
que pegaram a pessoa errada
ali."

"você parece enjoado, Henry, está tudo
bem?"

"estou enjoado hoje, mãe, vou
voltar e te ver
amanhã."

"tudo bem, Henry..."

eu me levantei, fechei a porta e
desci correndo as escadas.
saí lá fora, para um jardim de
rosas.

soltei tudo ali dentro do jardim de
rosas.

pobre maldita mulher...

no dia seguinte, cheguei com
flores.
subi as escadas até a
porta.
havia uma coroa de flores na
porta.
tentei abrir a porta de qualquer jeito.
estava trancada.

BUKOWSKI

desci as escadas
passei pelo jardim de rosas
e fui para a rua
onde o meu carro estava
estacionado.

havia duas menininhas
de seis ou sete anos
voltando da escola.

"perdão, senhoras, mas vocês
gostariam de umas flores?"

elas apenas pararam e olharam para
mim.

"aqui", dei o buquê para a
menina mais alta, "agora você
divida, por favor, dê à sua amiga
metade delas."

"obrigada", disse a menina mais
alta, "são muito
bonitas."

"sim, elas são", disse a outra
menina, "muito
obrigada."

elas seguiram pela rua
e eu entrei no carro,

dei partida e
dirigi para minha
casa.

a morte do pai

Minha mãe havia morrido um ano antes. Uma semana após a morte de meu pai, fiquei sozinho na casa dele. Ficava em Arcadia, e o mais próximo que tinha chegado da casa em bastante tempo havia sido passando pela rodovia a caminho de Santa Anita.

Eu era desconhecido dos vizinhos. O enterro terminou e fui até a pia, enchi um copo d'água, bebi e saí. Sem saber mais o que fazer, peguei a mangueira, liguei a água e comecei a regar os arbustos. As cortinas se abriram enquanto eu estava no gramado da frente. Então eles começaram a sair de suas casas. Uma mulher veio do outro lado da rua.

— Você é o Henry? — perguntou ela.

Eu disse a ela que era o Henry.

— Conhecíamos o seu pai por anos.

Então o marido dela se aproximou.

— Conhecíamos a sua mãe também — disse ele.

Eu me curvei e fechei a mangueira.

— Não querem entrar? — perguntei.

Eles se apresentaram como Tom e Nellie Miller e entramos na casa.

— Você é a cara do seu pai.

— É o que me dizem.

Nós nos sentamos e olhamos uns para os outros.

— Ah — disse a mulher —, ele tinha *tantas* pinturas. Ele devia gostar de pinturas.

— É, ele gostava, não gostava?

— Eu adoro aquela pintura do moinho no pôr do sol.

— Pode ficar com ela.

— Ah, posso?

A campainha tocou. Eram os Gibson. Os Gibson me disseram que também foram vizinhos de meu pai por anos.

— Você é a cara do seu pai — disse a sra. Gibson.

— Henry nos deu a pintura do moinho.

— Isso é legal. *Amo* aquela pintura do cavalo azul.

— Pode ficar com ela, sra. Gibson.

— Ah, não está falando sério, está?

— Estou, está tudo certo.

A campainha tocou de novo e outro casal entrou. Deixei a porta aberta. Logo um homem sozinho enfiou a cabeça para dentro.

— Sou Doug Hudson. Minha mulher está no cabeleireiro.

— Entre, sr. Hudson.

Outros chegaram, a maioria em pares. Começaram a circular pela casa.

— Vai vender o lugar?

— Acho que vou.

— É uma vizinhança ótima.

— Percebi.

— Ah, eu *amo* essa moldura, mas não a pintura.

— Leve a moldura.

— Mas o que eu faço com a pintura?

— Jogue no lixo.

Eu olhei em torno.

— Se alguém vir uma pintura que goste, por favor, pegue.

Eles pegaram. Logo as paredes estavam nuas.

— Você precisa dessas cadeiras?

— Não, na verdade, não.

Transeuntes vinham da rua e nem se importavam em se apresentar.

— E o sofá? — perguntou alguém em voz bem alta. — Você quer?

— Não quero o sofá — falei.

Levaram o sofá, depois a mesa de centro e as cadeiras.

— Tem uma torradeira em algum lugar por aqui, não tem, Henry?

Levaram a torradeira.

— Não precisa desses pratos, precisa?

— Não.

— E dos talheres?

— Não.

— E o pote de café e o liquidificador?

— Pode levar.

Uma das senhoras abriu um armário na varanda de trás.

— E essas frutas em conserva? Nunca vai conseguir comer tudo isso.

— Certo, todo mundo pegue um pouco. Mas tentem dividir igualmente.

— Ah, quero os morangos!

— Ah, quero os figos!

— Ah, quero a marmelada!

As pessoas saíam e voltavam, trazendo novas pessoas com elas.

— Ei, tem um uísque no armário! Você bebe, Henry?

— Deixe o uísque.

A casa estava ficando lotada. A descarga foi acionada. Alguém derrubou um copo da pia e o quebrou.

— Melhor guardar esse aspirador de pó, Henry. Pode usá-lo no seu apartamento.

— Certo, vou ficar com ele.

— Ele tinha umas ferramentas de jardim na garagem. E as ferramentas?

— Não, melhor guardar.

— Eu te dou quinze dólares pelas ferramentas de jardim.

— Certo.

Ele me deu os quinze dólares e eu dei a ele a chave da garagem. Logo se podia ouvi-lo levando o cortador de grama para casa.

— Não deveria ter dado a ele todo aquele equipamento por quinze dólares, Henry. Vale muito mais que isso.

Não respondi.

— E o carro? Tem quatro anos.

— Acho que vou ficar com o carro.

— Eu te dou cinquenta dólares por ele.

— Acho que vou ficar com o carro.

Alguém enrolou o tapete da sala da frente. Depois disso as pessoas começaram a perder o interesse. Logo só restavam três ou quatro, então todos foram embora. Eles me deixaram a mangueira do jardim, a cama, a geladeira e o fogão e um rolo de papel higiênico.

Fui para fora e tranquei as portas da garagem. Dois meninos pequenos passaram de patins. Eles pararam enquanto eu trancava as portas da garagem.

— Tá vendo aquele homem?

— Estou.

— O pai dele morreu.

Eles seguiram patinando. Peguei a mangueira, abri a torneira e comecei a regar as rosas.

[Conto publicado na coletânea *Sinfonia do vagabundo*, 1983]

o talento da multidão

Há suficiente traição, ódio,
                    violência,
Absurdo no ser humano
                    médio
Para abastecer qualquer exército em qualquer
    dia.
E Os Melhores no Assassinato São Aqueles
    Que Pregam Contra Ele.
E os Melhores Em Ódio São Aqueles
    Que Pregam AMOR
E OS MELHORES NA GUERRA
— POR FIM — SÃO AQUELES QUE
PREGAM
                    PAZ

Aqueles Que Pregam DEUS
    PRECISAM de DEUS
Aqueles Que Pregam PAZ
    Não Têm Paz.
AQUELES QUE PREGAM AMOR
    NÃO TÊM AMOR
CUIDADO COM OS PREGADORES
Cuidado Com os Sabidos.

        Cuidado
        Com Aqueles
        Que Estão SEMPRE
        LENDO
        LIVROS

BUKOWSKI

Cuidado Com Aqueles Que Detestam
    Pobreza Ou Se Orgulham Dela

CUIDADO Com Os Que Logo Elogiam
Pois Precisam De ELOGIO Em Retorno
CUIDADO Com Os Que Logo Censuram:
Eles Têm Medo Do Que
Não Conhecem

Cuidado Com Os Que Buscam Sempre
Multidões; Eles Não São Nada
Sozinhos

        Cuidado Com
        O Homem Mediano
        A Mulher Mediana
        CUIDADO Com o Amor Deles

O Amor Deles É Mediano, Busca
Mediano
Mas Há Talento No Ódio Deles
Há Talento Suficiente No
Ódio Deles Para Matá-lo, Matar
Qualquer Um.

Sem Querer Solidão
Sem Entender Solidão
Vão Tentar Destruir
Qualquer Coisa
Diferente
Deles Mesmos.

CORRO COM A CAÇA

Sem Poder
Criar Arte
Não Vão
Entender Arte

Vão Considerar Seu Fracasso
Como Criadores
Apenas Como Um Fracasso
Do Mundo

Sem Poderem Amar Totalmente
Vão ACREDITAR Que Seu Amor É
Incompleto
E ENTÃO VÃO ODIAR
VOCÊ

E O Ódio Deles Será Perfeito
Como Um Diamante Brilhando
Como Uma Faca
Como Uma Montanha
COMO UM TIGRE
Como Cicuta

Deles A Melhor
ARTE

BUKOWSKI

um panfleto gratuito de 25 páginas

morrendo por uma cerveja morrendo
por e de vida
em uma tarde de vento em Hollywood
ouvindo música de sinfonia no meu radinho vermelho
no chão.

um amigo disse:
"tudo o que você precisa fazer é ir para a calçada
e se deitar
alguém vai te levantar
alguém vai cuidar de você".

olho pela janela para a calçada
vejo algo andando na calçada
e ela não se deitaria ali,
só em lugares especiais para pessoas especiais com $$$$ especial
e
maneiras especiais
enquanto estou morrendo por uma cerveja em uma tarde de
    vento em
Hollywood,
nada como uma bela gata se arrastando por você na
calçada
passando por sua janela esfomeada
ela está vestida com a melhor roupa
ela não se importa com o que você diz
com sua aparência o que você faz
desde que você não entre no caminho
dela, e pode ser que ela não cague ou

CORRO COM A CAÇA

tenha sangue
ela deve ser uma nuvem, amigo, pelo jeito que flutua por nós.

estou muito enjoado para me deitar
a calçada me assusta
a maldita cidade inteira me assusta
o que vou me tornar
o que me tornei
me assusta.

ah, a bravata acabou
a grande corrida pelo centro acabou
em uma tarde de vento em Hollywood
meu rádio crepita e cospe sua música suja
por um chão cheio de garrafas de cerveja vazias.

agora ouço uma sirene
chega mais perto
a música para
o homem no rádio diz:
"vamos lhe enviar um panfleto gratuito de 25 páginas:
ENFRENTE OS FATOS SOBRE CUSTOS DA FACUL-
DADE".

a sirene some nas montanhas de papelão
e olho pela janela de novo conforme um punho de
nuvens ferventes desce —
o vento sacode as plantas lá fora
espero pela noitinha, espero pela noite espero sentado em uma
cadeira
ao lado da janela —

o cozinheiro derruba o siri
vivo rosa-avermelhado salgado
de carapaça dura
e o jogo
segue

vem me pegar.

casa mal-assombrada

dirijo até a praia à noite
no inverno
e me sento e olho para o píer de diversões queimado
imagino por que simplesmente deixam aquilo ali
na água.
quero que suma dali,
explodido,
desaparecido,
apagado;
aquele píer não deveria mais ficar ali
com loucos dormindo dentro
das tripas queimadas da casa mal-assombrada...
é horrível, eu digo, explodam essa coisa,
tirem da frente dos meus olhos,
aquela lápide no mar.

os loucos podem encontrar outros buracos
para se enfiar.
eu andava naquele píer quando tinha oito
anos de idade.

CORRO COM A CAÇA

john dillinger e *le chasseur maudit*

é lamentável, e não está na moda, mas não ligo:
garotas me lembram de cabelo na pia, de intestinos
e bexigas e movimentos excretores; é lamentável também que
sinetes de sorveteiro, bebês, válvulas de motor, plagióstomos,
    palmeiras,
passos no corredor... tudo isso me empolga com a calma fria
da cova: em nenhum lugar, talvez, haja santuário a não ser
em ouvir que havia outros homens desesperados:
Dillinger, Rimbaud, Villon, Babyface Nelson, Sêneca, Van Gogh,*
ou mulheres desesperadas: lutadoras, enfermeiras, garçonetes,
    putas,
poetisas... embora
imagine que a retirada de cubos de gelo seja importante
ou um camundongo fuçando uma garrafa de cerveja vazia —
dois vazios ocos olhando um para o outro,
ou o mar noturno cheio de navios imundos
que entram na rede cautelosa do seu cérebro com suas luzes,
suas luzes salgadas
que te tocam e te deixam
para o amor mais sólido de alguma Índia;
ou dirigem por grandes distâncias sem motivo
dopadas por janelas abertas que
rasgam e agitam sua camisa como um pássaro assustado,

---

* Neste verso, Bukowski faz referência a, respectivamente: John Dillinger, estadunidense, famoso ladrão de bancos da década de 1930; Arthur Rimbaud, poeta
simbolista francês do século XIX; François Villon, poeta francês do século XV,
precursor dos poetas malditos; Baby Face Nelson, outro gângster da década de
1930, parceiro de John Dillinger; Sêneca, filósofo estoico do Império Romano;
Vincent Van Gogh, pintor pós-impressionista neerlandês do século XIX. [N.E.]

e sempre os semáforos, sempre vermelhos,
fogo noturno e derrota, derrota...
escorpiões, refugos, coleções:
ex-empregos, ex-mulheres, ex-rostos, ex-vidas,
Beethoven em sua cova morto feito beterraba;
carriolas vermelhas, sim, talvez
ou uma carta do Inferno assinada pelo diabo
ou dois bons meninos caindo na mão um com o outro
em algum estádio barato cheio de fumaça aos berros,
mas geralmente não me importo, sentado aqui
com uma boca cheia de dentes podres,
sentado aqui lendo Herrick e Spenser e
Marvell e Hopkins e Brontë (Emily, hoje);*
e ouvindo *A bruxa do meio-dia* de Dvorak
ou *Le Chasseur maudit*, de Franck,
na verdade não ligo, e é lamentável:
venho recebendo cartas de um jovem poeta
(muito jovem, parece) me dizendo que um dia
certamente serei reconhecido como
um dos grandes poetas do mundo. *Poeta!*
uma malversação: hoje andei no sol e nas ruas
desta cidade: sem ver nada, sem aprender nada, sendo
nada, e voltando para o meu quarto
passei por uma velha que me deu um sorriso horrível;
já estava morta, e por todo lugar me lembrava de fios:
fios de telefone, fios elétricos, fios para rostos elétricos
presos como peixinhos dourados no vidro e sorrindo,

---

* Já neste verso, as referências são a: Robert Herrick, Edmund Spenser e Andre
Marvell, poetas ingleses do século XVII; Gerard Manley Hopkins, poeta inglês
do século XIX; e Emily Brontë (1818-1848), escritora inglesa de O *morro dos
ventos uivantes*. [N.E.]

e os passarinhos tinham sumido, nenhum passarinho queria fio
ou o sorriso do fio
e fechei minha porta (por fim)
mas pela janela era a mesma coisa:
uma buzina buzinou, alguém riu, uma privada deu descarga,
e então estranhamente
pensei em todos os cavalos com números
que passaram na gritaria,
passaram como Sócrates, passaram como Lorca,
como Chatterton...
prefiro imaginar que nossa morte não vai importar muito
a não ser como questão de descarte, um problema,
como jogar o lixo fora,
e, embora eu tenha guardado as cartas do jovem poeta,
não acredito nelas,
mas assim como para as
palmeiras doentes
e o pôr do sol,
às vezes dou uma olhada.

chuva

uma orquestra sinfônica.
há uma tempestade,
estão tocando um prelúdio de Wagner
e as pessoas deixam seus assentos sob as árvores
e correm para dentro do pavilhão
as mulheres rindo, os homens fingindo calma,
cigarros molhados sendo jogados fora,

Wagner segue tocando, e então estão todos sob o
pavilhão. os pássaros até saem das árvores
e entram no pavilhão, mas aí é a "Rapsódia
Húngara nº 2" de Liszt, e ainda chove, mas olhe,
um homem está sentado sozinho na chuva
escutando. o público o nota. eles se viram
e olham. a orquestra faz sua
parte. o homem se senta na noite na chuva,
escutando. tem algo de errado com ele,
não tem?
ele veio para ouvir a
música.

um rádio com colhões

era no segundo andar na Coronado Street
eu ficava bêbado
e jogava o rádio pela janela
enquanto ainda tocava, e, é claro,
quebrava o vidro da janela
e o rádio ficava ali no teto
ainda tocando
e eu dizia à minha mulher:
"Ah, que rádio maravilhoso!".
na manhã seguinte eu tirava a janela
das dobradiças
e a levava pela rua
até o vidraceiro
que colocava outro vidro.

CORRO COM A CAÇA

continuei a jogar aquele rádio pela janela
toda vez que ficava bêbado
e ele ficava ali no teto
ainda tocando —
um rádio mágico
um rádio com colhões,
e toda manhã eu levava a janela
de volta ao vidraceiro.

não me lembro de como terminou exatamente
embora me lembre
que por fim nos mudamos.
havia uma mulher lá embaixo que trabalhava no
jardim de roupa de banho
e o marido dela reclamava que não dormia à noite
por minha causa
então nos mudamos
e no lugar seguinte
ou me esqueci de jogar o rádio pela janela
ou não senti mais
vontade.

eu me lembro de sentir falta da mulher que trabalhava no
jardim de roupa de banho,
ela realmente cavava com aquela espátula
e empinava o traseiro pro alto
e eu me sentava à janela
e observava o sol brilhar sobre aquela coisa

enquanto a música tocava.

parada

Fazer amor sob o sol, o sol da manhã
em um quarto de hotel
sobre a viela
onde pobres fuçam atrás de garrafas;
fazer amor sob o sol
fazer amor em um tapete mais vermelho que nosso sangue,
fazer amor enquanto os meninos vendem manchetes
e Cadillacs,
fazer amor ao lado de uma fotografia de Paris
e um maço aberto de Chesterfields,
fazer amor enquanto outros homens — pobres tolos —
trabalham.

Daquele momento — a isso...
podem ser anos no modo que medem,
mas é só uma frase no fundo da minha mente —
há tantos dias
em que a vida para e estaciona e se senta
e espera como um trem nos trilhos.
passo pelo hotel às oito
e às cinco; há gatos nas vielas
e garrafas e vagabundos,
e olho para a janela e penso,
já não sei onde você está
e ando e imagino para onde
a vida vai
quando para.

III

coloque seu nome em luzes
coloque aqui no
mimeógrafo 21,6×27,9

vinte e dois mil dólares em três meses

a noite chega como algo que se arrasta
balaústre acima, mostrando a língua
de fogo, e me lembro dos
missionários com lama até os joelhos
em retirada no belo rio azul
e as balas de metralhadora criando pontos de
fonte e Jones bêbado na praia
dizendo merda merda esses índios*
onde conseguem poder de fogo?
e entrei para ver Maria
e ela disse, acha que vão atacar,
acha que vão atravessar o rio?
medo de morrer? perguntei a ela, e ela disse
quem não tem?
e fui até o armário de remédios
e enchi um copo até em cima, e disse
fizemos 22 mil dólares em três meses construindo estradas

---

* *Indians*, no original, é uma forma ofensiva para se referir a pessoas indígenas
e povos originários. [N.E.]

BUKOWSKI

para Jones e você precisa morrer um pouco
para fazer rápido assim... acha que os comunistas
começaram isso? ela perguntou, acha que são os comunistas?
e eu disse, pare de ser uma neurótica do caralho.
esses países pequenos se levantam porque estão
enchendo os bolsos de *ambos* os lados... e ela
me olhou com aquela linda idiotice de menina de escola
e ela se afastou, estava escurecendo, mas a deixei ir,
é preciso saber quando deixar uma mulher ir, se quiser ficar
    com ela,
e, se não quiser ficar com ela, você a deixa ir de qualquer jeito,
então é sempre um processo de deixar ir, de um jeito ou de outro,
então me sentei ali, coloquei a bebida de lado e fiz outra
e pensei, quem imaginou que um curso de engenharia na Old
    Miss*
o levaria para onde as lamparinas balançam devagar
no verde de alguma noite distante?
e Jones entrou com o braço em torno da cintura azul dela
e ela tinha bebido também, e fui até lá e disse,
marido e mulher? e isso a deixou brava, pois se uma mulher não
consegue te pegar pelas bolas e apertar, está acabada,
e eu servi outro copo cheio, e
disse, vocês dois podem não perceber
mas não vamos sair daqui vivos.

bebemos pelo resto da noite.
podia-se ouvir, se ficasse bem quieto,
a água descendo entre as árvores deus,
e as estradas que tínhamos construído

---

* "Old Miss" é o apelido da Universidade do Mississippi. [N.T.]

CORRO COM A CAÇA

ouvia-se animais que a cruzavam,
e os índios, tolos selvagens com um algum fardo selvagem.
e por fim houve a última mirada no espelho
enquanto os amantes bêbados se abraçavam
e saí e levantei um pedaço da palha
do telhado da cabana
então acionei o isqueiro e
vi as chamas subirem como ratos famintos
pelos talos marrons e finos, era lento, mas era
real, e então não era real, algo como de ópera,
e andei na direção do barulho de metralhadoras,
o mesmo rio e a lua olhavam do outro lado
e no caminho vi uma pequena cobra, uma bem pequena,
parecia uma cascavel, mas não podia ser cascavel,
e ficou com medo ao me ver, e a peguei pelo pescoço
antes que pudesse se enrolar e ergui então
seu corpinho enrolado em torno do pulso
como um dedo de amor, e todas as árvores olhavam com olhos
e coloquei minha boca na dela
e amor era relâmpago e lembrança,
comunistas mortos, fascistas mortos, democratas mortos, deuses
    mortos e
de volta ao que restara da cabana Jones
tinha o braço morto preto em torno da cintura morta azul dela.

maja thurup*

Teve ampla cobertura da imprensa e da TV, e a mulher ia escrever um livro sobre o assunto. O nome da mulher era Hester Adams, divorciada duas vezes, dois filhos. Ela tinha trinta e cinco anos e via-se que era sua última aventura. As rugas iam aparecendo, os seios já estavam caindo há algum tempo, os tornozelos e panturrilhas engrossavam, havia sinais de barriga. Os Estados Unidos haviam aprendido que a beleza residia apenas na juventude, especialmente na mulher. Mas Hester Adams tinha a beleza sombria da frustração e da perda iminente; rastejava sobre ela, a perda iminente, e lhe dava algo sexual, como uma mulher desesperada e perdendo o viço sentada em um bar cheio de homens. Hester olhou em volta, viu poucos sinais de ajuda do homem americano e entrou em um avião para a América do Sul. Entrou na selva com sua câmera, sua máquina de escrever portátil, seus tornozelos grossos e sua pele branca e conseguiu um canibal, um canibal negro: Maja Thurup. Maja Thurup tinha um rosto de boa aparência. Parecia coberto por mil ressacas e mil tragédias. E era verdade — ele tivera mil ressacas, mas todas as tragédias vinham da mesma raiz: Maja Thurup era bem-dotado, imensamente bem-dotado. Nenhuma garota da aldeia o aceitaria. Ele havia dilacerado duas garotas até a morte com seu instrumento. Uma tinha sido penetrada pela frente; a outra, por trás. Não importava.

---

* Este é um texto problemático em vários pontos, até pelo próprio assunto, e que reforça estereótipos: uma mulher velha e "frustrada", o estrangeiro "canibal" negro hipersexualizado. É daqueles que mostram um pouco a idade do texto, já que tanta coisa pode causar estranheza ao leitor mais jovem. Ao mesmo tempo, é uma história bem caricata, com ares de causo de bar, e a linguagem reforça isso. [N.T.]

CORRO COM A CAÇA

Maja era um homem solitário que bebia e meditava sobre sua solidão até Hester Adams aparecer com guia, pele branca e câmera. Depois de apresentações formais e algumas bebidas perto do fogo, Hester entrou na cabana de Maja e tomou tudo o que Maja Thurup conseguiu dar e pediu mais. Foi um milagre para os dois, e eles se casaram em uma cerimônia tribal* de três dias, na qual os membros da tribo inimiga capturados foram assados e consumidos em meio a danças, encantamentos e embriaguez. Foi depois da cerimônia, depois que a ressaca passou, que os problemas começaram. O curandeiro, notando que Hester não comera a carne assada dos membros da tribo inimiga (decoradas com abacaxi, azeitonas e nozes), anunciou a todos que aquela não era uma deusa branca, mas uma das filhas do deus malvado Ritikan. (Séculos atrás, Ritikan fora expulso do paraíso tribal por se recusar a comer qualquer coisa que não fosse vegetais, frutas e nozes.) Esse anúncio causou dissensão na tribo, e dois amigos de Maja Thurup foram prontamente assassinados por sugerir que o manuseio de Hester do dote de Maja era um milagre em si e o fato de ela não ter ingerido outras formas de carne humana poderia ser perdoado — temporariamente, ao menos.

Hester e Maja fugiram para os Estados Unidos, para o norte de Hollywood para ser mais preciso, onde Hester iniciou os procedimentos para que Maja Thurup se tornasse cidadão americano. Ex-professora, Hester começou a instruir Maja no uso de roupas, na língua inglesa, em cerveja e vinhos da Califórnia, televisão e alimentos comprados no mercado Safeway próximo. Maja não

---

*   Termos como "tribo", "tribal", "índio", "selvagem" e "exótico", que aparecem diversas vezes no decorrer do conto, são formas pejorativas e preconceituosas de se referir a povos originários e à população indígena como um todo. Nesta edição, optamos por manter os termos usados por Bukowski de forma a preservar o tom do texto original. [N.E.]

apenas assistia à televisão, como também apareceu nela junto com Hester, e eles declararam seu amor publicamente. Então voltaram para o apartamento deles no norte de Hollywood e fizeram amor. Depois, Maja sentou-se no meio do tapete com seus livros de gramática inglesa, bebendo cerveja e vinho, cantando cantos nativos e tocando bongô. Hester trabalhou em seu livro sobre Maja e Hester. Uma grande editora estava esperando. Tudo o que Hester precisava fazer era escrevê-lo.

Certa manhã, eu estava na cama por volta das oito. No dia anterior, havia perdido quarenta dólares em Santa Anita, minha poupança no California Federal estava ficando perigosamente magra e eu não escrevia uma história decente havia um mês. O telefone tocou. Acordei, engasguei, tossi, atendi.

— Chinaski?

— Sim?

— É Dan Hudson.

Dan dirigia a revista *Flare* em Chicago. Ele pagava bem. Era o editor e o diretor.

— Oi, Dan, filho da mãe.

— Escute, tenho a coisa certa para você.

— Claro, Dan. O que é?

— Quero que você entreviste aquela vagabunda que se casou com o canibal. Deixe a parte do sexo *grande*. Misture amor com horror, sabe?

— Sei. Venho fazendo isso a vida inteira.

— Você leva quinhentos dólares nessa se entregar até vinte e sete de março.

— Dan, por quinhentos dólares eu transformo o Burt Reynolds[*] em uma lésbica.

---

[*] Burt Reynolds (1936-2018) foi um ator estadunidense e símbolo sexual. [*N.E.*]

CORRO COM A CAÇA

Dan me deu o endereço e o telefone. Levantei-me, joguei água no rosto, tomei duas aspirinas, abri uma garrafa de cerveja e liguei para Hester Adams. Disse que queria divulgar o relacionamento dela com Maja Thurup como uma das grandes histórias de amor do século XX. Para os leitores da revista *Flare*. Garanti que isso ajudaria Maja a obter a cidadania americana. Ela concordou com uma entrevista à uma da tarde.

Era um apartamento sem elevador no terceiro andar. Ela abriu a porta. Maja estava sentado no chão com um bongô bebendo da garrafa de vinho do porto de preço médio. Estava descalço, vestindo calça jeans justa e uma camiseta branca com listras pretas. Hester estava vestida com uma roupa idêntica. Ela me trouxe uma garrafa de cerveja, peguei um cigarro do maço na mesinha de centro e comecei a entrevista.

— Você encontrou Maja quando?

Hester me deu uma data. Ela também me deu o horário e o local exatos.

— Quando você começou a se apaixonar por Maja? Quais foram exatamente as circunstâncias que causou isso?

— Bem — disse Hester —, foi...

— Ela me ama quando dou a coisa para ela — interrompeu Maja, do tapete.

— Ele aprendeu inglês bem rápido, não aprendeu?

— Sim, ele é brilhante.

Maja pegou a garrafa e deu um belo gole.

— Eu coloco a coisa nela, ela diz: "Ah meu Deus ah meu Deus ah meu Deus!". Hahahaha!

— Maja tem um físico maravilhoso — comentou ela.

— Ela come também — disse Maja —, ela come bem. Garganta profunda, hahaha!

— Amei Maja desde o começo — falou Hester. — Eram os olhos dele, o rosto... tão trágico. E o jeito que ele andava. Ele anda, bem, ele anda meio parecido com um tigre.

— Fodemos — disse Maja —, nós fodemos fodemos fodemos fodemos. Estou ficando cansado.

Maja deu outro gole. Ele olhou para mim.

— Você fode ela. Estou cansado. Ela túnel grande com fome.

— Maja tem um senso de humor genuíno — replicou Hester —, essa é outra coisa que o tornou estimado para mim.

— Única coisa estimada sua para mim — disse Maja — é o meu mijador de poste telefônico.

— Maja está bebendo desde de manhã — explicou Hester —, precisa desculpá-lo.

— Talvez seja melhor voltar quando ele estiver se sentindo melhor.

— Acho que deveria.

Hester marcou um horário às duas da tarde do dia seguinte.

Foi uma boa ideia. Eu precisava de fotos. Conhecia um fotógrafo na pior, um certo Sam Jacoby, que era bom e faria o trabalho barato. Eu o levei de volta para lá comigo. Era uma tarde ensolarada com apenas uma fina camada de poluição. Subimos e toquei. Não houve resposta. Toquei novamente. Maja abriu a porta.

— Hester não está — disse ele —, foi para mercado.

— Nós tínhamos um horário marcado para as duas horas. Gostaria de entrar e esperar.

Entramos e nos sentamos.

— Toco tambor para vocês — falou Maja.

Ele tocou os tambores e cantou alguns cantos da selva. Ele era muito bom. Estava encarando outra garrafa de vinho do porto. Ainda estava de camiseta com estampa de zebra e calça jeans.

CORRO COM A CAÇA

— Foder foder foder — disse ele —, é só o que ela quer. Ela me deixa louco.

— Sente falta da selva, Maja?

— Você não caga rio acima, mano.

— Mas ela te ama, Maja.

— Hahaha!

Maja tocou outro solo de tambor para nós. Até bêbado ele era bom.

Quando Maja terminou, Sam me disse:

— Acha que ela tem uma cerveja na geladeira?

— Ela deve ter.

— Os meus nervos estão ruins. Preciso de uma cerveja.

— Vá em frente. Pegue duas. Vou comprar mais para ela. Deveríamos ter trazido alguma coisa.

Sam se levantou e entrou na cozinha. Ouvi a porta da geladeira se abrir.

— Estou escrevendo um artigo sobre você e Hester — contou a Maja.

— Mulher buraco grande. Nunca enche. Como vulcão.

Ouvi Sam vomitando na cozinha. Ele bebia muito. Sabia que estava de ressaca. Mas ele ainda era um dos melhores fotógrafos por aí. Então houve silêncio. Sam veio andando. Ele se sentou. Não trazia uma cerveja.

— Eu toco tambor de novo — falou Maja.

Ele tocou os tambores de novo. Ele ainda era bom. Embora não tão bom quanto na vez anterior. O vinho o estava afetando.

— Vamos sair daqui — sugeriu Sam.

— Preciso esperar pela Hester — falei.

— Cara, vamos — disse Sam.

— Vocês querem um pouco de vinho? — perguntou Maja.

Eu me levantei e fui até a cozinha buscar uma cerveja. Sam me seguiu. Eu fui na direção da geladeira.

273

— *Por favor*, não abra essa porta! — exclamou ele.

Sam foi até a pia e vomitou de novo. Olhei para a porta da geladeira. Não a abri. Quando Sam terminou, eu disse:

— Certo, vamos embora.

Andamos para a sala da frente, onde Maja ainda estava sentado ao lado do bongô.

— Toco tambor de novo — falou ele.

— Não, obrigado, Maja.

Saímos, descemos a escada e fomos para a rua. Entramos no meu carro. Dei partida. Não sabia o que dizer. Sam ficou em silêncio. Estávamos no distrito de negócios. Eu dirigi até um posto de gasolina e disse ao barman para encher com comum. Sam saiu do carro e caminhou até a cabine telefônica para chamar a polícia. Vi Sam sair da cabine telefônica. Eu paguei pelo gás. Eu não tinha conseguido minha entrevista. Eu ficara sem quinhentos dólares. Esperei enquanto Sam caminhava em direção ao carro.

[Conto publicado na coletânea *Ao sul de lugar nenhum*, 1973]

os lixeiros

aí vêm eles
esses caras
caminhão cinza
rádio tocando

estão com pressa

é bem empolgante:

CORRO COM A CAÇA

camisa aberta
barrigas para fora
pegam correndo as latas de lixo
e as rolam até a empilhadeira
e o caminhão as joga para cima
com um tanto de barulho...

precisaram preencher formulários
para conseguir esses trabalhos
pagam por casas e
dirigem carros de último modelo

enchem a cara na noite de sábado

agora no sol de Los Angeles
correm para lá e para cá com suas latas de lixo

todo aquele lixo vai para algum lugar

e gritam uns para os outros

e aí todos sobem no caminhão
seguindo para oeste, para o mar

nenhum deles sabe
que estou vivo.

REX DISPOSAL CO.

a coisa mais estranha que você já viu —

eu tinha um quarto de frente na DeLongpre
e ficava sentado por horas
durante o dia
olhando pela janela
da frente.
havia várias garotas que
passavam
rebolando;
ajudava minhas tardes,
dava algo mais à cerveja e aos
cigarros.

um dia vi algo
extra.
primeiro ouvi o som.
"vamos, empurra!", disse ele.
havia uma grande tábua
uns 75 centímetros de largura e
2,5 metros de comprimento;
presos nas pontas e no meio
havia patins.
ele puxava na frente
duas cordas compridas presas à tábua
e ela ficava na traseira
guiando e também empurrando.
todos os pertences deles estavam presos à
tábua:

CORRO COM A CAÇA

potes, panelas, colchas e coisas assim
estavam presos com corda à tábua
amarrados;
e as rodas dos patins rangiam.

ele era branco, caipira, um
sulista —
magro, curvado, as calças a ponto
de cair da
bunda —
o rosto rosado de sol e
vinho barato,
e ela era negra
e andava ereta
empurrando;
ela era simplesmente linda
de turbante
brincos verdes longos
vestido amarelo
do
pescoço aos
tornozelos.
o rosto dela era gloriosamente
indiferente.

"não se preocupe!", gritou ele, virando-se
para ela, "alguém vai
nos alugar um lugar!"

ela não respondeu.

então foram embora
por mais que eu ainda escutasse
as rodas dos patins.

eles vão conseguir,
pensei.

tenho certeza de que
conseguiram.

———

Começou com um engano.

Era época de Natal e soube do bêbado lá em cima, que fazia isso todo Natal, que contratavam qualquer um, então fui, e quando me dei conta estava com uma sacola de couro nas costas e caminhava no meu ritmo. *Que trabalho*, pensei. *Suave!* Eles só davam um quarteirão ou dois, e se conseguisse terminar, o carregador regular lhe daria outro quarteirão para entrega, ou talvez voltasse e o super lhe desse outro, mas você simplesmente ia no seu tempo e enfiava aqueles cartões de Natal nas fendas.

Acho que foi no meu segundo dia como temporário de Natal que essa mulher grande saiu e andou comigo enquanto eu entregava cartas. O que quero dizer com grande é que a bunda dela era grande e os seios dela eram grandes, e que ela era grande em todos os lugares certos. Ela parecia um pouco louca, mas continuei olhando para o corpo dela e não me importei.

Ela falou e falou e falou. Então saiu. O marido dela era um oficial em uma ilha distante e ela se sentia sozinha, sabe, e vivia sozinha em uma casinha nos fundos.

— Que casinha? — perguntei.

Ela escreveu o endereço em um pedaço de papel.

— Também sou solitário — falei —, vou lá e conversamos hoje à noite.

Eu estava amarrado, mas meu enrosco ficava longe metade do tempo, em algum lugar, e eu estava solitário mesmo. Estava solitário por aquela bunda grande do meu lado.

— Certo — disse ela —, te vejo à noite.

Ela era boa mesmo, boa de cama, mas, como todas as boas fodas, depois da terceira ou quarta noite eu comecei a perder o interesse e não queria voltar.

Mas não conseguia deixar de pensar, Deus, tudo o que esses carteiros fazem é entregar cartas e trepar. Esse é o emprego para mim, ah, sim sim sim.

Então eu fiz o exame, passei, fiz o exame físico, passei e lá estava eu — um carteiro substituto. Começou fácil. Fui enviado para a estação West Avon e foi como no Natal, mas não transei. Todos os dias eu esperava transar, mas não transei. Mas o super era sossegado e eu andava fazendo um quarteirão aqui e ali. Eu nem tinha uniforme, só boné. Usava minhas roupas normais. Do jeito que eu e Betty, meu enrosco, bebíamos, dificilmente havia dinheiro para roupas.

Então fui transferido para a estação Oakford.

O super era um cara de pescoço grosso chamado Jonstone. Precisavam de ajuda lá e entendi por quê. Jonstone gostava de usar camisas vermelho-escuras — isso significava perigo e sangue. Havia sete substitutos: Tom Moto, Nick Pelligrini, Herman Stratford, Rosey Anderson, Bobby Hansen, Harold Wiley e eu, Henry Chinaski. O horário de apresentação era cinco da manhã e eu era o único bêbado lá. Sempre bebia até depois da meia-noite, e lá ficávamos sentados, às cinco da manhã, esperando para bater ponto, esperando algum carteiro regular ligar dizendo que estava doente. Os regulares ficavam doentes quando chovia ou durante uma onda de calor ou no dia seguinte a um feriado, quando a carga de correspondência dobrava.

Eram quarenta ou cinquenta rotas diferentes, talvez mais, cada caso era diferente, você nunca conseguia aprender nenhuma delas, tinha que preparar a correspondência antes das oito para os despachos de caminhão, e Jonstone não aceitava desculpas. Os substitutos distribuíam revistas nas esquinas, ficavam sem almoçar e morriam nas ruas. Jonstone queria que começássemos a sondar as rotas com trinta minutos de atraso — girando na cadeira com sua camisa vermelha.

— Chinaski, pegue a rota quinhentos e trinta e nove!

Começávamos com meia hora de atraso, mas ainda assim era esperado que despachássemos a correspondência e voltássemos no horário. E uma ou duas vezes por semana, já exaustos, bêbados e fodidos, tínhamos que fazer as coletas noturnas, e o horário no quadro era impossível — o caminhão não andava tão rápido. Você tinha que pular quatro ou cinco caixas na primeira corrida, e na próxima vez elas estavam entupidas de correspondência, e você fedia, corria com o suor enfiado nos sacos. Eu me fodi mesmo. Jonstone cuidou disso.

Os próprios substitutos tornavam Jonstone possível obedecendo a suas ordens impossíveis. Eu não conseguia ver como um homem de crueldade tão óbvia poderia ter aquele cargo. Os regulares não se importavam, o sindicalista era inútil, então preenchi um relatório de trinta páginas em um dos meus dias de folga, enviei uma cópia para Jonstone e levei a outra para o Edifício Federal. O funcionário me disse para esperar. Esperei, esperei e esperei. Esperei uma hora e trinta minutos, então fui levado para ver um homenzinho de cabelos grisalhos com olhos como cinzas de cigarro. Ele nem me pediu para se sentar. Começou a gritar comigo quando entrei pela porta.

— Você é um filho da puta espertinho, não é?

— Prefiro que não me xingue, senhor!

— Filho da puta espertinho, é um daqueles filhos da puta com vocabulário que gostam de exibir ele por aí.

Ele acenou com meus papéis para mim. E gritou:

— *O sr. Jonstone é um bom homem!*

— Não seja estúpido. Ele é obviamente sádico — falei.

— Há quanto tempo está nos Correios?

— Três semanas.

— *O sr. Jonstone está nos correios há trinta anos!*

— E o que *isso* tem a ver com o caso?

— Eu disse que o *sr. Jonstone é um bom homem!*

Acho que o infeliz realmente queria me matar. Ele e Jonstone devem ter dormido juntos.

— Certo — falei —, Jonstone é um bom homem. Esquece a porra toda.

Então saí e tirei folga no dia seguinte. Sem pagamento, é claro.

[Trecho do romance *Cartas na rua*, 1971]

quente

ela era quente, era tão quente
que eu não queria que ninguém mais a tivesse,
e se eu não estivesse em casa na hora
ela ia embora, e não conseguia suportar isso —
ficava louco...

eu era estúpido, eu sei, infantil
mas estava preso naquilo, estava preso.

entreguei a correspondência
e então Henderson me botou na coleta noturna
em um velho caminhão do Exército,
a maldita coisa começou a esquentar na metade do caminho
e a noite seguiu
eu pensando na minha Miriam quente
e pulando para dentro e para fora do caminhão
enchendo sacas de correspondência
o motor continuou a esquentar
o ponteiro da temperatura no máximo
QUENTE QUENTE
como Miriam.

eu pulava para dentro e para fora
mais três coletas e na estação
estaria, meu carro
esperando para me levar para Miriam no meu sofá azul
com scotch com gelo
cruzando as pernas e balançando os tornozelos
como ela fazia,
mais duas paradas...
o caminhão parou em um semáforo, era o inferno
chutando para cima
de novo...
precisava estar em casa às oito, oito era o prazo para Miriam.

fiz a última coleta e o caminhão parou em um semáforo
meio quarteirão da estação...

não dava partida, não conseguia dar partida...
tranquei as portas, tirei a chave e corri para a
estação...
joguei as chaves... assinei a saída...
seu maldito caminhão está parado no semáforo,
gritei,
Pico com a Western...
...corri pelo corredor, coloquei a chave na porta,
abri... o copo dela estava ali, e um bilhete:

    filio da puta:
    esperei até oitu e cinco
    você não me ama
    seu filio da puta
    um dia alguém vai me amar
    esperei o dia intero.

        Miriam

servi uma bebida e deixei a água correndo na banheira
havia cinco mil bares na cidade
e andaria vinte e cinco deles
procurando Miriam

o ursinho de pelúcia roxo dela segurava o bilhete
enquanto se recostava em uma almofada

dei uma bebida ao urso, uma bebida para mim
e entrei na água
quente.

— Chinaski! Pegue a rota quinhentos e trinta e nove!

A mais difícil da estação. Apartamentos com caixas que tinham nomes apagados ou sem nome algum, sob pequenas lâmpadas em corredores escuros. Velhas senhoras em corredores, para lá e para cá nas ruas, fazendo as mesmas perguntas, como se fossem uma só pessoa com uma só voz:

— Carteiro, tem correspondência para mim?

E você tinha vontade de gritar: "Senhora, como *díachos* vou saber quem *você* é ou eu sou ou qualquer um é?".

O suor pingando, a ressaca, a impossibilidade do horário, e Jonstone lá de camisa vermelha, sabendo disso, gostando, fingindo que fazia isso para manter os custos baixos. Mas todo mundo sabia por que ele estava fazendo isso. Ah, que bom homem ele era!

As pessoas. As pessoas. E os cachorros.

Deixe-me falar sobre os cachorros. Era um daqueles dias de trinta e oito graus e eu estava correndo, suando, doente, delirando, de ressaca. Parei em um pequeno prédio de apartamentos com a caixa no térreo ao longo da calçada da frente. Eu a abri com a minha chave. Não havia som. Então senti algo cutucando minha virilha. Foi até lá em cima. Olhei em volta e lá estava um pastor-alemão, adulto, com o focinho no meio da minha bunda. Com um estalo das mandíbulas, ele poderia arrancar minhas bolas. Decidi que aquelas pessoas não receberiam correspondência naquele dia e talvez nunca mais recebessem correspondência. Cara, quer dizer, ele enfiou aquele focinho ali. *Snif! Snif! Snif!*

Coloquei a correspondência de volta na bolsa de couro e, bem devagar, bem devagar, dei meio passo à frente. O focinho seguiu. Dei outro meio passo com o outro pé. O focinho seguiu. Então dei um passo lento, muito lento. Então outro. Então fiquei parado. O focinho estava fora. E ele simplesmente ficou lá

CORRO COM A CAÇA

olhando para mim. Talvez nunca tivesse cheirado nada parecido e não soubesse bem o que fazer.

Afastei-me silenciosamente.

[Trecho do romance *Cartas na rua*, 1971]

o pior e o melhor

nos hospitais e cadeias
é o pior
no hospício
é o pior
nas coberturas
é o pior
nas espeluncas da sarjeta
é o pior
nas leituras de poesia
nos concertos de rock
nos benefícios para pessoas com deficiência
é o pior
nos funerais
nos casamentos
é o pior
nos desfiles
nos rinques de patinação
nas orgias sexuais
é o pior
à meia-noite
às três da manhã

BUKOWSKI

às 17h45
é o pior

cair pelo céu
pelotões de fuzilamento
é o melhor

pensar na Índia
olhar barracas de pipocas
ver o touro pegar o matador
é o melhor

lâmpadas encaixotadas
um velho cão a se coçar
amendoins em um saco de celuloide
é o melhor

espirrar veneno em baratas
um novo par de meias
instinto natural derrotando talento natural
isso é o melhor

na frente de pelotões de fuzilamento
jogar migalhas para gaivotas
fatiar tomates
isso é o melhor

tapetes queimados de cigarro
rachaduras nas calçadas
garçonetes ainda sãs
isso é o melhor

minhas mãos mortas
meu coração morto
silêncio
adágio de pedras
o mundo em chamas
isso é o melhor
para mim.

O carteiro favorito de Stone era Matthew Battles. Battles nunca chegava com a camisa amassada. Na verdade, tudo o que ele vestia era novo, parecia novo. Os sapatos, as gravatas, as calças, o boné. Os sapatos dele realmente brilhavam e nenhuma de suas roupas parecia ter sido lavada. Assim que uma camisa ou um par de calças ficasse um pouquinho sujo, ele os jogava fora.

Com frequência Stone nos dizia enquanto Matthew passava:

— Olha, *isso, sim*, é um carteiro!

E Stone falava sério. Os olhos dele quase faiscavam de amor.

E Matthew ficava em seu compartimento, ereto e limpo, arrumado e bem dormido, sapatos brilhando de modo vitorioso, e ele espalhava aquelas cartas em seus compartimentos com alegria.

— Você é um carteiro de verdade, Matthew!

— Obrigado, sr. Jonstone!

Uma vez às cinco da manhã entrei e me sentei para esperar atrás de Stone. Ele parecia um pouco encurvado naquela camisa vermelha.

Moto estava ao meu lado. Ele me disse:

— Eles pegaram Matthew ontem.

— Pegaram?

BUKOWSKI

— É, por roubar da correspondência. Ele andou abrindo cartas para o Templo Nekalayla e tirando dinheiro. Depois de quinze anos no emprego.

— E como pegaram ele, como descobriram?

— As velhas. As velhas andaram mandando cartas cheias de dinheiro para Nekalayla e não recebiam cartas de agradecimento. Nekalayla avisou os Correios, e os Correios colocaram a Vigilância de olho no Matthew. Pegaram ele abrindo cartas no banheiro, tirando a grana.

— Sério?

— Estou falando sério. Pegaram ele em plena luz do dia.

Eu me recostei.

Nekalayla tinha construído esse grande templo e o pintado de um verde doentio, acho que o lembrava de dinheiro, e ele tinha uma equipe de trinta ou quarenta pessoas que não faziam nada além de abrir envelopes, tirar cheques e dinheiro, registrar a quantia, o remetente, data de recebimento e assim por diante. Outros estavam ocupados enviando livros e panfletos escritos por Nekalayla, e a foto dele estava na parede, uma foto grande de N. em vestes sacerdotais e barba, e uma pintura de N., muito grande também, de frente para o escritório, observando.

Nekalayla afirmou que certa vez estava caminhando pelo deserto quando conheceu Jesus Cristo, e Jesus Cristo lhe contou tudo. Eles se sentaram juntos em uma pedra, e J.C. falou tudo para ele. Agora estava passando os segredos para aqueles que podiam pagar. Ele também fazia um serviço todos os domingos. Seus ajudantes, que também eram seus seguidores, batiam ponto.

Imagine Matthew Battles tentando passar a perna em Nekalayla, que havia encontrado Cristo no deserto!

— Alguém falou alguma coisa para o Stone? — perguntei.

— Tá *brincando*?

CORRO COM A CAÇA

Ficamos sentados por mais ou menos uma hora. Um substituto foi enviado para o lugar de Matthew. Outros substitutos receberam outros trabalhos. Fiquei sozinho sentado atrás de Stone. Então me levantei e fui até a mesa dele.

— Sr. Jonstone?

— Sim, Chinaski?

— Cadê o Matthew? Doente?

A cabeça do Stone baixou. Ele olhou para o papel na mão dele e fingiu que continuava a ler. Voltei e me sentei.

Às sete da manhã, Stone se virou.

— Não tem nada para você hoje, Chinaski.

Eu me levantei e fui até a porta. Parei no batente.

— Tchau, sr. Jonstone. Tenha um bom dia.

Ele não respondeu. Fui até a loja de bebidas e comprei um quarto de litro de Grandad para o café da manhã.

As vozes das pessoas eram as mesmas, não importava para onde você levasse a correspondência, ouvia as mesmas coisas repetidas vezes.

— Está atrasado, não está?

— Onde está o carteiro de sempre?

— Oi, Tio Sam!

— Carteiro! Carteiro! Isso não é daqui!

As ruas estavam cheias de pessoas insanas e chatas. A maioria delas morava em belas casas e não parecia trabalhar, e você se perguntava como elas faziam isso. Havia um cara que não permitia que você colocasse a correspondência na caixa dele. Ele ficava na entrada e observava você vindo por dois ou três quarteirões e ficava ali e estendia a mão.

Perguntei a alguns dos outros que tinham feito a rota:

— Qual é o problema daquele cara que fica lá e estende a mão?

— Que cara que fica lá e estende a mão? — perguntaram eles. Todos também tinham a mesma voz.

Um dia, quando estava na rota, o homem-que-estende-a-mão estava a meio quarteirão de distância. Ele estava conversando com um vizinho, olhou para mim a mais de um quarteirão de distância e viu que tinha tempo para andar de volta e me encontrar. Quando ele virou as costas para mim, comecei a correr. Não acho que algum dia entreguei a correspondência tão rápido, só passadas e movimento, sem nunca parar ou fazer uma pausa, eu ia matá-lo. Estava com a carta pela metade na abertura da caixa de correio dele quando ele se virou e me viu.

— *Ah, não, não, não!* — gritou ele. — *Não coloque na caixa!*

Ele correu pela rua em minha direção. Tudo o que vi foi o borrão dos pés dele. Ele deve ter corrido noventa metros em nove segundos e dois centésimos.*

Coloquei a carta na mão dele. Vi enquanto ele a abriu, atravessou a varanda, abriu a porta e entrou em casa. O que isso significava, alguém terá que me dizer.

Mais uma vez eu estava em uma nova rota. Stone sempre me colocava em rotas difíceis, mas de vez em quando, devido às circunstâncias das coisas, ele era forçado a me colocar em um caminho menos assassino. A rota quinhentos e onze estava indo muito bem, e lá estava eu pensando no *almoço* de novo, o almoço que nunca vinha.

Era um bairro residencial médio. Sem prédios. Somente casa após casa, com gramados bem-cuidados. Mas era uma rota

---

* Quando Bukowski publicou *Cartas na rua*, em 1971, esse era o recorde olímpico de corrida curta (prova que viria a ser substituída pelos 100 metros rasos). O recordista era um estadunidense, Frank Budd. [*N.E.*]

nova, e eu me perguntei onde estava a pegadinha. Até o tempo estava bom.

Por Deus, pensei, *vou conseguir! Almoço, e de volta ao roteiro!* A vida, por fim, era suportável.

Aquelas pessoas nem tinham cachorros. Ninguém ficava fora de casa esperando pelo correio. Não ouvi uma voz humana em horas. Talvez tivesse alcançado minha maturidade postal, o que quer que isso significasse. Eu segui andando, eficiente, quase dedicado.

Eu me lembrei de um dos carteiros mais velhos apontando para o coração e me dizendo:

— Chinaski, um dia isso vai pegar você, vai pegar você bem *aqui*!

— Ataque cardíaco?

— Dedicação ao serviço. Você vai ver. Vai ter orgulho disso.

— Besteira!

Mas o homem tinha sido sincero.

Pensei nele enquanto andava.

Então tinha uma carta registrada com aviso de recebimento.

Fui e toquei a campainha. Uma janelinha se abriu na porta. Não conseguia ver o rosto.

— Carta registrada!

— Vá para trás — disse uma voz de mulher. — Vá para trás para eu poder ver o seu rosto.

Bem, aí estava, pensei, *outra maluca.*

— Olha, senhora, não *precisa* ver o meu rosto. Vou só deixar o registro na caixa de correio e pode pegar a sua carta na estação. Traga identificação.

Coloquei o registro na caixa de correio e comecei a sair da varanda.

BUKOWSKI

A porta se abriu e ela saiu correndo. Usava uma dessas camisolas transparentes sem sutiã. Só calcinha azul-escura. O cabelo estava despenteado e de pé, como se tentasse fugir dela. Tinha algum tipo de creme no rosto dela, a maior parte debaixo dos olhos. A pele do corpo era branca como se nunca tivesse visto a luz do sol, e o rosto dela tinha uma aparência doentia. A boca estava aberta. Tinha um toque de batom, e o corpo era todo *bem-feito...*

Vi tudo isso enquanto ela corria para mim. Eu estava colocando a carta registrada de volta na sacola.

Ela gritou:

— Me dê a minha carta!

Eu disse:

— Senhora, você vai precisar...

Ela pegou a carta e correu para a porta, a abriu e entrou correndo.

Puta merda! Você não podia voltar sem a carta registrada ou a assinatura! Você até precisava assinar que tinha retirado e trazido as coisas.

— *Ei!*

Eu fui atrás dela e enfiei o pé na porta bem em tempo.

— *Ei! Puta merda, você aí!*

— Vá embora! Vá embora! Você é um homem mau!

— Veja, senhora, tente entender! Precisa assinar para receber essa carta! Não posso deixar você ficar com ela assim! Está roubando os correios dos Estados Unidos!

— Vá embora, homem mau!

Coloquei o peso contra a porta e empurrei para dentro do cômodo. Estava escuro ali. Todas as persianas estavam fechadas. Todas as persianas da casa estavam fechadas.

— *Você não tem o direito de entrar na minha casa! Saia!*

— E você não tem direito de roubar os correios! Ou me devolva a carta ou assine para recebê-la. Aí vou embora.

— Certo! Certo! Vou assinar.

Mostrei a ela onde assinar e lhe dei uma caneta. Olhei para os peitos e o resto dela e pensei, que pena que é louca, que pena, que pena.

Ela me devolveu a caneta e a assinatura — tinha sido apenas rabiscada. Ela abriu a carta, começou a ler enquanto me virei para ir embora.

Então ela estava na frente da porta, os braços abertos. A carta estava no chão.

— Homem mau, mau, mau! Você veio aqui para me estuprar!

— Escute, senhora, me deixe passar.

— *Há maldade estampada na sua cara!*

— Acha que não sei disso? Agora me deixe sair daqui!

Com uma mão, tentei empurrá-la para o lado. Ela arranhou um lado da minha cara, com força. Derrubei a bolsa, meu boné caiu e, enquanto eu segurava um lenço sobre o sangue, ela veio e arranhou o outro lado.

— *Sua vagabunda! Qual é o seu problema?*

— Viu? Viu? Você é mau!

Ela estava encostada em mim. Eu a agarrei pela bunda e coloquei a boca na dela. Aqueles seios se apertavam em mim, ela se apertava toda em mim. Ela afastou a cabeça.

— Estuprador! Estuprador! Estuprador malvado!*

---

* Essa cena é inteiramente descrita como uma fantasia de estupro da parte da mulher (ela "levanta bem as pernas" no final), e a desculpa de Chinaski de "não conseguir se conter" é só mais uma ação questionável da parte dele. No entanto, por ser narrado em primeira pessoa pelo ponto de vista do próprio Chinaski, vale questionar se é uma narração confiável, podendo muito bem ter sido um estupro de fato. [N.E.]

Eu desci a boca, peguei uma das tetas, então mudei para a outra.

— Estupro! Estupro! Estou sendo estuprada!

Ela estava certa. Baixei a calcinha dela, baixei meu zíper, enfiei, então andei com ela para trás até o sofá. Caímos sobre ele.

Ela levantou bem as pernas.

— *Estupro!* — gritou ela.

Terminei, fechei a braguilha, peguei minha sacola de correspondência e saí, deixando-a a olhar em silêncio para o teto.

Perdi o almoço, mas ainda assim não conseguiria manter o horário.

— Você está quinze minutos atrasado — disse Stone.

Eu não respondi.

Então Stone me olhou.

— Deus do céu, o que aconteceu com a sua cara? — perguntou ele.

— O que aconteceu com a sua? — indaguei a ele.

— Do que você tá falando?

— Esquece.

[Trecho do romance *Cartas na rua*, 1971]

um casal adorável

eu precisava cagar
mas em vez disso fui
nessa loja para
mandar fazer uma chave.

CORRO COM A CAÇA

a mulher estava vestida de
xadrezinho e cheirava
como um rato-almiscarado.
"Ralph", ela berrou
e um porco velho de
camisa florida e
sapatos tamanho 36, o
marido dela, veio e
ela disse: "esse homem
quer uma chave".
ele começou a esmerilhar
como se não tivesse
realmente vontade.
havia sorrateiras
sombras e urina
no ar.
eu percorri o
balcão de vidro,
apontei e falei
para ela,
"aqui, eu quero
esse".
ela passou para
mim: um canivete
em um estojo
roxo-claro.
6,50 mais imposto.
a chave não custou
praticamente
nada.
peguei meu troco e

saí para

a rua.

às vezes você precisa

de pessoas assim.

———

Depois de três anos, tornei-me "regular". Isso significava férias remuneradas (os substitutos não recebiam férias) e uma semana de quarenta horas com dois dias de folga. Stone também foi forçado a me designar como reforço para cinco rotas diferentes. Isso é tudo que eu tinha para entregar — cinco rotas diferentes. Com o tempo, aprenderia bem cada uma, além de seus atalhos e armadilhas. Cada dia seria mais fácil. Eu poderia começar a cultivar aquele visual confortável.

De algum modo, eu não estava muito feliz. Não era um homem que buscava dor de forma deliberada, o trabalho ainda era novidade o suficiente, mas de algum modo não tinha mais o velho glamour dos meus dias de substituto — o não-saber-que-merda ia acontecer a seguir.

Alguns carteiros regulares vieram e apertaram minha mão.

— Parabéns — disseram eles.

— É — falei.

Parabéns pelo quê? Eu não tinha feito nada. Agora era membro do clube. Era um dos rapazes. Poderia ficar ali por anos, finalmente pedir minha própria rota. Receber presentes de Natal de minha família. E, quando eu telefonasse dizendo que estava doente, iam dizer a algum pobre filho da puta substituto:

— Cadê o cara *regular* hoje? Está atrasado. O cara regular nunca atrasa.

Então ali estava eu. Aí saiu um comunicado que dizia que nenhum boné ou equipamento deveria ser colocado em cima

CORRO COM A CAÇA

da caixa do entregador. A maioria dos rapazes colocava o boné ali. Não causava dano algum e evitava uma ida até o vestiário. Agora, depois de três anos colocando o boné ali, recebia a ordem de não fazer isso.

Bem, ainda ia trabalhar de ressaca e não tinha coisas como bonés na mente. Então meu boné foi lá para cima no dia seguinte depois que a ordem fora dada.

Stone veio correndo com sua advertência escrita. Dizia que era contra as regras e regulações colocar qualquer equipamento no topo da caixa. Eu coloquei a advertência no bolso e continuei separando as cartas. Stone ficou sentado girando na cadeira, me observando. Todos os outros carteiros haviam colocado os bonés nos armários. Exceto eu e outro, um Marty. E Stone fora até Marty e dissera:

— Agora, Marty, leia a ordem. O seu boné não pode ficar em cima da caixa.

— Ah, sinto muito, senhor. Hábito, sabe. Desculpe.

Marty tirou o boné de cima da caixa e correu para o armário lá embaixo com ele.

Na manhã seguinte, me esqueci de novo. Stone veio com sua advertência.

Dizia que era contra as regras e regulamentos ter qualquer equipamento em cima da caixa.

Eu coloquei a advertência no bolso e continuei a arrumar as cartas.

Na manhã seguinte, quando entrei, vi Stone me observando. Ele me observava de um modo bastante deliberado. Estava esperando para ver o que eu faria com o boné. Fiz com que ele esperasse um pouco. Então tirei o boné de o coloquei em cima da caixa.

Stone correu com sua advertência.

Eu não a li. Joguei-a no lixo, deixei o boné lá em cima e continuei a separar a correspondência.

Ouvia Stone em sua máquina de escrever. Havia ódio no som das teclas.

Imagino como ele conseguiu aprender a datilografar, pensei.

Ele veio de novo. Passou uma segunda advertência.

Olhei para ele.

— Não tenho que ler isso. Já sei o que diz. Diz que não li a primeira advertência.

Joguei a segunda advertência no lixo.

Stone voltou correndo para sua máquina de escrever.

Ele me passou uma terceira advertência.

— Olha — falei —, sei o que todas essas coisas dizem. A primeira advertência foi por colocar o boné em cima da caixa. A segunda foi por não ler a primeira. E a terceira é por não ter lido a primeira nem a segunda advertência.

Olhei para ele e então joguei a advertência no cesto de lixo sem ler.

— Agora, posso jogar essas coisas fora tão rápido quanto você consegue datilografá-las. Pode continuar por horas, e logo um de nós vai começar a parecer ridículo. Depende de você.

Stone voltou para a mesa e sentou-se. Ele não datilografou mais. Só ficou sentado olhando para mim.

Não fui no dia seguinte. Dormi até meio-dia. Não telefonei. Então fui ao Edifício Federal. Disse qual era minha missão. Eles me colocaram na frente de uma mesa com uma mulher magra. O cabelo dela era grisalho e ela tinha um pescoço muito fino que se dobrava de repente no meio. Isso empurrava a cabeça dela para a frente, e ela me olhou por cima dos óculos.

— Sim?

— Quero pedir demissão.

— Pedir *demissão*?

— Isso, demissão.

— E você é um carteiro regular?

— Sou — falei.

— Tsc, tsc, tsc, tsc, tsc, tsc. — Ela fez o som de reprovação com os lábios secos.

Ela me deu os documentos apropriados e me sentei ali, preenchendo-os.

— Há quanto tempo está nos correios?

— Três anos e meio.

— Tsc, tsc, tsc, tsc, tsc, tsc, tsc, tsc. — Ela fez. — Tsc, tsc, tsc, tsc.

E assim foi. Dirigi de volta para casa e Betty e eu abrimos a garrafa.

Mal sabia eu que em alguns anos eu estaria de volta como barman, e que atenderia, todo encolhido em um banco, por quase doze anos.

[Trecho do romance *Cartas na rua*, 1971]

o dia em que chutei um financiamento

e, eu disse, pode pegar seus tios e tias ricos
e avôs e pais
e todo o seu petróleo nojento
e os seus sete lagos
e o seu peru selvagem
e o búfalo
e todo o estado do Texas,

BUKOWSKI

quer dizer, seus tiroteios em corvos
e seus calçadões de sábado à noite,
e sua biblioteca barata
e seus vereadores corruptos
e seus artistas maricas —
pode pegar todos esses
e seu jornal semanal
e seus tornados famosos,
e suas enchentes imundas
e seus gatos que uivam
e sua assinatura da *Time*
e enfiar tudo lá, meu bem,
enfiar tudo lá.

consigo usar uma picareta e um machado de novo (acho)
e posso conseguir
vinte e cinco pratas em uma luta de quatro rounds (talvez);
claro, tenho 38
mas um pouco de tinta pode tirar o cinza
do meu cabelo;
e ainda consigo escrever um poema (às vezes),
não se esqueça *disso*, e mesmo se
eles não dão dinheiro,
é melhor que esperar pela morte e pelo petróleo,
e atirar em perus selvagens
e esperar que o mundo
comece.

Tá certo, vagabundo, disse ela,
cai fora.

Quê?, eu disse.

CORRO COM A CAÇA

Cai fora. Você deu seu
último chilique.
Cansei dos seus malditos chiliques:
você está sempre atuando como
um personagem em uma peça do O'Neill.*

Mas eu sou diferente, querida
não consigo
evitar.

Você é diferente, sim!
Deus, como é diferente!
Não bata
a porta
quando sair.

Mas, querida, eu *amo* seu
dinheiro!

Você nunca disse
que me amava!

O que você quer
um mentiroso ou um
amante?

Você não é nenhum! Fora, vagabundo,
fora!

---

* Eugene O'Neill (1888-1953) foi um dramaturgo estadunidense, autor da
famosa peça *Longa jornada noite adentro*. [N.E.]

...mas querida!

Volte para O'Neill!

Fui para a porta,
fechei-a com cuidado e fui embora,
pensando: tudo o que querem
é um índio de madeira
para dizer sim ou não
e ficar ao lado da lareira e
não causar muitos problemas;
mas você está virando
um velho, garoto;
da próxima vez
esconda o
jogo.

No Natal recebi Betty. Ela assou um peru e bebemos. Betty sempre gostara de árvores de Natal enormes. Devia ter dois metros de altura, com a metade disso de largura, coberta de luzes, bolas, festão, várias porcarias. Bebemos um litro de uísque, fizemos amor, comemos nosso peru, bebemos mais. O prego no suporte estava frouxo e o suporte não era grande o suficiente para segurar a árvore. Eu ficava endireitando aquilo. Betty se esticou na cama, desmaiada. Eu estava bebendo no chão, de calção. Então me estiquei. Fechei os olhos. Alguma coisa me acordou. Abri os olhos. Bem a tempo de ver a árvore enorme coberta de lâmpadas quentes curvar-se lentamente na minha direção, a estrela pontuda descendo como um punhal. Eu não sabia bem o que era. Parecia o fim do mundo.

Não conseguia me mexer. Os braços da árvore me envolveram. Eu estava debaixo dela. As lâmpadas estavam bem quentes.

— Ah. *Ah, Jesus Cristo, misericórdia! Senhor, me ajude! Jesus! Jesus! Socorro!*

As lâmpadas me queimavam. Rolei para a esquerda, não consegui sair, então rolei para a direita.

— *Iaaau!*

Finalmente rolei para fora. Betty estava de pé, parada ali.

— O que aconteceu? O que é isso?

— *Não está vendo? Aquela árvore maldita tentou me assassinar!*

— Quê?

— *Isso, olhe para mim!*

Eu tinha manchas vermelhas sobre o corpo todo.

— Ah, *pobrezinho!*

Andei até lá e puxei a tomada da parede. As luzes se apagaram. A coisa estava morta.

— Ah, minha pobre árvore!

— Sua pobre árvore?

— Isso, estava *tão* bonita!

— Vou colocar de pé de manhã. Não confio nela agora. Vou dar a ela o resto da noite de folga.

Ela não gostou. Percebi uma discussão se aproximando, então coloquei a coisa atrás de uma cadeira e liguei as luzes de novo. Se aquela coisa tivesse queimado as tetas ou a bunda dela, ela teria jogado pela janela. Achei que estava sendo gentil.

Vários dias depois do Natal parei para ver Betty. Ela estava sentada no quarto, bêbada, às oito e quarenta e cinco da manhã. Ela não parecia bem, mas até aí eu também não. Aparentemente cada inquilino havia dado uma garrafa a ela. Havia vinho, vodca, uísque, scotch. As marcas mais baratas. As garrafas enchiam o quarto dela.

— Aqueles idiotas! Não sabem de *nada*? Se beber tudo isso, vai te matar!

Betty apenas olhou para mim. Vi tudo naquele olhar.

Ela tinha dois filhos que nunca vinham visitá-la, nunca escreviam para ela. Era arrumadeira em um hotel barato. Quando a conheci, suas roupas eram caras, tornozelos esbeltos sobre sapatos caros. Tinha a carne firme, era quase bela. Olhos vivos. Risonha. Vinda de um marido rico, divorciada dele, e ele morreria em um acidente de carro, queimado, em Connecticut.

— Você nunca vai domá-la — me disseram.

Ali estava ela. Mas eu tinha tido ajuda.

— Escuta — falei —, preciso levar essa coisa. Quer dizer, eu te dou uma garrafa de volta de vez em quando. Não vou beber.

— Deixe as garrafas — disse Betty.

Ela não olhou para mim. O quarto dela ficava no andar de cima, e ela estava sentada à janela olhando o trânsito da manhã.

Fui até ela.

— Olha, estou cansado. Preciso ir embora. Mas, pelo amor de Deus, pegue leve com essa coisa!

— Claro — respondeu ela.

Eu me inclinei e dei um beijo de despedida nela.

Uma semana e meia depois eu passei lá de novo. Não houve resposta para minha batida.

— Betty! Betty! Você está bem?

Virei a maçaneta. A porta estava aberta. A cama estava virada. Havia uma grande mancha de sangue no lençol.

— Ah, merda! — falei.

Olhei ao redor. Todas as garrafas haviam sumido.

Então olhei para o lado. Havia uma francesa de meia-idade que era a proprietária do lugar. Ela estava na porta.

— Ela está no Hospital Geral do Condado. Estava muito doente. Chamei a ambulância na noite passada.

— Ela bebeu tudo aquilo?

— Teve ajuda.

Desci as escadas correndo e entrei em meu carro. Então estava lá. Conhecia bem o lugar. Eles me disseram o número do quarto.

Havia três ou quarto camas em um quarto minúsculo. Uma mulher estava sentada na dela do outro lado, mastigando uma maçã e rindo com duas visitantes. Puxei a cortina em torno da cama de Betty, me sentei no banco e me curvei sobre ela.

— Betty! Betty!

Toquei o braço dela.

— Betty!

Os olhos dela se abriram. Eram belos novamente. Azul calmo e vivo.

— Sabia que seria você — disse ela.

Então ela fechou os olhos. Os lábios dela estavam ressecados. Havia saliva amarela endurecida no canto esquerdo da boca. Peguei um pano e limpei. Limpei o rosto, as mãos e a garganta dela. Peguei outro pano e espremi um pouco de água na língua dela. Então um pouco mais. Molhei os lábios dela. Alisei o cabelo dela. Ouvi as mulheres rindo através dos lençóis que nos separavam.

— Betty, Betty, Betty. Por favor, quero que beba um pouco de água, só um gole, não muito, só um gole.

Ela não respondeu. Tentei por dez minutos. Nada.

Mais baba se formou na boca dela. Limpei.

Então me levantei e puxei a cortina de volta. Olhei para as três mulheres.

Saí e falei com a enfermeira na recepção.

— Escute, por que não há nada sendo feito por aquela mulher na 45-c? Betty Williams.

— Estamos fazendo tudo o que podemos, senhor.

— Mas não tem ninguém lá.

— Fazemos rondas regulares.

— Mas onde estão os médicos? Não vejo médico algum.

— O médico a examinou, senhor.

— Por que só deixam ela lá deitada?

— Fizemos tudo o que podíamos, senhor.

— *Senhor! Senhor! Senhor! Esquece essa coisa de "senhor", beleza?* Aposto que, se fosse o presidente ou governador ou prefeito ou algum filho da puta rico, ia ter médicos naquele quarto inteiro fazendo alguma coisa. Por que vocês simplesmente deixam eles morrerem? Qual o pecado em ser pobre?

— Eu lhe disse, senhor, que fizemos *tudo* o que podíamos.

— Vou voltar em duas horas.

— O senhor é o marido?

— Fui companheiro dela.

— Podemos ficar com o seu nome e número de telefone?

Eu os informei, então saí apressado.

O enterro seria às dez e meia da manhã, mas já estava quente. Eu estava com um terno preto barato, comprado e ajustado às pressas. Era meu primeiro terno novo em anos. Eu tinha localizado o filho. Nós dirigimos no novo Mercedes-Benz dele. Eu o tinha localizado com a ajuda de um pedaço de papel com o endereço do sogro dele. Duas chamadas de longa distância e eu o encontrei. Quando ele chegou, a mãe estava morta. Ela morreu enquanto eu fazia as ligações. O garoto, Larry, nunca se encaixou na sociedade. Ele tinha o hábito de roubar carros de amigos, mas, entre os amigos e o juiz, conseguiu se safar. Então o Exército o pegou e, de alguma forma, ele entrou em um programa de treinamento e, quando saiu, conseguiu um emprego bem remunerado. Foi quando parou de ver a mãe, quando conseguiu aquele bom emprego.

— Onde está a sua irmã? — perguntei a ele.

— Não sei.

— É um belo carro. Nem se escuta o motor.

Larry sorriu. Ele gostou daquilo.

Só íamos três ao enterro: o filho, o amante e a irmã retardada* da dona do hotel. O nome dela era Marcia. Marcia nunca dizia nada. Apenas ficava sentada com um sorriso fútil nos lábios. A pele era branca como esmalte. Ela tinha um topete de cabelo amarelo sem vida e um chapéu que não cabia. Marcia havia sido enviada pela dona em seu lugar. A proprietária tinha que vigiar o hotel.

É claro que eu estava com uma ressaca forte. Paramos para tomar café.

Já houvera problemas com o funeral. Larry teve uma discussão com o padre católico. Havia alguma dúvida de que Betty era católica de verdade. O padre não quis fazer o serviço. Finalmente foi decidido que ele faria meio serviço. Bem, metade de um serviço era melhor do que nenhum.

Tivemos até problemas com as flores. Eu tinha comprado uma coroa de rosas, rosas sortidas, e elas foram transformadas em uma coroa. A floricultura passou uma tarde fazendo isso. A senhora da floricultura conhecia Betty. Elas haviam bebido juntas alguns anos antes, quando Betty e eu tínhamos a casa e o cachorro. Delsie, era o nome dela. Eu sempre quis transar com Delsie, mas nunca consegui.

---

* O termo usado no original, *subnormal* (anormal, em tradução direta), era uma forma antiga e pejorativa de se referir a pessoas com deficiência intelectual. Nesta edição, optou-se por usar o termo "retardada" para manter o tom de capacitismo (preconceito contra pessoas com deficiência) presente no texto original. [N.E.]

Delsie havia me telefonado.

— Hank, qual o *problema* daqueles filhos da puta?

— Que filhos da puta?

— Aqueles caras no necrotério.

— O que aconteceu?

— Bem, mandei o menino com o caminhão para entregar a sua coroa e não quiseram deixar ele entrar. Disseram que estavam fechados. Sabe, é um caminho longo até lá.

— É, Delsie?

— Então por fim deixaram o menino colocar as flores para dentro da porta, mas não deixaram ele colocar na geladeira. Então o menino precisou deixá-las dentro da porta. Qual é o problema dessas pessoas, porra?

— Não sei. Qual o problema das pessoas em qualquer lugar.

— Não vou conseguir ir ao funeral. Você está bem, Hank?

— Por que não passa para me consolar?

— Eu precisaria levar o Paul.

Paul era o marido dela.

— Esquece.

Então ali estávamos nós a caminho de meio funeral.

Larry levantou os olhos do café.

— Vou escrever para você sobre a lápide depois. Não tenho mais dinheiro agora.

— Certo — falei.

Larry pagou pelos cafés, então saímos e entramos na Mercedes-Benz.

— Espere um minuto — pedi.

— O que foi? — perguntou Larry.

— Acho que esquecemos alguma coisa.

Andei de volta até o café.

— Marcia.

Ela ainda estava sentada à mesa.

— Estamos indo embora agora, Marcia.

Ela se levantou e me seguiu.

[Trecho do romance *Cartas na rua*, 1971]

para jane: com todo o amor que eu tinha, que não foi o suficiente:—

pego a saia
pego as contas brilhantes
pretas,
essa coisa que um dia se movia
em torno de carne,
e chamo deus de mentiroso
digo que qualquer coisa que se movia
daquele jeito
ou sabia
meu nome
nunca poderia morrer
na veracidade comum de morrer,
e pego
o belo
vestido,
toda a beleza dela desaparecida,
e falo
com todos os deuses,
deuses judaicos, deuses-Cristo,

pedaços de coisas piscantes,
ídolos, pílulas, pão,
braças, riscos,
rendição instruída,
ratos no molho de dois enlouquecidos
sem uma chance,
conhecimento de beija-flor, chance de beija-flor
eu me curvo sobre isso
eu me curvo sobre tudo isso
e sei:
o vestido dela em meu braço:
mas
não vão
trazê-la de volta para mim.

para jane

duzentos e vinte e cinco dias debaixo da grama
e você sabe mais do que eu.

tiraram seu sangue faz tempo,
você é uma vareta seca em uma cesta.

é assim que funciona?

neste quarto
as horas do amor
ainda fazem sombras.

quando você partiu
levou quase
tudo.

ajoelho nas noites
diante de tigres
que não me deixam em paz.
o que você foi
não acontecerá de novo.

os tigres me encontraram
e eu não me importo.

provo as cinzas da sua morte

as flores sacodem
água repentina
por minha manga,
água repentina
fria e limpa
como neve —
conforme as espadas
de caules afiados
se enfiam
no seu peito
e as rochas
doces e selvagens
saltam
e
nos aprisionam.

BUKOWSKI

Então desenvolvi um novo sistema no hipódromo. Tirei três mil dólares em um mês e meio enquanto ia às corridas apenas duas ou três vezes por semana. Comecei a sonhar. Vi uma casinha na praia. Eu me vi em roupas finas, calmo, levantando-me pelas manhãs, entrando em meu carro importado, indo devagar para a pista. Vi vagarosamente jantares de filé, precedidos e seguidos por boas bebidas geladas em copos coloridos. A gorjeta grande. O charuto. E as mulheres que quisesse. É fácil cair nesse tipo de pensamento quando homens lhe dão notas altas pela janela do caixa. Quando em uma corrida de seis furlongs,* digamos em um minuto e nove segundos, você ganha um mês de pagamento.

Então fui ao escritório do superintendente de operações. Ele estava em sua mesa. Eu tinha um charuto na mão e hálito de uísque. Eu me sentia endinheirado. Eu parecia endinheirado.

— Sr. Winters — falei —, os correios me trataram muito bem. Mas tenho interesses em negócios externos dos quais simplesmente preciso cuidar. Se não pode me dar uma licença, precisarei pedir demissão.

— Não lhe dei uma licença no começo do ano, Chinaski?

— Não, sr. Winters, o senhor rejeitou o meu pedido de licença. Dessa vez não pode haver rejeição. Ou vou me demitir.

— Certo, preencha o formulário e eu assino. Mas só posso te dar noventa dias de trabalho de licença.

— Aceito — falei, soltando uma grande linha de fumaça azul de charuto caro.

[Trecho do romance *Cartas na rua*, 1971]

---

* *Furlongs* é uma unidade de medida antiga que ainda é muito usada em corridas de cavalo. [*N.T.*]

CORRO COM A CAÇA

número seis

vou escolher o cavalo seis
em uma tarde chuvosa
um copo de papel de café
na mão
um pouco a seguir,
o vento rodopiando
pequenas cambaxirras de fora
do teto da arquibancada superior,
os atletas saindo
para a corrida de meia distância
silenciosos
e a chuva mansa tornando
tudo
ao mesmo tempo
quase semelhante,
os cavalos em paz uns
com os outros
antes da guerra bêbada
e estou sob a arquibancada
procurando
cigarros
me acomodando para o café,
então os cavalos passam
levando seus homenzinhos
embora —
é funéreo e gracioso
e alegre
como o desabrochar
de flores.

BUKOWSKI

De algum jeito o dinheiro sumiu depois disso e logo larguei a pista de corrida e fiquei sentado em meu apartamento esperando os noventa dias de licença acabarem. Meus nervos estavam sensíveis com a bebida e a ação. Não é novidade como as mulheres aparecem de repente na vida de um homem. Você acha que tem espaço para respirar, então olha para cima e lá está outra. Poucos dias depois de voltar ao trabalho, houve outra. Fay. Fay tinha cabelos grisalhos e sempre se vestia de preto. Ela disse que estava protestando contra a guerra. Mas, se Fay queria protestar contra a guerra, tudo bem para mim. Ela era uma espécie de escritora e foi a algumas oficinas de escritores. Tinha ideias sobre como Salvar o Mundo. Se ela podia Salvá-lo para mim, estaria tudo bem também. Ela vinha vivendo de cheques de pensão de um ex-marido — eles tinham três filhos —, e a mãe dela também mandava dinheiro de vez em quando. Fay não tinha tido mais do que um ou dois empregos na vida.

Enquanto isso, Janko tinha toda uma nova carga de abobrinha. Ele me mandava para casa toda manhã com a cabeça doendo. Na época, estava recebendo várias multas de trânsito. Parecia que toda vez que olhava no espelho retrovisor havia luzes vermelhas. Uma viatura ou uma moto.

Cheguei em casa tarde um dia. Estava realmente exausto. Tirar aquela chave e enfiá-la na porta era basicamente o que restava de mim. Entrei no quarto e ali estava Fay na cama lendo a *New Yorker* e comendo chocolates. Ela nem disse oi.

Entrei na cozinha e procurei alguma coisa para comer. Não havia nada na geladeira. Decidi me servir um copo de água. Fui até a pia. Estava coberta de lixo. Fay gostava de guardar potes vazios e tampas. Os pratos sujos tomavam metade da pia e, no

CORRO COM A CAÇA

topo da água, com uns poucos pratos de papel, flutuavam esses potes e tampas.

Voltei ao quarto bem quando Fay estava colocando um chocolate na boca.

— Olha, Fay — falei —, sei que você quer salvar o mundo. Mas não pode começar na cozinha?

— As cozinhas não são importantes — disse ela.

Era difícil bater em uma mulher de cabelos grisalhos, então simplesmente fui ao banheiro e deixei a água encher a banheira. Um banho fervendo pode esfriar os nervos. Quando a banheira encheu, fiquei com medo de entrar. Meu corpo dolorido tinha, àquela altura, endurecido a tal ponto que tive medo de me afogar ali.

Entrei na sala da frente e, com dificuldade, consegui tirar a camisa, a calça, os sapatos, as meias. Entrei no quarto e subi na cama ao lado de Fay. Eu não conseguia ficar confortável. Cada vez que me mexia, isso me custava.

A única vez que está sozinho, Chinaski, pensei, é quando está dirigindo para o trabalho ou voltando.

Finalmente consegui me colocar em uma posição de bruços. Eu doía por inteiro. Logo estaria de volta ao trabalho. Se conseguisse dormir, ajudaria. De vez em quando eu podia ouvir uma página virada, o som de chocolates sendo comidos. Tinha sido uma das noites de oficina de escritores dela. Se ao menos ela apagasse as luzes.

— Como foi a oficina? — perguntei de bruços.

— Estou preocupada com o Robby.

— Ah — falei —, qual o problema?

Robby era um cara de quase quarenta anos que morou com a mãe a vida toda. Tudo o que ele escreveu, segundo me disseram, foram histórias terrivelmente engraçadas sobre a Igreja Católica.

BUKOWSKI

Robby realmente descia o pau nos católicos. As revistas simplesmente não estavam prontas para Robby, embora ele já tivesse sido publicado uma vez em um jornal canadense. Eu tinha visto Robby uma vez em uma das minhas noites de folga. Levei Fay até uma mansão onde todos liam suas coisas uns para os outros.

— Ah! Lá está Robby! — havia dito Fay. — Ele escreve essas histórias muito engraçadas sobre a Igreja Católica!

Ela apontou. Robby estava de costas para nós. A bunda dele era larga, grande e mole; pendia em suas calças. *Eles não estão vendo isso?*, pensei.

— Não vai entrar? — perguntara Fay.

— Talvez na semana que vem...

Fay colocou outro chocolate na boca.

— O Robby está preocupado. Perdeu o emprego no caminhão de entregas. Diz que não consegue escrever sem emprego. Precisa de um sentimento de segurança. Ele diz que não vai conseguir escrever até encontrar outro emprego.

— Ah, inferno — praguejei —, posso arrumar outro emprego para ele.

— Onde? Como?

— Estão contratando nos correios, em todo lugar. O salário não é ruim.

— *Os correios? O Robby é muito sensível para trabalhar nos correios!*

— Desculpe — falei —, achei que valia a pena tentar. Boa noite.

Fay não respondeu. Ela estava brava.

[Trecho do romance *Cartas na rua*, 1971]

a mulher dele, a pintora

Há esboços nas paredes de homens e mulheres e patos,
e lá fora um grande ônibus verde desvia pelo tráfego como
insanidade brotada de uma linha tremulante; Turguêniev,
    Turguêniev,
diz o rádio, e Jane Austen, Jane Austen também.

"Vou fazer o retrato dela no dia 28, enquanto você está
no trabalho."

Ele está quase gordo e anda constantemente, ele
desperdiça; eles o pegaram; estão comendo seu interior como
mosca na teia, e seus olhos estão injetados de raiva-medo.

Ele sente o ódio e o descarte do mundo, mais afiados que
sua lâmina, e sua intuição pende como um pólipo molhado; e ele
decide que está derrotado tentando tirar a
barba presa na lâmina na água (como a vida), não está quente o
    suficiente.

Daumier. Rue Transnonain, le 15 Avril, 1843. (Litografia.)
Paris, Bibliothèque Nationale.

"Ela tem um rosto diferente do de qualquer mulher que já vi."

"O que é isso? Um caso de amor?"

"Idiota. Não posso amar uma mulher. Além disso, ela está
    grávida."

Posso pintar — uma flor comida por uma cobra; aquela luz do
    sol é uma
mentira; e aqueles mercados cheiram a sapatos e meninos nus
    vestidos.
e debaixo de tudo algum rio, alguma batida, alguma virada que
sobe pela beira das minhas têmporas e morde trago-atordoante...
homens dirigem carros e pintam suas casas,
mas eles são loucos; homens sentam-se em barbeiros, compram
    chapéus.

Corot. Lembrança de Mortefontaine.
Paris, Louvre.

"Preciso escrever a Kaiser, embora ache que ele é homossexual."

"Ainda está lendo Freud?"

"Página 229."

Ela fez um chapeuzinho e ele prendeu dois fechos sob um
braço, esticando-o da cama como uma grande antena da
lesma, e ela foi para a igreja, e ele pensou agora eu tenho
tempo e o cachorro.
Sobre igreja: o problema com uma máscara é que ela
nunca muda.

Tão rudes as flores que crescem e não crescem belas.
Tão mágica a cadeira no pátio que não sustenta pernas
e barriga e braço e pescoço e boca que morde o
vento como o fim de um túnel.

Ele se virou na cama e pensou: estou procurando algum
segmento no ar. Ele flutua sobre a cabeça das pessoas.
Quando chove nas árvores ele fica entre os galhos
mais aquecido e mais real do que o pombo.

Orozco. Cristo Destrói a Cruz.
Hanover, Faculdade Darthmouth, Biblioteca Baker.

Ele se queimou em sono.

———

Fay estava grávida. Mas isso não a mudou e não mudou os correios também.

Os mesmos barmen faziam todo o serviço enquanto a equipe mista ficava no entorno e discutia esportes. Eram todos grandes caras negros — com o porte de lutadores profissionais. Sempre que alguém novo entrava no serviço, era jogado para a equipe mista. Isso evitava que eles assassinassem os supervisores. Se a equipe mista tinha um supervisor, ele nunca era visto. A equipe trazia carregamentos de correspondência que chegavam via elevador de carga. Às vezes eles contavam a correspondência, ou fingiam. Pareciam muito calmos e intelectuais, fazendo contas com longos lápis atrás de uma orelha. Mas na maior parte do tempo eles discutiam violentamente a cena esportiva. Eram todos especialistas; liam os mesmos jornalistas de esporte.

— Certo, cara, qual é o melhor defensor externo de todos os tempos para você?

— Bem, Willie Mays, Ted Williams, Cobb.

— Quê? Quê?

— É isso, mano!

— E o Babe? O que você vai fazer com o Babe?

— Certo, certo, quem é o melhor defensor externo de todas as estrelas para você?

— Todos os tempos, não estrelas!

— Certo, certo, sei o que quer dizer, mano, sei o que quer dizer!

— Bem, eu escolheria Mays, Ruth e Di Maj!

— Vocês dois são loucos! E o Hank Aaron, mano? E o Hank?

Uma vez, todos os empregos da equipe mista foram colocados à disposição. As vagas eram preenchidas em sua maioria com base em tempo de trabalho. A equipe mista arrancou os formulários do livro de pedidos. Então não tinham nada para fazer. Ninguém registrou reclamação. Era um caminho longo e escuro até o estacionamento à noite.

Comecei a ter episódios de tontura. Podia sentir quando estavam chegando. A caixa começava a girar. Os episódios duravam cerca de um minuto. Cada carta ficava cada vez mais pesada. Os barmen começavam a ter aquele aspecto cinza morto. Eu começava a deslizar do banco. Minhas pernas mal conseguiam me sustentar. O emprego estava me matando.

Fui ao médico e falei sobre a questão. Ele aferiu minha pressão.

— Não, não, a sua pressão está boa.

Então ele me examinou com um estetoscópio e me pesou.

— Não consigo encontrar algo de errado.

Então ele fez um exame de sangue especial. Ele tirou sangue do meu braço três vezes com intervalos cada vez maiores.

— Pode esperar na outra sala?

— Não, não. Vou sair, dar uma volta e voltar no horário.

— Certo, mas volte na hora.

Eu cheguei na hora para a segunda extração de sangue. Então havia uma espera maior para a terceira, vinte ou vinte e cinco minutos. Fui para a rua. Não havia muita coisa acontecendo. Fui a uma farmácia e li uma revista. Baixei a revista, olhei para o relógio e saí. Vi essa mulher sentada no ponto de ônibus. Era uma daquelas raras. Estava com boa parte das pernas de fora. Eu não conseguia tirar os olhos dela. Atravessei a rua e fiquei a uns vinte metros.

Então ela se levantou. Eu precisava segui-la. Aquela bunda enorme me chamou. Eu estava hipnotizado. Ela entrou em uma agência dos correios e entrei atrás dela. Ela ficou em uma fila longa e fiquei atrás. Ela comprou dois cartões-postais. Comprei doze cartões-postais e dois dólares de selos.

Quando saí, ela estava entrando no ônibus. Vi pela última vez aquelas pernas e rabo deliciosos no ônibus, e ele a levou embora.

O médico estava esperando.

— O que aconteceu? Está cinco minutos atrasado!

— Não sei. O relógio deve estar errado.

— *Essa coisa precisa ser exata!*

— Vá em frente. Tire o sangue de qualquer jeito.

Ele enfiou a agulha em mim...

Uns dias depois, os exames disseram que não havia qualquer coisa de errado comigo. Eu não sabia se era a diferença de cinco minutos ou o quê. Mas os episódios de tontura ficaram piores. Eu comecei a sair depois de quatro horas de trabalho sem preencher os formulários apropriados.

Vinha para casa onze da noite e lá estava Fay. A pobre e grávida Fay.

— O que aconteceu?

— Não aguentei mais — falei —, muito sensível...

[Trecho do romance *Cartas na rua*, 1971]

um auxiliar de expedição com nariz vermelho

Quando conheci Randall Harris, ele tinha quarenta e dois anos e morava com uma mulher de cabelos grisalhos, uma Margie Thompson. Margie tinha quarenta e cinco anos e não era lá muito bonita. Eu editava a pequena revista *Mad Fly* na época e fazia uma visita em uma tentativa de conseguir algum material de Randall.

Randall era conhecido como um isolacionista,* um bebum, um homem grosseiro e amargo, mas os poemas dele eram francos e honestos, simples e selvagens. Ele escrevia como mais ninguém na época. Trabalhava como auxiliar de expedição em um armazém de peças de automóveis.

Sentei-me na frente de Randall e Margie. Eram sete e quinze da noite e Harris já estava bêbado de cerveja. Ele colocou uma garrafa diante de mim. Tinha ouvido falar de Margie Thompson. Era uma comunista das antigas, uma salvadora do mundo, uma boa samaritana. Era de se perguntar o que ela estava fazendo com Randall, que não dava a mínima para nada e admitia isso.

— Gosto de fotografar merda — disse ele —, é a minha arte.

Randall havia começado a escrever com trinta e oito anos. Aos quarenta e dois, depois de três pequenos livretos (*A morte é um cão mais sujo do que meu país*, *Minha mãe fodeu um anjo* e *Os cavalos doidos da loucura*), estava recebendo o que poderia ser chamado de aclamação da crítica. Mas ele não ganhava nada com a escrita e dizia:

— Não sou mais do que um auxiliar de expedição com depressão profunda.

---

* Isolacionismo é uma doutrina política que defende o isolamento da nação de conflitos geopolíticos externos para priorizar assuntos domésticos. Até os anos 1940, foi uma corrente muito forte na política externa estadunidense e um dos motivos da demora da entrada do país na Segunda Guerra Mundial. [*N.E.*]

CORRO COM A CAÇA

Ele morava com Margie em um velho casarão com pátio dividido em Hollywood, e era esquisito, de verdade.

— Eu só não gosto de gente — disse ele. — Sabe, Will Rogers uma vez falou: "Nunca encontrei um homem de quem não gostasse". Eu, eu nunca encontrei um homem de quem gostasse.

Mas Randall tinha bom humor, uma habilidade de rir da dor e de si mesmo. Você gostava dele. Era um homem feio, com uma cabeça grande e uma cara amassada, só o nariz parecia ter escapado do amasso geral.

— Não tenho osso suficiente no nariz, é como borracha — explicou ele. O nariz dele era longo e muito vermelho.

Eu tinha ouvido histórias sobre Randall. Ele era dado a estourar janelas e quebrar garrafas no muro. Era um bêbado desagradável. Tinha períodos em que não atendia a porta ou o telefone. Ele não tinha uma TV, só um radinho, e só ouvia música sinfônica — estranho para um homem tosco como ele era.

Randall também tinha períodos em que tirava a parte de baixo do telefone e enfiava papel higiênico em torno da campainha, de modo que não tocava. Ficava daquele jeito por meses. Era de se perguntar por que ele tinha um telefone. A educação dele era pouca, mas ele evidentemente tinha lido a maioria dos melhores escritores.

— Bem, seu canalha — me disse ele —, imagino que anda se perguntando o que estou fazendo com ela?

Ele apontou para Margie.

Eu não respondi.

— Ela é boa de cama — falou ele — e faz o sexo mais gostoso a oeste de St. Louis.

Esse era o mesmo cara que tinha escrito quatro ou cinco grandes poemas de amor a uma mulher chamada Annie. Era de se perguntar como aquilo funcionava.

Margie apenas ficou ali sentada e sorriu. Ela também escrevia poesia, mas não era muito boa. Ia a duas oficinas por semana, o que mal ajudava.

— Então quer alguns poemas? — me perguntou ele.

— Isso, gostaria de ver alguns.

Harris foi até o armário, abriu a porta e pegou uns papéis amassados e rasgados do chão. Ele os entregou para mim.

— Escrevi esses ontem à noite.

Então ele foi para a cozinha e saiu com mais duas cervejas. Margie não bebia.

Comecei a ler os poemas. Eram muito poderosos. Ele tinha datilografado com a mão bem pesada, e as palavras pareciam cinzeladas no papel. A força da escrita dele sempre me deixava pasmo. Ele parecia dizer todas as coisas que deveríamos ter dito, mas nunca tínhamos pensado em dizer.

— Vou levar esses poemas — falei.

— Certo — disse ele. — Termine a bebida.

Quando se visitava Harris, beber era obrigatório. Ele fumava um cigarro atrás do outro. Vestia calças chino largas marrons dois tamanhos maiores e camisas velhas que estavam sempre rasgadas. Ele tinha cerca de um metro e oitenta e uns cem quilos, grande parte gordura de cerveja. Tinha ombros caídos e olhava para você por trás das pálpebras semicerradas. Bebemos umas boas duas horas e meia, a sala pesada de fumaça. De repente, Harris se levantou e disse:

— Caia fora daqui, filho da puta, você me dá nojo!

— Calma, Harris...

— Eu falei *agora*, filho da puta!

Eu me levantei e fui embora com os poemas.

***

CORRO COM A CAÇA

Voltei para aquele velho casarão dois meses depois para entregar algumas edições da *Mad Fly* para Harris. Tinha publicado todos os dez poemas dele. Margie me deixou entrar. Randall não estava lá.

— Ele está em Nova Orleans — disse Maggie. — Acho que ele está conseguindo uma chance. Jack Teller quer publicar o próximo livro dele, mas quer conhecer Randall antes. Teller diz que não pode publicar alguém de quem não goste. Ele pagou a passagem aérea, ida e volta.

— Randall não é exatamente encantador — falei.

— Vamos ver — disse Margie. — Teller é bebum e ex--presidiário. Eles podem fazer um belo par.

Teller publicava a revista *Rifraff* e tinha o próprio prelo. Ele fazia um trabalho muito bom. A última edição da *Rifraff* tinha a cara feia de Harris mamando uma garrafa de cerveja na capa e trazia vários poemas dele.

A *Rifraff* era geralmente reconhecida como a revista literária número um da época. Harris começava a ganhar cada vez mais atenção. Seria uma boa chance se ele não a estragasse com sua língua afiada e modos de bebum. Antes de me despedir de Margie, ela me disse que estava grávida, de Harris. Como disse, ela tinha quarenta e cinco anos.

— O que ele disse quando você contou?

— Ele pareceu indiferente.

Fui embora.

O livro saiu em uma edição de dois mil exemplares belamente impressos. A capa era feita de cortiça importada da Irlanda. As páginas eram multicoloridas, de papel extremamente bom, impressas em uma fonte rara e entremeadas por desenhos de nanquim de Harris. O livro recebeu boas críticas, tanto pela edição quanto pelo conteúdo. Mas Teller não podia pagar direitos autorais. Ele e a mulher viviam com uma margem muito estreita. Em dez anos o livro seria vendido por setenta e cinco dólares no mercado de livros raros. Enquanto isso, Harris voltou para seu emprego de auxiliar de expedição no armazém de autopeças.

Quando visitei novamente quatro ou cinco meses depois, Margie tinha ido embora.

— Ela foi embora faz muito tempo — disse Harris. — Tome uma cerveja.

— O que aconteceu?

— Bom, depois que voltei de Nova Orleans, escrevi uns contos. Enquanto estava trabalhando, ela foi fuçar minhas gavetas. Ela leu um par de contos e ficou chateada com eles.

— Sobre o que eram?

— Ah, ela leu alguma coisa sobre ir para a cama com alguma mulher em Nova Orleans.

— Os contos eram verdadeiros? — perguntei.

— Como vai indo a *Mad Fly*? — indagou ele.

O bebê nasceu, uma menina, Naomi Louise Harris. Ela e a mãe moravam em Santa Monica, e Harris ia para lá uma vez por semana para vê-las. Ele pagava pensão e continuava a beber sua cerveja. Fiquei sabendo que ele ganhara uma coluna semanal no jornal underground *L.A. Lifeline*. Ele chamou a coluna de *Esboços de um maníaco de primeira classe*. A prosa dele era como sua poesia: indisciplinada, antissocial e preguiçosa.

Harry deixou crescer um cavanhaque e usava o cabelo mais comprido. Na próxima vez que o vi, ele estava morando com uma garota de trinta e cinco anos, uma bela ruiva chamada Susan. Susan trabalhava em uma loja de materiais de arte, pintava e tocava violão bem. Também bebia uma cerveja ocasional com

CORRO COM A CAÇA

Randall, o que era mais que Margie fizera. O casarão parecia mais limpo. Quando Harris terminava uma garrafa, ele a jogava em uma sacola de papel, em vez de jogar no chão. Mas ele ainda era um bêbado desagradável.

— Estou escrevendo um romance — contou ele — e fazendo leituras de poesia de vez em quando nas universidades aqui perto. Também tenho uma chegando em Michigan e outra no Novo México. As ofertas são muito boas. Não gosto de ler, mas sou um bom leitor. Eu dou a eles um espetáculo e um pouco de boa poesia.

Harris também estava começando a pintar. Ele não pintava muito bem. Pintava como uma criança de cinco anos bêbada de vodca, mas ele conseguiu vender um ou dois por quarenta ou cinquenta dólares. Ele me contou que estava pensando em se demitir do emprego. Três semanas depois, ele de fato se demitiu, para conseguir fazer a leitura em Michigan. Ele já tinha gastado as férias com a viagem a Nova Orleans.

Eu me lembro de que um dia ele jurou para mim:

— Nunca vou ler na frente daqueles sanguessugas, Chinaski. Vou para a cova sem nunca ter feito uma leitura de poesia. É vaidade, é se vender.

Eu não o recordei de tal declaração.

Seu romance *Morte na vida de todos os olhos na Terra* foi publicado por uma editora pequena, mas de prestígio, que pagava a porcentagem padrão de direitos autorais. As resenhas foram muito boas, incluindo uma no *New York Review of Books*. Mas ele ainda era um bêbado desagradável e tinha muitas brigas com Susan por causa da bebida.

Por fim, depois de uma bebedeira horrível, quando ele delirou e xingou e gritou a noite toda, Susan o deixou. Vi Randall vários dias depois da partida dela. Harris estava estranhamente quieto, mas nem um pouco desagradável.

— Eu a amava, Chinaski — disse ele. — Não vou conseguir superar isso, camarada.

— Você vai conseguir, Randall. Vai ver só. Vai conseguir. O ser humano é muito mais durável do que você pensa.

— Merda — falou ele. — Espero que esteja certo. Tenho esse buraco maldito nas tripas. As mulheres colocaram muitos homens bons debaixo da ponte. Elas não têm os mesmos sentimentos que nós temos.

— Elas têm. Ela só não conseguia lidar com a sua bebedeira.

— Porra, cara, escrevo a maior parte das minhas coisas quando estou bêbado.

— É esse o segredo?

— Merda, é. Sóbrio eu sou apenas um auxiliar de expedição, e não sou muito bom nisso...

Eu o deixei curvado em cima da cerveja.

Dei uma passada lá de novo três meses depois. Harris ainda estava no casarão. Ele me apresentou a Sandra, uma bela loira de vinte e sete anos. O pai dela era juiz do tribunal superior e ela tinha se graduado na USC. Além de ter uma linda silhueta, ela tinha uma sofisticação que faltava nas outras mulheres de Randall. Estavam bebendo uma garrafa de um bom vinho italiano.

O cavanhaque de Randall tinha se tornado uma barba, e o cabelo dele estava muito mais comprido. Vestia roupas novas e na última moda. Usava sapatos de quarenta dólares, um relógio de pulso novo, e o rosto dele parecia mais magro, as unhas, limpas mas o nariz ainda ficava vermelho quando ele bebia vinho.

CORRO COM A CAÇA

— Randall e eu vamos nos mudar para o oeste de L.A. neste fim de semana — contou ela. — Esse lugar é imundo.

— Escrevi muita coisa boa aqui — observou ele.

— Randall, querido — disse ela —, não é o *lugar* que escreve, é *você*. Acho que podemos conseguir um emprego para Randall para dar aulas três dias por semana.

— Não sei dar aulas.

— Querido, pode dar aulas de *tudo*.

— Merda — falou ele.

— Estão pensando em fazer um filme do livro de Randall. Vimos o roteiro. É um roteiro muito bom.

— Um filme? — perguntei.

— Não tem muita chance — disse Harris.

— Querido, está em produção. Tenha um pouco de fé.

Bebi outra taça de vinho com eles, então fui embora. Sandra era uma bela garota.

Não recebi o endereço de Randall no oeste de LA e não fiz tentativas de encontrá-lo. Já tinha se passado mais de um ano quando li a resenha do filme *Flor no rabo do inferno*. Tinha sido baseado no romance dele. Era uma boa resenha, e Harris até tinha tido um pequeno papel no filme.

Fui ver o filme. Fizeram um bom trabalho com o livro. Harris pareceu um pouco mais austero do que quando o vira pela última vez. Decidi encontrá-lo. Depois de fuçar um pouco, bati à porta do chalé dele em Malibu uma noite por volta das nove da noite. Randall atendeu a porta.

— Chinaski, cachorro velho — disse ele. — Entre.

Havia uma garota linda sentada no sofá. Ela parecia ter uns dezenove anos, simplesmente irradiava beleza natural.

— Essa é a Karilla — apresentou ele.

Estavam bebendo uma garrafa de vinho francês caro. Sentei--me com eles e bebi uma taça. Bebi várias taças. Veio outra garrafa e conversamos em voz baixa. Harris não ficou bêbado e desagradável e não pareceu fumar tanto.

— Estou trabalhando em uma peça para a Broadway — explicou ele. — Dizem que o teatro está morrendo, mas tenho algo para eles. Um dos principais produtores está interessado. Estou trabalhando no último ato agora. É uma boa mídia. Sempre fui esplêndido em conversas, você sabe.

— Sei — falei.

Fui embora por volta das onze e meia naquela noite. A conversa tinha sido agradável... Harris agora exibia um grisalho distinto nas têmporas e não falou "merda" mais do que quatro ou cinco vezes.

A peça *Atire em seu pai, atire em seu deus, atire no desembaraço* foi um sucesso. Teve uma das temporadas mais longas da história da Broadway. Tinha tudo: algo para os revolucionários, algo para os reacionários, algo para os fãs de comédia, algo para os fãs de drama, até algo para os intelectuais, e mesmo assim fazia sentido. Randall Harris se mudou de Malibu para um lugar maior nas alturas de Hollywood Hills. Agora lia-se sobre ele nas colunas de fofoca.

Fui procurar e encontrei a localização da casa dele em Hollywood Hills, uma mansão de três andares com vista para as luzes de Los Angeles e Hollywood.

Estacionei, saí do carro e caminhei pela entrada até a porta da frente. Era por volta das oito e meia da noite, estava fresco, quase frio; a lua estava cheia e o ar estava limpo e fresco.

Toquei a campainha. Pareceu uma longa espera. Por fim a porta se abriu. Era o mordomo.

— Sim, senhor?

— Henry Chinaski para ver Randall Harris — falei.

— Um momento, senhor.

Ele fechou a porta em silêncio e eu esperei. Mais uma vez por muito tempo. Então o mordomo estava de volta.

— Sinto muito, senhor, mas o sr. Harris não pode ser importunado no momento.

— Ah, tudo bem.

— Gostaria de deixar um recado, senhor?

— Um recado?

— Isso, um recado.

— Quero, diga a ele "parabéns".

— Parabéns? É só isso?

— Sim, é só isso.

— Boa noite, senhor.

— Boa noite.

Voltei ao carro, entrei. Ele deu partida e comecei a longa viagem pelas colinas abaixo. Eu tinha aquele número antigo da *Mad Fly* comigo que queria que ele assinasse. Era a edição com dez poemas de Randall Harris. Ele provavelmente estava ocupado. *Talvez*, pensei, *se enviar a revista pelo correio com um envelope de resposta selado, ele a assine.*

Eram apenas nove da noite. Havia tempo para ir a outro lugar.

[Conto publicado na coletânea *Ao sul de lugar nenhum*, 1973]

garota de minissaia lendo a bíblia
do lado de fora da minha janela

domingo. como uma
toranja, acabou a missa na Ortodoxa
Russa a
oeste.
ela tem pele escura
de descendência asiática,
grandes olhos castanhos se levantam da Bíblia
então se abaixam, uma pequena Bíblia
vermelha e preta, e conforme ela lê
suas pernas seguem se mexendo, mexendo,
ela faz uma dança rítmica lenta
lendo a Bíblia...
brincos de ouro compridos;
dois braceletes dourados em cada braço,
e é um *terninho* curto, imagino,
a roupa que envolve seu corpo,
o castanho-claro mais claro é aquele pano,
ela gira para um lado e para o outro,
longas pernas jovens esquentam ao sol...

não há como escapar do ser dela
não há desejo de...
meu rádio toca música sinfônica
que ela não pode ouvir
mas os movimentos dela coincidem *exatamente*
com os ritmos da
sinfonia...

ela tem pele escura, ela tem pele escura
ela lê sobre Deus

eu sou Deus.

garras do paraíso

borboleta de madeira
sorriso de fermento
mosca de serragem —
amo minha barriga
e o homem da venda de bebidas
me chama:
"sr. Schlitz".
os caixas do hipódromo
gritam:
"O POETA SABE!".
quando troco meus bilhetes por dinheiro.
as senhoras
na cama e fora dela
dizem que me amam
quando passo com pés
brancos molhados.

albatroz com olhos bêbados
os calções de Popeye sujos de terra
percevejos de Paris,
eu retirei as barricadas
dominei o

automóvel
a ressaca
as lágrimas
mas conheço
a danação final
como qualquer estudante vendo
o gato sendo esmagado
pelo trânsito que passa.

meu crânio tem uma rachadura
de quatro centímetros bem no
domo.
a maioria dos meus dentes estão
na frente. tenho
ataques de tontura em supermercados
cuspo sangue quando bebo
uísque
e me entristeço
a ponto da
mágoa
quando penso em todas
as boas mulheres que conheci
que
dissolveram
sumiram
por trivialidades:
viagens a Pasadena,
piqueniques de criança,
tampas de pastas de dente
no ralo.

não há o que fazer
além de beber
jogar no cavalo
apostar no poema

enquanto as mocinhas
se tornam mulheres
e as metralhadoras
apontam para mim
agachado
atrás de paredes mais finas
que pálpebras.
não há defesa
a não ser todos os erros
cometidos.

enquanto isso
tomo banhos
atendo o telefone
cozinho ovos
estudo movimento e perda
e me sinto tão bem
quanto o próximo instante
caminhando sob o sol

———

Fay estava bem com a gravidez. Para uma coroa, ela estava bem.
Aguardamos em nossa casa. Finalmente a hora chegou.

— Não vai demorar muito — falou ela. — Não quero chegar
lá cedo demais.

Eu fui e verifiquei o carro. Voltei.

— Aaaah, ah — disse ela. — Não, espere.

Talvez ela *pudesse* salvar o mundo. Estava orgulhoso da calma dela. Eu a perdoei pelos pratos sujos e pela *New Yorker* e pelas oficinas de escritores dela. A coroa era apenas outra criatura solitária em um mundo que não se importava.

— É melhor irmos agora — falei.

— Não — disse Fay —, não quero fazer você esperar muito. Sei que não anda se sentindo bem.

— Para o inferno comigo. Vamos lá.

— Não, por favor, Hank.

Ela apenas ficou sentada ali.

— O que posso fazer por você? — perguntei.

— Nada.

Ela ficou ali sentada por dez minutos. Fui para a cozinha pegar um copo d'água. Quando voltei, ela disse:

— Está pronto para dirigir?

— Com certeza.

— Sabe onde fica o hospital?

— Claro.

Eu a ajudei a entrar no carro. Tinha feito duas corridas de preparação na semana anterior. Mas, quando chegamos lá, não sabia onde estacionar. Fay apontou uma pista.

— Entre ali. Estacione ali. Vamos entrar dali.

— Sim, senhora — falei...

Ela estava em uma cama em um quarto com vista para a rua. O rosto dela se retorcia.

— Segure a minha mão — disse ela.

Eu segurei.

— Vai realmente acontecer? — perguntei.

— Vai.

— Você faz isso parecer tão fácil — falei.

— Você é tão gentil. Ajuda.

— Eu gostaria de *ser* gentil. São aqueles malditos Correios...

— Eu sei. Eu sei.

Estávamos olhando pela janela traseira.

Eu disse:

— Olhe para aquelas pessoas ali. Elas não têm ideia do que está acontecendo aqui. Elas apenas andam na calçada. No entanto, é engraçado... elas um dia nasceram, cada uma delas.

— É, é engraçado.

Eu sentia os movimentos do corpo dela pela mão.

— Aperta mais forte — disse ela.

— Sim.

— Vou odiar quando você for.

— Onde está o médico? Onde está todo mundo? Que inferno!

— Eles já vêm.

Bem naquele momento entrou uma enfermeira. Era um hospital católico e ela era uma enfermeira muito bonita, negra, espanhola ou portuguesa.

— Você... precisa sair... agora — informou ela.

Mostrei os dedos cruzados e dei um sorriso torto para Fay. Não acho que ela viu. Tomei o elevador para baixo.

Meu médico alemão entrou. O que tinha feito os exames de sangue.

— Parabéns — disse ele, apertando minha mão. — É uma menina. Quatro quilos, cento e setenta gramas.

— E a mãe?

— A mãe vai ficar bem. Ela não teve complicação alguma.

— Quando posso vê-las?

BUKOWSKI

— Vão avisá-lo. Sente-se aqui e vão chamá-lo.

Então ele desapareceu.

Olhei através do vidro. A enfermeira apontou para minha filha. A cara dela era bem vermelha, e ela gritava mais alto do que qualquer uma das outras crianças. O cômodo estava cheio de bebês gritando. Tantos nascimentos! A enfermeira parecia muito orgulhosa do meu bebê. Ao menos esperava que fosse minha. Ela pegou a menina para que eu a pudesse ver melhor. Eu sorri através do vidro, não sabia como agir. A menina só berrou para mim. *Pobrezinha*, pensei, *maldita pobrezinha*. Não sabia na época que um dia ela seria uma garota linda que seria a minha cara, hahaha.

Fiz um gesto para a enfermeira colocar a criança de volta, então dei tchau para as duas. Ela era uma bela enfermeira. Boas pernas, bons quadris. Seios decentes.

Fay tinha uma mancha de sangue do lado esquerdo da boca e eu peguei um pano molhado e a limpei. As mulheres estavam destinadas a sofrer; não era de se admirar que pedissem declarações de amor constantes.

— Queria que me dessem a minha bebê — disse Fay. — Não é certo nos separar assim.

— Eu sei. Mas imagino que exista algum motivo médico.

— Sim, mas não parece certo.

— Não, não parece. Mas a criança parecia bem. Vou fazer o que puder para que eles tragam a criança assim que possível. Deveria ter uns quarenta bebês lá. Deixaram todas essas mães esperando. Acho que é para que elas recuperem as forças. Nossa filha parecia *muito* forte, estou dizendo. Por favor, não se preocupe.

— Eu ficaria tão feliz com a minha bebê.

— Eu sei, eu sei. Não vai demorar.

CORRO COM A CAÇA

— Senhor — uma enfermeira mexicana gorda entrou —, vou precisar pedir que o senhor saia agora.

— Mas eu sou o pai.

— Nós sabemos. Mas a sua mulher precisa descansar.

Apertei a mão de Fay e a beijei na testa. Ela fechou os olhos e pareceu dormir. Ela não era uma mulher jovem. Talvez não tivesse salvado o mundo, mas tinha feito uma grande melhora. Vivas para Fay.

[Trecho do romance *Cartas na rua*, 1971]

marina:

majestosa, mágica
infinita
minha menininha é
sol
sobre o tapete —
fora da porta
colhendo uma
flor, rá!,
um velho,
arruinado pela batalha
emerge de sua
cadeira
e ela olha para mim
mas apenas vê
amor,
rá!, e eu me torno

prenhe do mundo
e retribuo o amor
bem como deveria
fazer.

A bebê estava engatinhando, descobrindo o mundo. Marina dormia na cama conosco à noite. Eram Marina, Fay, o gato e eu. O gato dormia na cama, também. Olhe aqui, pensei, tenho três bocas dependendo de mim. Que estranho. Sentei-me ali e os observei dormindo.

Então duas manhãs seguidas, quando voltei para casa de manhã, de manhã cedo, Fay estava sentada lendo a seção de classificados.

— Todos esses quartos são tão caros — disse ela.

— Claro — falei.

Na noite seguinte, enquanto ela lia o jornal, perguntei:

— Vai se mudar?

— Vou.

— Certo. Vou te ajudar a encontrar um lugar amanhã. Vamos dar uma volta por aí.

Concordei em pagar a ela uma quantia todo mês. Ela disse:

— Tudo bem.

Fay ficou com a menina. Eu fiquei com o gato.

Encontramos um lugar a oito ou dez quarteirões de distância. Eu a ajudei com a mudança, disse tchau para a menina e dirigi de volta.

Eu ia ver Marina duas, três ou quatro vezes por semana. Sabia que, enquanto pudesse ver a menina, estaria bem.

Fay ainda vestia preto para protestar contra a guerra. Ela ia a manifestações locais pela paz, pelo amor, ia a leituras de poesia, oficinas, encontros do Partido Comunista, e ficava sentada em um café hippie. Ela levava a criança. Se não estava na rua, sentava-se em uma cadeira fumando cigarro atrás de cigarro e lendo. Ela usava broches de protesto na blusa preta. Mas normalmente estava na rua em algum lugar com a menina quando eu ia até lá para uma visita.

Finalmente as encontrei um dia. Fay comia sementes de girassol com iogurte. Ela fazia o próprio pão, mas não era muito bom.

— Conheci esse caminhoneiro, Andy — contou ela. — Ele também pinta. Essa é uma das pinturas dele.

Fay apontou para a parede.

Eu estava brincando com a menina. Olhei para a pintura. Não disse nada.

— Ele tem pau grande — disse Fay. — Veio aqui na outra noite e me perguntou: "Que tal ser comida por um pau grande?". E eu disse a ele: "Prefiro ser comida com amor!".

— Ele parece um homem experiente — falei para ela.

Brinquei mais um pouco com a menina, então fui embora. Um teste se aproximava.

Logo depois, recebi uma carta de Fay. Ela e a criança estavam morando em uma comunidade hippie no Novo México. Era um bom lugar, ela disse. Marina poderia respirar lá. Ela incluiu um pequeno desenho que a menina tinha feito para mim.

[Trecho do romance *Cartas na rua*, 1971]

notas sobre o aspecto linhoso

uma flor de John F. Kennedy bate à minha porta e toma um tiro no
pescoço;
os gladíolos se juntam às dúzias no entorno da ponta da
Índia
pingando no Ceilão;
dúzias de ostras leem Germaine Greer.

enquanto isso, coço da neve derretida das Filipinas
ao olho do peixinho
o peixinho sendo comido pelos sonhos cumulativos de
Simon Bolívar. ah,
a liberdade das limitações da distância angular seria
deliciosa.
a guerra é perfeita
o caminho sólido pinga e vaza,
Schopenhauer riu por 72 anos,
e um homem bem pequeno me disse em Nova York em uma
casa de penhores
uma tarde:
"Cristo teve mais atenção do que eu
mas eu segui adiante em menos...".

bem, a distância entre cinco pontos é a mesma que a
distância entre três pontos é a mesma que a distância
entre um ponto:

é tudo tão cordial quanto um bombom:
tudo isso em que estamos
envoltos:

eunucos são mais exatos do que sono

o selo postal é louco, Indiana é ridícula

o camaleão é a última flor ambulante.

sem entrada ao paraíso

Eu estava sentado em um bar na Western Avenue. Era por volta de meia-noite e eu estava em meu estado confuso costumeiro. Quer dizer, você sabe, nada dá certo: as mulheres, os empregos, os não empregos, o tempo, os cães. Por fim você só se senta em uma espécie de estado abatido e espera como se estivesse no banco do ponto de ônibus esperando a morte.

Bem, eu estava sentado lá e vem essa com um cabelo escuro comprido, um corpo bonito, olhos castanhos tristes. Eu não me virei para ela. Ignorei-a por completo, mesmo ela tendo escolhido o banco ao meu lado quando havia uma dúzia de outros assentos vazios. Na verdade, éramos as únicas pessoas no bar, a não ser pelo barman. Ela pediu vinho seco. Então me perguntou o que eu estava bebendo.

— Scotch e água.

— Traga um scotch com água para ele — disse ela ao barman.

Bem, aquilo era incomum.

Ela abriu a bolsa, pegou uma pequena gaiola de arame, tirou dali umas pessoinhas e as sentou no balcão. Elas tinham uns oito centímetros de altura e estavam vivas e vestidas de modo apropriado. Eram quatro, dois homens e duas mulheres.

— Eles fabricam isso agora — disse ela —, são muito caros. Custavam por volta de dois mil dólares cada um quando comprei. Eles saem por dois e quatrocentos agora. Não sei como é o processo de fabricação, mas provavelmente é contra a lei.

As pessoinhas estavam andando no balcão. Subitamente, um dos carinhas deu um tapa na cara de uma das mulherzinhas.

— Sua vaca — xingou ele —, eu não quero saber de você!

— Não, George, você não pode fazer isso — choramingou ela. — Eu te amo! Vou me matar! Preciso ter você!

— Não me importo — disse o carinha, e ele tirou um cigarro minúsculo e o acendeu. — Tenho o direito de viver.

— Se não a quer — falou o outro carinha —, fico com ela. Eu a amo.

— Mas eu não quero você, Marty. Estou apaixonada por George.

— Mas ele é um filho da puta, Anna, um verdadeiro filho da puta!

— Eu sei, mas amo George de qualquer jeito.

O pequeno filho da puta então foi e beijou a outra mulherzinha.

— Tenho um triângulo acontecendo — disse a mulher que me comprou a bebida. — Eles são Marty e George e Anna e Ruthie. O George faz oral, faz oral muito bem. O Marty é meio quadrado.

— Não é triste assistir a isso tudo? Hum, qual o seu nome?

— Dawn. É um nome terrível. Mas é o que as mães fazem com os filhos às vezes.

— Sou Hank. Mas não é triste...

— Não, não é triste assistir. Não tive muita sorte com os meus próprios relacionamentos, tive uma sorte péssima, na verdade.

— Todos temos uma sorte péssima.

CORRO COM A CAÇA

— Imagino que sim. De qualquer modo, comprei essas pessoinhas e agora as observo, e é como ter aquilo sem nenhum dos problemas. Mas fico com muito tesão quando eles começam a fazer amor. É quando fica difícil.

— Eles são sexy?

— Muito, muito sexy. Meu Deus, eles me deixam com tesão!

— Por que não os faz transar? Quer dizer, agora. Assistimos juntos.

— Ah, não dá pra fazê-los transar. Eles precisam fazer sozinhos.

— Quantas vezes eles transam?

— Ah, eles são muito bons. Transam quatro ou cinco vezes por semana.

Eles estavam andando pelo balcão.

— Escuta — disse Marty. — Me dê uma chance. Só me dê uma chance, Anna.

— Não — respondeu Anna —, meu coração pertence ao George. Não há como ser de outro jeito.

George estava beijando Ruthie, apalpando os seios dela. Ruthie estava ficando excitada.

— Ruthie está ficando excitada — falei.

— Ela está. Está mesmo.

Eu também estava ficando excitado. Agarrei Dawn e a beijei.

— Escuta — disse ela —, não gosto que eles façam amor em público. Vou levá-los para casa e deixá-los transar.

— Mas aí não posso assistir.

— Bem, então vai precisar vir comigo.

— Certo — falei —, vamos.

Terminei minha bebida e saímos juntos. Ela levava as pessoinhas dentro da gaiolinha de arame. Entramos no carro dela e colocamos as pessoas entre nós no assento da frente. Olhei para Dawn. Ela era realmente jovem e bonita. Parecia ser boa por dentro também. Como poderia ter dado errado com os homens dela? Havia tantas maneiras que essas coisas poderiam faltar. As quatro pessoinhas tinham lhe custado oito mil dólares. Só *isso* para se afastar de relacionamentos e *não* se afastar de relacionamentos.

A casa dela ficava perto das colinas, um lugar de aparência agradável. Saímos do carro e entramos pela porta. Eu segurei as pessoinhas na gaiola enquanto Dawn abria a porta.

— Ouvi Randy Newman na semana passada no Troubador. Ele não é ótimo? — perguntou ela.

— Sim, ele é.

Fomos para a sala, e Dawn tirou as pessoinhas e as colocou na mesa de centro. Então ela foi até a cozinha, abriu a geladeira e tirou uma garrafa de vinho. Ela trouxe duas taças.

— Desculpe — disse ela —, mas você parece um pouco maluco. O que você faz?

— Sou escritor.

— Vai escrever sobre isso?

— Nunca vão acreditar, mas vou escrever.

— Olhe — comentou Dawn —, George tirou a calcinha de Ruthie. Ele está enfiando os dedos nela. Gelo?

— É, ele está. Não, sem gelo. Puro está bom.

— Não sei — disse Dawn —, eu realmente fico com tesão ao assisti-los. Talvez seja porque eles são tão pequenos. Realmente me deixa com tesão.

— Eu entendo o que quer dizer.

— Olhe, George está fazendo oral nela agora.

— Ele está, não está?

— Olhe para eles!

— Deus do céu!

Agarrei Dawn. Ficamos lá nos beijando. Enquanto nos beijávamos, os olhos dela iam de mim para eles e de volta para mim.

O pequeno Marty e a pequena Anna também observavam.

— Olhe — disse Marty —, eles vão transar. Nós também poderíamos. Até as pessoas grandes vão. Olhe para eles!

— Escutou isso? — perguntei. — Eles disseram que vamos transar. É verdade?

— Espero que seja verdade — respondeu Dawn.

Eu a levei para o sofá e levantei o vestido dela acima dos quadris. Eu a beijei no pescoço.

— Eu te amo — falei.

— Ama? Ama?

— Amo, de algum jeito, amo...

— Certo — disse a pequena Anna ao pequeno Marty —, bem que poderíamos transar também, embora eu não te ame.

Eles se abraçaram no meio da mesinha de centro. Eu tinha tirado a calcinha de Dawn. Dawn gemeu. A pequena Ruthie gemeu. Marty fechou o cerco em Anna. Estava acontecendo em todo lugar. Tive a ideia de que todo mundo no mundo inteiro estava transando. Então me esqueci do resto do mundo. De algum modo, andamos para o quarto. Então entrei em Dawn para a longa e lenta cavalgada...

Quando ela saiu do banheiro, eu estava lendo uma história muito chata na *Playboy*.

— Foi bom — disse ela.

— O prazer é meu — respondi.

Ela voltou para a cama comigo. Baixei a revista.

— Acha que vamos conseguir ficar juntos? — perguntou ela.

— O que quer dizer?

— Quer dizer, acha que vamos conseguir ficar juntos por um tempo?

— Não sei. Coisas acontecem. O começo é sempre o mais fácil.

Então veio um grito da sala da frente.

— Oh, oh — disse Dawn.

Ela se levantou em um pulo e correu para fora do quarto. Eu a segui. Quando cheguei lá, ela segurava George nas mãos.

— Ah, meu Deus!

— O que aconteceu?

— Anna fez isso com ele!

— Fez o quê?

— Cortou as bolas dele fora! George virou eunuco!

— Uau!

— Pegue um pouco de papel higiênico para mim, rápido! Ele pode sangrar até morrer!

— Aquele filho da puta — disse a pequena Anna da mesa de centro —, se não posso ficar com George, ninguém pode!

— Agora vocês duas pertencem a mim! — afirmou Marty.

— Não, precisa escolher entre nós — rebateu Anna.

— Qual de nós vai ser? — perguntou Ruthie.

— Eu amo as duas — disse Marty.

— Ele parou de sangrar — informou Dawn. — Desmaiou.

Ela embrulhou George em um lenço e o colocou sobre a lareira.

— Quer dizer — disse Dawn —, se não acha que vamos conseguir, não quero entrar mais nessa.

— Eu acho que te amo, Dawn.

— Olhe — indicou ela —, Marty está abraçando Ruthie!

— Eles vão transar?

— Não sei. Parecem excitados.

Dawn pegou Anna e a colocou na gaiola de arame.

— Me deixa sair daqui! Vou matar os dois! Me deixa sair daqui!

George gemeu de dentro do lenço sobre a lareira. Marty tinha tirado a calcinha de Ruthie. Eu puxei Dawn em minha direção. Ela era linda e jovem e tinha conteúdo. Eu poderia estar apaixonado de novo. Era possível. Nós nos beijamos. Eu caí dentro dos olhos dela. Então me levantei e comecei a correr. Sabia onde estava. Uma barata e uma águia faziam amor. O tempo era um bobo com um banjo. Continuei correndo. O cabelo comprido dela caía pelo meu rosto.

— Vou matar todo mundo! — gritava a pequena Anna.

Ela chacoalhava a gaiola às três da manhã.

[Conto publicado na coletânea *Ao sul de lugar nenhum*, 1973]

dow jones: abaixo

como aguentamos?
como podemos falar de rosas
ou de Verlaine?
é um bando faminto
que gosta de trabalhar e contar
e conhece as leis especiais,
que gosta de se sentar em parques
pensando em nada de valor.

é quando as gaitas de fole atingidas sopram
sobre os penhascos calcários,

onde rostos ficam loucos como violetas esturricadas,
onde vassouras e cordas e tochas fracassam,
espremendo sombras...
onde os muros caem *en masse*.
amanhã os banqueiros decidirão a hora
de fechar os portões contra nosso chão
e prevaricar as águas;
bate, bate o tempo,
recorde-se agora
    as flores abrem no vento
    e finalmente não importa
    exceto como um aperto atrás da cabeça
de volta à nossa terra extensa
mortos novamente
andamos entre os mortos.

o maior perdedor do mundo

ele vendia jornais na frente:
"Pegue seus vencedores! Fique rico com dez centavos!"
e lá pela terceira ou quarta corrida
você o via rolando em sua tábua podre
com patins embaixo.
ele tomava impulso com as mãos;
tinha pequenos cotocos por pernas
e as bordas das rodas dos patins estavam gastas.
dava para ver dentro das rodas e elas balançavam
uma coisa horrível

CORRO COM A CAÇA

brilhando e soltando
faíscas imperialistas!
movia-se mais rápido do que todos, enrolava um cigarro penso,
dava para ouvi-lo chegar
"deus do céu, o que foi isso?", perguntavam os novatos.

ele era o maior perdedor do mundo
mas nunca desistia
rolando para a janela de dois dólares gritando:
"É O CAVALO QUATRO, SEUS IDIOTAS! COMO
    DIACHOS CÊS VÃO BATER O
QUATRO?
acima na lousa o quatro dizia
sessenta para um
nunca o ouvi escolher um vencedor

dizem que ele dormia nos arbustos. imagino que foi onde
morreu, ele não anda mais
por lá.

tinha essa puta loira e gorda
que o tocava para ter sorte, e
rindo.

ninguém teve sorte, a puta sumiu
também.

imagino que nada dê certo para nós. somos tolos, é claro —
dando coices na parte interna mais uma taxa de 15%,
mas como você diz a um sonhador

que há uma taxa de 15% no
sonho? ele vai simplesmente rir e dizer,
isso é tudo?

sinto falta daquelas
centelhas.

um vento selvagem e fresco que sopra...

não deveria ter culpado só o meu pai, mas
ele foi o primeiro a me apresentar ao
ódio bruto e estúpido.
ele era de fato o melhor naquilo: qualquer coisa e tudo o deixava
furioso — coisas de pouca importância rapidamente traziam
    seu ódio
à tona
e eu parecia ser a maior fonte de sua
irritação.
não tinha medo dele
mas as explosões deixavam meu coração doente,
pois ele era a maior parte do meu mundo de então
e era um mundo de horror, mas não deveria ter culpado somente
meu pai
pois quando deixei aquele... lar... encontrei seus equivalentes
em todo lugar: meu pai era apenas uma pequena parte do
todo, embora fosse o melhor em ódio
que jamais encontraria.
mas outros também eram muito bons: alguns dos
capatazes, alguns dos vagabundos, algumas das mulheres

CORRO COM A CAÇA

com quem iria morar,
a maioria das mulheres era talentosa para
odiar — culpando minha voz, minhas ações, minha presença
me culpando
pelo que *elas*, em retrospecto, tinham
arruinado.*
eu era apenas o alvo do descontentamento delas
e em algum sentido real
elas me culpavam
por não poder levantá-las
de algum passado fracassado: o que não consideravam era
que eu também tinha meus problemas — a maioria causado por
simplesmente morar com elas.

eu sou um pateta, fico feliz ou mesmo
estupidamente feliz quase sem motivo
e quando deixado em paz fico mais contente.

mas vivi tantas vezes e por tanto tempo com esse ódio
que
minha única liberdade, minha única paz é quando estou longe
deles, quando estou em qualquer outro lugar, não importa qual —
alguma velha garçonete gorda me trazendo uma xícara de café
é, em comparação,
como um vento selvagem e fresco que sopra.

---

* A generalização de mulheres neste poema mostra o contexto de Bukowski e
a forma como ele se enxerga como feio e pobre, que só serve de capacho para
as mulheres com quem convive. [N.T.]

um dia de trabalho

Joe Mayer era um escritor freelance. Ele estava de ressaca e o telefone o acordou às nove da manhã. Ele se levantou e atendeu.

— Alô?

— Oi, Joe. Como vai?

— Ah, beleza.

— Beleza, é?

— Pois não?

— Vicki e eu acabamos de nos mudar para nossa nova casa. Ainda não temos telefone. Mas posso te passar o endereço. Tem caneta aí?

— Só um minuto.

Joe anotou o endereço.

— Não gostei daquela última história sua que vi em *Hot Angel*.

— Certo — disse Joe.

— Não é que não gostei, quer dizer, não gostei comparado com a maioria das suas coisas. Aliás, sabe onde está o Buddy Edwards? Griff Martin, que era editor da *Hot Tales*, está atrás dele. Achei que você pudesse saber.

— Não sei onde ele está.

— Acho que pode estar no México.

— Pode estar.

— Bem, escute, vamos te visitar logo.

— Claro.

Joe desligou. Colocou dois ovos em uma panela com água, botou a água do café para ferver e tomou uma aspirina. Então voltou para a cama.

O telefone tocou de novo. Ele se levantou e atendeu.

— Joe?

CORRO COM A CAÇA

— Pois não?

— É Eddie Greer.

— Ah, sim.

— Queremos que faça uma leitura em um evento beneficente...

— O que é?

— Para o IRA.

— Escuta, Eddie, não me meto em política, religião ou o que for. Eu realmente não sei o que está acontecendo lá. Não tenho TV, não leio os jornais... nada disso. Não sei quem está certo ou errado, se é que isso existe.

— A Inglaterra tá errada, cara.

— Não posso ler para o IRA, Eddie.

— Tudo bem, então...

Os ovos estavam prontos. Ele se sentou, descascou os ovos, fez uma torrada e misturou o café Sanka com a água quente. Engoliu os ovos e a torrada e tomou duas xícaras de café. Então voltou para a cama.

Estava a ponto de dormir quando o telefone tocou de novo. Ele se levantou e atendeu.

— Sr. Mayer?

— Pois não?

— Meu nome é Mike Haven, sou amigo de Stuart Irving. Uma vez aparecemos juntos na *Stone Mule*, quando a *Stone Mule* era editada em Salt Lake City.

— Pois não?

— Vim de Montana para passar uma semana. Estou no hotel Sheraton aqui no centro. Gostaria de te visitar, bater um papo.

— Hoje não é um bom dia, Mike.

— Bem, talvez eu possa ir mais para o fim da semana?

— Claro, por que não me liga mais tarde?

355

— Sabe, Joe, eu escrevo como você, tanto poesia como prosa. Quero levar umas coisas minhas e ler para você. Vai ficar surpreso. Minhas coisas são realmente poderosas.

— É?

— Vai ver.

O carteiro foi o próximo. Uma carta. Joe a abriu:

Caro sr. Mayer:

Consegui seu endereço com Sylvia, para quem você escrevia em Paris há muitos anos. Sylvia ainda está viva, em São Francisco, e ainda escreve seus poemas selvagens e proféticos e angélicos e malucos. Estou morando em Los Angeles agora e iria adorar te visitar! Por favor, me avise quando seria bom para você.

Com amor,
Diane

Joe tirou o robe e se vestiu. O telefone tocou de novo. Ele andou até lá, olhou para ele e não atendeu. Saiu, entrou no carro e foi na direção de Santa Anita. Dirigiu devagar. Ligou o rádio e colocou uma música de sinfonia. O ar não estava muito poluído. Ele desceu a Sunset, tomou seu atalho favorito, subiu a colina em direção a Chinatown, passou o Annex, passou o Little Joe's, passou Chinatown e pegou o caminho fácil passando pelos pátios ferroviários, olhando para os velhos vagões marrons. Se ele fosse bom em pintura, gostaria de pintar aquilo. Talvez pintasse mesmo assim. Ele passou pela Broadway e pela Huntington Drive até o hipódromo. Comprou um sanduíche de carne enlatada e um café, dividiu o retrospecto e se sentou. Parecia um pule justo.

CORRO COM A CAÇA

Ele apostou em Rosalena no primeiro lugar por dez dólares e oitenta centavos, Wife's Objection no segundo por nove dólares e vinte centavos e colocou os dois na dupla diária por quarenta e oito dólares e quarenta centavos. Ganhou dois dólares com Rosalena e cinco com Wife's Objection, então estava com mais setenta e três dólares e vinte. Apostou na desclassificação de Sweetott, segundo lugar para Harbor Point, segundo para Pitch Out, segundo para Brannan, todas apostas vencedoras, e estava com mais quarenta e oito dólares e vinte quando teve uma vitória de vinte dólares com o Southern Cream, o que o trouxe de volta aos setenta e três dólares e vinte.

Não estava ruim no hipódromo. Ele só encontrou três pessoas que conhecia. Operários de fábrica. Negros. Dos velhos tempos.

O oitavo páreo era o problema. Cougar, que acumulava cento e vinte e oito, disputava com Unconscious, que acumulava cento e vinte e três. Joe não considerou os outros no páreo. Não conseguia se decidir. Cougar estava três para cinco, e Unconscious, sete para dois. Estando com setenta e três dólares e vinte centavos a mais, achou que podia se dar ao luxo de apostar no três para cinco. Apostou trinta dólares na vitória. Cougar começou lento, como se estivesse correndo em uma vala. Quando estava na metade da primeira volta, estava dezessete corpos atrás do cavalo que liderava. Joe soube que tinha um perdedor. No fim, seu três para cinco estava cinco corpos para trás e o páreo havia terminado.

Ele colocou dez dólares e dez dólares em Barbizon Jr. e Lost at Sea no nono, e saiu com vinte e três dólares e vinte centavos. Era mais fácil colher tomates. Entrou no carro velho e dirigiu para casa devagar.

Assim que ele entrou na banheira, a campainha tocou. Ele se enxugou e vestiu uma camisa e uma calça. Era Max Billinghouse. Max tinha vinte e poucos anos, era banguelo, ruivo. Trabalhava como zelador e sempre usava calça jeans e uma camiseta branca suja. Ele se sentou em uma cadeira e cruzou as pernas.

— Bem, Mayer, o que está acontecendo?

— Do que está falando?

— Quer dizer, está sobrevivendo da sua escrita?

— No momento.

— Tem alguma coisa nova?

— Não desde a última vez que esteve aqui na semana passada.

— Como foi a leitura de poesia?

— Foi tudo bem.

— O povo que vai às leituras de poesia é um povo muito falso.

— A maioria é.

— Tem algum doce? — perguntou Max.

— Doce?

— É, eu sou uma formiga. Sou uma formiga.

— Não tenho doce.

Max se levantou e foi para a cozinha. Saiu de lá com um tomate e duas fatias de pão. Ele se sentou.

— Jesus, você não tem nada para comer por aqui.

— Vou precisar ir ao mercado.

— Sabe — disse Max —, se eu tivesse que ler na frente de um monte de gente, ia insultá-los de verdade, ia magoá-los.

— Você poderia.

— Mas não sei escrever. Acho que vou levar um gravador de fita por aí. Eu às vezes falo comigo mesmo enquanto estou trabalhando. Posso escrever o que digo e terei um conto.

Max era um homem de uma-hora-e-meia. Ele era bom por uma-hora-e-meia. Nunca escutava, só falava. Depois de uma-hora-e-meia, Max se levantou.

Bom, preciso ir.

— Certo, Max.

Max foi embora. Ele sempre falava das mesmas coisas. Como tinha insultado umas pessoas em um ônibus. Como uma vez encontrou Charles Manson. Como um homem ficava melhor com uma puta do que com uma mulher decente. Sexo estava na cabeça. Ele não precisava de roupas novas, de um carro novo. Era um solitário. Não precisava de pessoas.

Joe entrou na cozinha, encontrou uma lata de atum e fez três sanduíches. Ele tirou a garrafa de scotch que estava guardando e colocou uma boa dose com água. Colocou o rádio na estação de música clássica. "A Valsa Danúbio Azul." Ele desligou. Terminou os sanduíches. A campainha tocou. Joe foi até a porta e a abriu. Era Hymie. Hymie tinha um emprego sossegado em alguma prefeitura perto de L.A. Ele era poeta.

— Escute — disse ele —, aquele livro que tive a ideia de fazer, *Uma antología de poetas de L.A*, vamos esquecer isso.

— Tudo bem.

Hymie sentou-se.

— Precisamos de uma nova onda. Acho que já sei. *Misericórdia para os belicistas*. Pense nisso.

— Eu meio que gosto — disse Joe.

— E podemos dizer: "Esse livro é para Franco, e para Lee Harvey Oswald e Adolf Hitler". Agora, eu sou judeu, então isso vai exigir colhões. O que você acha?

— Parece bom.

Hymie se levantou e fez sua imitação de um típico judeu gordo das antigas, um gordo bem judeu. Ele cuspiu em si mesmo e se sentou. Hymie era muito engraçado. Era o homem mais engraçado que Joe conhecia. Hymie era bom por uma hora. Depois de uma hora, Hymie se levantou e foi embora. Ele sempre falava das mesmas coisas. Como a maioria dos poetas era muito ruim. Que isso era trágico, tão trágico que era risível. O que um cara poderia fazer?

Joe tomou outra boa dose de scotch com água e foi até a máquina de escrever. Digitou duas linhas, então o telefone tocou. Era Dunning no hospital. Dunning gostava de beber um monte de cerveja. Tinha cumprido os vinte anos no Exército. O pai de Dunning tinha sido o editor de uma revistinha famosa. O pai de Dunning tinha morrido em junho. A mulher de Dunning era ambiciosa. Ela o pressionara para ser médico, muito. Ele chegou a quiroprata. E estava trabalhando como enfermeiro enquanto tentava guardar dinheiro para uma máquina de raios X de oito ou dez mil dólares.

— Que tal se eu for tomar umas cervejas com você? — perguntou Dunning.

— Escuta, podemos passar essa? — perguntou Joe.

— Que foi? Está escrevendo?

— Acabei de começar.

— Tudo bem. Fica para a próxima.

— Obrigado, Dunning.

Joe sentou-se diante da máquina de novo. Não era ruim. Ele estava na metade da página quando ouviu passos. Então uma batida. Joe abriu a porta.

Eram dois rapazes jovens. Um com barba preta, o outro bem barbeado.

O rapaz de barba disse:

— Eu vi você na sua última leitura.

— Entrem — disse Joe.

Eles entraram. Tinham seis garrafas de cerveja importada, garrafas verdes.

— Vou pegar um abridor — avisou Joe.

Eles se sentaram ali entornando a cerveja.

— Foi uma boa leitura — comentou o rapaz de barba.

— Quem foi sua maior influência? — perguntou o que não tinha barba.

— Jeffers. Poemas mais longos. "Tamar." "Roan Stallion."* Por aí.

— Alguma obra nova que te interessa?

— Não.

— Dizem que você está saindo do underground, que você é parte do Sistema. O que acha disso?

— Nada.

Houve mais perguntas do mesmo tipo. Os rapazes eram bons apenas por uma cerveja cada um. Joe deu conta das outras quatro. Eles foram embora em quarenta e cinco minutos. Mas o que não tinha barba disse, assim que saíram:

— Vamos voltar!

Joe sentou-se diante da máquina de novo com uma nova bebida. Não conseguia datilografar. Levantou-se e foi até o telefone. Discou. E esperou. Ela estava lá. Ela atendeu.

— Escute — disse Joe —, me tire daqui. Me deixa ir até aí e me deitar.

— Quer dizer que quer passar a noite aqui?

— Isso.

— De novo?

— Isso, de novo.

— Tudo bem.

Joe deu a volta na varanda e saiu na rua. Ela morava três ou quatro casas abaixo. Bateu. Lu o deixou entrar. As luzes estavam apagadas. Ela estava só de calcinha e o levou para a cama.

— Deus — gemeu ele.

— Que foi?

— Bem, é tudo inexplicável de um jeito, ou *quase* inexplicável.

---

* Dois poemas de John Robinson Jeffers (1887-1962), poeta estadunidense. [N.E.]

— Só tire a roupa e venha para a cama.

Joe fez isso. Subiu na cama. No começo ele não sabia se funcionaria de novo. Tantas noites seguidas. Mas o corpo dela estava ali e era um corpo jovem. E os lábios estavam abertos e eram reais. Joe deslizou. Era bom estar no escuro. Ele a provocou bem. Até desceu lá de novo e lambeu aquela boceta. Então, conforme montou nela, depois de umas quatro ou cinco bombeadas, ouviu uma voz...

— Mayer... Estou procurando um Joe Mayer...

Ele ouviu a voz do senhorio dele. O senhorio estava bêbado.

— Bom, se ele não está naquele apartamento da frente, dê uma olhada naquele ali atrás. Ele está em um ou no outro.

Joe conseguiu mais quatro ou cinco bombeadas antes que começassem as batidas na porta. Joe tirou e, nu, foi até a porta. Abriu uma janela lateral.

— Sim?

— Ei, Joe! Oi, Joe, o que está fazendo, Joe?

— Nada.

— Bom, então que tal uma cerveja, Joe.

— Não — disse Joe.

Ele bateu a janela lateral e andou de volta até a cama, subiu.

— Quem era? — perguntou ela.

— Não sei. Não reconheci a cara.

— Me beija, Joe. Não fique aí só deitado.

Ele a beijou enquanto a lua do sul da Califórnia entrou pelas cortinas do sul da Califórnia. Ele era Joe Mayer. Escritor freelance.

Estava com a vida feita.

[Conto publicado na coletânea *Sinfonia do vagabundo*, 1983]

a vida feliz dos cansados

bem afinado com
a música de um peixe
estou na cozinha
a meio caminho da loucura
pensando na Espanha de
Hemingway.
está abafado, como dizem,
não consigo respirar,
caguei e
li as páginas de esporte,
abri a geladeira
olhei para um pedaço de carne
roxa,
joguei de volta para
dentro.

o lugar para encontrar o centro
é na beirada
aquela batida no céu
é só um encanamento
vibrando.

coisas terríveis se movem na
parede; flores de câncer nascem
na varanda; meu gato branco tem
um olho arrancado
e há apenas sete dias

de páreos que restam na
temporada de verão.

a dançarina nunca chegou do
clube Normandy
e Jimmy não trouxe a
prostituta,
mas há um cartão-postal de
Arkansas
e um folheto do Food King:
dez dias de férias grátis no Havaí,
tudo o que preciso fazer é
preencher o formulário.
mas não quero ir para o
Havaí.

quero a puta com olhos de pelicano
umbigo de latão
e
coração de marfim.

tiro o pedaço de carne
roxa
jogo na
panela.

então toca o telefone.

caio sobre um joelho e rolo para baixo da
mesa. fico ali

até ele
parar.

então me levanto e
ligo o
rádio.
não é de espantar que Hemingway fosse um
bêbado, dane-se a Espanha,
não a suporto
também.

é tão
abafado.

a leitura de poesia

meio-dia em ponto
em uma pequena faculdade perto da praia
sóbrio
o suor correndo pelos meus braços
uma mancha de suor na mesa
eu a aperto com o dedo
dinheiro de sangue dinheiro de sangue
meu deus eles devem achar que amo isso como os outros
mas é por pão, cerveja e aluguel
dinheiro de sangue
estou tenso, estou ruim, me sinto mal
pobres pessoas estou fracassando estou fracassando

BUKOWSKI

uma mulher se levanta
sai
bate a porta

um poema safado
alguém me disse para não ler poemas safados
ali

tarde demais.

meus olhos não enxergam alguns versos
eu os leio em
voz alta —
tremendo em desespero
péssimo.

não conseguem ouvir minha voz
e eu digo:
desisto, é isso, eu
acabei.

e mais tarde em meu quarto
há scotch e cerveja:
o sangue de um covarde.

isso então
será meu destino:
lutando por centavos em pequenos salões escuros
lendo poemas dos quais me cansei há
muito.

e eu achava
que homens que dirigiam ônibus
ou limpavam latrinas
ou assassinavam homens em vielas eram
tolos.

pedido rápido

levei minha amiga para sua última leitura de poesia,
disse ela.
sim, sim?, perguntei.
ela é jovem e bonita, disse ela.
e?, perguntei.
ela odiou suas
fuças.

então ela se esticou no sofá
e tirou as
botas.

não tenho pernas muito bonitas,
disse ela.

tudo bem, pensei, eu não tenho poesia
muito bonita; ela não tem pernas muito
bonitas.

dois mexidos.

um homem

George estava deitado em seu trailer, de costas, assistindo a uma pequena TV portátil. Os pratos do jantar estavam sujos, os pratos do café da manhã estavam sujos, ele precisava se barbear e cinzas do cigarro enrolado caía na camiseta. Um pouco da cinza ainda queimava. Às vezes a cinza acesa errava a camisa e acertava a pele dele, então ele xingava, jogando-a para longe.

Soou uma batida à porta do trailer. Ele se levantou lentamente e atendeu a porta. Era Constance. Ela tinha uma garrafa de uísque fechada em uma sacola.

— George, larguei aquele filho da puta, não suportava mais aquele filho da puta.

— Sente-se.

George abriu a garrafa, pegou dois copos, encheu um terço de cada um com uísque, dois terços com água. Sentou-se na cama com Constance. Ela pegou um cigarro na bolsa e o acendeu. Estava bêbada, e as mãos tremiam.

— Peguei a desgraça do dinheiro dele também. Peguei a desgraça do dinheiro dele e fui embora enquanto ele estava trabalhando. Não sabe como eu sofri com aquele filho da puta.

— Me dê um cigarro — disse George.

Ela passou o cigarro para ele, e quando se inclinou para perto, George colocou o braço em torno dela, a puxou e a beijou.

— Seu filho da puta — falou ela —, senti saudade.

— Senti saudade dessas suas belas pernas, Connie. Realmente senti saudade dessas belas pernas.

— Ainda gosta delas?

— Fico com tesão só de olhar.

— Eu nunca poderia dar certo com um cara da faculdade — disse Connie. — Eles são muito moles, são medrosos. E ele limpava a casa. George, era como ter uma empregada. Ele fazia tudo. O lugar era impecável. Dava para comer um bife na privada. Ele era *antisséptico*, é o que ele era.

— Beba. Vai se sentir melhor.

— E ele não conseguia fazer amor.

— Está falando que ele não conseguia ficar duro?

— Ah, ele ficava duro. Ficava duro sempre. Mas não sabia como deixar uma mulher feliz, você sabe. Ele não sabia o que fazer. Todo aquele dinheiro, toda aquela educação... ele era inútil.

— Eu queria ter ido para a faculdade.

— Não precisa disso. Você tem tudo de que precisa, George.

— Sou só um serviçal. Todos os empregos de merda.

— Eu disse que você tem tudo de que precisa, George. Você sabe como deixar uma mulher feliz.

— É?

— É. E sabe o que mais? A *mãe* dele vinha visitar! A *mãe* dele! Duas ou três vezes por semana. E ela se sentava ali olhando para mim, fingindo que gostava de mim, mas me tratando o tempo inteiro como se eu fosse uma puta. Como se eu fosse uma grande puta malvada roubando o filho dela! O precioso Walter! Meu Deus! Que bagunça!

— Beba, Connie.

George tinha acabado. Ele esperou que Connie esvaziasse o copo, então o pegou, encheu de novo os dois copos.

— Ele dizia que me amava. E eu dizia: "Olha para a minha boceta, Walter!". E ele não olhava para a minha boceta. Ele dizia: "Não quero olhar para essa coisa". Essa *coisa*! Foi assim que ele chamou! Você não tem medo da minha boceta, tem, George?

— Nunca me mordeu até agora.

— Mas você mordeu ela, você deu uma mordiscada nela, não deu, George?

— Imagino que sim.

— E você lambeu, chupou?

— Imagino que sim.

— Você sabe muito bem, George, o que fez.

— Quanto dinheiro você pegou?

— Seiscentos dólares.

— Não gosto de pessoas que roubam outras pessoas, Connie.

— É por isso que você é uma porra de um lavador de pratos. Você é honesto. Mas ele é um asno, George. E ele pode pagar, e eu mereci... ele e a *mãe* dele e o *amor* dele, o *amor de mãe* dele, as pias e privadas limpinhas e os sacos de lixo e os carros novos e os enxaguantes bucais e as loções pós-barba e o tesão fraco e a transa preciosa. Tudo para *ele mesmo*, entende, tudo para *ele mesmo*! Você sabe o que uma mulher quer, George...

— Obrigado pelo uísque, Connie. Me dê outro cigarro.

George encheu os copos de novo.

— Senti saudade das suas pernas, Connie. Eu senti saudade dessas pernas, de verdade. Eu gosto do jeito que usa esses saltos altos. Eles me deixam louco. Essas mulheres modernas não sabem o que estão perdendo. O salto alto modela a panturrilha, a coxa, a bunda; coloca ritmo no andar. Isso me deixa com tesão de verdade!

— Você fala como um poeta, George. Às vezes você fala assim. Você é um lavador de pratos do caralho.

— Sabe o que eu realmente gostaria de fazer?

— O quê?

— Queria te bater com o cinto nas pernas, na bunda, nas coxas. Queria fazer você tremer e chorar e, quando estiver tremendo e chorando, entro com tudo em puro amor.

— Eu não quero isso, George. Você nunca falou desse jeito antes. Você sempre se portou bem comigo.

— Puxe o vestido mais para cima.

— Quê?

— Puxe o vestido mais para cima, quero ver mais das suas pernas.

— Você gosta das minhas pernas, não gosta, George?

— Deixe a luz brilhar sobre elas!

Constance subiu o vestido.

— Bom Deus, puta que pariu — disse George.

— Você gosta das minhas pernas?

— Eu amo as suas pernas!

Então George se esticou na cama e deu um tapa forte no rosto de Constance. O cigarro dela voou da boca.

— Por que fez isso?

— Você deu para o Walter! Você deu para o Walter!

— E daí?

— E daí que você vai levantar mais o vestido!

— Não!

— Faça o que eu mandei!

George deu outro tapa nela, mais forte. Constance subiu a saia.

— Só até a calcinha! — gritou George. — Não quero ver a calcinha!

— Meu Deus, George, qual é o seu problema?

— Você deu para o Walter!

— George, juro, você ficou louco. Quero ir embora. Me deixa sair daqui, George!

— Não se mexa ou eu te mato!

— Você me mataria?

— Eu juro!

George se levantou e encheu um copo cheio de uísque puro, bebeu e se sentou perto de Constance. Pegou o cigarro e encostou-o no pulso dela. Ela gritou. Ele o segurou ali, com firmeza, então o tirou.

— Eu sou um homem, gata, entende?

— Sei que você é um homem, George.

— Aqui, dá uma olhada nos meus músculos! — George se levantou e flexionou os dois braços. — Lindo, não é, gata? Dá uma olhada nesses músculos! Põe a mão! Põe a mão!

Constance colocou a mão em um dos braços dele. Depois no outro.

— Sim, você tem um corpo lindo, George.

— Sou um homem. Sou um lavador de pratos, mas sou um homem, um homem de verdade.

— Eu sei, George.

— Não como aquele merdinha que você largou.

— Eu sei.

— E eu também sei cantar. Precisa ouvir a minha voz.

Constance ficou ali sentada. George começou a cantar. Cantou "Old Man River". Então cantou "Nobody Knows the Trouble I've Seen". Cantou "The St. Louis Blues". Cantou "God Bless America", parando várias vezes e rindo. Então sentou-se ao lado de Constance. Ele disse:

— Connie, você tem belas pernas.

Ele pediu outro cigarro. Fumou, bebeu mais dois copos, então colocou a cabeça nas pernas de Connie, encostada nas meias, no colo dela, e disse:

— Connie, eu acho que não sou bom, acho que sou louco, desculpa por ter batido em você, desculpa por ter te queimado com aquele cigarro.

Constance ficou ali sentada. Ela passou os dedos pelo cabelo de George, acariciando-o, acalmando-o. Logo ele adormeceu. Ela esperou um pouco mais. Então levantou a cabeça dele e a colocou no travesseiro, levantou as pernas dele e as endireitou sobre a cama. Ela ficou de pé, foi até a garrafa, serviu uma bela dose de uísque no copo, adicionou um toque de água e bebeu de uma vez. Andou até a porta do trailer, a abriu, saiu, a fechou. Andou pelo quintal, abriu o portão da cerca, saiu para a viela sob a lua de uma da manhã. O céu estava sem nuvens. O mesmo céu cheio de estrelas estava lá em cima. Ela foi até o bulevar, seguiu para oeste e chegou à entrada do Blue Mirror. Ela entrou, olhou em torno e lá estava Walter, sentado sozinho e bêbado na ponta do balcão. Ela foi até lá e sentou-se ao lado dele.

— Sentiu minha falta, querido? — perguntou ela.

Walter levantou os olhos. Ele a reconheceu. Não respondeu. Ele olhou para o barman e o barman foi até eles. Todos se conheciam.

[Conto publicado na coletânea *Ao sul de lugar nenhum*, 1973]

sobre sair para pegar a correspondência

o meio-dia curioso
em que esquadrões de minhocas sobem como
stripteasers
para serem estuprados por melros.

eu saio
e por toda a rua
os exércitos verdes atiram cores
como um Quatro de Julho perpétuo,
e eu também pareço me avolumar por dentro,
um tipo de explosão desconhecida, um
sentimento, talvez, de que não há

inimigos
em lugar nenhum.

e me abaixo para a caixa
e não há
nada — nem mesmo uma
carta da companhia dizendo que vão
cortar o gás
de novo.

nem mesmo um bilhete da minha ex-mulher
se gabando da sua presente
felicidade.
a minha mão fuça a caixa de correio em um tipo de
descrédito bem depois de a mente ter
desistido.

não tem nem uma mosca morta
ali dentro.

sou um idiota, penso, deveria saber que
é assim que funciona.

volto enquanto todas as flores pulam para
me agradar.

alguma coisa?, a mulher
pergunta.

nada, respondo, o que tem para o
café da manhã?

CORRO COM A CAÇA

alguém

deus eu estava com uma tristeza imensa
essa mulher se sentou ali e ela
disse
você é mesmo Charles

                    Bukowski?

e eu disse
    esquece isso
não me sinto bem
estou em uma deprê triste
tudo o que quero fazer é
te foder
e ela riu
e achou que eu estava sendo
inteligente
e ó eu só olhei pras suas longas pernas esguias de céu
vi seu fígado e intestino a tremer
vi Cristo ali dentro
pulando com folk-rock

todas as longas filas de fome dentro de mim
se levantaram
e eu fui até lá
e a agarrei no sofá
rasguei seu vestido em torno da cara

e não me importei
estupro ou o fim do mundo

mais uma vez
estar ali
em qualquer lugar
real

sim
a calcinha dela estava no
chão
e meu pau entrou
meu pau meu deus meu pau entrou

eu era Charles
Alguém.

grite quando estiver sendo queimado

Henry serviu uma bebida e olhou pela janela para a rua nua e quente de Hollywood. Meu Deus, fora uma longa caminhada, e ele ainda estava em uma pior. A morte viria a seguir, a morte sempre estava lá. Ele tinha cometido um engano idiota e comprado um jornal underground e ainda estavam idolatrando Lenny Bruce. Tinha uma foto dele, morto, logo depois da overdose. Tudo bem, Lenny tinha sido engraçado às vezes: "Não consigo gozar!". Aquela parte era uma obra-prima, mas Lenny na verdade não era tão bom. Perseguido, sim, física e espiritualmente. Bem, todos nós terminamos mortos, isso era só matemática. Nada de novo. O problema é enquanto esperamos. O telefone tocou. Era a namorada dele.

— Escuta, filho da puta, estou cansada da sua bebedeira. Já tive o suficiente com o meu pai...

— Ah, merda, não é tão ruim assim.

— É, sim, e não vou passar por isso de novo.

— Eu acho que você está exagerando.

— Não, cansei, vou falar, cansei. Eu te vi na festa, pedindo mais uísque, e foi quando eu fui embora. Cansei, não vou aguentar mais...

Ela desligou. Ele serviu scotch com água. Foi até o quarto com a bebida, tirou camisa, calça, sapatos, meias. Só de cueca, foi para a cama com a bebida. Faltavam quinze minutos para o meio-dia. Sem ambição, sem talento, sem chance. O que o mantinha fora da sarjeta era pura sorte, e sorte nunca durava. Bem, a coisa com Lu era uma pena, mas Lu queria um vencedor. Ele esvaziou o copo e se esticou. Pegou *Resistência, rebelião e morte* de Camus... Leu algumas páginas. Camus falava de angústia, terror e da condição miserável do Homem, mas falava disso de um modo tão confortável e floreado... a linguagem dele... que se podia pensar que as coisas não afetavam a ele *nem* sua escrita. Em outras palavras, as coisas bem poderiam ter sido boas. Camus escrevia como um homem que tinha acabado de terminar um grande jantar de filé e batatas fritas, salada, e para fechar uma garrafa de vinho francês dos bons. A humanidade poderia estar sofrendo, mas ele, não. Um homem sábio, talvez, mas Henry preferia alguém que gritava quando estava sendo queimado. Ele largou o livro no chão e tentou dormir. Dormir era sempre difícil. Se conseguisse dormir três horas das vinte e quatro, ficava satisfeito. *Bem*, pensou ele, *as paredes ainda estavam ali, dê quatro paredes a um homem e ele tem uma chance. Lá fora nas ruas não se podia fazer nada.*

A campainha tocou.

— Hank! — berrou alguém. — Ei, Hank!

Que merda é essa?, pensou ele. *O que foi agora?*

— Pois não? — perguntou ele, lá deitado de cueca.

— Ei! O que você está fazendo?

— Me dê um minuto...

Ele se levantou, pegou a camisa e a calça e foi para a sala.

— O que está fazendo?

— Colocando a roupa.

— Colocando a roupa?

— Isso.

Passavam dez minutos do meio-dia. Ele abriu a porta. Era o professor de Pasadena que ensinava literatura inglesa. Ele estava acompanhado de uma gata. O professor apresentou a gata. Ela era editora em uma das grandes casas editoriais de Nova York.

— Ah, sua coisa linda — disse ele, e se aproximou e apertou a coxa direita dela. — Eu te amo.

— Você é rápido — comentou ela.

— Bom, você sabe que os escritores sempre precisaram puxar o saco dos editores.

— Achei que fosse o contrário.

— Não é. É o escritor que passa fome.

— Ela quer ver o seu romance.

— Só tenho uma edição de capa dura. Não posso dar uma de capa dura para ela.

— Deixe ela ficar com uma. Eles podem comprá-lo — sugeriu o professor.

Estavam falando sobre o romance dele, *Pesadelo*. Ele imaginou que ela só queria um exemplar de graça do romance.

— Estávamos indo para Del Mar, mas Pat quis vê-lo em pessoa.

— Que gentileza.

— Hank leu os poemas dele para a minha sala. Demos cinquenta dólares para ele. Ele ficou assustado e chorou. Precisei empurrá-lo para fora da frente da sala.

CORRO COM A CAÇA

— Eu estava indignado. Só cinquenta dólares. Auden conseguia dois mil dólares. Não acho que ele é tão melhor do que eu. Na verdade...

— Sim, sabemos o que você acha.

Henry juntou os retrospectos de corrida velhos em volta dos pés da editora.

— As pessoas me devem mil e cem dólares. Não consigo receber. As revistas de sexo se tornaram impossíveis. Eu fiz amizade com a moça no escritório. Uma Clara. "Oi, Clara", eu telefono para ela, "teve um bom café da manhã?". "Ah, sim, Hank, e você?" "Claro", digo, "dois ovos cozidos." "Sei por que está telefonando", responde ela. "Claro", digo, "o de sempre". "Bem, temos aqui nossa ordem de pagamento 984765 para oitenta e cinco dólares." "E tem mais uma, Clara, sua ordem de pagamento 973895 por cinco artigos, de quinhentos e setenta dólares." "Ah, está certo", diz ela, "vocês merecem seu dinheiro." "Claro", digo. E aí ela diz: "E se você não conseguir seu dinheiro, vai ligar de novo, não vai? Hahaha". "Sim, Clara", digo a ela, "vou telefonar de novo."

O professor e a editora riram.

— Não consigo, puta merda, alguém quer uma bebida?

Eles não responderam, então Henry serviu uma para si mesmo.

— Eu até tentei conseguir jogando nos cavalos. Comecei bem, mas depois empaquei. Precisei parar. Só consigo me dar ao luxo de ganhar.

O professor começou a explicar seu sistema para ganhar no vinte e um em Vegas. Henry foi até a editora.

— Vamos para a cama — disse ele.

— Você é engraçado — respondeu ela.

— É — respondeu ele —, como o Lenny Bruce. Quase. Ele está morto e eu estou morrendo.

— Ainda é engraçado.

— É, eu sou o herói. O mito. Sou o que não foi estragado, o que não se vendeu. Minhas cartas estão sendo leiloadas por duzentos e cinquenta dólares lá no leste. Não consigo comprar um saco de peidos.

— Vocês escritores estão todos sempre gritando "lobo".

— Talvez o lobo finalmente tenha chegado. Não se pode viver da alma. Não se pode pagar o aluguel com sua alma. Tente um dia.

— Talvez eu precise ir para a cama com você — disse ela.

— Vamos, Pat — falou o professor, ficando de pé —, precisamos chegar a Del Mar.

Eles andaram até a porta.

— Foi bom ver você.

— Claro — disse Henry.

— Você vai conseguir.

— Claro — repetiu ele. — Tchau.

Foi para o quarto, tirou a roupa e voltou para a cama. Talvez ele conseguisse dormir. Dormir era algo como a morte. Então ele adormeceu. Ele estava no hipódromo. O homem no guichê lhe dava dinheiro e ele colocava na carteira. Era um monte de dinheiro.

— Precisa comprar outra carteira — comentou o homem —, essa está rasgada.

— Não — respondeu ele —, não quero que as pessoas saibam que eu sou rico.

A campainha tocou.

— Ei, Hank! Hank!

— Certo, certo... só um minuto...

Ele se vestiu de novo e abriu a porta. Era Harry Stobbs. Stobbs era outro escritor. Ele conhecia escritores demais.

Stobbs entrou.

— Tem algum dinheiro, Stobbs?

— Nossa, não.

— Certo, vou comprar a cerveja. Achei que você fosse rico.

— Não, estava morando com essa mina em Malibu. Ela me vestia bem, me alimentava. Me deu um pé na bunda. Estou morando em um chuveiro agora.

— Um chuveiro?

— Isso, é bacana. Tem portas de correr de vidro de verdade.

— Certo, vamos. Tem carro?

— Não.

— Vamos pegar o meu.

Eles foram ao Comet 62 dele e saíram na direção de Hollywood e de Normandy.

— Vendi um artigo para a *Time*. Cara, achei que ia receber uma bolada. Hoje recebi o cheque. Ainda não descontei. Adivinha o que está escrito? — perguntou Stobbs.

— Oitocentos dólares?

— Não, cento e sessenta e cinco.

— O quê? Revista *Time*? Cento e sessenta e cinco dólares?

— Isso mesmo.

Eles estacionaram e entraram em uma lojinha de bebidas para comprar cerveja.

— Minha mulher me deu um pé na bunda — contou Henry a Stobbs. — Diz que eu bebo muito. Mentira deslavada.

Ele esticou a mão para pegar dois pacotes de seis cervejas no refrigerador.

— Estou diminuindo. Festa ruim ontem à noite. Nada além de escritores mortos de fome e professores a ponto de perderem o emprego. Papo do ramo. Muito cansativo.

— Escritores são putas — disse Stobbs —, os escritores são as putas do universo.

— As putas do universo se saem muito melhor, meu amigo.

Eles foram até o balcão.

— "Asas da Canção"— disse o dono da loja de bebidas.

— "Asas da Canção" — respondeu Henry.

O proprietário tinha um artigo sobre a poesia de Henry no *L.A. Times* um ano atrás e nunca se esqueceu. Aquela era a rotina Asas da Canção deles. No começo ele odiava, mas agora achava curioso. Asas da Canção, por Deus.

Eles entraram no carro e voltaram. O carteiro tinha passado. Havia alguma coisa na caixa postal.

— Talvez seja um cheque — disse Henry.

Ele pegou a carta dentro, abriu duas cervejas e abriu a carta. Ela dizia:

Caro sr. Chinaski,

Acabei de ler o seu romance, *Pesadelo*, e o seu livro de poemas, *Fotografias do inferno*, e acho que é um grande escritor. Sou uma mulher casada, cinquenta e dois anos, e os meus filhos já são adultos. Gostaria muito de receber uma resposta.

Respeitosamente,
Doris Anderson

A carta vinha de uma cidadezinha no Maine.

— Não sabia que as pessoas ainda moravam no Maine — disse ele a Stobbs.

— Não acho que morem — respondeu Stobbs.

— Moram. Essa aqui mora.

Henry jogou a carta no saco de lixo. A cerveja era boa. As enfermeiras estavam voltando para casa no prédio do outro lado da rua. Ali moravam muitas enfermeiras. A maioria delas usava uniformes transparentes e o sol da tarde fazia o resto. Ele

CORRO COM A CAÇA

ficou ali com Stobbs observando enquanto elas saíam dos carros e passavam pela entrada de vidro, para desaparecerem em seus chuveiros, televisões e portas fechadas.

— Olhe aquela ali — disse Stobbs.

— Aham.

— Ali tem outra.

— Minha nossa!

Estavam agindo como moleques de quinze anos, pensou Henry. *Não merecemos viver. Aposto que Camus nunca ficou espiando na janela.*

— Como você vai se virar, Stobbs?

— Bem, enquanto tiver aquele chuveiro, tá tudo certo.

— Por que não arruma um emprego?

— Um emprego? Não fale como um louco.

— Acho que você está certo.

— Olhe aquela! Olhe a bunda daquela!

— Sim, de fato.

Eles se sentaram e tomaram a cerveja.

— Mason — disse ele a Stobbs, mencionando um jovem poeta inédito — foi morar no México. Ele caça a própria carne com arco e flecha, pega peixes. Tem a mulher dele e uma empregada. Está com quatro livros prontos. Até escreveu um livro de faroeste. O problema é que, quando você está fora do país, é quase impossível receber seu dinheiro. O único jeito de receber o dinheiro é ameaçá-los de morte. Sou bom com essas cartas. Mas se você está a milhares de quilômetros eles sabem que você vai sossegar antes de chegar à porta deles. Mas gosto de caçar a minha própria carne. Muito melhor do que ir ao A&P. Você finge que aqueles animais são editores e *publishers*. É ótimo.

Stobbs ficou por ali até as cinco da tarde. Reclamaram de escrever, de como os caras no topo eram realmente ruins. Caras como Mailer, caras como Capote. Então Stobbs foi embora, e

Henry tirou a camisa, a calça, os sapatos e meias e voltou para a cama. O telefone tocou. Estava no chão perto da cama. Ele se esticou para baixo e atendeu. Era Lu.

— O que está fazendo? Escrevendo?

— Eu escrevo pouco.

— Está bebendo?

— Diminuindo.

— Acho que precisa de uma enfermeira.

— Vamos para o hipódromo hoje à noite.

— Tá bom. A que horas você chega?

— Seis e meia está bom?

— Seis e meia está bom.

— Então tchau.

Ele se esticou na cama. Bem, era bom estar de volta com Lu. Ela era boa para ele. Ela estava certa, ele bebia demais. Se Lu bebesse como ele, ele não iria querer ficar com ela. Seja justo, homem, seja justo. Veja o que aconteceu com Hemingway, sempre sentado com uma bebida na mão. Veja Faulkner, veja todos eles. Bem, merda.

O telefone tocou de novo. Ele atendeu.

— Chinaski?

— Sim?

Era a poetisa Janessa Tell. Ela tinha um corpo bonito, mas nunca a tinha levado para a cama.

— Gostaria que viesse jantar amanhã à noite.

— Estou firme com a Lu — disse ele.

Deus, pensou, *sou leal. Deus*, pensou, *sou um cara legal. Deus.*

— Traga ela com você.

— Acha que seria uma boa ideia?

— Comigo está tudo bem.

— Escute, te telefono amanhã. Te aviso.

Ele desligou e se esticou de novo. *Por trinta anos*, pensou, *eu quis ser um escritor, e agora sou um escritor e o que isso quer dizer?*

O telefone tocou de novo. Era Doug Eshlesham, o poeta.

— Hank, querido...

— Sim, Doug?

— Estou quebrado, preciso de cinco, querido. Me empresta cinco.

— Doug, os cavalos me quebraram. Estou duro, totalmente.

— Ah — disse Doug.

— Desculpe, querido.

— Bem, tudo bem.

Doug desligou. Doug já lhe devia quinze. Mas ele tinha os cinco. Deveria ter dado os cinco a Doug. Ele provavelmente estava comendo comida de cachorro. *Não sou um cara muito bom*, pensou. *Deus, não sou um cara muito legal, no fim das contas.*

Ele se esticou na cama, cheio, em sua inglória.

[Conto publicado na coletânea *Sinfonia do vagabundo*, 1983]

o cadarço

uma mulher, um
pneu furado, uma
doença, um
desejo; medos diante de você,
medos que ficam tão imóveis
que pode estudá-los
como peças em um

tabuleiro de xadrez...
não são as coisas grandes que
mandam um homem para o
hospício, a morte para a qual ele está pronto, ou
assassinato, incesto, assalto, incêndio, enchente...
não, é a série continuada de *pequenas* tragédias
que manda um homem para o
hospício...
não a morte de seu amor
mas o cadarço que estoura
quando não resta tempo...
o pavor da vida
está naquele enxame de trivialidades
que mata mais rápido do que câncer
e que está sempre lá —
licenciamento ou impostos
ou carteira de motorista vencida,
ou contratar ou demitir,
fazer ou alguém fazer com você, ou
constipação
multa de excesso de velocidade
raquitismo ou grilos ou ratos ou cupim ou
baratas ou moscas ou um
gancho quebrado em uma
tela, ou ficar sem gasolina,
ou muita gasolina,
a pia está entupida, o senhorio está bêbado,
o presidente não liga e o governador é
maluco.
interruptor quebrado, colchão parece um
porco-espinho;

CORRO COM A CAÇA

cento e cinco dólares por retificação, carburador e bomba de
    gasolina na
Sears Roebuck;
e a conta de telefone subiu e a do mercado
baixou
e a corrente da privada está
quebrada,
e a luz está queimada —
a luz do corredor, a luz da frente, a luz de trás,
a luz de dentro; está
mais escuro do que no inferno
e duas vezes mais
caro.
então sempre tem chatos e unhas encravadas
e pessoas que insistem que são
suas amigas;
sempre tem isso e pior;
torneira vazando, Cristo e Natal;
salame azul, nove dias de chuva,
abacates de cinquenta centavos
e salsichas de fígado
roxas.

ou trabalhar
como garçonete no Norm's no turno dividido,
ou como esvaziador de
penicos,
ou como lavador de carros ou auxiliar de garçom
ou ladrão de bolsas de velhas
deixando-as aos berros nas calçadas
com braços quebrados aos
oitenta.

de repente
duas luzes vermelhas no espelho retrovisor
e sangue na
roupa de baixo;
dor de dente, e 979 dólares por uma ponte
trezentos dólares por um dente de
ouro;
e China e Rússia e Estados Unidos, e
cabelo comprido e cabelo curto e cabelo
nenhum e barbas e rosto
nenhum, e muita
seda mas nenhum
bagulho, a não ser um para mijar dentro e
o outro em torno de suas
tripas.

com cada cadarço quebrado
de cem cadarços quebrados
um homem, uma mulher, uma
coisa
entra em um
hospício.

então tenha cuidado
quando você
se abaixar.

se pegarmos —

se pegarmos o que podemos ver —
os motores que nos deixam loucos,
amantes por fim se odiando;
aquele peixe no mercado
olhando de cima para nossas mentes;
flores apodrecendo, moscas na teia;
tumultos, rugidos de leões enjaulados,
palhaços apaixonados por notas de dólar,
nações movendo pessoas como peões;
ladrões à luz do dia com belas
esposas e vinhos à noite;
as cadeias lotadas,
os desempregados corriqueiros,
grama morrendo, incêndios mixurucas,
homens velhos o suficiente para amar a cova.

Essas coisas, e outras, em conteúdo
mostram a vida girando em um eixo podre.

Mas nos deixaram um pouco de música
e um espetáculo picante na esquina,
uma dose de uísque, uma gravata azul,
um livrinho de poemas de Rimbaud,
um cavalo correndo como se o diabo estivesse
torcendo seu rabo
sobre grama azul e gritando e, então,
amor de novo
como um bonde virando a esquina

BUKOWSKI

a tempo,
a cidade esperando,
o vinho e as flores,
a água andando pelo lago
e verão e inverno e verão e verão
e inverno novamente.

IV

mais uma criatura
tonta de amor

o mais forte dos estranhos

não vai vê-los sempre
pois onde está a multidão
eles
não estão.

esses esquisitos, não
muitos,
mas deles
vêm
as poucas
boas pinturas
as poucas
boas sinfonias
os poucos
bons livros
e outras
obras.

e dos
melhores

BUKOWSKI

estranhos
talvez
nada.

eles são
as próprias
pinturas
os próprios
livros
as próprias
músicas
as próprias
obras.

às vezes acho
que os
vejo — digamos
um certo
velho
sentado em um
certo banco
de um certo
jeito

ou
um rosto rápido
indo para o outro
lado
em um carro que
passa

CORRO COM A CAÇA

ou
há um certo movimento
nas mãos
de um empacotador ou uma
empacotadora
enquanto embala
mercadoria do
supermercado.

às vezes
é até alguém
com quem você
vem vivendo
por algum
tempo —
você nota
um
olhar rápido
demais
nunca visto
neles
antes.

às vezes
só vai notar
a existência
deles
de repente
em uma
memória
vívida

alguns meses
alguns anos
depois que
partiram.

eu me lembro
de um
assim —
ele tinha uns
vinte anos de idade
bêbado às
dez
olhando para
um espelho
rachado
em Nova Orleans

o rosto sonhando
contra as
paredes
do mundo
para
onde
fui?

os últimos dias do menino suicida

posso me ver agora
depois de todos esses dias e noites suicidas
sendo levado para fora de uma casa de repouso estéril

CORRO COM A CAÇA

(é claro, isso só se ficar famoso e tiver sorte)
por uma enfermeira retardada, entediada...
ali estou sentado ereto na minha cadeira de rodas...
quase cego, os olhos rolando para a parte escura do crânio
à procura da
misericórdia da morte...

"O dia não está lindo, sr. Bukowski?"

"Ah, sim, sim..."

as crianças passam e nem existo
e belas mulheres passam
com grandes quadris tesudos
e bundas quentes e tudo firme e quente
rezando para serem amadas
e eu nem mesmo
existo...

"É o primeiro sol que tivemos em três dias,
sr. Bukowski."

"Ah, sim, sim."

ali estou eu sentado ereto na cadeira de rodas,
mais branco do que esta folha de papel,
sem sangue,
cérebro ausente, jogatina ausente, eu, Bukowski,
ausente...

"Não é um dia bonito, sr. Bukowski?"

"Ah, sim, sim..." mijando no pijama, baba caindo da boca.

duas jovens estudantes passam correndo —

"Ei, você viu aquele velho?"

"Meu Deus, vi, ele me deu ânsia!"

depois de todas as ameaças de fazer isso
outra pessoa cometeu suicídio por mim
no fim das contas.

a enfermeira para a cadeira de rodas, tira uma rosa de uma roseira,
coloca em minha mão.

eu nem sei
o que é. poderia ser meu pinto,
não notaria
a diferença.

solidão

Edna estava descendo a rua com sua sacola de compras quando
passou pelo automóvel. Havia uma placa na janela lateral:

PRECISA-SE DE MULHER.

Ela parou. Havia um pedaço de papelão na janela com um
material colado nele. A maior parte era datilografada. Edna não

conseguia ler de onde estava na calçada. Só conseguia ver as letras grandes:

PRECISA-SE DE MULHER.

Era um carro novo caro. Edna se aproximou pela grama para ler a parte datilografada:

Homem de quarenta e nove anos. Divorciado. Quer encontrar mulher para casamento. Deve ter entre trinta e cinco e quarenta e quatro anos. Gostar de televisão e de longas-metragens. Boa comida. Sou contador de custos, com emprego estável. Dinheiro no banco. Gosto de mulheres mais cheias.

Edna tinha trinta e sete anos e era mais cheia. Havia um número de telefone. Havia também três fotos do cavalheiro procurando uma mulher. Ele parecia muito sério de terno e gravata. Também parecia chato e um pouco cruel. *E feito de madeira*, pensou Edna, *feito de madeira*.

Edna se afastou, sorrindo um pouco. Ela também teve um sentimento de repulsa. Quando chegou ao apartamento, já tinha se esquecido de tudo a respeito dele. Só algumas horas depois, sentada na banheira, pensou nele de novo, e dessa vez pensou em como ele deveria se sentir realmente sozinho para fazer uma coisa daquelas:

PRECISA-SE DE MULHER.

Ela pensou nele voltando para casa, pegando as contas de gás e telefone na caixa de correio, tirando a roupa, tomando um banho, a TV ligada. Então o jornal da noite. Então na cozinha, para cozinhar. De pé ali de calção, olhando para a frigideira. Pegando a comida e indo para uma mesa, comendo. Bebendo café. Então mais TV. E talvez uma lata de cerveja solitária antes de dormir. Havia milhões de homens assim por todos os Estados Unidos.

Edna saiu da banheira, enxugou-se, vestiu-se e saiu do apartamento. O carro ainda estava lá. Ela anotou o nome do homem, Joe Lighthill, e o número de telefone. Leu a parte datilografada de novo. "Longas-metragens." Que termo estranho para se usar. As pessoas agora diziam "filmes". PRECISA-SE DE MULHER. O anúncio era bem ousado. Ele tinha sido original nisso.

Quando Edna voltou para casa, tomou três xícaras de café antes de discar o número. O telefone tocou quatro vezes.

— Alô? — atendeu ele.

— Sr. Lighthill?

— Pois não?

— Vi o seu anúncio. O anúncio no carro.

— Ah, sim.

— O meu nome é Edna.

— Como vai, Edna?

— Ah, estou bem. Anda fazendo tanto calor. Esse tempo é demais.

— É, deixa a vida mais difícil.

— Bem, sr. Lighthill...

— Me chame de Joe.

— Bem, Joe, hahaha, eu me sinto uma tonta. Sabe por que estou ligando?

— Viu o meu anúncio?

— Quer dizer, hahaha, qual é o seu problema? Não consegue arrumar uma mulher?

— Acho que não, Edna. Me diga, onde elas estão?

— As mulheres?

CORRO COM A CAÇA

— Isso.

— Ah, em todo lugar, você sabe.

— Onde? Me diga. Onde?

— Bem, na igreja, você sabe. Tem mulheres na igreja.

— Não gosto de igreja.

— Ah.

— Escute, por que não vem para cá, Edna?

— Você quer dizer aí?

— Isso. Eu tenho uma casa bacana. Podemos beber alguma coisa, conversar. Sem pressão.

— É tarde.

— Não é tarde. Escute, você viu o meu anúncio. Deve estar interessada.

— Bem...

— Você está assustada, é só isso. Você só está assustada.

— Não, não estou assustada.

— Então venha para cá, Edna.

— Bem...

— Vamos.

— Certo. Te vejo em quinze minutos.

Ficava no último andar de um complexo de apartamentos moderno. Apto. 17. A piscina abaixo refletia as luzes. Edna bateu. A porta se abriu e ali estava o sr. Lighthill. Ficando calvo na frente; nariz aquilino, com os pelos da narina saindo para fora; a camisa aberta no pescoço.

— Entre, Edna...

Ela entrou e a porta se fechou atrás dela. Usava o vestido azul de lã. Estava sem meias, usava sandálias e fumava um cigarro.

— Sente-se. Vou pegar uma bebida.

Era um lugar bacana. Tudo em azul e verde e *muito* limpo. Ela ouviu o sr. Lighthill cantarolando enquanto misturava as bebidas, hummmmmm, hummmmmmm, hummmmmmmmm... Ele parecia relaxado e isso a ajudou.

O sr. Lighthill — Joe — veio com as bebidas. Ele passou a de Edna para ela e então sentou-se em uma poltrona do outro lado da sala.

— É — disse ele —, vem fazendo calor, um calor dos infernos. Mas eu tenho ar-condicionado.

— Notei. É muito legal.

— Beba sua bebida.

— Ah, sim.

Edna deu um gole. Era uma boa bebida, um pouco forte, mas gostosa. Ela viu Joe inclinar a cabeça para trás ao beber. Ele parecia ter rugas fundas em torno do pescoço. E a calça era muito larga. Parecia ser dois tamanhos maior. Deixava as pernas dele com uma aparência estranha.

— É um belo vestido, Edna.

— Você gosta?

— Ah, sim. Você é robusta, também. Fica justo em você, bem justo.

Edna não disse nada. Nem Joe. Eles apenas ficaram ali sentados olhando um para o outro e bebendo suas bebidas.

Por que ele não fala?, pensou Edna. *Cabe a ele falar. Há alguma coisa travada nele.* Ela terminou a bebida.

— Vou pegar outra — disse Joe.

— Não, eu realmente preciso ir.

— Ah, vamos — insistiu ele —, aceite outra bebida. Precisamos de alguma coisa para nos soltar.

— Tudo bem, mas, depois dessa, vou embora.

CORRO COM A CAÇA

Joe foi para a cozinha com os copos. Não estava mais cantarolando. Ele saiu, deu a bebida a Edna e sentou-se novamente na poltrona na frente dela. A bebida estava mais forte.

— Sabe — disse ele —, eu vou bem nos testes de sexo.

Edna deu um gole na bebida e não respondeu.

— Como você vai nos testes de sexo? — perguntou Joe.

— Nunca fiz nenhum.

— Você deveria, sabe, para descobrir quem você é e o que você é.

— Acha que aquelas coisas são válidas? Vi os testes no jornal. Não fiz, mas vi — disse Edna.

— É claro que são válidos.

— Talvez eu não seja boa em sexo — falou Edna —, talvez seja por isso que estou sozinha.

Ela deu um longo gole.

— Cada um de nós fica, por fim, sozinho — disse Joe.

— O que quer dizer?

— Quer dizer, não importa o quanto você seja bom de modo sexual ou no amor, chega o dia em que acaba.

— Isso é triste — concluiu Edna.

— É claro. Então chega o dia em que acaba. Ou há uma separação ou a coisa toda se resolve em uma trégua: duas pessoas morando juntas sem sentir nada. Acho que é melhor ficar sozinho.

— Você se divorciou da sua mulher, Joe?

— Não, ela se divorciou de mim.

— O que deu errado?

— Orgias sexuais.

— Orgias sexuais?

— Sabe de uma coisa, uma orgia sexual é o lugar mais solitário do mundo. Aquelas orgias, eu tinha uma sensação de desespero, aqueles paus entrando e saindo... perdão...

— Tudo bem.

— Aqueles paus entrando e saindo, pernas trançadas, dedos trabalhando, bocas, todos apertando e suando e determinados a trepar, de qualquer jeito.

— Não sei muito sobre essas coisas, Joe — comentou Edna.

— Acredito que, sem amor, o sexo não é nada. As coisas só podem ter significado quando existe algum sentimento entre os participantes.

— Quer dizer que as pessoas precisam gostar umas das outras?

— Ajuda.

— Imagine que se cansaram um do outro. Imagine que *precisem* ficar juntos? Economia? Crianças? Tudo isso?

— Orgias não funcionam.

— O que funciona?

— Bem, não sei. Talvez troca.

— Troca?

— Você sabe, quando dois casais se conhecem *muito* bem e trocam de parceiros. Os sentimentos, pelo menos, têm chance. Por exemplo, eu sempre gostei da esposa de Mike. Gosto dela há meses. Já a observei enquanto ela atravessava a sala. Gosto dos movimentos dela. Os movimentos dela me deixaram curioso. Eu imagino, você sabe, o que vem com aqueles movimentos. Eu já a vi brava, já a vi bêbada, já a vi sóbria. E, então, a troca. Você está no quarto com ela, ao menos vai conhecê-la. Há a chance de algo real. É claro que Mike está com a sua esposa no outro quarto. Boa sorte, Mike, você pensa, espero que seja tão bom amante quanto eu.

— E funciona bem?

— Bem, não sei... Trocas podem causar dificuldades... depois. Tudo precisa ser conversado... muito bem conversado antes. E então talvez as pessoas não saibam o suficiente, não importa o quanto falem...

— Você sabe o suficiente, Joe?

— Bem, essas trocas... Acho que podem ser boas para algumas pessoas... talvez boas para muitas pessoas. Acho que não ia funcionar para mim. Sou muito pudico.

Joe terminou a bebida dele. Edna pousou o resto da dela e ficou de pé.

— Escute, Joe, preciso ir...

Joe atravessou a sala na direção dela. Ele parecia um elefante com aquelas calças. Ela viu as orelhas grandes dele. Então ele a agarrou e a beijou. O mau hálito dele atravessou todas as bebidas. Ele tinha um cheiro muito azedo. Parte da boca dele não fazia contato com ela. Ele era forte, mas a força dele não era pura, implorava. Ela afastou a cabeça e ele ainda a segurou.

PRECISA-SE DE MULHER.

— Joe, me solte! Você está indo rápido demais, Joe! Solte!

— Por que veio aqui, vagabunda?

Ele tentou beijá-la de novo e conseguiu. Foi horrível. Edna levantou o joelho. Acertou-o com força. Ele se segurou e caiu no tapete.

— Deus, deus... por que fez isso? Você tentou me matar...

Ele rolou no chão.

O traseiro dele, pensou ela, *ele tinha um traseiro tão* feio.

Ela o largou rolando no tapete e desceu a escada correndo. O ar estava limpo lá fora. Ela ouviu pessoas conversando, as TVs delas. Não era uma caminhada muito longa até o apartamento dela. Sentiu necessidade de tomar outro banho, tirou o vestido de tricô azul e se esfregou. Então saiu da banheira, enxugou-se e prendeu os cabelos em bobes cor-de-rosa. Decidiu não se encontrar com ele de novo.

[Conto publicado na coletânea *Ao sul de lugar nenhum*, 1973]

sozinho com todo mundo

a pele cobre o osso
e eles colocam uma mente
ali dentro e
às vezes uma alma,
e as mulheres quebram
vasos nas paredes
e os homens bebem
demais
e ninguém encontra a
pessoa certa
mas continua à procura
entrando e saindo
de camas.
a carne cobre
o osso e a
carne busca
mais do que
carne.

não há a menor
chance:
estamos todos presos
por um destino
singular.

ninguém nunca encontra
a pessoa certa.

os lixões da cidade enchem
os ferros-velhos enchem
os hospícios enchem
os hospitais enchem
os cemitérios enchem

nada mais
preenche.

Eu tinha cinquenta anos e estava havia quatro sem ir para a cama com uma mulher. Não tinha amigas mulheres. Olhava para elas quando passavam pelas ruas ou sempre que as via, mas olhava sem desejo e com uma sensação de futilidade. Eu me masturbava regularmente, mas a ideia de ter um relacionamento com uma mulher — mesmo em termos não sexuais — estava além da minha imaginação. Eu tinha uma filha de seis anos nascida fora do casamento. Ela morava com a mãe e eu pagava pensão. Tinha sido casado anos antes de fazer trinta e cinco. Aquele casamento durou dois anos e meio. Minha mulher tinha se divorciado de mim. Tinha me apaixonado apenas uma vez. Ela havia morrido de alcoolismo agudo. Morreu aos quarenta e oito, eu tinha trinta e oito. Minha mulher tinha doze anos a menos do que eu. Acho que ela também está morta agora, embora não tenha certeza. Ela me escrevia uma longa carta a cada Natal por seis anos depois do divórcio. Nunca respondi...

Não tenho certeza de quando vi Lydia Vance pela primeira vez. Foi há uns seis anos, e eu tinha acabado de sair de um trabalho de doze anos como atendente dos correios e tentava ser escritor.

Estava apavorado e bebia mais do que nunca. Estava tentando escrever meu primeiro romance. Bebia uma garrafa de uísque e dois pacotes de seis cervejas toda noite enquanto escrevia. Fumava charutos baratos e bebia e ouvia música clássica no rádio até amanhecer. Tinha colocado uma meta de dez páginas por noite, mas nunca sabia quantas páginas tinha escrito até o dia seguinte. Eu me levantava de manhã, vomitava, então ia até a sala e olhava no sofá para ver quantas páginas havia ali. Sempre fazia mais do que dez. Às vezes havia dezessete, dezoito, vinte e três, vinte e cinco páginas. É claro, o trabalho de cada noite precisava ser editado ou jogado fora. Levei vinte e uma noites para escrever meu primeiro romance.

Os donos da casa em que morava na época, que viviam nos fundos, achavam que eu era louco. A cada manhã, quando eu despertava ali, havia uma grande sacola de papel marrom na varanda. O conteúdo variava, mas em grande parte as sacolas tinham tomates, rabanetes, laranjas, cebolinha, latas de sopa, cebolas-roxas. Eu bebia cerveja com eles em noites alternadas até as quatro ou cinco da manhã. O velho desmaiava, e eu e a velha ficávamos de mãos dadas e eu a beijava de vez em quando. Eu sempre lhe dava um grande beijo na porta. Ela era terrivelmente enrugada, mas não conseguia evitar. Ela era católica e ficava bonitinha quando colocava o chapéu rosa e ia à igreja na manhã de domingo.

Acho que encontrei Lydia Vance na minha primeira leitura de poesia. Era em uma livraria na Kenmore Avenue, The Drawbridge. Eu estava aterrorizado. Sentindo-me superior, porém aterrorizado. Quando entrei lá, só tinha lugar em pé. Peter, que gerenciava a livraria e morava com uma garota negra, tinha uma pilha de dinheiro na frente dele.

CORRO COM A CAÇA

— Merda — disse ele —, se eu sempre conseguisse encher assim, teria dinheiro suficiente para outra viagem à Índia.

Eu entrei e eles começaram a aplaudir. No que dizia respeito a leituras de poesia, estava a ponto de perder o cabaço.

Li por trinta minutos e então pedi um intervalo. Ainda estava sóbrio e sentia os olhos me encarando do escuro. Algumas pessoas vieram falar comigo. Então, durante um momento calmo, Lydia Vance veio. Eu estava sentado a uma mesa bebendo cerveja. Ela colocou as duas mãos na beira da mesa, inclinou-se e olhou para mim. Tinha cabelo castanho, bem comprido, um nariz proeminente e um olho não era exatamente igual ao outro. Mas ela projetava vitalidade — você sabia que ela estava ali. Eu sentia as vibrações correndo entre nós. Algumas das vibrações eram confusas e não eram boas, mas ali estavam. Ela olhou para mim e eu olhei de volta. Lydia Vance usava uma jaqueta de caubói de camurça com uma franja em torno do pescoço. Os peitos dela eram bonitos. Eu disse a ela:

— Queria arrancar essa franja da sua jaqueta, poderíamos começar por aí!

Lydia foi embora. Não tinha funcionado. Eu nunca sabia o que dizer para as mulheres. Mas ela tinha um traseiro. Observei aquele lindo traseiro enquanto ela se afastava. A parte de trás da calça jeans dela o aninhava, e eu observei enquanto ela ia embora.

Terminei a segunda parte da leitura e me esqueci de Lydia como me esquecia das mulheres pelas quais passava na calçada. Peguei meu dinheiro, autografei alguns guardanapos, alguns pedaços de papel, então saí e fui embora para casa.

[Conto publicado na coletânea *Ao sul de lugar nenhum*, 1973]

um cavalo de olhos verde-azulados

o que se vê é o que se vê:
hospícios raramente estão
em exibição.

que ainda andamos por aí e
nos coçamos e acendemos
cigarros

é mais um milagre

que beldades no banho
que rosas e a mariposa.

sentar-se em um quartinho
e beber uma lata de cerveja
e enrolar um cigarro
escutando Brahms
em um radinho vermelho

é ter voltado
de uma dúzia de guerras
vivo
ouvindo o som
da geladeira

enquanto as beldades no banho apodrecem

e laranjas e maçãs
rolam para longe.

CORRO COM A CAÇA

Um dia ou dois depois recebi pelo correio um poema de Lydia. Era um poema longo e começava assim:

Saia, velho ogro,
Saia de seu buraco escuro, velho ogro,
Saia para a luz do sol conosco e
Vamos colocar margaridas em seus cabelos...

O poema seguia para me dizer como seria bom dançar nos campos com criaturas fêmeas fulvas que me trariam alegria e conhecimento verdadeiro. Coloquei a carta em uma gaveta da cômoda.

Fui acordado na manhã seguinte por uma batida nos painéis de vidro da porta da frente. Eram dez e meia da manhã.

— Vá embora — falei.

— É Lydia.

— Certo. Espere um minuto.

Coloquei uma camisa, uma calça e abri a porta. Então corri para o banheiro e vomitei. Tentei escovar os dentes, mas apenas vomitei de novo; a doçura da pasta de dentes revirou meu estômago.

— Você está enjoado — disse Lydia. — Quer que eu vá embora?

— Ah, não, estou bem. Sempre acordo assim.

Lydia estava bonita. A luz entrava pelas cortinas e brilhava nela. Ela estava com uma laranja nas mãos e a jogava no ar. A laranja girava pela manhã ensolarada.

— Não posso ficar — falou ela —, mas quero te pedir uma coisa.

— Claro.

— Sou escultora. Quero esculpir a sua cabeça.

— Tudo bem.

— Você vai precisar vir para a minha casa. Não tenho um estúdio. Vamos precisar fazer isso em casa. Isso não vai te deixar nervoso, vai?

— Não.

Anotei o endereço dela e as instruções para chegar lá.

— Tente aparecer pelas onze da manhã. As crianças voltam para casa no meio da tarde e isso me distrai.

— Estarei lá às onze — falei.

Sentei-me na frente de Lydia na mesinha de centro dela. Entre nós havia um amontoado grande de argila. Ela começou a fazer perguntas.

— Os seus pais ainda estão vivos?

— Não.

— Gosta de L.A.?

— É a minha cidade favorita.

— Por que escreve sobre mulheres do jeito que escreve?

— De que jeito?

— Você sabe.

— Não, não sei.

— Bem, acho que é uma vergonha desgraçada que um homem que escreve bem como você simplesmente não saiba coisa alguma sobre mulheres.

Não respondi.

— Droga! O que a Lisa fez com...? — Ela começou a procurar algo pelo quarto. — Ah, menininhas que somem com as ferramentas da mãe!

Lydia achou outra.

— Vou ter que me virar com essa. Fique imóvel agora, relaxe, mas fique imóvel.

Eu estava de frente para ela. Ela trabalhou no monte de argila com uma ferramenta de madeira que tinha um laço de arame na ponta. Ela acenava a ferramenta para mim sobre a pilha de argila. Eu a observava. Os olhos dela me perscrutavam. Eram grandes, castanho-escuros. Até o olho ruim, o que não era bem igual o outro, era bonito. Olhei de volta. Lydia trabalhava. O tempo passou. Eu estava em um transe. Então ela disse:

— Que tal uma pausa? Quer uma cerveja?

— Ótimo. Sim.

Quando ela se levantou para ir até a geladeira, eu a segui. Ela tirou a garrafa e fechou a porta. Quando ela se virou, eu a peguei pela cintura e a puxei para mim. Apertei a boca e o corpo contra o dela. Ela segurava a garrafa de cerveja com o braço esticado, em uma mão. Eu a beijei. Beijei novamente. Lydia me empurrou.

— Certo — disse ela —, basta. Temos trabalho a fazer.

[Trecho do romance *Mulheres*, 1978]

minha tiete

estava lendo no último sábado nas
sequoias perto de Santa Cruz
e já tinha lido uns ¾
quando ouço um grito longo e fino
e uma jovem
bem bonita vem correndo até mim
vestido longo & olhos ardentes divinos

BUKOWSKI

e ela subiu no palco
e gritou: "QUERO VOCÊ!
QUERO VOCÊ! ME TOME! ME
TOME!".
eu disse a ela: "olhe, fique
longe de mim".
mas ela continuou rasgando minhas
roupas e se jogando sobre
mim.
"onde você estava", perguntei
a ela, "quando eu vivia com
uma barra de chocolate por dia e
mandava contos para a
Atlantic Monthly?"
ela pegou minhas bolas e quase
as arrancou. os beijos dela
tinham gosto de rebosteio.
duas mulheres pularam no palco
e
a levaram para as
árvores.
ainda podia ouvir os gritos dela
quando comecei o poema seguinte.

talvez, pensei, devesse tê-la
tomado no palco na frente
de todos aqueles olhos.
mas nunca se tem certeza
se é poesia boa ou
ácido ruim.

CORRO COM A CAÇA

Não vi Lydia por alguns dias, embora tenha conseguido telefonar para ela seis ou sete vezes durante esse período. Então o fim de semana chegou. O ex-marido dela, Gerald, sempre ficava com as crianças nos fins de semana.

Dirigi até a casa dela por volta das onze daquela manhã de sábado e bati à porta. Ela usava calça jeans apertada, botas, blusa laranja. Os olhos dela pareciam de um castanho mais escuro do que nunca, e no sol, quando ela abriu a porta, notei um vermelho natural no cabelo escuro dela. Era vistoso. Ela permitiu que eu a beijasse, então trancou a porta atrás de nós e foi para meu carro. Tínhamos decidido ir para a praia — não para banho, estávamos no meio do inverno —, mas para ter algo para fazer.

Nós saímos dirigindo. Era bom ter Lydia no carro comigo.

— Foi uma festa e *tanto* — disse ela. — Chama aquilo de festa de colagem?* Foi uma festa de copulação, isso sim. Uma festa de copulação!

Dirigi com uma mão e pousei a outra na parte interna da coxa dela. Não conseguia me segurar. Lydia não parecia notar. Conforme eu dirigia, a mão deslizou por entre as pernas dela. Ela continuou falando. Subitamente, ela disse:

— Tire a mão. Isso é a minha xoxota!

— Desculpe — falei.

Nenhum de nós disse mais nada até chegarmos ao estacionamento na praia Venice.

— Quer um sanduíche, uma Coca ou alguma outra coisa? — perguntei.

— Certo — disse ela.

---

* *Collating party*, no original, eram eventos onde amigos se encontravam para terminar de montar as páginas de fanzines. Eram considerados eventos sociais e a participação era puramente voluntária. [N.T.]

BUKOWSKI

Entramos em uma pequena delicatéssen judaica para pegar as coisas e as levamos para um outeiro gramado na frente do mar. Tínhamos sanduíches, picles, batatas fritas e refrigerantes. A praia estava quase deserta e a comida era boa. Lydia não falava. Fiquei pasmo com a velocidade com que ela comia. Ela afundou no sanduíche dela com selvageria, tomou grandes goles de Coca, comeu metade de um picles em uma bocada e fuçou para pegar um punhado de batatas fritas. Eu, pelo contrário, como bem devagar.

Paixão, pensei, *ela tem paixão*.

— Como está o sanduíche? — perguntei.

— Muito bom. Eu estava com fome.

— Eles fazem bons sanduíches. Quer mais alguma coisa?

— Sim, quero uma barra de chocolate.

— Qual?

— Ah, qualquer uma. Alguma coisa boa.

Dei uma mordida no sanduíche, um gole na Coca, repousei os dois e fui até a loja. Comprei duas barras de chocolate, assim ela poderia escolher. Quando estava voltando, um homem negro e alto estava andando na direção do outeiro. Era um dia frio, mas ele estava sem camisa e tinha um corpo muito musculoso. Parecia ter vinte e poucos anos. Ele andava muito ereto e devagar. Tinha um pescoço longo e fino, e uma argola dourada pendia da orelha esquerda. Ele passou na frente de Lydia, pela areia ao lado do mar. Eu subi e me sentei ao lado de Lydia.

— Viu aquele cara? — indagou ela.

— Vi.

— Jesus Cristo, aqui estou eu com você, que é vinte anos mais velho. Eu poderia ter algo como aquilo. O que há de errado comigo?

— Veja. Aqui tem duas barras de chocolate. Pegue uma.

CORRO COM A CAÇA

Ela pegou uma, arrancou o papel, deu uma mordida e observou o jovem negro enquanto ele caminhava pela praia.

— Cansei da praia — disse ela —, vamos voltar para a minha casa.

Ficamos separados por uma semana. Então, uma tarde, eu estava na casa de Lydia e estávamos na cama, nos beijando. Lydia se afastou.

— Você não sabe coisa alguma sobre mulheres, não é?

— Do que está falando?

— Quer dizer, só de ler os seus poemas e contos eu sei que você simplesmente não sabe coisa alguma sobre mulheres.

— Fale mais.

— Bem, quer dizer, para um homem me interessar, ele precisa chupar minha boceta. Já chupou boceta?

— Não.

— Você tem mais de cinquenta anos e nunca chupou boceta?

— Não.

— É tarde demais.

— Por quê?

— Não se pode ensinar novos truques para um cachorro velho.

— Claro que pode.

— Não, é tarde demais para você.

— Eu sempre demorei para começar.

Lydia se levantou e foi para o outro lado do quarto. Ela voltou com um lápis e um pedaço de papel.

— Agora, olhe, quero te mostrar uma coisa. — Ela começou a desenhar no papel. — Bem, isso é uma boceta, e aqui há uma coisa que você provavelmente não conhece: o clitóris. É onde a sensação está. O clitóris se esconde, percebe, ele saiu agora e então

BUKOWSKI

fica rosa e muito *sensível*. Às vezes ele se esconde e você precisa encontrá-lo, apenas *toque* nele com a ponta da língua...

— Certo — falei —, entendi.

— Não acho que você vai conseguir fazer isso. Estou dizendo, não se pode ensinar novos truques para um cachorro velho.

— Vamos tirar a roupa e nos deitar.

Nós nos despimos e nos esticamos. Comecei a beijar Lydia. Eu desci dos lábios para o pescoço, então para os seios. Então estava no umbigo. Fui mais para baixo.

— Não, você não *pode* — disse ela. — Sangue e xixi saem daí, pense nisso, sangue e xixi...

Eu desci até ali e comecei a lamber. Ela tinha desenhado uma imagem correta para mim. Tudo estava onde deveria estar. Eu a ouvi respirando pesadamente, então gemendo. Aquilo me excitou. Fiquei de pau duro. O clitóris saiu, mas não era exatamente rosa, era rosa-arroxeado. Provoquei o clitóris. Surgiram sucos que se misturaram com os pelos da boceta. Lydia gemia e gemia. Então ouvi a porta da frente se abrir e fechar. Ouvi passos. Um menininho negro de uns cinco anos estava ao lado da cama.

— Que diachos você quer? — perguntei a ele.

— Tem alguma garrafa vazia? — disse ele.

— Não, não tenho garrafas vazias — respondi.

Ele saiu do quarto, passou pela sala, pela porta da frente e foi embora.

— Deus — disse Lydia —, achei que a porta da frente estivesse trancada. Aquele é o menininho de Bonnie.

Lydia se levantou e trancou a porta da frente. Ela voltou e se esticou. Eram cerca de quatro horas de uma tarde de sábado.

Eu me abaixei de novo.

[Trecho do romance *Mulheres*, 1978]

o banho

gostamos de tomar banho depois
(eu gosto da água mais quente do que ela)
e o rosto dela é sempre suave e pacífico
e ela me lava primeiro
espalha sabão nas minhas bolas
levanta as bolas
aperta,
então lava o pau:
"ei, essa coisa ainda está dura!"
aí pega todos os pelos lá embaixo —
a barriga, as costas, o pescoço, as pernas,
eu sorrio sorrio sorrio,
então eu a lavo...
primeiro a boceta, eu
fico atrás dela, o pau nas bandas da bunda dela
ensaboo gentilmente os pelos da boceta,
lavo ali com um movimento de conforto,
me demoro talvez mais do que o necessário,
então a parte de trás das pernas, a bunda,
as costas, o pescoço, eu a viro, a beijo,
ensaboo os peitos, vou por eles e a barriga, o pescoço,
a parte dianteira das pernas, tornozelos, pés,
e então a boceta, de novo, para ter sorte...
outro beijo, e ela sai primeiro,
enrolando-se na toalha, às vezes cantando enquanto
eu deixo a água mais quente
sentindo os bons tempos do milagre do amor
então eu saio...

BUKOWSKI

normalmente é no meio da tarde, e sossegado,
e nos vestimos conversando sobre o que mais
pode haver para fazer,
mas estarmos juntos resolve a maior parte,
na verdade, resolve tudo
pois enquanto essas coisas ficam resolvidas
na história da mulher e do
homem, é diferente para cada um
melhor e pior para cada um —
para mim, é esplêndido o bastante lembrar
além da marcha de exércitos
e dos cavalos que andam nas ruas lá fora
além das memórias de dor e derrota e infelicidade:
Linda, você me trouxe isso,
quando levar embora
faça isso devagar e gentilmente
como se eu morresse no sono em vez de na
vida, amém.

Dee Dee tinha uma casa em Hollywood Hills. Dee Dee dividia
o lugar com uma amiga, outra executiva, Bianca. Bianca ficava com o piso de cima e Dee Dee, com o de baixo. Eu toquei a
campainha. Eram oito e meia da noite quando Dee Dee abriu
a porta. Dee Dee tinha uns quarenta anos, cabelo preto cur-
tinho, era judia, descolada, esquisita. Ela era focada em Nova
York, conhecia todos os nomes: os editores certos, os melhores
poetas, os cartunistas mais talentosos, os revolucionários certos,
qualquer um, todo mundo. Ela fumava maconha continuamente
e agia como se fosse o começo da década de 1960 e Época das

Festas de Amor Livre, quando tinha sido modestamente famosa e muito mais bonita.

Uma longa série de casos amorosos ruins por fim a derrubou. Agora eu estava batendo à porta dela. Restava um tanto de seu corpo. Ela era pequena, mas peituda, e muitas meninas novinhas adorariam ter aquele corpo.

Eu a segui para dentro.

— Então Lydia foi embora? — perguntou Dee Dee.

— Acho que ela foi para Utah. A dança do Quatro de Julho em Muleshead está chegando. Ela nunca perde.

Eu me sentei na mesinha de centro enquanto Dee Dee tirava a rolha de um vinho tinto.

— Você sente saudade dela?

— Meu Deus, sinto. Tenho vontade de chorar. Tudo aqui dentro está mastigado. Talvez eu não consiga continuar.

— Você vai conseguir. Vamos fazer você superar Lydia. Vamos te fazer passar por isso.

— Então sabe como eu me sinto?

— Aconteceu com a maioria de nós pelo menos algumas vezes.

— Aquela vaca nunca se importou, para começar.

— Ela se importava, sim. Ainda se importa.

Decidi que era melhor ficar ali na casa grande de Dee Dee em Hollywood Hills do que ficar sentado matutando sozinho no meu apartamento.

— Deve ser porque simplesmente não sou bom com as mulheres — falei.

— Você é bom o suficiente com as mulheres — disse Dee Dee. — E é um puta escritor.

— Preferiria ser bom com as mulheres.

Dee Dee estava acendendo um cigarro. Esperei até que ela tivesse terminado, então me inclinei sobre a mesa e a beijei.

— Você me faz bem. Lydia estava sempre no ataque.

— Isso não significa o que você pensa que significa.

— Mas pode ser desagradável.

— Com certeza pode.

— Já encontrou um namorado?

— Ainda não.

— Gosto desse lugar. Mas como você mantém tudo tão limpo e arrumado?

— Nós temos uma empregada.

— Ah?

— Vai gostar dela. É gorda, negra e termina o trabalho o mais rápido que pode depois que eu saio. Então vai para a cama e come biscoitos e assiste à TV. Encontro migalhas de biscoito na minha cama toda noite. Vou pedir para ela fazer café da manhã para você depois que eu sair amanhã de manhã.

— Tudo bem.

— Não, espere. Amanhã é domingo. Não trabalho domingo. Vamos comer fora. Eu conheço um lugar. Você vai gostar.

— Tudo bem.

— Sabe, acho que sempre fui apaixonada por você.

— Quê?

— Por anos. Sabe, quando eu ia te ver, primeiro com Bernie, depois com Jack, eu queria você. Mas você nunca prestava atenção em mim. Estava sempre mamando uma lata de cerveja ou estava obcecado com alguma coisa.

— Louco, acho, quase louco. Loucura dos Correios. Sinto muito por não ter prestado atenção em você.

— Pode prestar atenção em mim agora.

Dee Dee serviu outra taça de vinho. Era um bom vinho. Eu gostava dela. Era bom ter um lugar para ir quando as coisas ficavam ruins. Eu me recordei do começo, quando as coisas ficavam ruins e não havia lugar para ir. Talvez aquilo tenha sido bom para mim. Na época. Mas agora eu não estava interessado no que era bom para mim. Estava interessado em como me sentia e como parar de me sentir mal quando as coisas davam errado. Em como começar a me sentir bem de novo.

— Não quero foder com a sua vida, Dee Dee — falei. — Nem sempre sou bom para as mulheres.

— Eu disse que te amo.

— Não faça isso. Não me ame.

— Certo — disse ela —, não vou amar você, vou *quase* amar você. Tudo bem assim?

— Muito melhor do que a outra opção.

Terminamos o vinho e fomos para a cama...

[Trecho do romance *Mulheres*, 1978]

estou apaixonado

ela é jovem, disse ela,
mas olhe para mim,
tenho belos tornozelos,
e olhe meus punhos, tenho belos
punhos
ah meu deus,
achei que tudo estava funcionando,
e agora é ela de novo,
toda vez que ela telefona você enlouquece
você me disse que tinha acabado,
você me disse que tinha terminado,

BUKOWSKI

escute, vivi o bastante para me tornar uma
boa mulher,
por que você precisa de uma mulher má?
você precisa ser torturado, não precisa?
acha que a vida é escrota, se alguém te trata
de um jeito escroto tudo se encaixa,
não se encaixa?
me diga, é isso? você quer ser tratado feito
merda?
e meu filho, meu filho ia te encontrar.
eu contei ao meu filho
e larguei todos os meus amantes.
fiquei de pé em um café e gritei
ESTOU APAIXONADA,
e agora você me fez de palhaça...

sinto muito, falei, sinto muito mesmo.

me abraça, disse ela, pode me abraçar por favor?

nunca estive em uma coisa dessas antes, falei,
esses triângulos...

ela se levantou e acendeu um cigarro, estava se tremendo
toda. ela andou para cá e para lá, louca e selvagem, tinha
um corpo pequeno. os braços eram magros, bem magros, e quando
ela gritou e começou a me bater eu a segurei pelos
pulsos e então recebi pelos olhos: ódio,
com séculos de profundidade e verdadeiro. eu estava errado e
   era sem graça

e doente. tudo o que aprendera fora desperdiçado.
não havia criatura viva tão imunda quanto eu
e todos os meus poemas eram
falsos.

o passo do cachorro branco

Henry pegou o travesseiro e o embolou atrás das costas e esperou.
Louise entrou com torradas, marmelada e café. A torrada tinha
manteiga.

— Tem certeza de que não quer uns ovos moles? — perguntou ela.

— Não, tudo bem. Isso está bom.

— Você deveria comer ovo.

— Certo, então.

Louise saiu do quarto. Ele tinha se levantado antes para ir ao
banheiro e notara que suas roupas tinham sido penduradas. Algo
que Lita jamais faria. E Louise era excelente na cama. Sem filhos.
Ele amava o jeito que ela fazia as coisas, com gentileza, com cuidado. Lita estava sempre pronta para o embate, cheia de espinhos.
Quando Louise voltou com os ovos, ele perguntou:

— O que foi isso?

— O que foi o quê?

— Você até descascou os ovos. Quero dizer, por que seu
marido se divorciou de você?

— Ah, espere — disse ela —, o café está fervendo! — E saiu
correndo do quarto.

Ele podia ouvir música clássica com ela. Ela tocava piano.
Tinha livros: *O deus selvagem*, de A. Alvarez; *A vida de Pícasso*; E.B.

White; e.e. cummings; T.S. Eliot; Pound; Ibsen e por aí vai. Ela até tinha nove livros *dele*. Talvez isso fosse a melhor parte.

Louise voltou e entrou na cama, colocou o prato no colo.

— O que deu errado com o *seu* casamento?

— Qual deles? Foram cinco!

— O último. Lita.

— Ah. Bem, a não ser que a Lita estivesse em *movimento*, ela não achava que algo estava acontecendo. Ela gostava de dançar em festas, a vida dela toda girava em torno de dançar e de festas. Ela gostava do que chamava de "ficar alta". Ela queria dizer homens. Ela dizia que eu restringia o "ficar alta" dela. Dizia que eu era ciumento.

— E você restringia?

— Imagino que sim, mas tentava não fazer isso. Durante a última festa, fui para o quintal com a minha cerveja e deixei ela na dela. Era uma casa cheia de homens, eu podia ouvir ela lá dentro guinchando "*Iíi-huu! Ii-huu! Ii-huu!*" Imagino que ela tenha nascido para ser uma garota do interior.

— Você poderia ter dançado também.

— Imagino que sim. Às vezes eu dançava. Mas eles ligavam o aparelho de som tão alto que não dava para pensar. Saí para o jardim. Voltei para pegar uma cerveja e lá estava um cara a beijando debaixo da escada. Eu saí até que eles tivessem terminado, então voltei de novo para pegar cerveja. Estava escuro, mas achei que era um amigo, e mais tarde perguntei a ele o que estava fazendo lá debaixo da escada.

— Ela te amava?

— Ela dizia que sim.

— Sabe, beijar e dançar não é tão ruim.

— Imagino que não. Mas você precisava vê-la. Ela tinha um jeito de dançar que era como se estivesse se oferecendo para

CORRO COM A CAÇA

um sacrifício. Para estupro.* Era muito eficiente. Os homens amavam. Ela tinha trinta e três anos, com dois filhos.

— Ela não percebeu que você era um solitário. Os homens têm naturezas diferentes.

— Ela nunca considerou a minha natureza. Como eu disse, a não ser que ela estivesse em movimento, ou ficando excitada, não achava que algo estava acontecendo. Senão, ficava entediada. "Ah, isso me entedia ou aquilo me entedia. Tomar café da manhã com você me entedia. Ver você escrevendo me entedia. Preciso de desafios."

— Isso não parece tão errado.

— Imagino que não. Mas sabe, só pessoas entediantes ficam entediadas. Elas precisam se espicaçar continuamente para se sentirem vivas.

— Como você com a sua bebida, por exemplo?

— Isso, como a minha bebida. Não consigo enfrentar a vida de frente também.

— Era só isso o problema?

— Não, ela era ninfomaníaca, mas não sabia. Ela dizia que eu a satisfazia sexualmente, mas duvido que satisfizesse a ninfomania espiritual dela. Foi a segunda ninfo com quem morei. Ela tinha boas qualidades além disso, mas a ninfomania dela era vergonhosa. Tanto para mim quanto para os meus amigos. Eles me puxavam de lado e diziam: "Caralho, qual é o problema dela?". E eu dizia: "Nada, ela é só uma garota do interior".

— Ela era?

— Era. Mas a outra parte era vergonhosa.

---

* Este é um dos trechos do livro em que é ressaltada uma ideia misógina comumente propagada de que mulheres sexualmente empoderadas, na verdade, têm fantasias de estupro, como se elas precisassem ser subjugadas pra exercer essa sexualidade de modo pleno. [N.E.]

— Mais torrada?

— Não, está bom.

— O que era vergonhoso?

— O comportamento dela. Se havia outro homem no cômodo, ela ia se sentar o mais perto possível dele. Ele se inclinava para apagar um cigarro em um cinzeiro no chão, ela se abaixava também. Então ele virava a cabeça para olhar para alguma coisa e ela fazia o mesmo.

— Era coincidência?

— Eu achava que sim. Mas acontecia com muita frequência. O homem se levantava para andar pelo cômodo e ela se levantava e andava bem do lado dele. Aí, quando ele andava de volta, ela o seguia bem do lado. Os incidentes eram contínuos e numerosos e, como eu disse, vergonhosos para mim e para os meus amigos. E, no entanto, tenho certeza de que ela não sabia o que estava fazendo, tudo vinha do subconsciente.

— Quando eu era menina tinha uma mulher na vizinhança com uma filha de quinze anos. A filha era incontrolável. A mãe a mandava comprar um pão e ela voltava oito horas depois com o pão, mas nesse meio-tempo tinha dado para seis homens.

— Creio que a mãe deveria ter feito o próprio pão.

— Acho que sim. A menina não conseguia evitar. Toda vez que via um homem, começava a rebolar. A mãe por fim mandou esterilizá-la.

— Dá para fazer isso?

— Dá, mas você precisa passar por todos os procedimentos legais. Não havia mais o que fazer com ela. Ela teria ficado grávida a vida inteira. — Louise continuou: — Você tem alguma coisa contra dançar?

— A maioria das pessoas dança por alegria, por se sentir bem. Ela apelava para umas coisas meio safadas. Uma das danças favo-

CORRO COM A CAÇA

ritas dela era o Passo do Cachorro Branco. Um cara enganchava as duas pernas em torno da perna dela e pulava em cima como um cachorro no cio. Outra das favoritas dela era a Dança Bêbada. Ela e o parceiro terminavam no chão rolando um sobre o outro.

— Ela disse que você tinha ciúme da dança dela?

— Essa era a palavra que ela mais usava: ciúme.

— Eu dançava no secundário.

— É? Escuta, obrigada pelo café da manhã.

— Está tudo bem. Eu tinha um parceiro no segundo grau. Nós éramos os melhores dançarinos da escola. Ele tinha três bolas; eu achava que era um sinal de masculinidade.

— Três bolas?

— Isso, três bolas. De qualquer jeito, nós realmente sabíamos dançar. Eu dava o sinal tocando o pulso dele, então os dois pulavam e giravam no ar bem alto, e nós caíamos de pé. Um dia estávamos dançando, eu toquei o pulso dele e dei o meu salto e o meu giro, mas não caí de pé. Caí de bunda. Ele colocou a mão sobre a boca, olhou para mim e disse: "Ah, Deus do céu!", e foi embora. Ele não me pegou. Ele era homossexual. Nunca mais dançamos.

— Você tem alguma coisa contra homossexuais de três bolas?

— Não, mas nunca mais dançamos.

— Lita era realmente obcecada por dança. Ela entrava em bares estranhos e convidava homens para dançar com ela. É claro que eles dançavam. Achavam que ela era uma foda fácil. Não sei se ela fazia isso ou não. Imagino que fazia às vezes. O problema com homens que dançam ou ficam em bares é que eles têm a mesma percepção de uma lombriga.

— Como você sabia disso?

— Eles ficam presos no ritual.

— Que ritual?

— O ritual de energia mal orientada.

Henry se levantou e começou a se vestir.

— Menina, preciso ir embora.

— O que foi?

— Só preciso trabalhar um pouco. Aparentemente sou um escritor.

— Tem uma peça de Ibsen na TV hoje às oito e meia da noite. Você vai vir?

— Claro. Deixei aquela garrafa de scotch. Não beba tudo.

Henry vestiu as roupas, desceu as escadas, entrou no carro e foi até sua casa e sua máquina de escrever. Segundo andar de trás. Todos os dias enquanto datilografava, a mulher do andar de baixo batia no teto com a vassoura. Ele escrevia do jeito difícil, sempre fora do jeito difícil: *O Passo do Cachorro Branco...*

Louise telefonou às cinco e meia da tarde. Ela tinha bebido o scotch. Estava bêbada. Arrastava as palavras. Divagava. A leitora de Thomas Chatterton e de D.H. Lawrence. A leitora de nove dos livros dele.

— Henry?

— Sim?

— Ah, algo maravilhoso aconteceu!

— Sim?

— Esse rapaz negro veio me ver. Ele é *lindo*! Ele é mais lindo do que você...

— É claro.

— ...mais lindo do que você e eu.

— Sim.

— Ele me deixou tão excitada! Estou a ponto de ficar louca!

— Sim.

— Você não se importa?

CORRO COM A CAÇA

— Não.

— Sabe como passamos a tarde?

— Não.

— Lendo os *seus poemas*!

— Ah?

— E sabe o que ele disse?

— Não.

— Ele disse que os seus poemas eram *ótimos*.

— Tudo bem.

— Escuta, ele me deixou tão *excitada*. Não sei como lidar com isso. Não pode vir? Agora? Quero te ver agora...

— Louise, estou trabalhando...

— Escute, você tem algo contra homens negros?

— Não.

— Conheço esse rapaz há dez anos. Ele trabalhava para mim quando eu era rica.

— Quer dizer quando ainda estava com o seu marido rico.

— Vejo você mais tarde? Ibsen vai passar às oito e meia.

— Eu te aviso.

— Por que aquele filho da puta veio aqui? Eu estava bem e então ele veio. Meu Deus. Estou tão excitada, preciso te ver. Estou a ponto de ficar louca. Ele era tão *lindo*.

— Estou trabalhando, Louise. A palavra por aqui é "aluguel". Tente entender.

Louise desligou. Ligou de novo às oito e vinte para falar de Ibsen. Henry disse que ainda estava trabalhando. Estava. Então ele começou a beber e simplesmente se sentou em uma poltrona, simplesmente se sentou em uma poltrona. Às nove e cinquenta houve uma batida à porta. Era Booboo Meltzer, o astro do rock número um de 1970, no momento desempregado, ainda vivendo de royalties.

— Oi, rapaz — cumprimentou Henry.

Meltzer entrou e se sentou.

— Cara — disse ele —, você é um belo gato velho. Não consigo superar você.

— Pare de amolar, rapaz, os gatos estão fora de estilo, a moda agora são os cachorros.

— Tive um palpite de que precisava de ajuda, velho.

— Rapaz, nunca foi diferente.

Henry foi até a cozinha, pegou duas cervejas, as abriu e saiu.

— Estou sem boceta, rapaz, o que para mim é estar sem amor. Não consigo separar as coisas. Não sou tão inteligente.

— Nenhum de nós é inteligente, vovô. Todos nós precisamos de ajuda.

— É.

Meltzer tinha um pequeno tubo de celuloide. Ele bateu com cuidado dois pontos brancos sobre a mesa de centro.

— Isso é cocaína, vovô, *cocaína...*

— Ah, rá.

Meltzer fuçou no bolso, tirou uma nota de cinquenta dólares, enrolou apertada, então colocou em uma narina. Apertando um dedo na outra narina, ele se curvou sobre um dos pontos brancos na mesa de centro e o inalou. Então pegou a nota de cinquenta, colocou na outra narina e aspirou o segundo ponto branco.

— Neve — disse Meltzer.

— É Natal. Combina — falou Henry.

Meltzer bateu mais dois pontos brancos para fora e passou os cinquenta. Henry disse:

— Espere, vou usar a minha.

E achou uma nota de um dólar e aspirou. Uma para cada narina.

— O que você acha do *Passo do Cachorro Branco?* — perguntou Henry.

— Isso é o "Passo do Cachorro Branco" — disse Meltzer, batendo mais dois pontos para fora.

— Deus — falou Henry —, acho que nunca mais vou ficar entediado. Você não está entediado comigo, está?

— De jeito nenhum — respondeu Meltzer, cheirando pela nota de cinquenta com toda a força. — Simplesmente de jeito nenhum, vovô...

[Conto publicado na coletânea *Sinfonia do vagabundo*, 1983]

sandra

é a donzela de alcova
alta, magra
brincos nas orelhas
vestida com um longo
vestido

ela está sempre alta
de saltos
astral
pílulas
bebida

Sandra se curva de
sua cadeira
se curva na direção de
Glendale

BUKOWSKI

espero que a cabeça
bata na maçaneta
do armário
enquanto ela tenta
acender
um cigarro novo em
um quase
queimado

aos 32 ela curte
rapazes jovens
asseados sem marcas
com rostos como os fundos
de pires novos

ela proclamou isso
para mim
trouxe seus prêmios
para que eu visse:
zeros loiros mudos de carne
jovem
que
a) sentam
b) levantam
c) falam
quando ela manda

às vezes ela traz um
às vezes dois
às vezes três
para que eu
veja

CORRO COM A CAÇA

Sandra fica linda de
vestido longo
provavelmente poderia partir
o coração de um homem

espero que ela encontre
um.

Comecei a receber cartas de uma moça em Nova York. O nome dela era Mindy. Ela tinha topado com alguns livros meus, mas a melhor coisa nas cartas dela era que raramente mencionava a escrita, a não ser para dizer que não era escritora. Ela escrevia sobre coisas em geral, e homens e sexo em particular. Mindy tinha vinte e cinco anos, escrevia à mão, e a letra era estável, sensível, porém cheia de humor. Eu respondia às cartas dela e sempre ficava feliz ao encontrar uma na caixa de correspondência. A maioria das pessoas se sai muito melhor ao dizer as coisas em cartas em vez de em conversas, e algumas pessoas escrevem cartas artísticas, criativas, mas, quando tentam escrever um poema, um conto ou um romance, ficam pretensiosas.

Então Mindy mandou umas fotografias. Se fossem legítimas, ela era bem bonita. Nós nos correspondemos por várias semanas e, então, ela mencionou que tinha férias de duas semanas chegando.

Por que não voa para cá?, sugeri.

Tudo bem, respondeu ela.

Começamos a telefonar um para o outro. Por fim ela me deu a data de chegada no aeroporto internacional de Los Angeles.

Estarei lá, disse a ela, *nada vai me impedir*.

Eu me sentei no aeroporto e esperei. Nunca se sabia com fotos. Nunca dava para saber. Eu estava nervoso. Tive vontade de vomitar. Acendi um cigarro e tive ânsia. Por que fazia essas coisas? Eu não a queria agora. E Mindy estava voando lá de Nova York. Eu conhecia muitas mulheres. Por que sempre mais mulheres? O que eu estava tentando fazer? Novos casos eram excitantes, mas também davam trabalho. O primeiro beijo, a primeira foda tinham certo drama. As pessoas eram interessantes no começo. Então depois, lentamente mas com certeza, todos os defeitos e as maluquices se manifestavam. Eu me tornava cada vez menos para elas; elas significavam cada vez menos para mim.

Eu era velho e feio. Talvez fosse por isso que era tão bom trepar com garotas jovens. Eu era King Kong e elas eram ágeis e tenras. Estava tentando transcender a morte através da foda? Ficando com garotas jovens, esperava que não iria envelhecer, me sentir velho? Eu só não queria envelhecer mal, simplesmente desistir, estar morto antes que a morte em si chegasse.

O avião de Mindy pousou e taxiou. Eu senti que estava em perigo. As mulheres me conheciam antes porque tinham lido meus livros. Eu tinha me exposto. Por outro lado, eu não sabia nada sobre elas. Era eu quem de fato estava apostando. Poderia ser morto, ter as bolas cortadas. Chinaski sem bolas. *Poemas de amor de um eunuco.*

Fiquei esperando por Mindy. Os passageiros saíram do portão.

Ah, espero que não seja *aquela*.

Ou essa.

Definitivamente não essa.

Agora, aquela seria bom! Olhe aquelas pernas, aquele traseiro, aqueles olhos...

CORRO COM A CAÇA

Uma delas veio em minha direção. Esperei que fosse ela. Era a melhor de todo o bando. Eu não poderia ser tão sortudo. Ela veio até mim e sorriu.

— Sou a Mindy.

— Estou feliz que seja a Mindy.

— Estou feliz que seja o Chinaski.

— Precisa esperar pela bagagem?

— Sim, eu trouxe o suficiente para uma estadia longa!

— Vamos esperar no bar.

Entramos e pegamos uma mesa. Mindy pediu vodca-tônica. Eu pedi vodca com soda. Ah, quase em sintonia. Ela era bonita. Quase virginal. Era difícil acreditar. Era pequena, loira e perfeitamente ajeitada. Era mais natural do que sofisticada. Gostei de olhar nos olhos dela — azul-esverdeados. Ela usava brincos pequenos. E estava de salto alto. Disse a Mindy que saltos altos me deixavam excitado.

— Bem — disse ela —, está assustado?

— Não tanto, agora. Gosto de você.

— Você é muito mais bonito do que nas fotos — comentou ela. — Não acho que seja nem um pouco feio.

— Obrigado.

— Ah, não estou dizendo que você seja lindo, não do jeito que as pessoas concebem a beleza. O seu rosto parece gentil. Mas os seus olhos são lindos. São selvagens, loucos, como um animal olhando de uma floresta em chamas. Deus, algo assim. Não sou muito boa com palavras.

— Eu acho que você é linda — falei. — E muito legal. Eu me sinto bem com você. Acho bom estarmos juntos. Beba. Precisamos um do outro. Gosto das suas cartas.

Pedimos uma segunda bebida e fomos atrás da bagagem. Tinha orgulho de estar com Mindy. Ela andava com estilo. Tantas mulheres com corpos bonitos só se arrastavam, feito criaturas sobrecarregadas. Mindy fluía.

Eu continuei pensando, isso é bom demais. Simplesmente não é possível.

[Trecho do romance *Mulheres*, 1978]

quem diabos é tom jones?

eu fiquei amarrado com uma
moça de 24 anos de
Nova York por
duas semanas — pela
época da greve dos
lixeiros lá, e
uma noite minha mulher
de 34 anos chegou e
disse: "quero ver
minha rival". ela viu
e então disse "ah,
você é uma coisinha linda!"
e de repente houve um
guincho de gatos selvagens —
tantos gritos e arranhões, gemidos de animal ferido
sangue e mijo...

eu estava bêbado de
calção. tentei
separá-las e caí,

CORRO COM A CAÇA

torci o joelho. então
elas passaram pela porta
de tela e pela calçada
e foram para a rua.

carros de patrulha cheios de policiais
chegaram. um helicóptero da polícia
circulava acima.

fiquei no banheiro
e sorri no espelho.
não é sempre que na idade
de 55 anos coisas assim tão
esplêndidas acontecem.
melhor do que os levantes de
Watts.*

a de 34 anos
entrou de volta. ela tinha
se mijado toda
e suas roupas
estavam rasgadas e ela era
seguida por dois policiais que
queriam saber por quê.

ajeitando o calção
tentei explicar.

---

* O levante de Watts foi uma rebelião popular contra a violência policial
sofrida pela população negra nas periferias de Los Angeles, que aconteceu em
1965. [N.E.]

você não consegue escrever uma história de amor

Margie ia sair com esse cara, mas no caminho esse cara encontrou um outro cara de casaco de couro e o cara de casaco de couro abriu o casaco de couro e mostrou as tetas para o outro cara, e o outro cara foi até Margie e disse que ele não podia manter o encontro porque esse cara de jaqueta de couro tinha mostrado as tetas para ele e ele ia comer aquele cara. Então Margie foi ver Carl. Carl estava em casa, e ela se sentou e disse a Carl:

— Esse cara ia me levar para um café com mesas ao ar livre e íamos beber vinho e conversar, só beber vinho e conversar, era só isso, mais nada, mas no caminho esse cara encontrou um outro cara de casaco de couro e o cara de casaco de couro mostrou as tetas para o outro cara, e agora o cara vai comer o cara de jaqueta de couro, então fiquei sem a minha mesa, o meu vinho e a minha conversa.

— Não consigo escrever — falou Carl. — Foi embora.

Então ele se levantou, foi ao banheiro, fechou a porta e cagou. Carl cagava quatro ou cinco vezes por dia. Não tinha mais nada para fazer. Ele tomava cinco ou seis banhos por dia. Não havia mais nada para fazer. Ele ficava bêbado pelo mesmo motivo.

Margie ouviu a descarga. Então Carl saiu.

— Um homem simplesmente não consegue escrever oito horas por dia. Ele não consegue nem escrever todo dia ou toda semana. É uma situação maldita. Não há nada a fazer a não ser esperar.

Carl foi até a geladeira e voltou com um pacote de seis Michelobs. Ele abriu uma garrafa.

— Eu sou o maior escritor do mundo — disse ele. — Sabe como isso é difícil?

Margie não respondeu.

— Eu sinto dor se arrastando pelo corpo inteiro. É como uma segunda pele. Eu gostaria de soltar essa pele feito uma cobra.

— Bem, por que não vai para o tapete e tenta?

— Escute — falou ele —, onde eu te conheci?

— No Barney's Beanery.*

— Bem, isso explica um pouco. Tome uma cerveja.

Carl abriu uma garrafa e a passou.

— É — disse Margie —, eu sei. Você precisa da sua solidão. Precisa estar sozinho. Exceto quando quer trepar, ou quando nos separamos, aí você está no telefone. Você diz que precisa de mim. Que está morrendo de ressaca. Você fica fraco rápido.

— Eu fico fraco rápido.

— E você é tão *entediante* comigo, você nunca se ilumina. Vocês escritores são tão... *afetados*... vocês não suportam pessoas. A humanidade é uma merda, certo?

— Certo.

— Mas toda vez que nos separamos você começa a dar festas gigantes de quatro dias. E de repente você fica *espirituoso*, você começa a *falar*! De repente você está cheio de vida, falando, dançando, cantando. Você dança na mesinha de centro, joga garrafas pela janela, interpreta papéis de Shakespeare. Subitamente você está vivo, quando eu não estou. Ah, eu ouço falar disso!

— Eu não gosto de festas. Ainda mais pessoas em festas.

— Para um cara que não gosta de festa, você certamente dá muitas.

— Escute, Margie, você não entende. Eu não consigo mais escrever. Estou acabado. Em algum lugar eu tomei o caminho errado. Em algum lugar eu morri à noite.

---

* Uma tradicional rede de pubs que Bukowski frequentava em Los Angeles. [*N.E.*]

BUKOWSKI

— O único jeito que você vai morrer é de uma das suas ressacas gigantescas.

— Jeffers disse que até os homens mais fortes ficam presos.

— Quem foi Jeffers?

— Foi o cara que transformou Big Sur em uma armadilha para turistas.

— O que você ia fazer hoje à noite?

— Ia escutar as músicas de Rachmaninoff.

— Quem é esse?

— Um russo morto.

— Olha para você. Só fica aí sentado.

— Estou esperando. Alguns caras esperam dois anos. Às vezes nunca volta.

— E se nunca voltar?

— Vou apenas calçar os meus sapatos e descer a Main Street.

— Por que não arruma um emprego decente?

— Não existem empregos decentes. Se um escritor não consegue viver da criação, está morto.

— Ah, vamos, Carl. Há bilhões de pessoas no mundo que não vivem da criação. Quer me dizer que estão mortas?

— Quero.

— E você tem alma? Você é um dos poucos com alma?

— Aparentemente sim.

— *Aparentemente* sim! Você e a sua maquininha de escrever! Você e os seus chequezinhos! A minha avó ganha mais do que você!

Carl abriu outra garrafa de cerveja.

— Cerveja! Cerveja! Você e a sua maldita cerveja! E está nos seus contos também. "Marty levantou a cerveja. Quando levantou os olhos, essa loira grande entrou no bar e sentou-se ao lado dele..." Você está certo. Você está acabado. O seu material é limitado, muito limitado. Você não consegue escrever uma história de amor, não consegue escrever uma história de amor decente.

— Você está certa, Margie.

— Se um homem não consegue escrever uma história de amor, ele é inútil.

— Quantas você escreveu?

— Eu não digo que sou escritora.

— Mas — disse Carl — você parece posar como uma puta crítica literária.

Margie foi embora pouco depois disso. Carl sentou-se e bebeu o resto das cervejas. Era verdade, a escrita o abandonara. Isso deixaria seus poucos inimigos ocultos felizes. Eles podiam subir um degrau. A morte agradava a eles, ocultos ou declarados. Ele se lembrou de Endicott, Endicott sentado ali dizendo: "Bem, Hemingway morreu, Dos Passos morreu, Patchen morreu, Pound morreu, Berryman pulou da ponte... as coisas estão ficando cada vez melhores".

O telefone tocou. Carl atendeu.

— Sr. Gantling?

— Pois não? — respondeu ele.

— Nós queríamos saber se gostaria de fazer uma leitura na Faculdade Fairmount.

— Bem, sim, em que data?

— No dia trinta do mês que vem.

— Não acho que tenha nada marcado.

— Nosso pagamento padrão é de cem dólares.

— Eu normalmente recebo cento e cinquenta. Ginsberg recebe mil.

— Mas isso é o Ginsberg. Só podemos oferecer cem.

— Tudo bem.

— Certo, sr. Gantling. Vou enviar os detalhes.

— E a viagem? É uma bela de uma esticada.

— Certo, vinte e cinco dólares para a viagem.

— Certo.

— Gostaria de falar com alguns dos alunos nas salas deles?

— Não.

— Há um almoço de graça.

— Vou aceitar.

— Certo, sr. Gantling, estamos ansiosos para vê-lo no campus.

— Tchau.

Carl andou pelo quarto. Ele olhou para a máquina de escrever. Colocou uma folha de papel nela, então observou uma garota com uma minissaia incrivelmente curta passar pela janela. Aí começou a datilografar:

"Margie ia sair com esse cara, mas no caminho esse cara encontrou um outro cara de casaco de couro e o cara de casaco de couro abriu o casaco de couro e mostrou as tetas para o outro cara e o outro cara foi até Margie e disse que ele não podia manter o encontro porque esse cara de jaqueta de couro tinha mostrado as tetas para ele..."

Carl levantou a cerveja. Era bom escrever de novo.

[Conto publicado na coletânea *Ao sul de lugar nenhum*, 1973]

conselho de amigo para muitos jovens

Vá ao Tibete.

Ande de camelo.

Leia a Bíblia.

Pinte os sapatos de azul.

Deixe a barba crescer.

Dê a volta ao mundo em uma canoa de papel.

Assine o *Saturday Evening Post*.

Mastigue apenas com o lado esquerdo da boca.

Case com uma mulher com uma perna só e faça a barba com navalha.

E entalhe seu nome no braço dela.

Escove os dentes com gasolina.

Durma o dia todo e suba em árvores à noite.

Seja um monge e beba buckshot e cerveja.

Bote a cabeça debaixo d'água e toque violino.

Faça a dança do ventre na frente de velas rosa.

Mate seu cachorro.

Candidate-se à Prefeitura.

More em um barril.

Parta a cabeça com uma machadinha.

Plante tulipas na chuva.

Mas não escreva poesia.

Para apaziguar Lydia, concordei em ir a Muleshead, Utah. A irmã dela estava acampando nas montanhas. As irmãs na verdade eram donas de boa parte da terra. Fora herança do pai delas. Glendoline, uma das irmãs, tinha uma barraca montada no mato. Ela estava escrevendo um romance, *A mulher selvagem das montanhas*. As outras irmãs estavam para chegar a qualquer dia. Lydia e eu chegamos primeiro. Tínhamos uma barraca pequena. Nós nos apertamos lá dentro na primeira noite e os mosquitos se apertaram com a gente. Foi terrível.

BUKOWSKI

Na manhã seguinte nos sentamos ao lado da fogueira. Glendoline e Lydia fizeram o café da manhã. Eu tinha comprado quarenta dólares em mantimentos, que incluíam vários pacotes de cerveja. Eu as coloquei para esfriar em uma nascente da montanha. Terminamos o café da manhã. Ajudei com os pratos e então Glendoline trouxe o romance dela para ler para nós. Não era ruim de fato, mas era pouco profissional e precisava de muita lapidagem. Glendoline imaginava que o leitor ficaria tão fascinado quanto ela por sua vida — o que era um erro grave. Os outros erros graves que ela cometeu eram numerosos demais para mencionar.

Andei até a nascente e voltei com três garrafas de cerveja. As garotas disseram que não, não queriam. Elas eram muito anticerveja. Debatemos o romance de Glendoline. Eu imaginei que qualquer um que lia romances em voz alta para os outros era suspeito. Se isso não fosse a velha sentença de morte, nada era.

A conversa mudou, e as garotas começaram a falar sobre homens, festas, dança e sexo. Glendoline tinha uma voz aguda, empolgada, e ria nervosamente, ria constantemente. Ela tinha uns quarenta e cinco anos, um tanto gorda e muito desleixada. Além disso, assim como eu, ela era simplesmente feia.

Glendoline deve ter falado sem parar por mais de uma hora, só sobre sexo. Comecei a ficar zonzo. Ela abanava os braços sobre a cabeça:

— *Eu sou a mulher selvagem das montanhas! Ó, onde, ó, onde está o homem, o homem de verdade com a coragem de me possuir?*

Bem, ele com certeza não está aqui, pensei.

Olhei para Lydia.

— Vamos dar uma caminhada.

— Não — disse ela —, quero ler esse livro.

CORRO COM A CAÇA

O título era *Amor e orgasmo: um guia revolucionário para a satisfação sexual*.

— Certo — falei —, vou dar uma caminhada, então.

Andei até a nascente da montanha. Peguei outra cerveja, abri e me sentei ali bebendo. Estava preso nas montanhas e na floresta com duas mulheres loucas. Elas tiravam toda a alegria de foder falando disso o tempo inteiro. Eu também gostava de foder, mas não era minha religião. Havia muitas coisas ridículas e trágicas sobre isso. As pessoas não pareciam saber como lidar. Então transformavam o ato em brinquedo. Um brinquedo que destruía pessoas.

O principal, decidi, era encontrar a mulher certa. Mas como? Eu tinha levado um caderninho vermelho e um lápis. Rabisquei um poema meditativo nele. Então fui até o lago. Vance Pastures, o lugar chamava. As irmãs eram donas da maior parte. Eu precisava cagar. Tirei as calças e me agachei no mato com as moscas e os mosquitos. Eu definitivamente preferia as conveniências da cidade. Precisei me limpar com folhas. Andei até o lago e enfiei um pé na água. Estava um gelo.

Seja um homem, velho. Entre.

Minha pele era branca como mármore. Eu me senti muito velho, muito mole. Eu me movi para a água gelada. Entrei até a cintura, respirei fundo e mergulhei. Tinha submergido. A lama girou do fundo e entrou em minhas orelhas, na boca, no cabelo. Eu fiquei ali na água enlameada, dentes batendo.

Esperei um bom tempo até que a água assentasse e ficasse límpida. Então andei de volta. Eu me vesti e caminhei pela margem do lago. Quando cheguei ao fim do lago, ouvi um som parecido com o de uma cachoeira. Entrei em uma mata, seguindo a direção do som. Precisei subir em umas pedras para atravessar uma valeta. O som ficava cada vez mais perto. As moscas e os mosquitos enxameavam sobre mim. As moscas eram grandes, bravas e famintas, muito maiores do que as moscas da cidade, e elas reconheciam uma refeição quando a viam.

Abri caminho por um campo de arbustos e ali estava: minha primeira cachoeira de verdade. A água apenas descia da montanha sobre uma saliência de pedras. Era lindo. Continuava caindo e caindo. Havia três ou quatro riachos que provavelmente desembocavam no lago.

Por fim me cansei de olhar a cachoeira e decidi voltar. Também decidi pegar um caminho diferente para voltar, um atalho. Fui abrindo caminho pelo lado oposto do lago e cortei na direção do acampamento. Sabia onde estava. Ainda tinha meu caderninho vermelho. Parei e escrevi outro poema, menos meditativo, e então segui. Continuei andando. O acampamento não aparecia. Andei mais um pouco. Olhei procurando o lago. Não conseguia achar, não sabia onde estava. De repente me dei conta: eu estava PERDIDO. Aquelas piranhas com tesão tinham me tirado do sério e agora eu estava PERDIDO. Olhei em volta. Havia montanhas no fundo, e no meu entorno havia árvores e arbustos. Não havia centro, ponto de partida, nenhuma conexão entre nada. Senti medo, medo de verdade. Por que tinha deixado que elas me tirassem da minha cidade, da minha Los Angeles? Um homem podia pedir um táxi lá, podia telefonar. Havia soluções razoáveis para problemas razoáveis.

Vance Pastures se estendia ao meu redor por quilômetros e quilômetros. Joguei meu caderninho vermelho fora. Que maneira de um escritor morrer! Eu podia ver nos jornais:

HENRY CHINASKI, POETA MENOR,
ENCONTRADO MORTO EM FLORESTA EM UTAH

Henry Chinaski, ex-atendente do correio tornado escritor, foi encontrado em estado de decomposição na tarde de ontem pelo guarda florestal W.K. Brooks Jr. Perto dos restos mortais também foi encontrado um caderno vermelho que evidentemente continha as últimas palavras escritas pelo sr. Chinaski.

Segui andando. Logo estava em uma área encharcada cheia de água. De vez em quando uma das minhas pernas afundava até o joelho no brejo, e eu precisava me soltar.

Cheguei a uma cerca de arame farpado. Soube imediatamente que não deveria subir na cerca. Sabia que era a coisa errada a fazer, mas não parecia ter alternativa. Subi na cerca e fiquei lá, coloquei as mãos em concha em torno da boca e gritei:

— *Lydia!*

Não houve resposta.

Tentei de novo:

— *Lydia!*

Minha voz soou muito lamuriosa. A voz de um covarde.

Segui em frente. Seria bom, imaginei, estar de volta com as irmãs, ouvindo-as rir sobre sexo e homens e dançar em festas. Seria tão bom ouvir a voz de Glendoline. Seria bom passar a mão pelo cabelo comprido de Lydia. Eu a levaria religiosamente a todas as festas na cidade. Eu até iria dançar com todas as mulheres e faria piadas brilhantes sobre tudo. Aguentaria aquelas asneiras de merda retardadas com um sorriso. Quase podia me ouvir: "Ei, essa é uma música *ótima* para dançar! Quem quer *botar pra quebrar* de verdade? Quem quer se *sacudir?*".

Eu continuei andando pelo brejo. Por fim alcancei terra seca. Cheguei a uma estrada. Era apenas uma estrada de terra velha, mas parecia boa. Eu podia ver as marcas de pneus, pegadas de cascos. Havia até fios acima que levavam eletricidade para algum lugar. Tudo o que eu precisava fazer era seguir aqueles fios. Andei seguindo a estrada. O sol estava alto no céu, deveria ser meio-dia. Segui andando, me sentindo um idiota.

Cheguei a uma porteira atravessando a via. O que aquilo significava? Havia uma pequena passagem do lado da porteira. Era evidentemente uma barreira para o gado. Mas onde estava o gado? Onde estava o dono do gado? Talvez ele só aparecesse a cada seis meses.

O topo da minha cabeça começou a doer. Eu coloquei a mão e senti o ponto onde tinha sido golpeado com um cassetete em um bar na Filadélfia há trinta anos. Ainda restava uma cicatriz. Agora a cicatriz, assada pelo sol, havia inchado. Estava de pé como um chifrinho. Eu quebrei um pedaço dela e joguei na estrada.

Andei por mais uma hora, então decidi voltar. Isso significava andar todo o caminho de volta, mas me pareceu o certo a fazer. Tirei a camisa e enrolei em volta da cabeça. Parei uma ou duas vezes e gritei:

— *Lydia!*

Não houve resposta.

Depois de um tempo estava de volta à porteira. Tudo o que precisava fazer era passar pelo lado, mas havia algo no caminho. Estava na frente da porteira, a uns cinco metros de mim. Era uma pequena corça, um filhote de veado, alguma coisa.

Eu avancei devagar na direção dele. Não se mexeu. Ia me deixar passar? Não parecia ter medo de mim. Imaginei que sentia minha confusão, minha covardia. Cheguei cada vez mais perto. Ele não saía da frente. Tinha grandes olhos castanhos, mais bonitos do que os de qualquer mulher que eu já tivesse visto. Não podia acreditar. Estava a menos de um metro de distância dele, pronto para recuar, quando ele disparou. Correu pela estrada e entrou na floresta. Estava em ótima forma; conseguia correr pra caramba.

Andando mais pela estrada, ouvi o barulho de água corrente. Eu precisava de água. Não se podia viver muito sem água. Saí da estrada e fui em direção à água corrente. Havia uma pequena colina coberta de grama e, quando cheguei ao topo, ali estava: água saindo de vários canos de cimento na frente de uma represa para um tipo de reservatório. Eu me sentei na beirada do reservatório, tirei os sapatos e as meias, puxei as calças para cima e enfiei as pernas na água. Então joguei água na cabeça. Aí bebi, mas não muito ou muito rápido, como tinha visto fazerem nos filmes.

Depois de me recuperar um pouco, notei um píer sobre parte do reservatório. Andei pelo píer e encontrei uma grande caixa de metal presa na lateral. Estava trancada com um cadeado. Provavelmente havia um telefone ali dentro! Eu poderia telefonar pedindo ajuda!

Encontrei uma pedra grande e comecei a bater com ela no cadeado. Não cedia. Que diachos Jack London faria? O que Hemingway faria? Jean Genet?

Continuei batendo no cadeado. Às vezes errava e minha mão batia no cadeado ou na própria caixa de metal. Pele abriu, sangue correu. Eu me recompus e dei um golpe final no cadeado. Abriu. Eu o tirei e abri a caixa de metal. Não havia nenhum telefone. Havia uma série de interruptores e uns cabos pesados. Eu enfiei a mão, toquei em um fio e tomei um choque terrível. Então puxei um interruptor. Ouvi rugido de água. De três ou quatro buracos na parede de concreto da represa saíam grandes jatos brancos de água. Puxei outro interruptor. Três ou quatro buracos abriram, soltando toneladas de água. Puxei um terceiro interruptor e a represa inteira se soltou. Fiquei observando a água caindo. Talvez pudesse começar uma enchente e vaqueiros viriam em cavalos ou em picapes batidas para me resgatar. Eu podia ver a manchete:

HENRY CHINASKI, POETA MENOR, ALAGA CAMPO EM UTAH PARA SALVAR A PRÓPRIA BUNDA MOLE DE LOS ANGELES.

Decidi não fazer isso. Coloquei todos os interruptores de volta à posição normal, fechei a caixa de metal e coloquei o cadeado quebrado de volta no lugar.

Saí do reservatório, encontrei outra estrada no caminho e comecei a segui-la. Essa estrada parecia ser mais usada que a outra. Segui andando. Nunca estivera tão cansado. Mal podia enxergar. De repente havia uma menininha de uns cinco anos andando na minha direção. Ela usava um vestidinho azul e sapatos brancos. Parecia assustada ao me ver. Tentei parecer agradável e amigável enquanto chegava perto dela.

— Menininha, não vá embora. Não vou te machucar. *Estou perdído!* Onde estão seus *país*? Menininha, me leve até seus *país*!

A menininha apontou. Vi um trailer e um carro estacionados adiante.

— *Eí*, estou *perdído*! — gritei. — *Meu Deus, como estou felíz por ver vocês.*

Lydia saiu do lado do trailer. O cabelo dela estava enrolados em bobes vermelhos.

— Venha cá, menino da cidade — disse ela. — Me siga até em casa.

— Estou tão feliz por ver você, querida, me dê um beijo!

— Não. Me siga.

Lydia saiu correndo uns seis metros à frente. Era difícil acompanhar.

— Eu perguntei àquelas pessoas se elas tinham visto um menino da cidade por aí — falou ela sobre o ombro. — Elas disseram que não.

— Lydia, eu te *amo*!

— Vamos! Você é lerdo!

— Espere, Lydia, *espere*!

Ela pulou sobre uma cerca de arame farpado. Eu não consegui. Fiquei preso no arame. Não conseguia me mexer. Estava como uma vaca presa.

— *Lydia!*

Ela voltou com os bobes vermelhos e começou a me ajudar a me soltar dos arames.

— Eu rastreei você. Achei o seu caderninho vermelho. Você se perdeu de propósito porque estava puto.

— Não, me perdi por ignorância e medo. Não sou uma pessoa completa, sou uma pessoa atrofiada da cidade. Sou mais ou menos um merda fracassado sem absolutamente nada para oferecer.

— Meu Deus — disse ela —, acha que *eu* não sei disso?

Ela me soltou do último arame. Eu cambaleei atrás dela. Estava com Lydia de novo.

[Trecho do romance *Mulheres*, 1978]

na noite em que eu iria morrer

na noite em que eu iria morrer
estava suando na cama
e podia ouvir os grilos
e havia uma briga de gato lá fora
e sentia minha alma caindo através do
colchão
e bem antes de bater no chão eu pulei
estava quase fraco demais para andar
mas andei ao redor e acendi todas as luzes

BUKOWSKI

então voltei para a cama
e de novo minha alma caiu através do colchão
e eu pulei
bem antes de bater no chão
andei ao redor e acendi todas as luzes
e então fui de volta para a cama
e caí de novo e
estava de pé
acendendo todas as luzes

eu tinha uma filha de sete anos
e estava certo de que ela não me queria morto
de outra maneira não teria
importância

mas naquela noite inteira
ninguém telefonou
ninguém chegou com uma cerveja
minha namorada não telefonou
tudo o que eu ouvia eram os grilos e estava
quente
e segui fazendo aquilo
ficando de pé e me deitando
até que o primeiro raio de sol entrou pela janela
através dos arbustos
então fui para a cama
e a alma ficou
dentro por fim e
eu dormi.
agora as pessoas visitam
batendo às portas e janelas

o telefone toca
o telefone toca repetidamente
recebo grandes cartas no correio
cartas de ódio e cartas de amor
tudo está igual novamente.

Duas manhãs depois, às quatro da madrugada, alguém bateu à porta.

— Quem é?

— Uma quenga ruiva.

Deixei Tammie entrar. Ela sentou-se e abri duas cervejas.

— Estou com mau hálito, tenho esses dois dentes ruins. Não pode me beijar.

— Tudo bem.

Nós conversamos. Bem, eu ouvi. Tammie estava louca de anfetamina. Eu ouvi e observei o cabelo comprido ruivo dela, e quando ela estava distraída, mirei e mirei aquele corpo. Estava saltando das roupas, implorando para sair. Ela seguiu falando. Não a toquei.

Às seis da manhã, Tammie me deu o endereço e o número de telefone dela.

— Preciso ir embora — disse ela.

— Vou com você até o carro.

Era um Camaro vermelho-vivo, totalmente arrebentado. A frente estava afundada, um lado fora aberto, e as janelas não estavam mais lá. Dentro havia trapos, camisas, caixas de Kleenex, jornais, embalagens de leite, garrafas de Coca, arame, corda, guardanapos de papel, revistas, copos de papel, sapatos e canudos curvados coloridos. Aquele aglomerado de coisas se empilhava

BUKOWSKI

acima do nível dos assentos e os cobria. Somente a área do motorista tinha um pequeno espaço limpo.

Tammie colocou a cabeça para fora da janela e nos beijamos.

Então ela saiu rasgando da sarjeta e, quando chegou à esquina, estava a uns setenta quilômetros por hora. Ela pisou no breque e o Camaro balançou para cima e para baixo. Voltei para dentro.

Fui para a cama e pensei no cabelo dela. Jamais tinha conhecido uma ruiva de verdade. Era fogo.

Como relâmpagos do Céu, pensei.

De algum modo, o rosto dela não parecia mais tão duro...

Tammie veio naquela noite. Ela parecia estar louca de estimulantes.

— Quero champanhe — disse ela.

— Tudo bem — falei.

Dei a ela uma nota de vinte.

— Já volto — avisou ela, saindo pela porta.

Então o telefone tocou. Era Lydia.

— Estava pensando em como você está...

— As coisas estão bem.

— Não por aqui. Estou grávida.

— Quê?

— E não sei quem é o pai.

— Ah?

— Você conhece o Dutch, o cara que fica no bar onde eu trabalho agora?

— Sim, o velho Careca.

— Bem, ele é um cara bem legal. Está apaixonado por mim. Me traz flores e doces. Ele quer se casar comigo. Vem sendo muito bacana. E uma noite fui para casa com ele. Nós transamos.

— Certo.

— E aí tem o Barney, ele é casado, mas gosto dele. De todos os caras no bar, ele é o único que nunca tentou nada comigo. Isso me deixou fascinada. Bem, você sabe, estou tentando vender a minha casa. Então ele veio uma tarde. Ele simplesmente apareceu. Disse que queria dar uma olhada na casa para um amigo dele. Eu o deixei entrar. Bem, ele chegou na hora certa. As crianças estavam na escola, aí deixei que ele fosse em frente... Então uma noite esse estranho entrou no bar tarde da noite. Ele me pediu para ir para casa com ele. Eu disse não. Então ele disse que só queria ficar sentado no meu carro comigo, conversando. Eu disse tudo bem. Nós nos sentamos no carro e conversamos. Então dividimos um baseado. Então ele me beijou. Aquele beijo fez a diferença. Se ele não tivesse me beijado, não teria transado com ele. Agora estou grávida e não sei de quem. Preciso esperar e ver com quem a criança se parece.

— Certo, Lydia, boa sorte.

— Obrigada.

Desliguei. Depois de um minuto o telefone tocou de novo.

— Ah — disse ela —, queria saber como *você* anda.

— Mesma coisa, cavalos e bebida.

— Então está tudo bem com você?

— Não exatamente.

— O que foi?

— Bem, eu mandei essa mulher buscar champanhe...

— Mulher?

— Bem, garota, na verdade...

— Uma garota?

— Eu a mandei buscar champanhe com vinte dólares e ela não voltou. Acho que fui enganado.

— Chinaski, não quero *saber* sobre as suas mulheres. Entende isso?

— Tudo bem.

Lydia desligou. Então alguém bateu à porta. Era Tammie. Ela tinha voltado com o champanhe e o troco.

No dia seguinte, ao meio-dia, o telefone tocou. Era Lydia de novo.

— Bem, ela voltou com o champanhe?

— Quem?

— A sua puta.

— Sim, ela voltou...

— E o que aconteceu depois?

— Bebemos o champanhe. Era bom.

— E depois?

— Bem, você sabe, merda...

Ouvi um lamento longo e insano como um carcaju alvejado na neve do Ártico e largado para sangrar sozinho...

Ela desligou.

Eu dormi a maior parte da tarde, e naquela noite fui para as corridas de trote.

Perdi trinta e dois dólares, entrei no Volks e voltei. Estacionei, fui até a varanda e coloquei a chave na porta. Todas as luzes estavam acesas. Olhei ao redor. As gavetas tinham sido arrancadas e reviradas, as cobertas da cama estavam no chão. Todos os meus livros tinham sumido da estante, incluindo os que eu tinha escrito, uns vinte. E minha máquina de escrever tinha sumido, a torradeira tinha sumido, o rádio tinha sumido e as minhas pinturas tinham sumido.

Lydia, pensei.

Tudo o que ela havia deixado era a TV, porque sabia que eu nunca assistia.

Fui para fora e lá estava o carro de Lydia, mas ela não estava nele.

CORRO COM A CAÇA

— Lydia — falei. — Ei, querida!

Eu andei pela rua e então vi os pés dela, os dois, saindo de trás de uma pequena árvore do lado do muro de um prédio. Andei até a árvore e disse:

— Escute, qual é o seu problema, porra?

Lydia apenas ficou ali. Ela tinha duas sacolas de compra cheias com meus livros e um portfólio das minhas pinturas.

— Olhe, precisa me devolver os meus livros e as minhas pinturas. Eles são meus.

Lydia saiu de trás da árvore, berrando. Ela pegou as pinturas e começou a rasgá-las. Jogou pedaços pelo ar e, quando caíram no chão, pisou em cima. Estava usando botas de vaqueira.

Então ela pegou os livros das sacolas e começou a jogá-los em volta, na rua, na grama, em todo lugar.

— Aqui estão as suas pinturas! Aqui estão os seus livros! *E não me fale das suas mulheres! Não me fale das suas mulheres!*

Então Lydia correu para a minha casa com um livro nas mãos, meu último, *As obras selecionadas de Henry Chinaski.* Ela gritou:

— Então quer os seus livros de volta? Então quer os seus livros de volta? Aqui estão os seus malditos livros! *E não me fale das suas mulheres!*

Ela começou a quebrar os painéis de vidro da minha porta da frente. Ela pegou *As obras selecionadas de Henry Chinaski* e quebrou painel atrás de painel, gritando:

— Quer os seus livros de volta? Aqui estão os seus malditos livros. *E não me fale das suas mulheres! Eu não quero saber das suas mulheres!*

Eu fiquei lá enquanto ela gritava e quebrava os vidros.

Onde está a polícia?, pensei. *Onde?*

Então Lydia correu pela entrada da casa, virou para a esquerda na lata de lixo e correu pela entrada do prédio ao lado. Atrás de um pequeno arbusto estavam a máquina de escrever, o rádio e a torradeira.

Lydia pegou a máquina de escrever e correu para o meio da rua com ela. Era uma máquina padrão pesada e antiga. Lydia levantou a máquina sobre a cabeça com as duas mãos e a jogou na rua. O rolo e várias outras partes voaram. Ela pegou a máquina de novo, levantou-a sobre a cabeça e gritou:

— *Não me fale das suas mulheres!*

E a jogou na rua de novo.

Então Lydia entrou no carro e foi embora.

Quinze segundos depois a viatura da polícia chegou.

— É um Volks laranja. Chama a Coisa, parece um tanque. Não me lembro da placa, mas as letras são VGO, como VAGO, entendeu?

— Endereço?

Eu dei o endereço para eles...

Como era de se esperar, eles a trouxeram de volta. Eu a ouvi no banco de trás, abrindo um berreiro, quando eles chegaram.

— *Não se aproxime!* — disse um dos policiais quando saiu do carro.

Ele me seguiu até a minha casa. Entrou e pisou em vidro quebrado. Por alguma razão, ele passou a lanterna no teto e nas sancas.

— Quer dar queixa? — perguntou o policial.

— Não. Ela tem filhos. Não quero que ela perca os filhos. O ex-marido está tentando tirá-los dela. Mas, por favor, diga a ela que as pessoas não devem andar por aí fazendo esse tipo de coisa.

— Certo — disse ele —, agora assine isso.

Ele escreveu em um pequeno caderninho com papel pautado. Dizia que eu, Henry Chinaski, não ia dar queixa contra uma Lydia Vance.

Eu assinei e ele foi embora.

Tranquei o que havia restado da porta, fui para a cama e tentei dormir.

Depois de uma hora ou algo assim o telefone tocou. Era Lydia. Ela tinha voltado para a casa.

— *Seu filho da puta, se me falar das suas mulheres mais uma vez vou fazer a mesma coisa tudo de novo!*

Ela desligou.

Duas noites depois fui para a casa de Tammie em Rustic Court. Bati. As luzes não estavam acesas. Parecia vazio. Olhei na caixa de correio dela. Havia cartas dentro. Escrevi um bilhete: "Tammie, venho tentando te telefonar. Passei por aqui e você não estava. Está tudo bem com você? Me telefone... Hank".

Eu fui até lá às onze da manhã seguinte. O carro dela não estava na frente. Meu bilhete ainda estava preso à porta. Toquei a campainha de qualquer jeito. As cartas estavam na caixa de correio. Deixei um bilhete na caixa: "Tammie, onde diachos você está? Entre em contato comigo... Hank".

Eu dirigi por toda a vizinhança procurando por aquele Camaro vermelho amassado.

Voltei naquela noite. Chovia. Meus bilhetes estavam molhados. Tinha mais cartas na caixa de correio. Deixei um livro de poemas meu assinado para ela. Então voltei para o meu Volks. Eu tinha uma cruz de Malta pendurada no retrovisor. Eu tirei a cruz, levei para a casa dela e a amarrei na maçaneta da porta.

Eu não sabia onde nenhum dos amigos dela morava, onde a mãe dela morava, onde os amantes dela moravam.

Voltei para casa e escrevi uns poemas de amor.

[Trecho do romance *Mulheres*, 1978]

como uma flor na chuva

cortei a unha do meio do dedo do
meio
mão direita
bem curta
e comecei a esfregar a boceta dela
enquanto ela estava sentada na cama
passando creme nos braços
rosto
e peitos
depois do banho.
então ela acendeu um cigarro:
"não deixe isso te desencorajar",
e fumou e continuou a esfregar o
creme.
Continuei a esfregar a boceta.
"quer uma maçã?", perguntei.
"claro", disse ela, "tem uma?"
mas eu a afetei —
ela começou a se retorcer
então rolou de lado,
estava ficando molhada e aberta
como uma flor na chuva.
então ela rolou de bruços
e sua bunda linda
olhou para mim
e passei o braço por baixo e peguei a
boceta de novo.
ela esticou o braço e pegou meu

pau, ela rolava e girava,
montei nela
meu rosto caindo na massa
de cabelo ruivo que transbordava
da cabeça dela
e meu pau duro entrou
no milagre.
depois brincamos sobre o creme
e o cigarro e a maçã.
então saí e comprei frango
e camarão e batata frita e pães
e purê de batata e molho e
salada de repolho, e comemos. ela me disse
como se sentia bem e eu disse a ela
como me sentia bem e comemos
o frango e o camarão e a
batata frita e os pães e o
purê de batata e o molho e
a salada de repolho também.

Dirigi para casa. O apartamento estava do mesmo jeito de sempre: garrafas e lixo em todo lugar. Eu precisaria dar uma limpada. Se alguém o visse daquela maneira, iam me internar.

Alguém bateu. Abri a porta. Era Tammie.

— Oi! — disse ela.

— Olá.

— Você deveria estar com muita pressa quando saiu. Todas as portas estavam destrancadas. A porta de trás estava aberta. Escute, me promete que não vai contar se eu te disser uma coisa?

— Certo.

— Arlene entrou e usou o telefone, chamada de longa distância.

— Certo.

— Tentei impedi-la, mas não consegui. Ela estava tomando remédio.

— Certo.

— Onde você estava?

— Galveston.

— Por que saiu correndo daquele jeito? Você é louco.

— Preciso sair de novo no sábado.

— Sábado? Que dia é hoje?

— Quinta-feira.

— Para onde você vai?

— Nova York.

— Por quê?

— Uma leitura. Eles mandaram os ingressos há duas semanas. E eu recebo parte das entradas.

— Ah, me leva com *você*! Eu deixo Dancy com a minha mãe. Quero ir!

— Não posso pagar para levar você. Vai comer o meu lucro. Tive umas despesas pesadas ultimamente.

— Eu vou ser *boazínha*! Vou ser *tão* boazinha! Não vou sair do seu lado nunca! Eu realmente senti saudade.

— Não posso, Tammie.

Ela foi até a geladeira e pegou uma cerveja.

— Você não tá nem aí. Todos aqueles poemas, você não estava falando sério.

— Estava quando escrevi os poemas.

O telefone tocou. Era meu editor.

— Onde você estava?

— Galveston. Pesquisa.

— Soube que vai fazer uma leitura em Nova York sábado.

— Isso, Tammie quer ir, minha namorada.

— Vai levá-la?

— Não, não tenho dinheiro.

— Quanto é?

— Trezentos e dezesseis, viagem de ida e volta.

— Realmente quer levá-la?

— Quero, acho que quero.

— Certo, vá em frente. Vou mandar um cheque pelo correio.

— Está falando sério?

— Estou.

— Não sei o que dizer...

— Esqueça. Só se lembre de Dylan Thomas.[*]

— Eles não vão *me* matar.

Nós nos despedimos. Tammie estava bebendo cerveja.

— Certo — falei a ela —, você tem dois ou três dias para fazer as malas.

— Quer dizer que eu *vou*?

— Vai, o meu editor está pagando a sua viagem.

Tammie ficou de pé e me agarrou. Ela me beijou, apertou minhas bolas, puxou meu pau.

— Você é o velho fodido mais gentil do mundo!

---

[*] Dylan Thomas foi um poeta galês nascido em 1914 e famoso pelo poema "Do Not Go Gentle Into That Good Night". Ele faleceu em 1953, em Nova York, durante uma turnê pelos Estados Unidos, depois de alguns dias doente com uma pneumonia severa incorretamente tratada pelo médico de sua assistente e amante, Liz Reitell. Apesar de, como Bukowski, ter tido uma reputação de beberrão, não foi considerado um alcoólatra por seus biógrafos e não morreu em decorrência do consumo de álcool. Bukowski também viria a morrer de pneumonia. [N.E.]

Nova York. Tirando Dallas, Houston, Charleston e Atlanta, era o pior lugar em que eu estivera. Tammie se apertou em mim e meu pau ficou duro. Joanna Dover não tinha me roubado tudo...

Tínhamos um voo às três e meia da tarde saindo de Los Angeles naquele sábado. Às duas eu bati à porta de Tammie. Ela não estava lá. Voltei para casa e me sentei. O telefone tocou. Era Tammie.

— Olhe — falei —, precisamos pensar em sair. Vai ter gente me esperando no aeroporto Kennedy. Onde você está?

— Faltam seis dólares para pagar a farmácia. Estou comprando Quaaludes.

— Onde você está?

— Um pouco para baixo da esquina do Santa Monica Boulevard com a Western, mais ou menos um quarteirão. É uma farmácia Owl. Você vai ver.

Eu desliguei, entrei no Volks e dirigi até lá. Estacionei um quarteirão abaixo da esquina da Santa Monica com a Western, saí e olhei em torno. Não havia farmácia.

Voltei para o Volks e dirigi nos arredores procurando o Camaro vermelho dela. Então o vi, uns cinco quarteirões mais abaixo. Estacionei e entrei. Tammie estava sentada em uma cadeira. Dancy correu e fez uma careta para mim.

— Não podemos levar a criança.

— Eu sei. Vamos deixá-la na casa da minha mãe.

— Na sua mãe? São cinco quilômetros para o outro lado.

— É no caminho para o aeroporto.

— Não, é na outra direção.

— Você tem as seis pratas?

Dei os seis para Tammie.

— Vejo você na sua casa. Já fez as malas?

— Fiz, estou pronta.

CORRO COM A CAÇA

Eu dirigi de volta e esperei. Então as ouvi.

— Mamãe — disse Dancy —, eu quero um Ding-Dong!

Elas subiram as escadas. Esperei que voltassem. Não voltaram. Subi. Tammie tinha arrumado a bagagem, mas estava de joelhos abrindo e fechando o zíper da mala.

— Olha — falei —, vou levar o resto das suas coisas para o carro.

Ela tinha duas sacolas de compra de papel grandes, cheias, e três vestidos em cabides. Isso tudo além da mala.

Levei as sacolas de compras e vestidos até o Volks. Quando voltei, ela ainda estava abrindo e fechando o zíper da mala.

— Tammie, vamos.

— Espere um minuto.

Ela ficou ali ajoelhada correndo o zíper para lá e para cá, para cima e para baixo. Não olhava dentro da mala. Apenas corria o zíper para cima e para baixo.

— Mamãe — disse Dancy —, eu quero um Ding-Dong.

— Vamos lá, Tammie, vamos embora.

— Ah, certo.

Peguei a mala de zíper e elas me seguiram.

Eu segui o Camaro vermelho surrado de Tammie até a casa da mãe dela. Nós entramos. Tammie foi para a penteadeira da mãe e começou a puxar as gavetas, abrindo e fechando. A cada vez que ela abria uma gaveta, enfiava a mão dentro e misturava tudo. Aí batia a gaveta e ia para a próxima. Mesma coisa.

— Tammie, o avião está pronto para decolar.

— Ah, não, temos muito tempo. *Odeio* ficar esperando em aeroportos.

— O que vai fazer com a Dancy?

— Vou deixar ela aqui até que a minha mãe volte do trabalho.

Dancy abriu um berreiro. Ela finalmente entendeu, e chorou, as lágrimas correndo, e então ela parou, fechou os punhos e gritou:

— *Eu quero um ding-dong!*

— Escute, Tammie, vou esperar no carro.

Saí e esperei. Esperei cinco minutos e então entrei de novo. Tammie ainda estava abrindo e fechando as gavetas.

— Por favor, Tammie, vamos embora!

— Tudo bem.

Ela se virou para Dancy.

— Olhe, você fique aqui até a vovó chegar em casa. Deixe a porta trancada e não deixe *ninguém* entrar além da vovó!

Dancy recomeçou a chorar. Então gritou:

— *Eu te odeio!*

Tammie me seguiu e entramos no Volks. Dei partida. Ela abriu a porta e sumiu.

— *Tenho que pegar uma coisa no meu carro!*

Tammie foi correndo para o Camaro dela.

— Ah, merda, eu tranquei e não tenho a chave da porta! Você tem um cabide?

— Não — falei —, *não* tenho um cabide!

— Volto *já, já!*

Tammie voltou correndo para o apartamento da mãe. Ouvi a porta se abrir. Dancy chorou e gritou. Então ouvi a porta bater, e Tammie voltou com um cabide. Ela foi até o Camaro e arrombou a porta.

Andei até o carro dela. Tammie tinha subido no banco de trás e estava fuçando naquela bagunça incrível — roupas, sacolas de papel, copos de papel, jornais, garrafas de cerveja, embalagens vazias — empilhada ali. Então encontrou: a câmera dela, a Polaroid que eu dera a ela de presente de aniversário.

Conforme eu dirigia, enfiando o pé no Volks como se quisesse ganhar as Quinhentas Milhas de Indianápolis, Tammie se inclinou sobre mim.

— Você me ama de verdade, não ama?

— Amo.

— Quando chegarmos a Nova York vou te foder de um jeito que você *nunca* foi fodido antes!

— Está falando sério?

— Estou.

Ela agarrou meu pau e se inclinou sobre mim.

Minha primeira e única ruiva. Eu tinha sorte...

Subimos a rampa comprida correndo. Eu carregava os vestidos dela e as sacolas de compras.

Na escada rolante, Tammie viu a máquina de seguro de voo.

— Por favor — falei —, só temos cinco minutos até a decolagem.

— Quero que Dancy fique com o dinheiro.

— Tudo bem.

— Você tem duas moedas de vinte e cinco?

Dei a ela as duas moedas. Ela as inseriu e um cartão pulou da máquina.

— Tem uma caneta?

Tammie preencheu o cartão e então havia um envelope. Ela colocou o cartão no envelope. Ela tentou enfiá-lo na abertura da máquina.

— Essa coisa não entra!

— Vamos perder o voo.

Ela continuou tentando enfiar o envelope na abertura. Não conseguia fazer com que entrasse.

Ela ficou ali e continuou empurrando. Agora o envelope estava completamente dobrado ao meio e todos os cantos estavam amassados.

— Estou ficando louco — falei. — Não consigo *suportar*.

Ela empurrou mais algumas vezes. Não entrava. Ela olhou para mim.

— Certo, vamos.

Subimos a escada rolante com os vestidos e as compras dela. Encontramos o portão de embarque. Tínhamos dois assentos perto da traseira. Colocamos o cinto.

— Viu — disse ela —, eu falei que tínhamos muito tempo.

Olhei para o relógio. O avião começou a andar...

Estávamos havia vinte minutos no ar quando ela tirou um espelho da bolsa e começou a se maquiar, principalmente os olhos. Ela trabalhou nos olhos com um pincel pequeno, concentrando-se nos cílios. Enquanto fazia isso, ela abria bem os olhos e ficava com a boca aberta. Eu a observei e comecei a ficar de pau duro.

A boca dela era tão cheia e redonda e aberta e ela continuava a maquiar os cílios. Pedi duas bebidas.

Tammie parou para beber e então continuou.

Um jovem no assento à nossa direita começou a se masturbar. Tammie continuou a olhar para o rosto no espelho com a boca aberta. Parecia que ela realmente sabia chupar com aquela boca.

Ela continuou por uma hora. Então guardou o espelho e o pincel, se encostou em mim e dormiu.

Havia uma mulher no assento à nossa esquerda. Ela tinha uns quarenta e cinco anos. Tammie dormia ao meu lado.

A mulher olhou para mim.

— Quantos anos ela tem? — perguntou ela.

De repente tudo ficou muito silencioso naquela aeronave. Todo mundo ao redor estava escutando.

— Vinte e três.

— Ela parece ter dezessete.

— Ela tem vinte e três.

— Ela passa duas horas se maquiando e então vai dormir.

— Foi cerca de uma hora.

— Estão indo para Nova York? — perguntou a mulher.

— Sim.

— Ela é sua filha?

— Não, não sou pai *ou* avô dela. Não tenho qualquer tipo de parentesco com ela. Ela é a minha namorada e estamos indo para Nova York.

Eu podia ver a manchete nos olhos dela: MONSTRO DE EAST HOLLYWOOD DROGA GAROTA DE DEZESSETE ANOS, A LEVA PARA NOVA YORK, ONDE ABUSA DELA SEXUALMENTE, ENTÃO VENDE O CORPO DELA PARA VÁRIOS VAGABUNDOS.

A mulher questionadora desistiu. Ela se recostou no assento e fechou os olhos. A cabeça dela deslizou na minha direção. Estava quase no meu colo, parecia. Abraçando Tammie, observei aquela cabeça. Imaginei se ela se importaria se eu amassasse os lábios dela com um beijo enlouquecido. Fiquei de pau duro de novo.

Estávamos prontos para pousar. Tammie parecia muito mole. Aquilo me preocupou. Eu coloquei o cinto nela.

— Tammie, é *Nova York*! Estamos nos preparando para *pousar*! Tammie, *acorde*!

Sem resposta.

Uma overdose?

Tomei o pulso dela. Não conseguia senti-lo.

Olhei para os peitos enormes dela. Observei em busca de algum sinal de respiração. Eles não se mexeram. Eu me levantei e fui atrás de uma comissária de bordo.

— Por favor, sente-se, senhor. Estamos nos preparando para pousar.

— Olhe, estou preocupado. Minha namorada não acorda.

— Acha que ela está morta? — sussurrou ela.

— Não sei — sussurrei de volta.

— Certo, senhor. Assim que aterrissarmos, volto aqui.

O avião estava começando a descer. Entrei no banheiro e molhei umas toalhas de papel. Voltei, sentei-me ao lado de Tammie e as esfreguei no rosto dela. Toda aquela maquiagem desperdiçada. Tammie não se mexeu.

— Sua puta, acorde!

Passei as toalhas pelos peitos dela. Nada. Nenhum movimento. Desisti.

Eu teria de mandar o corpo dela de volta de algum jeito. Teria de explicar para a mãe dela. A mãe dela iria me odiar.

Aterrissamos. As pessoas se levantaram e fizeram fila, esperando para descer. Fiquei lá sentado. Chacoalhei Tammie e a belisquei.

— Estamos em Nova York, Ruiva. A maçã podre. Vamos. Chega dessa merda.

A comissária de bordo voltou e chacoalhou Tammie.

— Querida, qual o problema?

Tammie começou a dar sinais de vida. Ela se mexeu. Então os olhos dela se abriram. Era apenas uma questão de uma voz *nova*. Ninguém ouvia mais uma voz velha. As vozes velhas se tornavam parte de um ser, como uma unha.

CORRO COM A CAÇA

Tammie tirou o espelho e começou a pentear o cabelo. A comissária de bordo dava tapinhas no ombro dela. Eu me levantei e tirei os vestidos do compartimento acima. As sacolas de compra também estavam lá. Tammie continuou a olhar no espelho e pentear o cabelo.

— Tammie, estamos em Nova York. Vamos sair.

Ela se moveu rapidamente. Eu levei as duas sacolas e os vestidos. Ela passou pela saída rebolando a bunda. Eu a segui.

[Trecho do romance *Mulheres*, 1978]

liberdade

ela estava sentada na janela
do quarto 1010 no Chelsea
em Nova York,
o antigo quarto de Janis Joplin.
fazia quarenta graus
ela tinha tomado uma anfetamina
e passara uma perna sobre
o peitoril,
e ela se inclinou para fora e disse:
"Deus, isso é demais!"
e então ela escorregou,
quase foi para fora,
segurando-se de repente.
foi por um triz.
ela se colocou para dentro

veio e se estirou
na cama.

perdi muitas mulheres
de muitos jeitos diferentes
mas aquela teria sido
a primeira vez
daquele jeito.

então ela rolou para fora da cama
caiu de costas
e quando andei por ali
ela estava dormindo.
o dia inteiro ela queria
ver a Estátua da Liberdade
agora não ia me preocupar com aquilo
por um tempo.

reza em tempo ruim

por deus, não sei o que
fazer.
é tão bom tê-las por perto.
elas têm um jeito de brincar com
as bolas
e de olhar para o pau muito
sérias
virando-o

CORRO COM A CAÇA

torcendo-o
examinando cada parte
enquanto o cabelo comprido cai em
sua barriga.

não são a foda e o boquete
sozinhos que comovem um homem
e o amolecem, são os extras,
todos os extras.

agora chove nesta noite
e não há ninguém
elas estão em outro lugar
examinando coisas
em novos quartos
em novos ânimos
ou talvez em velhos
quartos.

de qualquer modo, chove esta noite,
uma chuva infernal batendo e
caindo forte...

muito pouco a fazer.
li o jornal
paguei a conta de gás
a companhia elétrica
a conta de telefone.

continua chovendo.

elas amolecem um homem
e aí o deixam nadar
no próprio suco.

preciso de uma puta das antigas
na porta esta noite
fechando a sombrinha verde
gotas de chuva enluarada na
bolsa, dizendo, "merda, cara,
não dá para botar uma música melhor
que *essa* no seu rádio?
e aumente a temperatura..."

é sempre quando um homem está inchado
de amor e de tudo o
mais
que segue chovendo
chuva
respingando
inundando
boa para as árvores e a
grama e o ar...
boa para coisas que
vivem sozinhas.

eu daria qualquer coisa
por uma mão de mulher em mim
esta noite.
elas amolecem um homem e
então o deixam
ouvindo a chuva.

CORRO COM A CAÇA

morra de inveja

passei aqui, ela diz, para te dizer
que acabou. não estou brincando,
acabou. é isso.

sento-me no sofá olhando enquanto ela arruma
o cabelo ruivo comprido na frente do espelho
do quarto.
ela puxa o cabelo para cima e
empilha no topo da cabeça —
ela deixa os olhos mirarem
meus olhos —
então ela solta o cabelo e o
deixa cair na frente do rosto.

vamos para a cama e eu a abraço,
mudo, por trás,
o braço em torno do pescoço dela
toco os pulsos e as mãos dela
apalpo até
os cotovelos
nada além.

ela se levanta.

acabou, ela diz,
morra de inveja. você
tem um elástico?

eu não sei.

aqui tem um, ela diz,
esse serve. bem,
estou indo.

eu me levanto e vou com ela
até a porta
bem quando ela sai
ela diz,
quero que você me compre
uns sapatos de salto
com tachas finas e altas,
sapatos de salto pretos.
não, quero em
vermelho.

eu a vejo andar pela calçada de cimento
sob as árvores
ela anda direito e
com as poinsétias pingando ao sol
fecho a porta.

eu cometi um erro

estiquei a mão até em cima do armário
e peguei um par de calcinhas azuis
e mostrei a ela e
perguntei, "são suas?"

e ela olhou e disse:
"não, isso é de um cachorro".

CORRO COM A CAÇA

ela foi embora depois disso e não a vejo
desde então. ela não está em casa.
eu fico indo até lá, deixando bilhetes
na porta. volto e os bilhetes
ainda estão lá. pego a cruz de Malta
corto-a do espelho do carro, a amarro
na maçaneta com um cadarço, deixo
um livro de poemas.
quando volto na noite seguinte, tudo
ainda está lá.

eu fico procurando nas ruas aquele
navio de guerra sangue-vinho que ela dirige
com bateria fraca, e as portas
pendendo em dobradiças quebradas.

dirijo pelas ruas
a ponto de chorar,
envergonhado do meu sentimentalismo
e possível amor.

um velho confuso dirigindo na chuva
imaginando para onde a boa sorte
foi.

o melhor

aí vem a cabeça de peixe cantando
aí vem a batata assada vestida de mulher

BUKOWSKI

aí vem nada para fazer o dia inteiro
aí vem outra noite sem dormir

aí vem o telefone tocando no tom errado

aí vem um cupim com um banjo
aí vem um mastro de olhos vagos
aí vem um gato e um cachorro de meias de náilon

aí vem uma metralhadora cantando
aí vem o bacon queimando na panela
aí vem uma voz dizendo algo tedioso

aí vem um jornal cheio de passarinhos vermelhos
com bicos chatos marrons

aí vem uma boceta levando uma tocha
uma granada
um amor mortal

aí vem a vitória carregando
um balde de sangue
e tropeçando em um arbusto

e os lençóis pendem das janelas

e os bombardeiros vão para leste oeste norte sul
se perdem
são revirados como salada

enquanto todos os peixes no mar se alinham e formam
uma fila

CORRO COM A CAÇA

uma fila longa
uma fila muito longa e fina
a fila mais longa que se possa imaginar

e nos perdemos
passando por montanhas roxas

andamos perdidos
por fim nus como a faca

tendo dado
tendo cuspido como um caroço de azeitona inesperado

enquanto a moça do atendimento telefônico
berra no telefone:
"não ligue de novo! você parece um babaca!".

um para a velha de dente torto

conheço uma mulher
que segue comprando quebra-cabeças
quebra-cabeças
chineses
blocos
fios
peças que por fim se encaixam
em alguma ordem.
ela os resolve
matematicamente

BUKOWSKI

ela soluciona todos os
quebra-cabeças
mora na praia
coloca açúcar para as formigas
e acredita
basicamente
em um mundo melhor.
seu cabelo é branco
ela raramente o penteia
seus dentes são tortos
e ela usa macacões soltos
sobre um corpo que a maioria
das mulheres queria ter.
por muitos anos ela me irritou
com o que eu considerava suas
excentricidades —
como colocar cascas de ovo na água
(para alimentar as plantas, para
que tivessem cálcio).
mas por fim quando penso na vida
dela
e a comparo com outras vidas
mais deslumbrantes, originais
e belas
percebo que ela feriu menos
pessoas do que qualquer um que conheça
(e por ferir quero dizer apenas ferir).
ela passou por momentos terríveis
momentos em que talvez deveria
tê-la ajudado mais
pois ela é a mãe de minha única

filha
e um dia fomos grandes amantes,
mas ela superou
como eu disse
ela feriu menos pessoas do que
qualquer um que conheça,
e se você olha dessa maneira,
bem,
ela criou um mundo melhor.
ela venceu.

Frances, este poema é para
você.

———

Eu via Sara a cada três ou quatro dias, na casa dela ou na minha. Nós dormíamos juntos, mas não havia sexo. Chegamos perto, mas nunca de fato fizemos. Os preceitos de Drayer Baba seguiam firmes.

Decidimos passar as festas juntos na minha casa, Natal e Ano-Novo.

Sara chegou por volta do meio-dia do dia vinte e quatro em sua van Volks. Eu observei enquanto ela estacionava, então saí para encontrá-la. Ela tinha tábuas amarradas no teto da van. Seria meu presente de Natal: ela ia me construir uma cama. Minha cama era um escárnio: um estrado de colchão de molas simples com o interior saindo. Sara também tinha trazido um peru orgânico, mais o acompanhamento. Eu pagaria por aquilo e pelo vinho branco. E havia uns presentinhos para cada um de nós.

BUKOWSKI

Levamos a madeira e o peru e as miudezas variadas. Coloquei estrado, colchão e cabeceira lá fora e coloquei uma placa neles: GRATUITO. A cabeceira foi primeiro, o estrado em segundo lugar, e finalmente alguém levou o colchão. Era uma vizinhança pobre.

Eu tinha visto a cama de Sara na casa dela, tinha dormido nela e gostado. Eu nunca gostei do colchão comum, ao menos os que eu podia comprar. Tinha passado mais da metade da minha vida em camas com um formato mais adequado a alguém com a forma de uma minhoca de pesca.

Sara tinha construído a própria cama e ia construir uma igual para mim. Uma plataforma de madeira sólida apoiada por sete pernas de nove centímetros por nove centímetros (a sétima diretamente no meio) coberta por uma camada de espuma firme de dez centímetros. Sara tinha algumas boas ideias. Eu segurava as tábuas e Sara enfiava os pregos. Ela era boa com o martelo. Ela só pesava uns quarenta e sete quilos, mas conseguia bater um prego. Seria uma bela cama.

Sara não levou muito tempo.

Então a testamos — não sexualmente — enquanto Drayer Baba sorria acima de nós.

Dirigimos por aí procurando uma árvore de Natal. Eu não estava muito ansioso para conseguir uma árvore (o Natal sempre fora uma época infeliz na minha infância), e quando encontramos todos os terrenos vazios, a falta de uma árvore não me incomodou. Sara estava infeliz enquanto dirigimos de volta. Mas, depois que entramos e bebemos umas taças de vinho branco, ela recuperou o ânimo e foi pendurar os ornamentos natalinos, luzes e festão em todos os lugares, um pouco do festão no meu cabelo.

Eu tinha lido que mais pessoas cometiam suicídio na véspera e no dia de Natal do que em qualquer outro período do ano.

CORRO COM A CAÇA

O feriado tinha pouco ou nada a ver com o Nascimento de Cristo, aparentemente.

Todas as músicas do rádio eram nauseantes e a TV estava pior, então desligamos, e ela telefonou para a mãe, no Maine. Eu falei com a Mamãe também e a Mamãe não era tão ruim.

— No começo — disse Sara —, estava pensando em arrumar você com a mamãe, mas ela é mais velha do que você.

— Esqueça.

— Ela tinha belas pernas.

— Esqueça.

— Você tem preconceito com a velhice?

— Tenho, com a velhice de todo mundo menos a minha.

— Você se comporta como uma estrela de cinema. Sempre teve mulheres vinte ou trinta anos mais novas do que você?

— Não nos meus vinte anos.

— Certo, então. Já teve uma mulher mais velha do que você, quer dizer, morou com ela?

— Já, quando eu tinha vinte e cinco, morava com uma mulher de trinta e cinco.

— Como foi?

— Foi terrível. Eu me apaixonei.

— O que foi terrível?

— Ela me fez ir para a faculdade.

— E isso é terrível?

— Não era o tipo de faculdade em que você está pensando. Ela era a faculdade, e eu era o corpo discente.

— O que aconteceu com ela?

— Eu a enterrei.

— Com honras? Você a matou?

— A bebida a matou.

— Feliz Natal.

— Claro. Fale sobre os seus.

— Eu passo.

— Muitos?

— Muitos, porém bem poucos.

Trinta ou quarenta minutos depois bateram à porta. Sara se levantou e a abriu. Um símbolo sexual entrou. Na noite de Natal. Eu não sabia quem ela era. Ela vestia uma roupa preta justa e os peitos enormes pareciam que iam explodir de cima do vestido. Era magnífico. Jamais vira peitos como aqueles, exibidos daquela maneira, a não ser em filmes.

— Oi, Hank!

Ela me conhecia.

— Sou a Edie. Você me conheceu na casa do Bobby uma noite.

— Ah?

— Estava muito bêbado para se lembrar?

— Oi, Edie. Essa é a Sara.

— Estava procurando o Bobby. Achei que o Bobby poderia estar aqui.

— Sente-se e tome uma bebida.

Edie sentou-se em uma poltrona à minha direita, bem perto de mim. Ela tinha uns vinte e cinco anos. Acendeu um cigarro e bebericou a bebida. A cada vez que ela se inclinava em direção à mesinha de centro eu tinha certeza de que ia acontecer, tinha certeza de que aqueles peitos iam pular para fora. E eu temia o que poderia fazer se eles pulassem. Eu simplesmente não sabia. Nunca fui um amante de peitos, sempre fui um amante de pernas. Mas Edie realmente sabia como *fazer*. Eu estava com medo e olhava de lado para os peitos dela sem saber se queria que eles saíssem ou ficassem lá dentro.

— Você conheceu o Manny — disse ela —, lá na casa do Bobby?

— Conheci.

— Tive que dar um pé na bunda dele. Ele tinha um ciúme da porra. Até contratou um detetive particular para me seguir! Imagine! Aquele saco de merda!

— É.

— Odeio homens que mendigam. Odeio puxa-sacos!

— É difícil encontrar um bom homem hoje em dia — falei. — Isso é uma música. Da Segunda Guerra Mundial. Eles também tinham: "Não se sente debaixo da macieira com ninguém além de mim".

— Hank, você está divagando... — disse Sara.

— Tome outra bebida, Edie — falei, e servi outra para ela.

— Os homens são uns *merdas*! — continuou ela. — Entrei em um bar outro dia. Estava com quatro caras, amigos próximos. Nos sentamos por ali entornando uns jarros de cerveja, estávamos *rindo*, sabe, só nos *divertindo*, não estávamos incomodando. Então eu tive a ideia de que gostaria de jogar bilhar. Eu gosto de jogar bilhar. Acho que quando uma mulher joga bilhar, mostra a sua classe.

— Não sei jogar bilhar — falei. — Eu sempre rasgo a baeta. E nem sou mulher.

— De qualquer modo, eu vou até a mesa e esse cara está jogando bilhar sozinho. Vou até ele e digo: "Olhe, você está nessa mesa faz tempo. Eu e os meus amigos queremos jogar um pouco de bilhar. Você poderia nos deixar usar a mesa por um tempo?". Ele se virou e olhou para mim. Esperou. Então deu um *risinho* e disse: "Tudo bem".

Edie ficou animada e pulava enquanto falava, e eu espiava as coisas dela.

BUKOWSKI

— Voltei e disse aos meus amigos: "Conseguimos a mesa". Por fim esse cara está acertando a última bola quando um amigo dele chega e diz: "Ei, Ernie, ouvi dizer que você vai sair da mesa". E sabe o que ele *fala* para esse cara? Ele diz: "É, estou saindo para aquela piranha!". Eu ouvi e vi *vermelho*. Esse cara está curvado sobre a mesa com o taco na última bola. Peguei um taco de bilhar e, enquanto ele estava curvado, bati na cabeça dele com toda a força. O cara caiu na mesa como se estivesse morto. Ele era conhecido no bar e um monte de amigos dele correu até lá, enquanto os meus quatro amigos corriam também. Rapaz, *que briga*! Garrafas quebrando, espelhos quebrados... Não sei como saímos de lá, mas saímos. Você tem algum bagulho?

— Tenho, mas não enrolo tão bem.

— Vou cuidar disso.

Edie enrolou um baseado fino e apertado, como uma profissional. Ela deu uma tragada nele, silvando, e então o passou para mim.

— Aí eu voltei na noite seguinte, sozinha. O dono, que é um barman, ele me reconheceu. O nome dele é Claude. "Claude", falei, "desculpe por ontem, mas aquele cara na mesa era um grande filho da puta. Ele me chamou de piranha."

Servi mais bebidas para todos. Em mais um minuto os peitos dela iriam sair.

— O dono disse: "Tudo bem, deixa pra lá". Ele parecia um cara legal. "O que você quer beber?", perguntou. Eu fiquei em volta do bar e bebi duas ou três bebidas de graça e ele disse: "Sabe, seria bom ter mais uma garçonete". — Edie deu uma tragada no baseado e continuou: — Ele me contou sobre a outra garçonete. "Ela atraía os homens, mas causava um monte de problemas. Ela jogava um cara contra o outro. Estava sempre aprontando. Então descobri que ela estava fazendo programa por fora. Ela estava usando o *meu* bar para vender a xoxota!"

— Sério? — perguntou Sara.

— Foi o que ele me disse. De qualquer jeito, ele me ofereceu um emprego de garçonete. E ele disse: "Sem programa no serviço!". Eu falei para ele parar com aquela merda, que eu não era dessas. Achei que talvez fosse finalmente conseguir guardar algum dinheiro e ir para a UCLA, para me tornar química e estudar francês, foi o que eu sempre quis fazer. Então ele disse: "Venha aqui atrás, quero te mostrar onde é o estoque, e também tem uma roupa que quero que você experimente. Nunca foi usada e acho que é do seu tamanho". Aí fui para esse quartinho escuro com ele, e ele tentou me agarrar. Eu o empurrei. Então ele disse: "Me dá só um beijinho". "Cai fora", falei. Ele era careca e gordo e muito baixinho e tinha dentes falsos e verrugas pretas e peludas nas bochechas. Ele investiu contra mim e apertou a minha bunda com uma mão e a teta com a outra e tentou me beijar. Eu o empurrei de novo. "Eu tenho uma esposa", disse ele, "eu amo a minha esposa, não se preocupe!" Ele investiu em mim de novo e eu dei uma joelhada *você-sabe-onde*. Eu acho que ele não tinha nada lá embaixo, ele nem se mexeu. "Eu te dou *dinheiro*", disse ele, "vou ser *legal* com você." Eu mandei ele tomar no cu e morrer. E assim perdi outro emprego.

— É uma história triste — falei.

— Escute — disse Edie —, preciso ir embora. Feliz Natal. Obrigada pelas bebidas.

Ela se levantou e eu fui até a porta, a abri. Ela andou pelo pátio. Eu voltei e me sentei.

— Seu filho da puta — disse Sara.

— O que foi?

— Se eu não estivesse aqui, você teria trepado com ela.

— Eu mal conheço a mulher.

— Aquele peito todo! Você estava apavorado! Você estava com medo até de *olhar* para ela!

— O que ela está fazendo andando por aí na véspera de Natal?

— Por que não perguntou para ela?

— Ela disse que estava procurando o Bobby.

— *Se eu não estivesse aqui você teria trepado com ela.*

— Não sei. Não tenho como saber...

Então Sara ficou de pé e gritou. Ela começou a soluçar e então correu para outro cômodo. Eu servi uma bebida. As luzes coloridas nas paredes piscavam.

Sara estava preparando o molho do peru e me sentei na cozinha falando com ela. Estávamos os dois bebendo vinho branco.

O telefone tocou. Eu fui e atendi. Era Debra.

— Só queria te desejar Feliz Natal, molenga.

— Obrigado, Debra. E feliz Papai Noel para você.

Nós conversamos um pouco, então voltei e me sentei.

— Quem era?

— Debra.

— Como ela está?

— Bem, acho.

— O que ela queria?

— Ela desejou Feliz Natal.

— Você vai gostar deste peru orgânico, e o recheio também é bom. As pessoas comem veneno, veneno puro. Os Estados Unidos são um dos poucos países em que o câncer de cólon é predominante.

— É, a minha bunda coça muito, mas é só a hemorroida. Eu cortei ela fora uma vez. Antes de operar, eles enfiam essa cobra pelo seu intestino com uma luzinha presa e olham dentro de você

CORRO COM A CAÇA

procurando câncer. A cobra é bem comprida. Eles simplesmente enfiam em você!

O telefone tocou de novo. Fui e atendi. Era Cassie.

— Como você está?

— Eu e Sara estamos preparando um peru.

— Sinto saudade sua.

— Feliz Natal para você também. Como estão as coisas no trabalho?

— Tudo bem. Estou de folga até dia dois de janeiro.

— Feliz Ano-Novo, Cassie!

— Qual é o seu problema, porra?

— Estou meio aéreo. Não estou acostumado com vinho branco tão cedo.

— Ligue para mim qualquer hora dessas.

— Claro.

Voltei para a cozinha.

— Era Cassie. As pessoas telefonam no Natal. Talvez Drayer Baba ligue.

— Ele não vai ligar.

— Por quê?

— Ele nunca falava em voz alta. Ele nunca falava e nunca tocava em dinheiro.

— Isso é muito bom. Deixe eu comer um pouco desse molho cru.

— Tudo bem.

— Olhe só, nada mau!

Então o telefone voltou a tocar. Funcionava daquele jeito. Quando começava a tocar, continuava a tocar. Fui até o quarto e atendi.

— Alô — falei. — Quem é?

— Seu filho da puta. Você não sabe?

— Não, na verdade, não.

Era uma mulher bêbada.

— Adivinhe.

— Espere. Eu sei! É a *Irís*!

— Isso, *Irís*. E estou grávida!

— Você sabe quem é o pai?

— Que diferença isso faz?

— Acho que você está certa. Como estão as coisas em Vancouver?

— Tudo bem. Tchau.

— Tchau.

Eu voltei para a cozinha de novo.

— Era a dançarina do ventre canadense — falei para Sara.

— Como ela está?

— Está cheia de alegria natalina.

Sara colocou o peru no forno e fomos para a sala. Conversamos amenidades por um tempo. Aí o telefone tocou de novo.

— Alô — atendi.

— É Henry Chinaski? — Era uma voz de homem jovem.

— Sou.

— É Henry Chinaski, o escritor?

— Sim.

— De verdade?

— Sim.

— Bem, somos um grupo de caras de Bel Air e nós realmente nos amarramos nas suas coisas, cara! Nós nos amarramos tanto que vamos te *recompensar*, cara!

— Ah?

— É, estamos indo aí com uns pacotes de cerveja.

— Enfie essa cerveja no cu.

— Quê?

— Eu disse: "Enfie no cu!".

Desliguei.

— Quem era? — perguntou Sara.

— Acabei de perder três ou quatro leitores de Bel Air. Mas valeu a pena.

O peru estava pronto e eu o tirei do forno, coloquei em uma bandeja, tirei a máquina de escrever e todos os meus papéis da mesa da cozinha e coloquei o peru ali. Comecei a cortar quando Sara entrou com os vegetais. Nós nos sentamos. Enchi meu prato, Sara encheu o dela. Parecia bom.

— Espero que aquela com as tetas não volte aqui — disse Sara.

Ela parecia muito chateada com a ideia.

— Se ela vier vou dar a ela o que ela quer.

— O *quê?*

Eu apontei para o peru.

— Eu falei: "Vou dar a ela o que ela quer". Você pode assistir.

Sara gritou. Ela ficou de pé. Estava tremendo. Então ela correu para meu quarto. Olhei para meu peru. Não conseguia comer. Tinha feito a coisa errada de novo. Andei para a sala com minha bebida e me sentei. Esperei quinze minutos e então coloquei o peru e os vegetais na geladeira.

Sara voltou para casa no dia seguinte e eu comi um sanduíche de peru frio por volta das três da tarde. Por volta das cinco houve umas batidas terríveis à porta. Abri. Eram Tammie e Arlene. Estavam doidonas de anfetamina. Elas entraram e pularam por todo lado, as duas falando ao mesmo tempo.

— Tem alguma coisa para *beber?*

— Merda, Hank, tem *alguma coisa* para beber?

— Como foi o seu Natal *de merda?*

— É. Como foi o seu *Natal de merda*, cara?

— Tem cerveja e vinho no refrigerador — falei a elas.

(Você sempre pode identificar um velho: ele chama a geladeira de refrigerador.)

Elas dançaram até a cozinha e abriram o refrigerador.

— Ei, tem um *peru*!

— Estamos com fome, Hank! Podemos comer um pouco de peru?

— Claro!

Tammie saiu com uma perna e deu uma mordida nela.

— Ei, esse peru está horrível! Precisa de tempero.

Arlene veio com fatias de carne nas mãos.

— É, isso precisa de tempero. É muito adocicado! Você tem algum tempero?

— No armário — falei.

Elas pularam de volta para a cozinha e começaram a salpicar os temperos.

— Pronto! Assim está melhor!

— É, agora tem *gosto* de alguma coisa.

— Peru orgânico, merda!

— É, é uma merda!

— Quero *mais*!

— Eu também. Mas precisa de *tempero*.

Tammie veio e se sentou. Ela tinha terminado a coxa. Então ela pegou o osso da coxa, o quebrou no meio e começou a mastigar o osso. Eu estava pasmo. Ela estava comendo o osso da coxa, cuspindo lascas no tapete.

— Ei, você está comendo o osso!

— É, é *bom*!

Tammie correu de volta para a cozinha para pegar mais.

Logo as duas voltaram, cada uma com uma garrafa de cerveja.

— Obrigada, Hank.

— É, obrigada, cara.

Elas se sentaram entornando as cervejas.

— Bem — disse Tammie —, precisamos ir.

— É, vamos sair para estuprar uns meninos da oitava série!*

— Isso!

As duas ficaram de pé e saíram pela porta. Eu entrei na cozinha e olhei dentro do refrigerador. Aquele peru parecia ter sido atacado por um tigre; a carcaça tinha sido destruída. Parecia obsceno.

Sara veio na noite seguinte.

— Como está o peru? — perguntou ela.

— Ok.

Ela foi e abriu a porta da geladeira. Gritou. Então veio correndo.

— Meu Deus, o que *aconteceu*?

— Tammie e Arlene passaram por aqui. Acho que não tinham comido por uma semana.

— Ah, é de dar dó. Isso me magoa!

— Desculpe. Eu deveria ter impedido as duas. Elas estavam loucas de anfetamina.

— Bem, só tem uma coisa que posso fazer.

— O que é?

— Posso te fazer uma bela sopa de peru. Vou buscar uns vegetais.

— Certo.

Dei uma nota de vinte para ela.

---

* Neste trecho, nota-se que Henry Chinaski mantém um círculo social no qual são naturalizados comportamentos misóginos, racistas e, no caso, até outros atos criminosos. [N.E.]

Sara preparou a sopa naquela noite. Estava deliciosa. Quando ela foi embora pela manhã, me deu instruções para esquentá-la.

Tammie bateu à porta por volta das quatro da tarde. Eu a deixei entrar e ela foi direto para a cozinha. A porta da geladeira se abriu.

— Ei, sopa, é?

— Isso.

— É boa?

— É.

— Posso experimentar um pouco?

— Ok.

Eu a ouvi colocando a sopa no forno. Então a ouvi enfiando a mão lá.

— Deus! Essa coisa está *insossa*! Precisa de tempero!

Eu a ouvi colocando o tempero. Então ela experimentou.

— Assim está *melhor*. Mas precisa de mais! Sou *italiana*, você sabe. Agora... aqui... assim está melhor! Agora vou deixar esquentar. Posso tomar uma cerveja?

— Tudo bem.

Ela veio com a garrafa e sentou-se.

— Você sentiu saudade de mim? — perguntou ela.

— Jamais saberá.

— Acho que vou conseguir o meu emprego de volta no Play Pen.

— Ótimo.

— Uns caras bons de gorjeta vão lá. Um cara me dava cinco pratas de gorjeta toda noite. Ele estava apaixonado por mim. Mas nunca me chamou para sair. Só ficava me olhando. Ele era estranho. Era um cirurgião retal e às vezes se masturbava enquanto me olhava andando. Eu sentia o cheiro nele, sabe.

— Bem, você o deixou excitado...

CORRO COM A CAÇA

— Acho que a sopa está pronta. Quer um pouco?

— Não, obrigado.

Tammie entrou e a ouvi tirando a sopa da panela. Ela ficou lá por um bom tempo. Depois saiu.

— Pode me emprestar cinco até sexta-feira?

— Não.

— Então me empreste umas duas pratas.

— Não.

— Me dê só um dólar, então.

Eu dei a Tammie um monte de moedas. Chegou a um dólar e trinta e sete centavos.

— Obrigada — disse ela.

— Tudo bem.

Então ela saiu pela porta.

Sara apareceu à noite. Ela raramente vinha com tanta frequência, tinha algo a ver com as festas de fim de ano, todo mundo estava perdido, meio louco, com medo. Eu estava com o vinho branco pronto e servi duas taças.

— Como vai a pousada? — perguntei a ela.

— O negócio é uma bosta. Mal se paga para seguir aberto.

— Onde estão os seus fregueses?

— Todos saíram da cidade; todos foram para algum lugar.

— Todos os nossos esquemas têm furos.

— Não todos. Algumas pessoas só continuam tendo sucesso atrás de sucesso.

— Verdade.

— Como está a sopa?

— Quase acabou.

— Você gostou?

— Não comi muito.

Sara entrou na cozinha e abriu a porta da geladeira.

— O que aconteceu com a sopa? Parece estranha.

Eu a ouvi experimentar a sopa. Então ela correu para a pia e a cuspiu.

— Jesus, foi envenenada! O que aconteceu? Tammie e Arlene voltaram e comeram *sopa* também?

— Só Tammie.

Sara não gritou. Ela simplesmente jogou o resto da sopa na pia e ligou o triturador de lixo. Eu podia ouvi-la soluçando, tentando não fazer som algum. Aquele pobre peru orgânico teve um Natal difícil.

[Trecho do romance *Mulheres*, 1978]

metamorfose

uma namorada veio
me fez uma cama
esfregou e encerou o chão da cozinha
esfregou as paredes
passou aspirador
limpou a privada
a banheira
esfregou o chão do banheiro
e cortou minhas unhas dos pés e
meu cabelo.

então
tudo no mesmo dia

o encanador veio e arrumou a torneira da cozinha
e a privada
e o homem do gás arrumou o aquecedor
e o homem do telefone arrumou o telefone
e agora me sento aqui em toda essa perfeição
está silencioso.
eu terminei com todas as minhas três namoradas.

eu me sentia melhor quando tudo estava em
desordem.
vai levar alguns meses para voltar ao
normal:
não consigo achar nem uma barata com quem bater um papo.

perdi meu ritmo.
não consigo dormir.
não consigo comer.

fui roubado de
minha sujeira.

dr. nazista

Bem, sou um homem com muitos problemas, e imagino que a maioria deles seja criada por mim. Quer dizer, com mulheres e jogatina e sentimentos hostis sobre grupos de pessoas e, quanto maior o grupo, maior a hostilidade. Sou chamado de negativo e sombrio, amuado.

Fico me lembrando da mulher que gritou para mim:

BUKOWSKI

— Você é tão negativo, cacete! A vida pode ser linda!

Imagino que possa, e especialmente com menos de gritaria. Mas quero contar sobre meu médico. Não vou a psiquiatras. Psiquiatras são inúteis e muito contentes. Mas um bom médico com frequência é indignado e/ou maluco e, portanto, muito mais interessante.

Fui ao consultório do dr. Kiepenheuer porque era o mais perto. Minhas mãos estavam cobertas de bolhas brancas — um sinal, eu senti, ou de minha ansiedade real ou de um possível câncer. Usava luvas de proteção, assim as pessoas não ficavam olhando. E queimava a luva enquanto fumava dois maços de cigarro por dia.

Entrei no consultório do médico. Eu tinha o primeiro horário. Sendo um homem ansioso, eu estava trinta minutos adiantado, matutando sobre câncer. Atravessei a sala de espera e olhei dentro do consultório. Havia uma enfermeira-recepcionista agachada no chão com o uniforme branco apertado, o vestido puxado quase até os quadris, coxas gordas e ameaçadoras aparecendo através de meias de náilon bem puxadas. Eu me esqueci do câncer. Ela não tinha me ouvido e eu olhei para as pernas e coxas descobertas dela, medi as ancas deliciosas com os olhos. Ela estava limpando água do chão, a privada havia transbordado e ela xingava, ela era ardente, era rosa e marrom e viva e descoberta, e eu fiquei olhando.

Ela levantou os olhos.

— Pois não?

— Continue — falei —, não quero te atrapalhar.

— É a privada — disse ela —, fica transbordando.

Ela continuou limpando e eu continuei olhando por cima de uma revista *Life*. Ela finalmente ficou de pé. Fui até o sofá e me sentei. Ela repassou o caderno de consultas.

— É o sr. Chinaski?

— Sou.

500

CORRO COM A CAÇA

— Por que não tira as luvas? Está quente aqui.

— Prefiro não tirar, se não se importar.

— O sr. Kiepenheuer vai chegar logo.

— Tudo bem. Mal posso esperar.

— Qual é o seu problema?

— Câncer.

— Câncer?

— É.

A enfermeira desapareceu e eu li a *Life*, e então li outra edição da *Life*, e então li a *Sports Illustrated* e aí me sentei olhando para as pinturas de paisagens do mar e do campo, e uma música vinha de algum lugar. Então, de repente, todas as luzes piscaram, aí acenderam, e eu me perguntei se haveria algum jeito de estuprar a enfermeira e sair ileso quando o médico chegou. Ele me ignorou e eu o ignorei, então ficamos quites.

Ele me chamou para entrar no consultório. Ele estava sentado em um banco e me olhou. Tinha um rosto amarelo e um cabelo amarelo, e seus olhos não tinham brilho. Ele estava morrendo. Tinha uns quarenta e dois anos. Eu olhei para ele e dei seis meses de vida.

— Por que as luvas? — perguntou ele.

— Sou um homem sensível, doutor.

— Você é?

— Sou.

— Então devo lhe dizer que um dia fui nazista.

— Está tudo bem.

— Você não se importa de que eu tenha sido nazista um dia?

— Não, não me importo.

— Eu fui capturado. Ele nos fizeram atravessar a França em um vagão com as portas abertas e as pessoas ficavam no caminho e jogavam bombas de fedor, pedras e todo tipo de lixo na gente:

501

ossos de peixe, plantas mortas, excreções, tudo que se possa imaginar.

Então o médico se sentou e me falou sobre a esposa dele. Ela estava tentando esfolá-lo. Uma piranha de verdade. Tentando pegar todo o dinheiro dele. A casa. O jardim. A casa do jardim. O jardineiro também, provavelmente, se já não tivesse pegado. E o carro. E a pensão. Mais uma bolada de dinheiro. Mulher horrível. Ele tinha trabalhado tanto. Cinquenta pacientes por dia a dez dólares por cabeça. Quase impossível sobreviver. E aquela mulher. Mulheres. Sim, mulheres. Ele decompôs a palavra para mim. Eu me esqueço se era mulher ou fêmea ou o que era, mas ele a decompôs em latim e foi decompondo a partir disso para mostrar qual era a raiz. Em latim: mulheres eram basicamente insanas.

Enquanto ele falava sobre a insanidade das mulheres, comecei a me sentir satisfeito com o médico. Minha cabeça balançou em concordância.

De repente, ele me mandou para a balança, me pesou, então auscultou meu coração e meu peito. Ele tirou bruscamente minhas luvas, lavou minha mão com alguma merda e abriu as bolhas com uma lâmina, ainda falando do rancor e da vingança que todas as mulheres carregavam no coração. Era glandular. As mulheres eram guiadas por suas glândulas; os homens, pelo coração. É por isso que só os homens sofriam.

Ele me disse para lavar as mãos regularmente e jogar as malditas luvas fora. Ele falou um pouco mais sobre mulheres e a esposa, então fui embora.

Meu próximo problema foram ataques de tontura. Mas eu só tinha quando estava em uma fila. Comecei a ficar muito aterrorizado de ficar em filas. Era insuportável.

CORRO COM A CAÇA

Percebi que nos Estados Unidos, e provavelmente em todos os outros lugares, a coisa se resumia a ficar na fila. Fazíamos isso em todo lugar. Carteira de motorista: três ou quatro filas. No hipódromo: filas. No cinema: filas. Nos mercados: filas. Eu odiava filas. Achava que deveria ter um jeito de evitá-las. Então a resposta me veio. Ter mais *atendentes*. Sim, essa era a resposta. Dois atendentes para cada pessoa. *Três* atendentes. Deixe os atendentes ficarem na fila.

Eu sabia que as filas estavam me matando. Eu não conseguia aceitá-las, mas todo mundo além de mim aceitava. Todo mundo além de mim era normal. A vida era bela para eles. Podiam ficar na fila sem sentir dor. Podiam ficar na fila para sempre. Até gostavam de ficar na fila. Conversavam e riam e sorriam e flertavam uns com os outros. Não tinham mais nada para fazer. Não conseguiam pensar em mais nada para fazer. E eu precisava olhar para suas orelhas e bocas e pescoços e pernas e bundas e narinas, tudo aquilo. Eu podia sentir raios mortais irradiando do corpo deles como poluição, e ouvir as conversas deles dava vontade de gritar: "*Meu Deus, alguém me ajude! Eu preciso sofrer assim só para comprar quinhentos gramas de hambúrguer e um pão?*".

A tontura chegava, e eu abria as pernas para não cair; o supermercado girava, e os rostos dos atendentes, com seus bigodes loiros e castanhos e seus olhos felizes e inteligentes, todos eles seriam gerentes de supermercado um dia, com seus rostos brancos e esfregados contentes, comprando casas em Arcadia e trepando toda noite com suas esposas pálidas, loiras e gratas.

Marquei uma consulta com o médico de novo. Eu tinha o primeiro horário. Cheguei meia hora antes, e a privada tinha sido consertada. A enfermeira estava tirando o pó do consultório. Ela se curvava, se endireitava e se curvava até a metade, então se curvava para a direita e então para a esquerda, e virava a bunda para mim e se abaixava. Aquele uniforme branco tremia e subia, escalava, levantava; ali um joelho com covinha, lá uma coxa, ali uma anca, lá o corpo todo. Eu me sentei e abri uma edição da *Life*.

Ela parou de tirar o pó e colocou a cabeça para fora, para mim, sorrindo.

— Você se livrou das luvas, sr. Chinaski.

— Sim.

O médico chegou parecendo um pouco mais próximo da morte e acenou com a cabeça, e eu me levantei e o segui para dentro. Ele se sentou no banco dele.

— Chinaski, como vai?

— Bem, doutor...

— Problemas com mulheres?

— Bem, é claro, mas...

Ele não me deixava terminar. Tinha perdido mais cabelo. Os dedos se contraíam. Ele parecia estar com o fôlego curto. Mais magro. Era um homem desesperado.

A esposa o estava esfolando. Tinham ido para o tribunal. Ela deu um tapa nele no tribunal. Ele gostou daquilo. Ajudou o caso. Eles viram como aquela piranha era. De qualquer modo, não terminou tão mal. Ela deixou alguma coisa para ele. É claro, você conhece os preços dos advogados. Filhos da puta. Já olhou para um advogado? Quase sempre gordo. Especialmente ali no rosto. "De qualquer modo, merda, ela me pegou. Mas restou um pouco para mim. Quer saber quanto uma tesoura como essa custa? Olha para ela. Latão com um parafuso. Dezoito dólares e cinquenta. Meu Deus, e eles odiavam os nazistas. O que é um nazista comparado a isso?"

— Não sei, doutor. Eu te disse que sou um homem confuso.

— Já tentou um psiquiatra?

CORRO COM A CAÇA

— Não adianta. São chatos, sem imaginação. Não preciso dos psiquiatras. Ouvi que eles terminam abusando das pacientes mulheres. Eu gostaria de ser um psiquiatra se pudesse trepar com todas as mulheres; fora isso, o trabalho deles é inútil.

Meu médico se curvou no banco. Ele ficou um pouco mais amarelo e grisalho. Um tremor gigante percorreu o corpo dele. Ele estava quase acabado. Um camarada bacana, no entanto.

— Bem, eu me livrei da minha esposa — disse ele —, aquilo acabou.

— Ótimo — falei —, me fale de quando você era nazista.

— Bem, nós não tínhamos muita escolha. Eles apenas nos aceitavam. Eu era jovem. Quer dizer, inferno, o que você vai fazer? Você só pode morar em um país de cada vez. Você vai para a guerra e, se não termina morto, termina em um vagão aberto com pessoas jogando merda em você...

Eu perguntei se ele tinha trepado com a enfermeira bacana dele. Ele sorriu gentilmente. O sorriso disse sim. Então ele me disse que desde o divórcio, bem, tinha saído com uma das pacientes dele, e ele sabia que não era ético ir para esse lado com pacientes...

— Não, acho que está tudo bem, doutor.

— É uma mulher muito inteligente. Eu me casei com ela.

— Certo.

— Agora estou feliz... mas...

Então ele separou as mãos e virou as palmas abertas para cima...

Eu contei a ele do meu medo de filas. Ele me deu uma receita de uso contínuo para Librium.

Então fiquei com um ninho de bolhas na bunda. Estava morrendo de dor. Eles me amarraram com tiras de couro, esses camaradas podem fazer o que querem com você, me deram anestesia local e

BUKOWSKI

amarraram minha bunda. Eu virei a cabeça, olhei para o médico e disse:

— Alguma chance de eu mudar de ideia?

Havia três rostos olhando para mim. O dele e outros dois. Ele para cortar. Ela para passar panos. O terceiro para enfiar agulhas.

— Não pode mudar de ideia — disse o médico, e ele esfregou as mãos, riu e começou...

Na última vez que o vi, era alguma coisa a ver com cera nos meus ouvidos. Eu via os lábios dele se movendo, tentava entender, mas não conseguia ouvir. Eu soube pelos olhos e pelo rosto dele que eram tempos difíceis para ele de novo, e assenti.

Estava quente. Eu estava um pouco zonzo e pensei: *Bem, sim, ele é um camarada bacana, mas por que não me deixa falar sobre meus problemas, não é justo, eu também tenho problemas, e preciso pagá-lo.*

Por fim meu médico percebeu que eu estava surdo. Ele pegou algo que parecia um extintor de incêndio e enfiou nas minhas orelhas. Mais tarde me mostrou pedaços enormes de cera... era a cera, ele disse. E ele apontou para um balde. Pareciam feijões fritos, de verdade.

Eu me levantei da mesa, paguei o médico e saí. Ainda não conseguia escutar nada. Não me sentia particularmente bem ou mal e me perguntei qual enfermidade traria para ele da próxima vez, o que ele ia fazer a respeito, o que ele ia fazer a respeito da filha de dezessete anos que estava apaixonada por outra mulher e ia se casar com a mulher, e me ocorreu que todo mundo sofria continuamente, incluindo aqueles que fingiam que não. Tive a impressão de que era uma descoberta e tanto. Olhei para o jornaleiro e pensei, *hmmmm, hmmmm*, e olhei para a próxima pessoa que passou e pensei *hmmmm, hmmmm, hmmmmm*, e no semáforo ao lado do hospital um carro preto novo virou a esquina e derrubou uma bela jovem de minissaia azul, e ela era loira e tinha fitas no cabelo, e ela se sentou na rua sob o sol e o escarlate correu do nariz dela.

[Conto publicado na coletânea *Ao sul de lugar nenhum*, 1973]

um para o engraxate

o equilíbrio é preservado pelas lesmas subindo os
penhascos de Santa Monica;
a sorte está em andar pela Western Avenue
e as garotas em uma casa de
massagem gritarem para você: "Oi, querido!".
o milagre é ter cinco mulheres apaixonadas
por você aos 55 anos,
e a bondade é que você só consegue
amar uma delas.
o dom é ter uma filha mais gentil
do que você, cujo riso é melhor
do que o seu.
a paz vem de dirigir um
Volks 67 azul pelas ruas como um
adolescente, o rádio sintonizado em The Host Who Loves You
Most, sentindo o sol, sentido o zumbido sólido
do motor reconstruído
enquanto costura pelo trânsito.
A graça é conseguir gostar de rock,
música de sinfonia, jazz...
qualquer coisa que tenha a energia original da
alegria.

BUKOWSKI

e a probabilidade que retorna
é o ponto baixo de tristeza profunda
você deitado sobre si mesmo
dentro das paredes da guilhotina
com raiva do som do telefone
ou os passos de qualquer um que passa;
mas a outra probabilidade —
o ponto alto melodioso que sempre se segue —
faz a garota no caixa do
supermercado parecer com a
Marilyn
com Jackie antes de arrumarem o amante de Harvard
com a garota do secundário que todos
nós seguíamos até em casa.

há aquilo que te ajuda a acreditar
em algo além da morte:
alguém em um carro chegando a
uma rua muito estreita,
e ele ou ela sai de lado para deixar você
passar ou o velho lutador Beau Jack
engraxando sapatos
depois de torrar todo o dinheiro
com festas
com mulheres
com parasitas,
cantarolando, bafejando no couro,
trabalhando com o trapo
levantando os olhos e dizendo:
"mas que inferno, eu tive tudo por um
tempo, isso bate o
resto".

CORRO COM A CAÇA

às vezes fico amargo
mas o gosto muitas vezes foi
doce. é só que tive
medo de dizer. é como
quando sua mulher diz
"diga que me ama", e
você não consegue.

se me vir sorrindo em
meu Volks azul
passando na luz amarela
dirigindo direto para o sol
estarei preso nos
braços de uma
vida louca
pensando em trapezistas
em anões com grandes charutos
em um inverno russo no início dos anos 1940
em Chopin com seu saco de terra polonesa
em uma velha garçonete me trazendo um copo
de café extra e rindo
enquanto o faz.

dos melhores entre vocês
eu gosto mais do que pensam.
os outros não contam
a não ser por terem dedos e cabeças
e alguns deles olhos
e a maioria pernas
e todos eles
sonhos bons e ruins
e um caminho a seguir.

BUKOWSKI

a justiça está em toda parte e funciona
e as metralhadoras e os sapos
e as sebes vão lhe dizer
isso.

V

meus punhos são rios
meus dedos são palavras

o tordo-imitador

o tordo-imitador andou seguindo o gato
o verão todo
zombando zombando zombando
provocando e convencido;
o gato ia para baixo de cadeiras de balanço em varandas
cauda aparecendo
e disse algo raivoso ao tordo-imitador
que eu não entendi.

ontem o gato andou calmamente pela entrada
com o tordo-imitador vivo na boca,
asas que abanam, belas asas que abanam e batem,
asas abertas como as pernas de uma mulher,
e o pássaro não zombava mais,
implorava, rezava
mas o gato
deslizando através de séculos
não dá ouvidos.

eu o vejo entrar debaixo de um carro amarelo
com o pássaro
para negociá-lo a outro lugar.

o verão chegara ao fim.

menos delicado do que o gafanhoto

— Que saco — disse ele —, cansei de pintar. Vamos sair. Estou de saco cheio do fedor de tinta a óleo, estou cansado de ficar esperando a morte. Vamos sair.

— Sair para onde? — perguntou ela.

— Qualquer lugar. Comer, beber, ver.

— Jorg — disse ela —, o que vou fazer quando você morrer?

— Vai comer, dormir, trepar, mijar, cagar, se vestir, andar por aí e reclamar.

— Eu preciso de segurança.

— Todos nós precisamos.

— Quer dizer, não somos casados. Não vou poder nem receber pensão.

— Está tudo bem, não se preocupe com isso. Além disso, você não acredita em casamento, Arlene.

Arlene estava sentada na poltrona rosa lendo o jornal da tarde.

— Você diz que cinco mil mulheres querem dormir com você. Onde eu fico nessa história?

— Cinco mil e uma.

— Acha que não consigo achar outro homem?

— Não, você não terá problema algum. Pode conseguir outro homem em três minutos.

— Acha que preciso de um grande pintor?

— Não, você não precisa. Um bom encanador serviria.

— Serviria, desde que ele me amasse.

— Claro. Coloque o casaco. Vamos sair.

Eles desceram as escadas do loft de cima. O entorno era barato, quartos cheios de baratas, mas parecia que ninguém estava passando fome: pareciam estar sempre cozinhando coisas em panelas grandes e sentados por aí, fumando, limpando as unhas, bebendo latas de cerveja ou dividindo uma garrafa alta azul de vinho branco, gritando uns com os outros ou rindo, ou peidando, arrotando, coçando-se ou dormindo na frente da TV. Poucas pessoas no mundo tinham muito dinheiro, mas, quanto menos tinham, melhor pareciam viver. Dormir, lençóis limpos, comida, bebida e pomada para hemorroidas eram suas únicas necessidades. E sempre deixavam as portas um pouco abertas.

— Idiotas — disse Jorg, enquanto desciam pela escada —, passam a vida tagarelando e entulham a minha.

— Ah, Jorg. — Arlene suspirou. — Você simplesmente não *gosta* de gente, gosta?

Jorg arqueou uma sobrancelha para ela, não respondeu. A resposta de Arlene a seus sentimentos pelas massas era sempre a mesma — como se não amar gente revelasse uma deficiência imperdoável da alma. Mas ela era excelente na cama e uma companhia agradável, na maior parte do tempo.

Eles chegaram ao bulevar e começaram a andar por ali, Jorg com a barba ruiva e branca e dentes quebrados e amarelos e mau hálito, orelhas roxas, olhos assustados, sobretudo rasgado fedido e bengala de marfim branco. Quando se sentia pior, sentia-se melhor.

— Merda — disse ele —, tudo caga até morrer.

Arlene rebolou a bunda, sem disfarçar, e Jorg batia na calçada com a bengala, e até o sol olhou para baixo e disse: Hoho. Por fim chegaram ao velho prédio encardido onde Serge morava. Jorg e Serge vinham ambos pintando por muitos anos, mas foi só recentemente que o trabalho deles começou a vender por mais do que peidos de porco. Tinham passado fome juntos, agora ficavam famosos separadamente. Jorg e Arlene entraram no hotel e começaram a subir a escadaria. O cheiro de iodo e galinha frita empesteava nos corredores. Em um dos quartos alguém estava trepando sem se preocupar em ser ouvido. Eles subiram até o loft superior e Arlene bateu. A porta se abriu e ali estava Serge.

— Achou! — disse ele. Então ficou vermelho. — Ah, desculpe... entrem.

— Qual é o seu problema, porra? — perguntou Jorg.

— Sente-se. Achei que era Lila...

— Você brinca de esconde-esconde com a Lila?

— Não é nada.

— Serge, você precisa se livrar daquela garota, ela está destruindo a sua mente.

— Ela aponta os meus lápis.

— Serge, ela é muito nova para você.

— Ela tem trinta.

— E você tem sessenta. São trinta anos.

— Trinta anos é muita coisa?

— Claro.

— E vinte? — perguntou Serge, olhando para Arlene.

— Vinte anos é aceitável. Trinta anos é obsceno.

— Por que os dois não arrumam mulheres da idade de vocês? — perguntou Arlene.

Os dois olharam para ela.

— Ela gosta de fazer umas brincadeirinhas — disse Jorg.

— É — disse Serge —, ela é engraçada. Venha, olha, vou te mostrar o que estou fazendo...

Eles o seguiram até o quarto. Ele tirou os sapatos e se deitou na cama.

— Vê? Assim? Todos os confortos.

Serge usava os pincéis com cabos compridos e pintava em uma tela presa no teto.

— São as minhas costas. Não consigo pintar dez minutos sem parar. Desse jeito posso seguir por horas.

— Quem mistura as suas cores?

— A Lila. Eu falo para ela: "Enfia no azul. Agora um pouco de verde". Ela é bem boa. Por fim posso até deixar ela trabalhar com os pincéis também, e vou só ficar deitado por ali lendo revista.

Então eles ouviram Lila subindo as escadas. Ela abriu a porta, atravessou a sala e entrou no quarto.

— Ei — disse ela —, pelo visto o velho cuzão está pintando.

— É — respondeu Jorg —, ele alega que você machucou as costas dele.

— Eu não falei isso.

— Vamos sair e comer — disse Arlene.

Serge gemeu e se levantou.

— Juro por Deus — falou Lila. — Ele só fica aí deitado feito um sapo doente a maior parte do tempo.

— Preciso de uma bebida — disse Serge. — Vou me recuperar.

Desceram a rua juntos e foram na direção do Sheep's Tick. Dois jovens por volta de vinte e cinco anos correram até eles. Usavam blusas de gola alta.

— Ei, vocês são os pintores, Jorg Swenson e Serge Maro!

— Sai da frente! — exclamou Serge.

Jorg balançou a bengala de marfim. Acertou o rapaz mais baixo bem no joelho.

— Porra — falou o rapaz —, você quebrou a minha perna!

— Espero que sim — disse Jorg. — Quem sabe você não aprende a agir de forma civilizada!

Eles foram em direção ao Sheep's Tick. Conforme entraram, um murmúrio surgiu dos fregueses. O chefe de sala correu imediatamente, curvando-se e acenando menus e falando coisas agradáveis em italiano, francês e russo.

— Olhe aquele pelo preto comprido na narina dele — disse Serge. — É nojento!

— É — concordou Jorg, e então ele gritou para o garçom: — *Esconda o naríz!*

— Cinco garrafas do melhor vinho! — exclamou Serge, conforme eles sentavam-se à melhor mesa.

O chefe de sala desaparecera.

— Vocês dois são cuzões de verdade — disse Lila.

Jorg subiu a mão pela perna dela.

— Dois imortais vivos certamente têm permissão para determinadas indiscrições.

— Tire a mão da minha xana, Jorg.

— Não é a sua xana. É a xana do Serge.

— Tire a mão da xana do Serge ou eu vou gritar.

— Minha carne é fraca.

Ela gritou. Jorg tirou a mão. O chefe de sala veio em direção a eles com o carrinho e um balde de vinho gelado. Ele o puxou, se curvou e tirou uma rolha. Encheu a taça de Jorg. Jorg bebeu tudo.

— É uma merda, mas tudo bem. Abra as garrafas!

— Todas as garrafas, cuzão, e *rápido*.

— Ele é desajeitado — disse Serge. — Olhe para ele. Vamos jantar?

— Jantar? — perguntou Arlene. — Tudo o que vocês fazem é beber. Acho que nunca vi vocês comerem mais do que um ovo cozido.

— Suma da minha frente, covarde — disse Serge ao garçom.

O chefe de sala desapareceu.

— Vocês não deviam falar com as pessoas desse jeito — comentou Lila.

— Nós fizemos por merecer — disse Serge.

— Vocês não têm o direito — falou Arlene.

— Eu imagino que não — disse Jorg —, mas é interessante.

— As pessoas não precisam aguentar essa merda — argumentou Lila.

— As pessoas aceitam o que aceitam — disse Jorg. — Eles aceitam coisa muito pior.

— São as suas pinturas que eles querem, só isso — falou Arlene.

— *Nós* somos nossas pinturas — disse Serge.

— As mulheres são estúpidas — comentou Jorg.

— Tenha cuidado — disse Serge. — Elas também são capazes de atos terríveis de vingança...

Eles passaram umas duas horas sentados bebendo o vinho.

— O homem é menos delicado do que o gafanhoto — comentou Jorg, por fim.

— O homem é o esgoto do universo — disse Serge.

— Vocês são realmente uns cuzões — falou Lila.

— São mesmo — concordou Arlene.

— Vamos trocar hoje à noite — disse Jorg. — Eu como a sua boceta e você come a minha.

— Ah, não — respondeu Arlene —, nada disso.

— Certo — concordou Lila.

— Estou com vontade de pintar agora — disse Jorg. — Cansei de beber.

— Eu também estou com vontade de pintar — disse Serge.

— Vamos embora daqui — falou Jorg.

— Escute — disse Lila —, vocês ainda não pagaram a conta.

— *Conta?* — gritou Serge. — *Acha que vamos pagar por essa zurrapa?*

BUKOWSKI

— Vamos — disse Jorg.

Conforme eles se levantaram, o chefe de sala veio com a conta.

— *Essa zurrapa fede!* — gritou Serge, pulando. — *Eu jamais pediria a ninguém para pagar por uma coisa dessas! Quero que saiba que a prova está no mijo!*

Serge pegou uma garrafa de vinho pela metade, rasgou a camisa do garçom e derramou vinho no peito dele. Jorg segurou a bengala de marfim como uma espada. O chefe de sala parecia confuso. Ele era um jovem bonito, com unhas longas e um apartamento caro. Estudava química e um dia tinha ficado em segundo lugar em um concurso de ópera. Jorg girou a bengala e acertou o garçom, com força, bem abaixo da orelha esquerda. O garçom ficou muito pálido e balançou. Jorg o acertou mais três vezes no mesmo lugar e ele caiu.

Eles saíram juntos, Serge, Jorg, Lila e Arlene. Estavam todos bêbados, mas havia uma certa estatura a respeito deles, algo único. Eles saíram pela porta e foram para a rua.

Um casal jovem sentado a uma mesa perto da porta havia assistido a todos os acontecimentos. O jovem parecia inteligente, apenas uma verruga um tanto grande perto da ponta do nariz estragava o efeito. A garota era gorda, mas amável, de vestido azul-escuro. Ela um dia quisera ser freira.

— Eles não foram magníficos? — perguntou o jovem.

— Eles foram uns cuzões — disse a garota.

O jovem acenou para uma terceira garrafa de vinho. Seria outra noite difícil.

[Conto publicado na coletânea *Sinfonia do vagabundo*, 1983]

CORRO COM A CAÇA

pico

sentado em um quarto escuro com três viciadas,
mulheres.
há sacolas de papel cheias de lixo em
todo lugar.
é uma e meia da tarde.
elas falam sobre hospícios,
hospitais.
estão esperando uma dose.
nenhuma delas trabalha.
é auxílio e ajuda alimentícia e
Medi-Cal.

homens são objetos utilizáveis
em direção à dose.

é uma e meia da tarde
e lá fora plantinhas crescem.
os filhos delas ainda estão na escola.
as mulheres fumam cigarros
e bebem letárgicas cervejas e
tequilas
que eu comprei.

eu me sento com elas.
espero minha dose:
sou um viciado em poesia.

puxaram Erza pelas ruas
em uma gaiola de madeira

BUKOWSKI

Blake tinha certeza de Deus.
Villon era assaltante.
Lorca chupava rola.
T.S. Eliot trabalhava na gaiola de um caixa.
a maioria dos poetas são cisnes,
garças.

eu me sento com três viciadas
à uma e meia da tarde.

a fumaça mija para cima.

eu espero.

a morte é um nada colossal.
uma das mulheres diz que gosta da
minha camisa amarela.

eu acredito em uma violência simples.

isso é
um pouco dela.

abrace o escuro

tumulto é o deus
loucura é o deus

viver em paz permanente é
viver em morte permanente

CORRO COM A CAÇA

dor pode matar
ou
dor pode manter vida
mas paz é sempre aterrorizante
paz é a pior coisa
andar
falar
sorrir,
parecer ser.

não se esqueça das calçadas
das putas,
traição,
do verme na maçã,
dos bares, das cadeias
dos suicídios dos amantes.

aqui nos Estados Unidos
assassinamos um presidente e o irmão dele,
outro presidente se demitiu do cargo.

as pessoas que acreditam em política
são como as pessoas que acreditam em deus:
estão chupando vento por canudinhos
dobrados.

não há deus
não há paz
não há amor
não há controle
não há plano

fique longe de deus
permaneça perturbado

deslize.

Eu estava encostado no bar do Musso's. Sarah tinha ido ao banheiro. Eu gostava do bar do Musso's, um bar que era apenas um bar, mas não gostava do salão em que estava. Era conhecido como "Salão Novo". O "Salão Velho" ficava do outro lado, e eu preferia comer lá. Era mais escuro e mais silencioso. Antigamente eu ia ao Salão Velho par comer, mas nunca comia de fato. Só olhava o cardápio e dizia a eles "ainda não", e continuava pedindo bebidas. Algumas das mulheres que levava para lá tinham má reputação, e, enquanto bebíamos, frequentemente irrompiam discussões barulhentas, cheias de xingamentos e derramamento de bebidas, pedidos de mais bebida. Eu em geral dava às mulheres o dinheiro do táxi e dizia para caírem fora e continuava bebendo sozinho. Duvido que algum dia tenham usado o dinheiro do táxi para um táxi. Mas uma das melhores coisas a respeito do Musso's era que quando eu voltava, depois de foder com tudo, era sempre recebido com sorrisos afetuosos. Tão esquisito.

De qualquer modo, eu estava encostado no bar e o Salão Novo estava cheio, uma maioria de turistas, eles conversavam e torciam os pescoços e emitiam raios mortais. Pedi mais uma bebida e alguém bateu em meu ombro.

— Chinaski, como vai?

Eu me virei e olhei. Nunca sabia quem ninguém era. Poderia encontrar você na noite anterior e não lembrar no dia seguinte. Se tirassem minha mãe da cova, eu não saberia quem ela era.

CORRO COM A CAÇA

— Estou bem — falei. — Gostaria de uma bebida?

— Não, obrigado. Nós não nos conhecemos. Sou Harold Pheasant.

— Ah, sim. Jon me disse que você estava pensando em...

— Isso. Quero financiar o seu roteiro. Li a sua obra. Você tem muito jeito para diálogos. Li a sua obra: *muito* cinematográfica!

— Não quer mesmo uma bebida?

— Não, preciso voltar para a minha mesa.

— Certo. O que vem fazendo nos últimos tempos, Pheasant?

— Acabei de produzir um filme sobre a vida de Mack Derouac.*

— É? E como se chama?

— *A canção do coração.*

Eu dei um gole na bebida.

— Ei, espere um minuto! Você está brincando! Vai mesmo chamar o filme de *A canção do coração*?

— Ah, sim, é como vai se chamar.

Ele sorria.

— Não vai me enganar, Pheasant. Você é um brincalhão! *A canção do coração!* Jesus Cristo!

— Não — disse ele —, estou falando sério.

Ele se virou de repente e se afastou...

Nesse minuto Sarah voltou. Ela olhou para mim.

— Do que está rindo?

— Me deixa pedir uma bebida para você e eu te conto.

Chamei o barman e também pedi outra para mim.

---

* Mack Derouac é baseado em Jack Kerouac, como boa parte das referências em Hollywood são a pessoas reais. O produtor verdadeiro no qual o personagem de Pheasant é baseado, Edward Pressman, fez um filme romântico sobre os beats com o terrível nome *Heart Beat*, por isso Chinaski/Bukoswki está zombando dele. [N.E.]

— Adivinha quem eu vi no Salão Velho — disse ela.

— Quem?

— Jonathan Winters.

— Certo. Adivinha com quem eu falei enquanto você não estava.

— Uma das suas ex-vagabundas.

— Não, não. Pior.

— Não tem nada pior do que aquelas.

— Conversei com o Harold Pheasant.

— O produtor?

— É, ele está naquela mesa do canto.

— Ah, estou *vendo*!

— Não, não olhe. Não acene. Beba a sua bebida. Vou beber a minha.

— Qual é o seu problema?

— Veja, ele era o produtor que ia produzir o roteiro que eu não escrevi.

— Eu sei.

— Enquanto você não estava, ele veio até aqui para falar comigo.

— Você já disse.

— Ele nem quis uma bebida.

— Então você estragou tudo e nem está bêbado.

— Espere. Ele queria falar de um filme que acabou de produzir.

— Como você estragou isso?

— Eu não estraguei. *Ele* estragou.

— Claro. Me conta.

Eu olhei no espelho. Gostava de mim, mas não gostava de mim no espelho. Eu não tinha aquela aparência. Terminei a bebida.

— Termine a sua bebida — falei.

Ela terminou.

— Me conta.

— É a segunda vez que você diz "me conta".

— Memória notável, e você ainda nem está bêbado.

Fiz um sinal para o barman, pedi de novo.

— Bem, Pheasant veio aqui e me contou sobre esse filme que produziu. É sobre um escritor que não sabia escrever, mas que ficou famoso porque parecia um peão de rodeio.

— Quem?

— Mack Derouac.

— E isso te chateou?

— Não, isso não teve importância. Estava tudo bem até que ele me disse o nome do filme.

— Qual era?

— Por favor. Estou tentando tirar isso da mente. É imensamente estúpido.

— Me conta.

— Tudo bem...

O espelho ainda estava ali.

— Me conta, me conta, me conta...

— Tudo bem: *As moscas dos destroços peludos*.

— Eu gosto.

— Eu não gostei. Falei isso para ele. Ele foi embora. Perdemos o nosso único apoiador.

— Você precisa ir lá pedir desculpas.

— De jeito nenhum. Nome horrível.

— Você só queria que o filme dele fosse sobre *você*.

— É isso! Vou escrever um roteiro sobre mim!

— Tem o título?

— Tenho: *Moscas nos destroços peludos*.

— Vamos sair daqui.

Com isso, saímos.

[Trecho do romance *Hollywood*, 1989]

os orgulhosos
magros
morrendo

vejo velhos aposentados nos
supermercados e são magros e são
orgulhosos e estão morrendo
passam fome de pé e sem dizer
nada. há muito tempo, entre outras mentiras,
foram ensinados que silêncio era
coragem, agora, tendo trabalhado a vida toda,
a inflação os aprisionou. olham em torno
roubam uma uva
a mastigam. por fim fazem uma pequena
compra, para um dia.
outra mentira que ensinaram a eles:
não roubarás.
preferem passar fome a roubar
(uma uva não vai salvá-los)
e em quartos minúsculos
enquanto leem as propagandas dos mercados
vão passar fome
vão morrer sem um som
retirados de pensões
por jovens loiros de cabelos compridos
que vão enfiá-los no veículo
e partir da sarjeta, esses
meninos
belos olhos

pensando em Vegas e em xota e em
vitória.
é a ordem as coisas: cada um
experimenta o mel
depois a faca.

Vin Marbad veio altamente recomendado por Michael Huntington, meu fotógrafo oficial. Michael me fotografava constantemente, mas até então não tinha havido grande procura por esses trabalhos.

Marbad era consultor fiscal. Ele chegou uma noite com sua pasta, um homenzinho negro. Eu estivera bebendo quieto por algumas horas, sentado com Sarah e assistindo a um filme na minha velha TV em preto e branco.

Ele bateu com uma dignidade ligeira e eu o deixei entrar, o apresentei a Sarah, servi vinho para ele.

— Obrigado — disse ele, dando um gole. — Sabe, aqui nos Estados Unidos, se você não gasta dinheiro, eles o tiram de você.

— É? O que quer que eu faça?

— Dê entrada em uma casa.

— Hein?

— Pagamentos de hipoteca são dedutíveis do imposto.

— Certo, o que mais?

— Compre um carro. Dedutível do imposto.

— Tudo?

— Não, só uma parte. Deixe que cuido disso. O que temos que fazer é construir alguns paraísos fiscais para você. Olhe aqui...

Vin Marbad abriu a pasta e tirou muitas folhas de papel. Ele ficou de pé e veio até mim com os papéis.

— Bens imobiliários. Aqui, comprei umas terras em Oregon. É dedutível do imposto. Há alguns acres que ainda estão disponíveis. Você pode entrar agora. Esperamos uma valorização de vinte e três por cento a cada ano. Em outras palavras, depois de quatro anos, o seu dinheiro dobra...

— Não, não, por favor, sente-se.

— Qual o problema?

— Não quero comprar algo que não posso ver e não consigo me esticar e tocar.

— Quer dizer que não confia em mim?

— Acabei de te conhecer.

— Tenho recomendações do mundo inteiro!

— Eu sempre sigo os meus instintos.

Vin Marbad se virou para o sofá onde tinha deixado o casaco; vestiu-o e então, com a pasta, apressou-se para a porta, a abriu, saiu, fechou.

— Você o ofendeu — disse Sarah. — Ele só está tentando te mostrar maneiras de economizar.

— Eu tenho duas regras. Uma é: nunca confie em um homem que fuma cachimbo. A outra é: nunca confie em um homem com sapatos brilhantes.

— Ele não estava fumando cachimbo.

— Bem, ele parece que fuma cachimbo.

— Você o ofendeu.

— Não se preocupe, ele vai voltar...

A porta se abriu e ali estava Vin Marbad. Ele atravessou a sala até o lugar original no sofá, tirou o casaco de novo, colocou a pasta aos pés. Ele olhou para mim.

— Michael me disse que você aposta nos cavalos.

— Bem, sim...

CORRO COM A CAÇA

— O meu primeiro emprego quando cheguei da Índia foi no Hollywood Park. Eu era zelador lá. Sabe as vassouras que usam para varrer os bilhete jogados?

— Sei.

— Já notou como são largas?

— Já.

— Bem, isso foi ideia *minha*. As vassouras tinham tamanho regular. Eu desenhei a vassoura nova. Fui com ela até Operações e eles resolveram usar. Fui promovido para Operações e venho subindo desde então.

Servi outra taça de vinho para ele. Ele deu um gole.

— Escuta, você bebe enquanto escreve?

— Bebo, bastante.

— Isso é parte da sua inspiração. Vou tornar isso dedutível do imposto.

— Consegue fazer isso?

— Claro. Sabe, fui eu quem começou a fazer deduções do uso de gasolina no automóvel. Isso foi ideia minha.

— Filho da puta — falei.

— Muito interessante — disse Sarah.

— Vou arrumar um jeito para você não precisar pagar imposto, e tudo será legal.

— Parece bom.

— Michael Huntington não paga impostos. Pergunte a ele.

— Acredito em você. Vamos não pagar impostos.

— Certo, mas você precisa fazer o que eu digo. Primeiro, você dá o adiantamento em uma casa, depois em um carro. Comece as coisas. Compre um carro bom. Compre uma BMW nova.

— Tudo bem.

— Em que máquina você datilografa? Em uma manual?

— É.

— Compre uma elétrica. É dedutível de impostos.

— Não sei se consigo escrever na elétrica.

— Você pega o jeito em dois dias.

— Eu quero dizer, não sei se consigo *criar* na elétrica.

— Quer dizer que tem medo de mudança?

— Isso, ele tem — disse Sarah. — Veja os escritores dos séculos passados, eles usavam bico de pena. Na época ele teria se apegado ao bico de pena, teria lutado contra qualquer mudança.

— Eu me preocupo demais com a minha alma maldita.

— Você troca as marcas da sua bebida, não troca? — perguntou Vin.

— Troco...

— Certo, então...

Vin levantou a taça e a esvaziou.

Eu servi vinho para todos.

— O que eu quero fazer é transformar você em uma corporação, assim você consegue redução de imposto.

— Parece horrível.

— Eu disse, se não quer pagar imposto, precisa fazer o que falo.

— A única coisa que eu quero fazer é escrever, não quero carregar uma carga imensa por aí.

— Você só precisa indicar um Conselho de Diretores, um secretário, um tesoureiro, assim por diante... É fácil.

— Parece horrível. Olhe, tudo isso parece merda pura. Talvez seja melhor simplesmente pagar o imposto. Não quero ninguém me incomodando. Não quero o fiscal da Receita batendo à minha porta à meia-noite. Até pago mais só para me certificar de que vão me deixar em paz.

— Isso é estúpido — disse Vin —, ninguém deveria pagar imposto *nunca*.

CORRO COM A CAÇA

— Por que não dá uma chance ao Vin? Ele só está tentando te ajudar — disse Sarah.

— Olha, vou mandar os documentos da empresa pelo correio. Só leia e assine. Vai ver que não há o que temer.

— Tudo isso, sabe, atrapalha. Estou trabalhando em um roteiro e preciso de uma mente clara.

— Um roteiro, é? Sobre o que é?

— Um bêbado.

— Ah, como você?

— Bem, há outros.

— Eu estou fazendo ele beber vinho agora — falou Sarah. — Ele estava praticamente morto quando o conheci. Scotch, cerveja, vodca, gim, chope...

— Sou consultor do Darby Evans há alguns anos já. Você já ouviu falar dele, é um roteirista.

— Não vou ao cinema.

— Ele escreveu *O coelho que pulou para o céu*; *Waffles com Lulu*; *Terror no zoológico*. Ele ganha seis dígitos fácil. E ele é uma empresa.

Eu não respondi.

— Ele não pagou um centavo em impostos. E é tudo legal...

— Dê uma chance ao Vin — disse Sarah.

Levantei minha taça.

— Certo. Merda. Um brinde a isso!

— Bom menino — falou Vin.

Bebi todo o vinho, me levantei e peguei outra garrafa. Tirei a rolha e servi todos.

Deixei minha mente voar: você é um trambiqueiro. É liso. Por que pagar por bombas que destroçam crianças indefesas? Dirija uma BMW. Tenha uma vista para o porto. Vote nos Republicanos.

Então outro pensamento me veio à mente:

Você está se tornando o que sempre detestou?

E então veio a resposta:

Merda, você não tem dinheiro de verdade, de qualquer jeito. Por que não brincar com essa coisa para se divertir?

Continuamos a beber, celebrando alguma coisa.

[Trecho do romance *Hollywood*, 1989]

três e dezesseis e meio…

aqui eu deveria ser um grande poeta
e estou com sono à tarde
aqui estou eu consciente da morte feito um touro gigante
me atacando
e estou com sono à tarde
aqui estou eu consciente de guerras e homens lutando no ringue
e estou consciente de comida boa e vinho bom e boas mulheres
e estou com sono à tarde
estou consciente do amor de uma mulher
e estou com sono à tarde
eu me curvo no sol atrás de uma cortina amarela
e me pergunto para onde foram as moscas de verão
eu me recordo da morte mais sangrenta de Hemingway
e estou com sono à tarde.

algum dia não estarei com sono à tarde
algum dia vou escrever um poema que trará vulcões
para as colinas lá fora
mas no momento estou com sono à tarde

e alguém me pergunta: "Bukowski, que horas são?"
e eu digo: "três e dezesseis e meio".
eu me sinto culpado, odioso, inútil,
demente, eu sinto
sono à tarde,
estão bombardeando igrejas, ok, é ok,
as crianças andam de pônei no parque, ok, é ok,
as bibliotecas estão cheias de milhares de livros de conhecimento,
há grande música dentro do rádio ao lado
e sinto sono à tarde,
tenho esse túmulo dentro de mim que diz:
ah, deixe que os outros façam isso, deixe que vençam,
deixe-me dormir,
a sabedoria está no escuro
varrendo pelo escuro como vassouras
vou para onde as moscas do verão foram,
tente me pegar.

————

Assim, ali estava eu acima dos sessenta e cinco anos, procurando minha primeira casa. Eu me lembro de como meu pai tinha basicamente hipotecado a vida toda para comprar uma casa. Ele me dissera: "Olhe, eu pago por uma casa durante a minha vida e, quando eu morrer, você recebe aquela casa, e durante a sua vida você paga por uma casa, e quando você morrer, deixa duas casas para o seu filho. Isso vai dar duas casas. Então o seu filho vai...".

Todo o processo me parecera terrivelmente lento: casa por casa, morte por morte. Dez gerações, dez casas. Então só precisaria de uma pessoa para perder todas aquelas casas no jogo, ou queimá-las com um fósforo e correr pela rua com as bolas em um balde de colher frutas.

Agora procurava uma casa que não queria de verdade e ia escrever um roteiro que não queria escrever. Estava começando a perder o controle e percebia isso, mas parecia incapaz de reverter o processo.

A primeira agência imobiliária em que paramos ficava em Santa Monica. Era chamada TwentySecond Century Housing. Ora, isso era moderno.

Sarah e eu saímos do carro e entramos. Havia um rapaz na recepção, gravata-borboleta, bela camisa listrada, suspensórios vermelhos. Ele parecia descolado. Remexia papéis na mesa. Parou e olhou para cima.

— Posso ajudá-los?

— Queremos comprar uma casa — comentei.

O rapaz apenas virou a cabeça e continuou olhando para o outro lado. Um minuto se passou. Dois minutos.

— Vamos embora — falei a Sarah.

Voltamos para o carro e dei partida.

— O que foi tudo aquilo? — perguntou Sarah.

— Ele não queria fazer negócio com a gente. Olhou para nós e achou que éramos indigentes, sem valor. Achou que a gente ia desperdiçar o tempo dele.

— Mas não é verdade.

— Talvez não, mas a coisa toda me fez sentir como se estivesse coberto de lama.

Continuei dirigindo o carro, mal sabendo aonde ia.

De alguma maneira, aquilo tinha machucado. Claro que eu estava de ressaca, precisava me barbear e sempre usava roupas que de algum jeito não pareciam servir bem, e talvez todos os anos de pobreza tenham simplesmente me dado uma certa aparência.

CORRO COM A CAÇA

Mas não achava que era sábio julgar um homem pelo seu exterior daquela maneira. Eu julgaria um homem muito mais pelo jeito que ele agia e falava.

— Meu Deus — eu ri —, talvez ninguém nos venda uma casa!

— Aquele homem era um idiota — disse Sarah.

— A TwentySecond Century Housing é uma das maiores redes de agências imobiliárias no estado.

— O homem era um idiota — repetiu Sarah.

Eu ainda me sentia diminuído. Talvez eu *fosse* algum tipo de idiota. Tudo o que sabia fazer era escrever, às vezes.

Então estávamos dirigindo por uma área montanhosa.

— Onde estamos? — perguntei.

— Topanga Canyon — respondeu Sarah.

— Esse lugar parece fodido.

— É bom, a não ser por enchentes, incêndios e tipos neo-hippies esgotados.

Então eu vi a placa: PARAÍSO DOS PRIMATAS. Era um bar. Estacionei ao lado e saímos. Tinha um monte de motocicletas do lado de fora. Às vezes chamadas de porcos.*

Entramos. Estava quase lotado. Caras de jaquetas de couro. Caras usando lenços sujos. Alguns tinham ferimentos no rosto. Outros tinham barbas que não cresciam do jeito certo. A maioria tinha olhos azul-claros e apáticos. Sentavam-se imóveis, como se estivessem ali havia semanas.

Achamos dois bancos.

— Duas cervejas — pedi —, qualquer coisa na garrafa.

O barman saiu correndo.

---

* Porco (*hog*, no original) é o apelido da Harley Davidson, por causa de um porquinho que era mascote da marca no início da fabricação, em corridas, no começo dos anos 1920. [N.T.]

As cervejas vieram, e Sarah e eu demos um gole.

Então notei um rosto esticado para a frente mais para longe no bar, olhando para nós. Era um rosto bem gordo e redondo, com um toque imbecil. Era um jovem, e o cabelo e a barba dele eram de um tom ruivo sujo, mas as sobrancelhas eram totalmente brancas. O lábio inferior pendia como se um peso invisível o puxasse, o lábio estava torcido e se via a parte interna, molhada e brilhante.

— Chinaski — disse ele —, filho da puta, é o *Chinaski*!

Eu dei um pequeno aceno, então olhei diretamente adiante.

— Um dos meus leitores — expliquei a Sarah.

— Oh-oh — disse ela.

— Chinaski. — Ouvi uma voz à minha direita.

— Chinaski. — Ouvi outra voz.

Um uísque apareceu na minha frente. Eu o levantei.

— Obrigado, camaradas!

E o virei.

— Pegue leve — disse Sarah —, sabe como você é. Não vamos sair daqui nunca.

O barman trouxe outro uísque. Ele era um cara baixo com manchas vermelho-escuras sobre o rosto todo. Parecia mais malvado do que qualquer um no lugar. Ele apenas ficou ali, me encarando.

— Chinaski — disse ele —, o melhor escritor do mundo.

— Se você insiste — falei, e levantei o copo de uísque.

Então o passei para Sarah, que o virou.

Ela deu uma tossidinha e baixou o copo.

— Eu só bebi isso para ajudar a te salvar.

Então um pequeno grupo se aglomerou lentamente atrás de nós.

— Chinaski. Chinaski... Filho da puta... Li todos os seus livros, *todos os seus livros*! Eu consigo te dar uma surra, Chinaski... Ei,

Chinaski, seu pau ainda sobe? Chinaski, Chinaski, posso ler um poema meu para você?

Paguei o barman, descemos de nossos bancos e fomos em direção à porta. Novamente notei as jaquetas de couro e a *suavidade* dos rostos e a sensação de que não havia muita alegria ou ousadia em nenhum deles. Havia alguma coisa faltando nos pobres coitados, e algo em mim se contorceu por um momento, e tive vontade de abraçá-los, consolá-los e abraçá-los como algum Dostoiévski, mas sabia que isso não levaria a lugar algum, exceto ao ridículo e à humilhação, para mim e para eles. O mundo de alguma forma tinha ido longe demais, e a gentileza espontânea nunca poderia ser tão fácil. Era algo pelo qual todos teríamos que trabalhar de novo.

E eles nos seguiram para fora.

— Chinaski, Chinaski... Quem é essa sua mulher linda? Você não merece ela, cara! Chinaski, vamos, fique e beba com a gente! Seja um cara legal! Seja como sua escrita, Chinaski! Não seja um babaca!

Eles estavam certos, é claro. Entramos no carro, dei partida e dirigimos lentamente enquanto eles se aglomeravam ao nosso redor, saindo aos poucos do caminho, uns mandando beijos, uns me mostrando o dedo, uns batendo nas janelas. Atravessamos.

Chegamos à estrada e seguimos.

— Então — disse Sarah —, aqueles são os seus leitores?

— São a maioria deles, acho.

— Nenhuma pessoa inteligente lê os seus livros?

— Espero que sim.

Continuamos dirigindo, sem dizer nada. Então Sarah perguntou:

— No que está pensando?

— Dennis Body.

— Dennis Body? Quem é?

— Ele era o meu único amigo no primário. Eu me pergunto o que será que aconteceu com ele.

[Trecho do romance *Hollywood*, 1989]

ajudando os velhos

estava na fila do banco hoje
quando esse velho na minha frente
derrubou os óculos (felizmente, dentro da
caixa)
e quando ele se curvou
vi como aquilo era difícil para
ele
e disse: "espera, deixa que eu
pego..."
mas conforme os peguei
ele derrubou a bengala
uma bengala linda,
preta, polida
e eu devolvi os óculos para ele
e aí fui atrás da bengala
firmando o velho rapaz
ao passar a bengala a ele.
ele não falou,
apenas sorriu para mim
então se virou
para a frente.

CORRO COM A CAÇA

fiquei atrás dele esperando
minha vez.

O lugar em que eu morava naquela época tinha algumas qualidades. Uma das melhores era o quarto, pintado de um azul bem escuro. Aquele azul bem escuro tinha sido um abrigo em muitas ressacas, algumas delas brutais o suficiente para quase matar um homem, especialmente em uma época em que eu tomava comprimidos, que as pessoas me davam sem que me importasse em perguntar o que eram. Em algumas noites, sabia que iria morrer se dormisse. Andava pela casa a noite toda, do quarto para o banheiro e do banheiro para a sala e para a cozinha. Abria a geladeira, várias vezes. Abria e fechava as torneiras. Dava descarga. Puxava as orelhas. Inalava e exalava. Então, quando o sol saía, eu sabia que estava a salvo. Aí ia dormir entre as paredes azuis bem escuras, em processo de cura.

Outra característica daquele lugar eram as batidas de mulheres indecentes às três ou quatro da manhã. Elas certamente não eram mulheres de grande charme, mas, tendo uma mente tola, achava que de alguma maneira elas me traziam aventura. A verdade é que muitas delas não tinham outro lugar para onde ir. E elas gostavam do fato de que tinha bebida e de que eu não me esforçava muito para tentar levá-las para a cama.

É claro, depois que conheci Sarah, essa parte de meu estilo de vida mudou bastante.

A vizinhança no entorno de Carlton Way, perto da Western Avenue, também estava mudando. Tinha sido quase toda de brancos de classe baixa, mas os problemas políticos na América Central e em outras partes do mundo trouxeram um novo tipo de indivíduo para nossa vizinhança. Os homens eram normalmente baixos, negros de pele clara ou escura, normalmente jovens. Havia as esposas, filhos, irmãos, primos, amigos. Começaram a encher os apartamentos e casas com pátio comunitário. Vários deles moravam em um apartamento só, e eu era um dos poucos brancos que sobraram no complexo.

As crianças corriam para cima e para baixo, para cima e para baixo no passeio entre as casas. Todas pareciam ter entre dois e sete anos de idade. Não tinham bicicletas nem brinquedos. Raramente as esposas eram vistas. Não era inteligente deixar que o senhorio soubesse quantas pessoas moravam em uma unidade. Os poucos homens vistos do lado de fora eram os locatários reais. Ao menos pagavam o aluguel. Não se sabia como sobreviviam. Os homens eram pequenos, magros, silenciosos, sem sorrisos. A maioria sentava-se na soleira da varanda de camiseta, um pouco encurvada para a frente, ocasionalmente fumando um cigarro. Sentavam-se nas soleiras das varandas por horas, imóveis. Às vezes compravam carros muito velhos e estragados, e os homens dirigiam *lentamente* pela vizinhança. Eles não tinham seguro de automóvel, carteira de motorista e dirigiam com placas vencidas. A maioria dos carros tinha defeito no freio. Os homens quase nunca paravam na esquina e com frequência avançavam o sinal, mas havia poucos acidentes. Algo zelava por eles.

Depois de um tempo os carros quebravam, mas meus vizinhos não os deixavam na rua. Eles os levavam para cima da calçada e os estacionavam diretamente na frente da porta de casa. Primeiro trabalhavam no motor. Depois tiravam o capô, e o motor enferrujava na chuva. Então colocavam o carro sobre blocos e removiam as rodas. Levavam as rodas para dentro e as deixavam lá para que não fossem roubadas à noite.

CORRO COM A CAÇA

Enquanto estava morando lá, havia duas fileiras de carros en-fileirados no pátio, simplesmente ali, sobre blocos. Os homens de camiseta sentavam-se imóveis nas varandas. Às vezes eu assentia ou acenava para eles. Nunca respondiam. Aparentemente não conseguiam entender ou ler os avisos de despejo e os rasgavam, mas eu os via estudando os jornais de L.A.. Eles eram estoicos e duráveis porque, em comparação com o lugar de onde tinham vindo, as coisas agora eram fáceis.

Bem, sem problemas. Meu consultor fiscal tinha sugerido que eu comprasse uma casa, então para mim não foi na verdade um caso de "fuga branca".* No entanto, quem sabe? Notei que, a cada vez que me mudei em Los Angeles ao longo dos anos, cada mudança sempre fora para o norte e para o oeste.

Por fim, depois de algumas semanas procurando uma casa, achamos a ideal. Após o depósito inicial, os pagamentos mensais chegavam a setecentos e oitenta e nove dólares e oitenta e um centavos. Havia uma sebe imensa na frente da rua e o jardim também ficava na frente, então a casa estava no fundo do terreno. Parecia um lugar ótimo para se esconder. Havia até uma escada, um *andar de cima* com um quarto, banheiro e o que iria se trans-formar em minha sala de escrita. E havia uma mesa velha deixada ali, uma coisa imensa e feia. Agora, depois de décadas, eu era um escritor com uma mesa. Sim, senti o medo, o medo de me tornar como *eles*. Pior, tinha sido contratado para escrever um roteiro. Estava amaldiçoado e acabado, mas seria sugado até secar? Não sentia que seria dessa maneira. Mas alguém sentiu, alguma vez?

Sarah e eu mudamos nossas poucas posses para lá.

---

* *White fight*, no original, é o termo usado para se referir à migração de pessoas brancas de bairros que foram aos poucos sendo ocupados por uma população mais etnicamente diversa. [N.E.]

BUKOWSKI

Chegou o grande momento. Coloquei a máquina de escrever na mesa, enfiei um papel ali e apertei as teclas. A máquina de escrever ainda funcionava. E havia lugar sobrando para um cinzeiro, o rádio e a garrafa. Não deixe que ninguém lhe diga outra coisa. A vida começa aos sessenta e cinco.

[Trecho do romance *Hollywood*, 1989]

ar e luz e tempo e espaço

"— sabe, ou eu tinha família, um emprego, alguma coisa
sempre esteve no
caminho
mas agora
vendi minha casa, achei esse
lugar, um estúdio grande, você precisa ver o *espaço* e
a *luz*.
pela primeira vez na vida vou ter um lugar e o tempo para
criar."

não, amor, se você vai criar
vai criar mesmo se trabalhar
dezesseis horas por dia em uma mina de carvão
ou
vai criar em um quarto pequeno com três crianças
enquanto vive de
auxílio,
vai criar com parte da mente e do
corpo soprados para

CORRO COM A CAÇA

longe,
você vai criar cega
aleijada
demente,
vai criar com um gato subindo em suas
costas enquanto
a cidade inteira treme em terremoto, bombardeio,
enchente e incêndio.

amor, ar e luz e tempo e espaço
não têm a ver com isso
e não criam nada
a não ser talvez uma vida mais longa para encontrar
novas desculpas
para ela.

———

Naquela noite, sem Jon ouvindo no andar de baixo, o roteiro começou a caminhar. Estava escrevendo sobre um jovem que queria escrever e beber, mas a maior parte de seu sucesso era com a garrafa. Aquele jovem tinha sido eu. Embora à época não tenha sido infeliz, fora em grande parte um tempo de vazio e espera. Conforme eu datilografava, os personagens de certo bar voltavam à mente. Revi cada rosto, os corpos, ouvi as vozes, as conversas. Havia um bar em particular que tinha um certo charme mortal. Eu me concentrei nisso, revivi as brigas de bar com o barman. Eu não tinha sido um bom lutador. Para começar, as minhas mãos eram muito pequenas e eu era subnutrido, muito subnutrido. Mas eu tinha uma certa quantidade de coragem e sabia tomar um soco muito bem. Meu maior problema em uma briga era que não conseguia ficar com raiva de verdade, mesmo quando parecia que minha vida estava em risco. Era tudo encenação para mim. Importava e não importava. Brigar com o barman era ter algo para fazer e agradava aos fregueses, que eram um grupinho fechado. Eu era o estranho. Há algo a dizer sobre beber — todas aquelas brigas teriam me matado se eu estivesse sóbrio, mas, estando bêbado, era como se o corpo se tornasse borracha e a cabeça, cimento. Pulsos torcidos, lábios inchados e rótulas estouradas eram tudo que eu tinha no dia seguinte. Além disso, galos na cabeça, de tanto cair. Como isso tudo poderia se transformar em um roteiro, eu não sabia. Só sabia que era a única parte da minha vida sobre a qual não tinha escrito muito. Acho que era são na época, tão são quanto qualquer um. E sabia que havia toda uma civilização de almas perdidas que viviam entrando e saindo de bares, de dia, de noite e para sempre, até morrerem. Eu nunca tinha lido sobre aquela civilização, então decidi escrever sobre ela, do jeito de que me lembrava. A velha máquina de escrever clicava comigo.

No dia seguinte, por volta do meio-dia, o telefone tocou. Era Jon.

— Encontrei um lugar. François está comigo. É linda, tem *duas* cozinhas e o aluguel não é nada, nada mesmo...

— Onde vocês estão?

— Estamos no gueto, em Venice. Brooks Avenue. Todo mundo negro. As ruas são guerra e destruição.* É linda!

— Ah?

— Você precisa vir ver o lugar!

— Quando?

---

* A caracterização, jogada desta forma, tem um teor ofensivo. Esta era uma parte de Venice Beach famosa por ser frequentada por imigrantes e pessoas negras, e que foi muito negligenciada por anos, por isso o apelido "gueto". [N.T.]

CORRO COM A CAÇA

— Hoje!

— Não sei.

— Ah, você não vai querer perder! Há pessoas que moram debaixo da nossa casa. Podemos ouvi-las daqui, conversando e tocando o rádio! Há gangues por toda parte! Há um hotel enorme que alguém construiu por aqui. Mas ninguém pagava o aluguel. Eles fecharam o lugar com tábuas, cortaram a eletricidade, a água, o gás. Mas ainda tem pessoas morando ali. *Isso é uma zona de guerra!* A polícia não vem aqui, é como um Estado separado, com as próprias regras. Eu amo isso! Você precisa nos visitar!

— Como eu chego aí?

Jon me passou as instruções, então desligou.

Fui atrás de Sarah.

— Escute, preciso ir ver Jon e François.

— Ei, eu também vou!

— Não, não pode. É no gueto, em Venice.

— Ah, o gueto! Não perderia isso por nada.

— Olhe, me faça um favor: por favor, *não venha* junto!

— Quê? Acha que vou deixar você ir lá *sozinho*?

Eu tinha uma lâmina, coloquei o dinheiro nos sapatos.

— Ok — falei.

Dirigimos lentamente para dentro do gueto de Venice. Não era verdade que era todo negro. Havia alguns latinos nos arredores. Notei um grupo de sete ou oito mexicanos sentados por ali e encostados em um carro velho. A maioria dos homens estava de camiseta ou sem camisa. Eu passei lentamente, sem encarar, apenas absorvendo tudo. Eles não pareciam estar fazendo muita coisa. Apenas esperando. Prontos e esperando. Na verdade, provavelmente estavam apenas entediados. Pareciam camaradas bacanas. E não pareciam se preocupar a ponto de vestirem camisa.

BUKOWSKI

Então entramos no território negro. Imediatamente, as ruas estavam cheias de coisas: um pé esquerdo de um par de sapatos, uma camisa laranja, uma bolsa velha... uma toranja podre... outro pé esquerdo... uma calça jeans... um pneu de borracha...

Eu tinha que desviar entre as coisas. Dois jovens negros de uns onze anos nos encararam das bicicletas. Era ódio puro, perfeito. Eu podia senti-lo. Negros pobres odiavam. Brancos pobres odiavam. Era só quando negros tinham dinheiro e brancos tinham dinheiro que eles se misturavam. Alguns brancos amavam negros. Muito poucos negros, se é que havia algum, amavam brancos. Ainda estavam acertando as contas. Talvez nunca fossem. Em uma sociedade capitalista, os perdedores se escravizavam para os vencedores, e você precisaria ter mais perdedores do que vencedores. O que eu achava? Sabia que a política jamais resolveria aquilo, e não restava tempo suficiente para ter sorte.[*]

Dirigimos até encontrarmos o endereço, estacionamos o carro, saímos, batemos.

Uma janelinha se abriu, e havia um olho nos encarando.

— Ah, Hank e Sarah!

A porta se abriu, fechou, e estávamos dentro.

Andei até a janela e olhei para fora.

— O que está fazendo? — perguntou Jon.

— Quero dar uma verificada no carro de vez em quando...

— Ah, sim, venha olhar, vou te mostrar as duas cozinhas!

E de fato havia duas cozinhas, um fogão em cada, uma geladeira em cada, uma pia em cada.

— Antes eram duas casas. Foram transformadas em uma.

---

[*] Essa é outra passagem que pode ter caráter problemático, apesar de ele agrupar todos na mesma categoria, devido à maneira de comparação, à afirmação do ódio. No entanto, parte da força de Bukowski é esse modo cru de expor as coisas. [N.T.]

CORRO COM A CAÇA

— Legal — disse Sarah —, você pode cozinhar em uma cozinha e o François pode cozinhar na outra...

— No momento estamos vivendo quase só de ovos. Temos galinhas, elas botam muitos ovos...

— Meu Deus, Jon, está ruim assim?

— Não, na verdade, não. Achamos que vamos ficar aqui por um longo período. A maior parte do nosso dinheiro vai para vinho e charutos. Como o roteiro está saindo?

— Fico feliz de dizer que há algumas páginas. É só que às vezes não sei de *câmera, dar zoom, pan in*... toda aquela merda...

— Não se preocupe, eu vou cuidar disso.

— Onde está o François? — perguntou Sarah.

— Ah, ele está na outra sala... venham...

Fomos e lá estava François girando sua pequena roleta. Quando ele bebia, o nariz ficava muito vermelho, como um bêbado de desenho animado. Além disso, quanto mais ele bebia, mais deprimido ficava. Estava chupando um charuto molhado meio fumado. Ele conseguiu tirar algumas baforadas tristes. Havia uma garrafa de vinho quase vazia por perto.

— Merda — disse ele —, agora estou afundado em quase sessenta mil dólares de dívida e estou bebendo esse vinho barato do Jon, que ele diz que é bom, mas é uma merda. Ele paga um dólar e trinta centavos por garrafa. Meu estômago está feito um balão cheio de mijo! Eu estou afundado em sessenta mil dólares de dívida e não tenho nenhum emprego à vista, eu preciso... me... matar...

— Vamos, François — disse Jon —, vamos mostrar as galinhas para os nossos amigos...

— As galinhas! *Hovos!* O tempo inteiro comemos *hovos!* Nada além de *hovos!* Solta, solta, solta! As galinhas soltam *hovos!* O dia inteiro, a noite inteira meu trabalho é salvar as galinhas dos meninos negros! O tempo todo os meninos negros pulam a cerca e correm para o galinheiro! Bato neles com uma vara comprida, eu digo: "Vocês *fidaputas* fiquem longe das minhas galinhas que soltam os *hovos*!". Não consigo pensar, não consigo pensar na minha própria vida ou na minha própria morte, estou sempre correndo atrás desses meninos negros com a vara comprida! Jon, preciso de mais vinho, de outro charuto!

Ele girou a roleta de novo.

Eram mais más notícias. O sistema estava fracassando.

— Sabe, na França eles só têm um zero para a casa! Aqui nos Estados Unidos eles têm um zero e dois zeros para a casa! *Eles pegam as suas duas bolas! Por quê?* Vamos, vou mostrar as galinhas para vocês...

Fomos até o quintal e lá estavam as galinhas e o galinheiro. François tinha construído ele mesmo. Ele era bom mesmo. Tinha um verdadeiro talento. Só que não tinha usado cerca de arame. Havia barras. E trancas em cada porta.

— Eu faço uma chamada toda noite. "Cecile, está aí?" "Có có", responde ela. "Bernadette, está aí?" "Có có", responde ela. E assim por diante. "Nicole?", perguntei uma noite. Ela não cacarejou. Acreditam, com todas as barras e trancas, eles pegaram a Nicole! Eles já a haviam roubado! Nicole se foi, se foi para sempre! Jon, Jon, preciso de mais vinho.

Voltamos para dentro, nos sentamos, e mais vinho foi servido. Jon deu um charuto novo para François.

— Se posso fumar o meu charuto quando quiser — disse François —, posso viver.

Bebemos por um tempo, então Sarah perguntou:

— Escute, Jon, seu senhorio é negro?

— Ah, sim...

— Ele não perguntou por que estão alugando aqui?

— Perguntou...

— E o que você disse?

— Disse que éramos cineastas e atores franceses.

— E ele disse?

— Ele disse: "Ah".

— Algo mais?

— Sim, ele disse: "Bom, é o traseiro de *vocês*!".

Nós bebemos por um tempo, conversando sobre amenidades.

De vez em quando eu me levantava e ia até a janela para ver se o carro ainda estava lá.

Enquanto bebíamos, comecei a me sentir culpado pela coisa toda.

— Escute, Jon, deixe eu te devolver o dinheiro do roteiro. Eu te irritei. Isso é terrível...

— Não, quero que faça o roteiro. *Vai* virar um filme, eu prometo...

— Tudo bem, droga...

Bebemos mais um pouco.

Então Jon disse:

— Olhem...

Através de um buraco na parede onde estávamos sentados se podia ver uma mão, uma mão negra. Estava se remexendo pelo gesso quebrado, dedos apertando, movendo-se. Era como um animalzinho escuro.

— *Vá embora* — gritou François. — *Vá embora, assassino da Nicole! Você deixou um buraco no meu coração para sempre! Vá embora!*

A mão não foi embora.

François foi até a parede e a mão.

— Eu estou te dizendo agora, vá embora. Só quero fumar o meu charuto e beber o meu vinho em paz! Você perturba a minha visão! Não posso me sentir bem com você agarrando e olhando para mim através dos seus pobres dedos negros!

A mão não foi embora.

— *Tudo bem, então!*

A vara estava bem ali. Com um movimento demoníaco, François pegou a vara comprida e começou a batê-la na parede, repetidamente...

— *Matador de galinha, você me magoou para sempre!*

O som era ensurdecedor. Então François parou.

A mão tinha sumido.

François sentou-se de novo.

— Merda, Jon, o meu charuto apagou! Por que não compra charutos melhores, Jon?

— Escute, Jon — falei —, precisamos ir agora...

— Ah, vamos... por favor... a noite está só *começando*! Vocês ainda não viram nada...

— Precisamos ir... Tenho mais trabalho a fazer no roteiro...

— Ah... nesse caso...

Em casa, fui para o segundo andar e trabalhei no roteiro, mas, estranhamente, ou talvez não tão estranhamente, minha vida passada não parecia tão estranha ou selvagem ou louca quanto o que estava acontecendo agora.

[Trecho do romance *Hollywood*, 1989]

lava a jato

saí, camarada disse: "ei!", veio na minha
direção, apertamos as mãos, ele me deu dois bilhetes
vermelhos para lavar o carro grátis, "te vejo depois",
eu disse a ele, andei até a área de
espera com a mulher, nos sentamos no banco lá fora.
camarada negro que mancava veio e disse:
"ei, cara, como vão as coisas?"
eu respondi: "bem, mano, você tá bem?"
"sem problemas", disse ele, então saiu para
secar um Caddy.
"essas pessoas te conhecem?", perguntou minha mulher.
"não."
"então como elas vêm falar com você?"
"elas gostam de mim, as pessoas sempre gostaram de mim,
é minha sina."
então nosso carro estava pronto, camarada abanou
o pano para mim, nós nos levantamos, fomos para o
carro, dei um conto para ele, entramos, eu
dei partida, o capataz veio,
cara grande com óculos escuros, cara imenso,
ele deu um grande sorriso, "bom te ver,
cara!"
eu sorri de volta, "obrigado, mas é sua festa,
cara!"
eu saí para o trânsito, "eles te conhecem",
disse minha esposa.
"claro", respondi, "já estive aqui."

BUKOWSKI

confissão

esperando a morte
como um gato
que vai pular em cima da
cama

eu sinto muito pela
minha mulher

ela vai ver esse
corpo
branco
duro
chacoalhá-lo uma vez, então
talvez
de novo:

"Hank!"

Hank não vai
responder.

não é minha morte que
me preocupa, é minha mulher
largada com esse
monte de
nada.

eu quero que
ela saiba

CORRO COM A CAÇA

porém
que todas as noites
dormindo
ao lado dela

até as discussões
inúteis
eram coisas
sempre esplêndidas

e que as palavras
duras
que sempre temi
dizer
agora podem ser
ditas:

eu te
amo.

Estávamos um pouco atrasados para a festa, mas ainda não havia muita gente ali. Victor Norman estava sentado a algumas mesas de nós. Depois que eu e Sarah nos sentamos, o garçom veio com vinho. Vinho branco. Bem, era de graça.

Virei minha taça e assenti para o garçom para que ele a enchesse de novo.

Notei Victor olhando para mim.

As pessoas chegavam aos poucos. Vi o ator famoso com o bronzeado perpétuo. Ouvi que ele ia a quase todas as festas de Hollywood, em todo lugar.

Então Sarah me cutucou com o cotovelo. Era Jim Serry, o velho guru das drogas dos anos 1960. Ele também ia a muitas festas. Parecia cansado, triste, esgotado. Senti pena dele. Ele foi mesa por mesa. Então chegou na nossa. Sarah soltou um riso de deleite. Ela era uma filha dos anos 1960. Apertei a mão dele.

— Oi, querido — falei.

Começou a ficar cheio rapidamente. Eu não conhecia a maioria das pessoas. Segui acenando para o garçom para pedir mais vinho. Então ele trouxe uma garrafa inteira, colocou na mesa.

— Quando acabar essa, trago outra.

— Obrigado, cara...

Sarah tinha embrulhado um presentinho para Harry Friedman. Eu estava com ele no colo.

Jon chegou e sentou-se à nossa mesa.

— Estou feliz que você e Sarah tenham conseguido vir — disse ele. — Olhe, está enchendo, esse lugar está cheio de mafiosos e assassinos, os piores!

Jon amava aquilo. Ele tinha uma imaginação e tanto. Isso o ajudava a atravessar os dias e as noites.

Então um homem de aparência muito importante entrou. Ouvi algumas palmas.

Eu me levantei com meu presente de aniversário. Fui em direção a ele.

— Sr. Friedman, feliz...

Jon correu e me pegou por trás. Ele me puxou de volta para a mesa.

— Não! Não! Não é o Friedman! É o Fischman!

— Ah...

Eu me sentei de novo.

Notei Victor Norman olhando para mim. Achei que ele iria parar logo. Quando olhei de novo, Victor ainda estava me encarando. Ele me olhava como se não conseguisse acreditar no que via.

— Certo, Victor — falei, alto —, então, caguei nas calças! Quer fazer uma guerra mundial por causa disso?

Ele desviou os olhos.

Eu me levantei e fui procurar o banheiro masculino.

Saindo, eu me perdi e entrei na cozinha. Havia um ajudante fumando um cigarro. Peguei minha carteira e tirei uma nota de dez. Dei os dez para ele. Coloquei no bolso da camisa.

— Não posso aceitar isso, senhor.

— Por que não?

— Só não posso.

— Todos os outros recebem gorjeta. Por que não o ajudante? Eu sempre quis ser ajudante.

Eu saí andando, achei o salão principal de novo e a mesa.

Quando me sentei, Sarah se inclinou e sussurrou:

— Victor Norman veio aqui enquanto você não estava. Ele diz que é muito legal da sua parte não ter dito nada a respeito da escrita dele.

— Fui bom, não fui, Sarah?

— Foi.

— Não fui um bom menino?

— Foi.

Olhei para Victor Norman, atraí a atenção dele. Fiz um pequeno aceno com a cabeça, pisquei.

Bem nessa hora o Harry Friedman de verdade chegou. Alguns se levantaram e aplaudiram. Outros pareciam entediados.

Friedman sentou-se à mesa dele e a comida foi servida. Macarrão. O macarrão veio, Harry Friedman recebeu o seu e caiu dentro. Ele parecia um comedor. Era grande, sim. Vestia um terno velho, os sapatos arranhados. Tinha uma cabeça grande, bochechas grandes. Ele enfiava aquele macarrão nas bochechas. Tinha grandes olhos redondos, que eram tristes e cheios de suspeita. Ai de mim viver no mundo! Faltava um botão na camisa branca amassada, perto da barriga, e a barriga saía por ali. Ele parecia um bebê grande que havia fugido, crescido muito rápido e quase chegara a se tornar homem. Tinha certo charme, mas poderia ser perigoso acreditar nele — seria usado contra você. Sem gravata. Feliz aniversário, Harry Friedman!

Uma moça entrou vestida de policial. Ela foi diretamente para a mesa de Friedman.

— *Você está preso!* — gritou ela.

Harry Friedman parou de comer e sorriu. Os lábios dele estavam úmidos do macarrão.

Então a policial tirou o casaco e depois a blusa. Ela tinha peitos enormes. Ela balançou os peitos debaixo do nariz de Harry Friedman.

— *Você está preso!* — gritou ela.

Todos aplaudiram. Não sei por que aplaudiram.

Então Friedman fez um gesto para que a policial se curvasse. Ela se inclinou e ele sussurrou alguma coisa no ouvido dela. Ninguém sabia o quê.

Você me leva pra sua casa. Vamos ver o que rola?

Você se esqueceu do cassetete. Posso cuidar disso?

Você veio me ver? Vou te colocar em um filme.

A policial vestiu a blusa, depois o casaco, e então foi embora.

As pessoas vinham até a mesa de Friedman e diziam coisinhas para ele. Ele olhava para elas como se não soubesse quem eram. Logo ele tinha acabado de comer e bebia vinho. Ele se dava bem com vinho. Gostei disso.

Ele realmente apostou no vinho. Depois de um tempo, foi de mesa em mesa, curvando-se, falando com as pessoas.

— Meu Deus — falei a Sarah —, olhe aquilo ali!

— O quê?

— Ele tem um pedacinho de macarrão preso no canto da boca e ninguém fala para ele. Está ali *pendurado*!

— Estou vendo! Estou vendo! — disse Jon.

Harry Friedman continuou andando de mesa em mesa, curvando-se, falando. Ninguém contou para ele.

Por fim, ele chegou mais perto. Estava a uma mesa ou tanto da nossa quando fiquei de pé e fui até ele.

— Sr. Friedman — falei.

Ele me olhou com aquela cara grande de bebê monstro.

— Pois não?

— Não se mexa!

Eu estiquei o braço, peguei o pedaço de macarrão e puxei. Saiu.

— Você estava andando com aquilo pendurado. Não conseguia mais aguentar.

— Obrigado — disse ele.

Voltei para nossa mesa.

— Bem, bem — perguntou John —, o que acha dele?

— Acho que ele é encantador.

— Eu falei. Não encontramos ninguém como ele desde Lido Mamin.

— De qualquer jeito — disse Sarah —, foi bacana da sua parte limpar aquele macarrão do rosto dele, já que ninguém teve a coragem. Foi muito gentil da sua parte.

— Obrigado, eu sou um cara muito gentil, de verdade.

— Ah, é? Que outra gentileza você fez nos últimos tempos?

Nossa garrafa de vinho estava vazia. Chamei a atenção do garçom. Ele fez uma careta para mim e veio com mais uma garrafa.

E eu não consegui pensar em uma gentileza que tivesse feito. Nos últimos tempos.

[Trecho do romance *Hollywood*, 1989]

carta de fã

venho lendo você há muito tempo agora,
acabei de colocar Billy Boy na cama,
ele pegou sete carrapatos bravos em algum lugar,
eu peguei dois,
meu marido, Benny, ele pegou três.
alguns de nós amam insetos, outros
odeiam.
Benny escreve poemas.
ele saiu na mesma revista que você
uma vez.
Benny é o melhor escritor do mundo
mas tem o gênio dele.
uma vez ele fez uma leitura e alguém
riu em um dos poemas sérios dele
e Benny tirou a coisa dele bem
ali
e mijou no palco.
ele diz que você escreve bem, mas que
não conseguiria levar as bolas dele em um saco de
papel.
de qualquer modo, fiz um POTE GRANDE DE MARME-
    LADA
hoje à noite,
nós todos simplesmente AMAMOS marmelada aqui.
Benny perdeu o emprego ontem, ele mandou o
chefe tomar no cu
mas ainda tenho meu emprego no
salão de manicure.

sabia que as bichas vão fazer as
unhas?
você não é bicha, é, sr.
Chinaski?
de qualquer modo, só senti vontade de te escrever
seus livros são lidos e lidos por
aqui.
Benny diz que você é um velho senil, que você
escreve muito bem mas
não conseguiria levar as bolas dele em um
saco de papel.
você gosta de insetos, sr. Chinaski?
acho que a marmelada esfriou o suficiente para
comer agora
então tchau.
             Dora.

seja gentil

sempre nos pedem
para entender o ponto de vista do
outro
não importa o quanto seja
datado
tolo ou
odioso.

pede-se
para ver

BUKOWSKI

o erro total deles
o desperdício de vida deles
com
bondade,
especialmente se são
idosos.

mas idade é o total do
que fizemos.
eles envelheceram
mal
por terem
vivido
fora de foco,
eles se recusaram a
ver.

não é culpa deles?

é culpa de quem?
minha?

me pedem para esconder
meu ponto de vista
deles
por medo do medo
deles.

idade não é crime

mas a vergonha
de uma vida

deliberadamente
desperdiçada

entre tantas
vidas
deliberadamente

desperdiçadas

é.

Cheguei lá às oito e cinquenta. Estacionei e esperei por Jon. Ele apareceu às oito e cinquenta e cinco. Saí e fui até o carro de Jon.

— Bom dia, Jon...

— Oi, Hank... Tudo bem?

— Tudo. Escuta, o que aconteceu com a greve de fome?

— Ah, ainda estou nela. Mas o corte de partes é o mais importante.

Jon tinha trazido a Black and Decker com ele. Estava embrulhada em uma toalha verde-escura. Entramos juntos no prédio da Firepower. O elevador nos levou ao escritório do advogado. Neeli Zutnick. A recepcionista aguardava nossa chegada.

— Por favor, entre diretamente — disse ela.

Neeli Zutnick estava esperando. Ele se levantou de trás da mesa e apertou nossas mãos. Então voltou, sentou-se atrás da mesa.

— Os cavalheiros gostariam de café? — perguntou ele.

— Não — disse Jon.

— Eu quero — falei.

BUKOWSKI

Zutnick apertou o botão do interfone.

— Rose? Rose, minha querida... um café, por favor.

Ele olhou para mim:

— Açúcar e creme?

— Preto.

— Preto. Obrigado, Rose... Agora, cavalheiros...

— Cadê o Friedman? — perguntou Jon.

— O sr. Friedman me deu todas as instruções. Agora...

— Onde fica a tomada? — indagou Jon.

— Tomada?

— Para isso...

Jon puxou a toalha, relevando a Black and Decker.

— Por favor, sr. Pinchot...

— Cadê a tomada? Deixa para lá, estou vendo...

Jon foi e ligou a Black and Decker na tomada da parede.

— Precisa entender — disse Zutnick — que, se eu soubesse que iam trazer este instrumento, teria mandado desligar a eletricidade.

— Está tudo bem — respondeu Jon.

— Não há necessidade deste instrumento — disse Zutnick.

— Espero que não. É só... para o caso...

Rose entrou com meu café. Jon apertou o botão da Black and Decker. A lâmina entrou em ação e começou a zunir.

Nervosa, Rose virou a xícara de café só um pouquinho... o suficiente para respingar um pouco no vestido dela. Era um vestido vermelho muito bonito, e Rose, uma garota gordinha, o recheava graciosamente.

— Uau! Isso me *assustou.*

— Desculpe — disse Jon —, eu estava só... testando...

— Para quem é o café?

— Para mim — respondi —, obrigado.

Rose levou o café para mim. Eu precisava dele.

Rose saiu, lançando um olhar preocupado sobre o ombro.

— O sr. Friedman e o sr. Fischman expressaram consternação com o presente estado mental de vocês...

— Chega dessa merda, Zutnick! Ou eu consigo a liberação ou o primeiro pedaço da minha carne será depositado... *aqui!*

Jon bateu no meio da mesa de Zutnick com a ponta da Black and Decker.

— Veja, sr. Pinchot, não há necessidade...

— *Há necessidade! E você está ficando sem tempo! Quero essa liberação! Agora!*

Zutnick olhou para mim.

— Como está o café, sr. Chinaski?

Jon apertou o gatilho da Black and Decker e a segurou sobre a mão esquerda, dedo mindinho esticado. Ele balançou a Black and Decker enquanto a lâmina trabalhava furiosamente.

— *Agora!*

— *Muito bem!* — gritou Zutnick.

Jon tirou o dedo do gatilho.

Zutnick abriu a gaveta de cima da mesa dele e tirou duas folhas de papel-ofício. Ele as escorregou na direção de Jon. Jon foi até lá, pegou-as, sentou-se, começou a ler.

— Sr. Zutnick — perguntei —, posso tomar outra xícara de café?

Zutnick me olhou, apertou o interfone.

— Outra xícara de café, Rose. Preto...

— Preto como a Black and Decker — falei.

— Sr. Chinaski, isso não tem graça.

Jon continuou a ler.

Meu café chegou.

— Obrigado, Rose...

Jon continuou a ler enquanto esperávamos. A Black and Decker estava pousada no colo dele.

Então Jon disse:

— Não, isso não serve...

— *Quê?* — gritou Zutnick. — *Isso é uma liberação total!*

— A cláusula "e" inteira precisa ser apagada. Ela contém muitas ambiguidades.

— Posso ver os papéis? — perguntou Zutnick.

— Certamente...

Jon os colocou na lâmina da Black and Decker e os passou para Zutnick. Zutnick os tirou da lâmina com algum asco. Ele começou a ler a cláusula "e".

— Não vejo nada aqui...

— Apague...

— Você realmente tem a intenção de cortar um dos seus dedos?

— Tenho. Posso até cortar um dos seus.

— Isso é uma ameaça? Você está me ameaçando?

— Considere uma coisa: eu não tenho nada a perder aqui. Só você tem.

— Um contrato assinado sob essas condições pode ser considerado inválido.

— Você está me dando ânsia, Zutnick! Elimine a cláusula "e" ou o meu dedo vai embora! *Agora!*

Jon apertou o botão. A Black and Decker começou a funcionar de novo. Jon Pinchot esticou o dedinho da mão esquerda.

— *Pare!* — gritou Zutnick.

Jon parou.

Zutnick estava no interfone.

— *Rose!* Preciso de você...

Rose entrou.

— Mais café para os cavalheiros.

— Não, Rose. Quero este contrato revisado e impresso de novo, mas elimine a cláusula "e", então me devolva.

— Sim, sr. Zutnick.

Então apenas ficamos sentados por um tempo.

Aí Zutnick disse:

— Pode tirar essa coisa da tomada agora.

— Ainda não — disse Jon. — Não até que tudo seja finalizado...

— Você realmente tem outro produtor para essa coisa?

— É claro...

— Poderia me dizer quem?

— Claro. Hal Edleman. Friedman sabe disso.

Zutnick piscou. Edleman era dinheiro. Ele conhecia o nome.

— Eu li o roteiro. Pareceu muito... grosseiro... para mim.

— Já leu qualquer outra obra do sr. Chinaski? — perguntou Jon.

— Não. Mas a minha filha leu. Leu o seu livro de contos, *Sonhos da latrina*.

— E?

— Ela detestou.

Rose estava de volta com o novo contrato. Ela o passou para Zutnick. Zutnick deu uma olhada, levantou-se e foi até Jon.

Jon releu a coisa toda.

— Muito bem.

Ele foi até a mesa, se curvou, assinou o contrato. Zutnick assinou por Friedman e Fischman. Estava feito. Uma cópia para cada.

Então Zutnick riu. Ele parecia aliviado.

— A prática do direito tem ficado cada vez mais estranha...

Jon tirou a Black and Decker da tomada. Zutnick foi até um pequeno armário na parede, abriu-o e tirou uma garrafa, três copos. Ele os colocou na mesa dele, serviu todos.

— Ao acordo, cavalheiros...

— Ao acordo... — disse Jon.

— Ao acordo. — O escritor entrou na conversa.

Bebemos de uma vez. Era conhaque. E tínhamos o filme de novo.

Andei com Jon até o carro dele. Ele jogou a Black and Decker no banco de trás, então entrou no da frente.

— Jon — falei da calçada —, posso fazer a pergunta que não quer calar?

— Claro.

— Pode me dizer a verdade sobre a Black and Decker. Nunca vai sair daqui. Você ia realmente fazer aquilo?

— É claro...

— Mas e as outras partes a seguir? Os outros pedaços. Você ia fazer isso?

— Claro. Quando você começa uma coisa dessas, não há como parar.

— Você tem colhões, meu homem...

— Não é nada. Agora estou com fome.

— Posso te levar para um café da manhã?

— Bem, certo... eu conheço o lugar certo... entre no seu carro e me siga...

— Tudo bem.

Eu segui Jon através de Hollywood, a luz e as sombras de Alfred Hitchcock, o Gordo e o Magro, Clark Gable, Gloria Swanson, Mickey Mouse e Humphrey Bogart, caindo ao nosso redor.

[Trecho do romance *Hollywood*, 1989]

vidas de lata de lixo

o vento sopra forte esta noite
e é um vento frio
e eu penso nos
rapazes na favela.
espero que algum deles tenha uma garrafa
de tinto.

é quando você está na favela
que nota que
tudo
tem dono
e que há trancas em
tudo.
esse é o modo que uma democracia
funciona:
você consegue o que quer
tenta manter aquilo
e somar mais
se possível.

é assim que uma ditadura
funciona também
é só que eles ou escravizam ou
destroem seus
desfavorecidos.

nós apenas nos esquecemos
dos nossos.

de qualquer jeito
é um vento
frio e
forte.

As filmagens iam começar em Culver City. O bar estava lá, e o hotel com meu quarto. A próxima parte das filmagens seria feita no distrito da Alvarado Street, onde o apartamento da protagonista feminina ficava.

Então havia um bar que ficava perto da esquina da 6th com a Vermont. Mas as primeiras cenas seriam feitas em Culver City.

Jon nos levou para ver o hotel. Parecia autêntico. Os bêbados moravam ali. O bar ficava no andar de baixo. Ficamos olhando para ele.

— O que acha? — perguntou Jon.

— É ótimo. Mas já morei em lugares piores.

— Eu sei — disse Sarah —, eu vi.

Então fomos para o quarto.

— Aqui está. Parece familiar?

Estava pintado de cinza, como tantos daqueles lugares eram. As persianas quebradas. A mesa e a cadeira. A geladeira com camadas grossas de sujeira. E a pobre cama afundando.

— Está perfeito, Jon. É *o* quarto.

Era um pouco triste que eu não fosse jovem e estivesse fazendo tudo aquilo de novo, beber, brigar e brincar com palavras. Quando você é jovem, consegue aguentar uma surra. Comida não tinha importância. O que importava era beber e se sentar diante da máquina. Eu deveria estar louco, mas há muitos tipos de loucura, e alguns são um tanto agradáveis. Eu passava fome para ter mais tempo para escrever. Já não se faz muito isso hoje em dia. Olhando para aquela mesa, eu me vi sentado ali de novo. Eu estivera louco, sabia e não me importava.

— Vamos descer para ver o bar de novo...

Nós descemos. Os bêbados que fariam parte do filme estavam ali sentados. Estavam bebendo.

— Vamos, Sarah, vamos pegar um banco. Eu te vejo depois, Jon...

O barman nos apresentou aos bêbados. Havia Monstrão e Monstrinho, o Esquisito, Bufão, Cabeça de Cachorro, Lady Lila, Toque Livre, Clara e outros.

Sarah perguntou ao Esquisito o que ele estava bebendo.

— Parece bom — disse ela.

— É um Cape Cod, suco de cranberry e vodca.

— Vou beber um Cape Cod — falou Sarah ao barman, Cal Caubói.

— Vodca com soda — pedi ao Caubói.

Nós bebemos um tanto. Monstrão me contou uma história sobre como eles todos tinham brigado com os policiais. Muito interessante. E eu sabia, pelo jeito que ele contava, que era verdade.

Então veio a chamada para almoço para atores e equipe. Os bêbados apenas ficaram ali.

— É melhor a gente comer — disse Sarah.

Fomos para a parte de trás a oeste do hotel. Um grande banco tinha sido montado. Os extras, técnicos, ajudantes e outros já estavam comendo. A comida parecia boa. Jon nos encontrou ali. Pegamos nossas porções no vagão e seguimos Jon até o fim da mesa. Conforme andamos, Jon fez uma pausa. Havia um homem comendo sozinho. Jon nos apresentou.

— Este é Lance Edwards...

Edwards assentiu brevemente e voltou a seu bife.

Nós nos sentamos na ponta da mesa. Edwards era um dos coprodutores.

— Esse Edwards age feito um babaca — falei.

— Ah — disse Jon —, ele é muito acanhado. É um dos caras de quem o Friedman estava tentando se livrar.

— Talvez o Friedman estivesse certo.

— Hank — falou Sarah —, você nem conhece o cara.

Eu estava labutando na minha cerveja.

— Coma a sua comida — disse Sarah.

Sarah ia colocar dez anos a mais na minha vida, para o bem ou para o mal.

— Vamos filmar uma cena com o Jack no quarto. Precisam vir assistir.

— Depois de terminarmos de comer, vamos voltar ao bar. Quando estiverem prontos para filmar, peça para alguém nos chamar.

— Tudo bem — disse Jon.

Depois de comer, andamos para o outro lado do hotel, dando uma olhada. Jon estava conosco. Havia vários trailers estacionados ao longo da rua. Vimos o Rolls-Royce de Jack. E ao lado dele havia um trailer prata grande. Havia uma placa na porta: JACK BLEDSOE.

— Olhe — falou Jon —, ele tem um periscópio saindo do teto para ver quem está chegando...

— Jesus...

— Escute, preciso arranjar as coisas...

— Tudo bem, até mais...

Havia uma coisa engraçada com Jon. O sotaque francês dele estava indo embora conforme ele falava apenas inglês nos Estados Unidos. Era um pouco triste.

Então a porta do trailer de Jack se abriu. Era Jack.

— Ei, entrem!

Subimos os degraus. Havia uma TV ligada. Uma menina estava deitada em um catre vendo TV.

— Essa é a Cleo. Eu comprei uma bicicleta para ela. Andamos juntos.

Havia um camarada sentado no fundo.

— Esse é o meu irmão, Doug...

Eu fui em direção a Doug, fingi uns golpes de boxe na frente dele. Ele não falou nada. Só olhou. Cara sossegado. Ótimo. Gostava de caras sossegados.

— Tem alguma coisa para beber?

— Claro...

Jack achou uísque, me serviu uma dose com água.

— Obrigado...

— Quer um pouco? — perguntou ele a Sarah.

— Obrigada — disse ela —, não gosto de misturar bebidas.

— Ela está tomando Cape Cods — falei.

— Ah...

Eu e Sarah nos sentamos. O uísque era bom.

— Gostei desse lugar — comentei.

— Fique o quanto quiser — respondeu Jack.

— Talvez eu fique para sempre...

Jack me lançou seu famoso sorriso.

— O seu irmão não fala muito, fala?

— Não, não fala.

— Um cara sossegado.

— É.

— Bem, Jack, decorou as suas falas?

— Nunca olho as minhas falas até pouco antes de filmar.

— Ótimo. Bem, escute, precisamos ir.

— Sei que você vai conseguir, Jack — disse Sarah —, estamos felizes por você ter ficado com o papel.

— Obrigado...

De volta ao bar, os bêbados ainda estavam lá e não pareciam nem um pouco mais bêbados. Era preciso de muita coisa para afetar um profissional.

Sarah tomou outro Cape Cod. Eu voltei para a vodca com soda.

Bebemos e vieram outras histórias. Até eu contei uma. Talvez uma hora tenha se passado. Então ergui os olhos e vi Jack olhando por cima da porta vaivém. Vi só a cabeça dele.

— Ei, Jack — gritei —, venha tomar uma bebida!

— Não, Hank, vamos filmar agora. Por que não vem assistir?

— Vou estar lá, querido...

Pedimos mais duas bebidas. Estávamos nelas quando Jon entrou.

— Vamos filmar agora — avisou ele.

— Certo — disse Sarah.

— Certo — falei.

Terminamos as bebidas e eu peguei duas garrafas de cerveja para levar conosco.

Subimos as escadas com Jon e entramos no quarto. Cabos em todos os lugares. Técnicos se movimentavam.

— Aposto que conseguem fazer um filme do caralho com um terço dessas pessoas.

— É o que o Friedman diz.

— O Friedman acerta às vezes.

— Certo — disse Jon —, estamos quase prontos. Fizemos uns ensaios. Agora vamos filmar. Você — falou ele para mim — fica naquele canto. Pode assistir dali sem estar na cena.

Sarah foi para lá comigo.

— *Silêncio!* — gritou o diretor assistente de Jon. — *Estamos prontos para rodar!*

Tudo ficou em silêncio.

Então de Jon:

— *Câmera! Ação!*

A porta do quarto se abriu e Jack Bledsoe entrou cambaleando. Merda, era o jovem Chinaski! Era eu! Senti uma dor terna dentro de mim. Juventude, sua filha da puta, para onde você foi?

Queria ser o jovem bêbado de novo. Queria ser Jack Bledsoe. Mas era apenas o velho no canto, entornando uma cerveja.

Bledsoe cambaleou até a janela ao lado da mesa. Ele levantou a persiana esfarrapada. Fez uns golpes de boxe, com um sorriso no rosto. Então sentou-se à mesa, pegou um lápis e um pedaço de papel. Sentou-se ali um pouco, então puxou a rolha de uma garrafa de vinho, deu um gole, acendeu um cigarro. Ligou o rádio e topou com Mozart.

Ele começou a escrever naquele pedaço de papel com o lápis enquanto a cena desaparecia...

Ele tinha acertado. Tinha acertado do jeito que era, significasse algo ou não, tinha acertado do jeito que era.

Eu fui até Jack, apertei a mão dele.

— Acertei? — perguntou ele.

— Acertou — falei...

No bar, os bêbados ainda estavam na ativa e pareciam não ter saído do lugar.

Sarah voltou para seus Cape Cods e eu fui no caminho da vodca com soda. Ouvimos mais histórias, que eram muito muito

BUKOWSKI

boas. Mas havia uma tristeza no ar, porque depois que o filme fosse rodado, bar e hotel seriam demolidos para outro propósito comercial. Alguns dos fregueses tinham vivido no hotel por décadas. Outros moravam em uma estação de trem deserta por perto, e havia uma ação em curso para removê-los dali. Então era uma bebedeira pesada e triste.

Sarah disse, por fim:

— Precisamos voltar para casa e alimentar os gatos.

Beber poderia esperar.

Hollywood poderia esperar.

Os gatos não poderiam esperar.

Concordei.

Nós nos despedimos dos bêbados e fomos para o carro. Não estava preocupado em dirigir. Alguma coisa em ver o jovem Chinaski naquele quarto de hotel tinha me firmado. Filho da puta, eu tinha sido uma porra de um touro jovem. Realmente um bosta de primeira.

Sarah estava preocupada com o futuro dos bêbados. Eu não gostava daquilo também. Por outro lado, não conseguia vê-los sentados em nossa sala, bebendo e contando suas histórias. Às vezes o charme diminui quando se aproxima demais da realidade. E de quantos irmãos se pode cuidar?

Segui dirigindo. Chegamos lá.

Os gatos estavam esperando.

Sarah desceu e limpou as vasilhas, e eu abri as latas.

Simplicidade, era o necessário.

Subimos, tomamos banho, mudamos de roupa, nos preparamos para dormir.

— O que aquelas pobres pessoas vão fazer? — perguntou Sarah.

— Eu sei. Eu sei...

Então chegou a hora de dormir. Desci para dar uma última olhada, voltei. Sarah estava dormindo. Apaguei a luz. Dormimos. Tendo visto o filme sendo feito naquela tarde, agora éramos diferentes de algum modo, nunca mais conseguiríamos pensar ou falar exatamente da mesma maneira. Agora sabíamos algo a mais, mas o que era parecia muito vago e talvez até um pouco desagradável.

[Trecho do romance *Hollywood*, 1989]

concurso de poesia

mande quantos poemas quiser, apenas
deixe cada um com um máximo de dez versos.
sem limites quanto a estilo ou conteúdo
apesar de preferirmos poemas de
afirmação.
espaço duplo
com seu nome e endereço no
canto da mão
esquerda.
os editores não são responsáveis por
manuscritos
sem carta selada e endereçada
todos os esforços
serão feitos para
julgar todas as obras dentro de noventa
dias.
depois de exame cuidadoso

as decisões finais serão feitas por
Elly May Moody,
gerente editora encarregada.
por favor inclua dez dólares para
cada poema
enviado.
um grande prêmio final de
setenta e cinco dólares será
dado ao ganhador
do
Prêmio
Poesia de Ouro Elly May Moody.
com um certificado
assinado por
Elly May Moody.
também haverá certificados para
segundo, terceiro e quarto lugares
também assinados por
Elly May Moody.
todas as decisões serão
finais.
os vencedores vão
sair na edição de primavera de
O coração do céu.
vencedores também receberão
um exemplar da revista
junto com o último livro de
poesia
de Elly May Moody
O lugar onde o inverno
morreu.

A cena da banheira era simples. Francine deveria se sentar na banheira e Jack Bledsoe deveria se sentar com as costas apoiadas nela, ali no chão, enquanto Francine ficava na água falando de várias coisas, a maior parte sobre um assassino que morava ali no prédio dela, agora em condicional. Ele estava morando com uma velha e batia nela continuamente. Era possível ouvir o assassino e a mulher brigando e xingando pelas paredes.

Jon Pinchot tinha me pedido para escrever o som de pessoas xingando pelas paredes, e eu dera a ele muitas páginas de diálogo. Basicamente, tinha sido a parte mais agradável de escrever o roteiro.

Muitas vezes, naquelas pensões e apartamentos baratos, não havia o que fazer quando você estava falido e morrendo de fome e na última garrafa. Não havia o que fazer a não ser escutar aquelas discussões selvagens. Fazia você perceber que não era o único que estava mais do que desencorajado com o mundo, que não era o único seguindo na direção da loucura.

Não podíamos assistir à cena da banheira porque não havia espaço suficiente lá, então Sarah e eu esperamos na sala do apartamento, com a cozinha do lado. Na verdade, mais de trinta anos antes eu tinha morado brevemente naquele mesmo prédio na Alvarado Street, com a mulher sobre quem escrevi o roteiro. Realmente estranho e arrepiante. "Tudo o que vai volta." De um jeito ou de outro. E depois de trinta anos, o lugar parecia o mesmo. Só que as pessoas que eu conhecera haviam todas morrido. E a mulher tinha morrido três décadas atrás, e lá estava eu sentado, bebendo cerveja naquele mesmo prédio cheio de equipes de câmera e som. Bem, eu também logo morreria, cedo o bastante. Um brinde a isso.

Estavam cozinhando na pequena cozinha, e a geladeira estava cheia de cervejas. Fiz algumas viagens até lá. Sarah encontrou pessoas para conversar. Ela tinha sorte. Cada vez que alguém conversava comigo, sentia vontade de me jogar por uma janela ou tomar o elevador para descer. As pessoas simplesmente não eram interessantes. Talvez não devessem ser. Mas animais, pássaros, até insetos eram. Não conseguia entender.

Jon Pinchot ainda estava um dia adiantado na programação de filmagem, e eu estava muito feliz com isso. Deixava a Firepower longe do nosso cangote. Os grandões não apareciam por ali. Eles tinham espiões, é claro. Eu conseguia identificá-los.

Algumas pessoas da equipe tinham livros meus. Pediam autógrafos. Os livros que eles tinham eram curiosos. Quer dizer, eu não os considerava os meus melhores. (Meu melhor livro é sempre o último que escrevi.) Alguns tinham um livro com as minhas primeiras histórias de sacanagem, *Batendo punheta para o diabo*. Alguns tinham livros de poemas, *Mozart na figueira* e *Você deixaria este homem cuidar de sua filha de quatro anos?* Também *A latrina do bar é minha capela*.

O dia seguia, em paz, mas sem energia.

Que cena de banheira é essa, pensei. *Francine deve estar totalmente limpa a essa altura.*

Então Jon Pinchot basicamente entrou correndo na sala. Ele parecia descontrolado. Até o zíper estava fechado apenas pela metade. Estava descabelado. Os olhos dele pareciam selvagens e esgotados ao mesmo tempo.

— Meu Deus! — disse ele. — Aí está você!

— Como estão as coisas?

Ele se curvou e sussurrou no meu ouvido.

— É horrível, é enlouquecedor. A Francine está preocupada que as tetas possam aparecer sobre a água! Ela fica perguntando: "Os meus peitos estão aparecendo?".

— Qual é o problema com um peitinho?

Jon chegou mais perto.

— Ela não é tão jovem quando gostaria de ser... E o Hyans odeia a iluminação... Ele não suporta a iluminação e está bebendo mais do que nunca...

Hyans era o câmera. Ele tinha ganhado quase todos os prêmios e distinções na área, um dos melhores câmeras vivos, mas, como a maioria das boas almas, gostava de uma bebida de vez em quando.

Jon continuou, sussurrando freneticamente:

— E o Jack, ele não consegue acertar essa fala. Precisamos cortar de novo e de novo. Tem algo na fala que o incomoda, e ele fica com esse sorrisinho idiota na cara quando a diz.

— Qual é a fala?

— A fala é: "Ele precisa masturbar o agente de condicional quando ele aparecer".

— Certo, tente: "Ele precisa bater punheta para o agente de condicional quando ele aparecer".

— Ótimo, obrigado! *Essa vai ser a décima-nona tomada!*

— Meu Deus — falei.

— Me deseje sorte...

— Boa sorte...

Jon saiu da sala, então. Sarah se aproximou.

— Qual o problema?

— Décima-nona tomada. A Francine está com medo de mostrar os peitos, o Jack não consegue dizer a fala e o Hyans não gosta da iluminação...

— A Francine precisa de uma bebida — disse ela —, vai deixá-la mais solta.

— O Hyans não precisa de uma bebida.

— Eu sei. E o Jack vai conseguir dizer a fala quando a Francine se soltar.

BUKOWSKI

— Talvez.

Bem naquele momento, Francine entrou na sala. Ela parecia totalmente perdida, totalmente fora do ar. Estava de roupão de banho, com uma toalha enrolada na cabeça.

— Vou falar para ela — disse Sarah.

Ela foi até Francine e falou com ela em voz baixa. Francine ouviu. Ela assentiu levemente, então entrou no quarto à esquerda. Em um momento Sarah saiu da cozinha com uma xícara de café. Bem, havia scotch, vodca, uísque e gim naquela cozinha. Sarah tinha misturado alguma coisa. A porta abriu, fechou, a xícara sumiu.

Sarah se aproximou.

— Ela vai ficar bem agora...

Dois ou três minutos se passaram, então a porta do quarto se escancarou. Francine saiu, indo para o banheiro e a câmera. Conforme ela passou, seus olhos encontraram Sarah:

— Obrigada!

Bem, não havia nada para fazer a não ser ficar ali sentado e se deixar levar por mais conversa-fiada.

Não consegui deixar de olhar para o passado. Aquele era o mesmo prédio do qual eu fora expulso por ter três mulheres no quarto em uma noite. Naquela época não havia algo como direitos dos locatários.

— Sr. Chinaski — dissera a proprietária —, temos pessoas religiosas morando aqui, trabalhadores, pessoas com filhos. Nunca tinha escutado esse tipo de reclamação de outros locatários. E eu ouvi você também. Toda aquela cantoria, todo aquele xingamento... coisas quebrando... linguagem grosseira e riso... Na minha vida toda, nunca tinha escutado algo como o que aconteceu no seu quarto na noite passada!

— Tudo bem, vou embora...

— Obrigada.

Eu deveria estar louco. Com a barba por fazer. Camiseta cheia de buracos de cigarro. Meu único desejo era ter mais que uma garrafa na cômoda. Não estava preparado para o mundo e o mundo não estava preparado para mim e encontrei outros como eu, e a maioria era de mulheres, mulheres com quem a maioria dos homens não iria querer estar no mesmo ambiente, mas eu as adorava, elas me inspiravam, eu atuava, xingava, andava de cuecas dizendo a elas como eu era incrível, mas só eu acreditava naquilo. Elas apenas gritavam: "Cai fora! Me dá mais bebida!". Aquelas mulheres do inferno, aquelas mulheres no inferno comigo.

Jon Pinchot entrou rapidamente na sala.

— Funcionou! — exclamou ele. — Tudo funcionou! Que dia! Bem, amanhã começamos de novo!

— Dê o crédito a Sarah — falei. — Ela sabe fazer uma bebida mágica.

— Quê?

— Ela fez Francine se soltar com alguma coisa em uma xícara de café.

Jon se virou para Sarah.

— Muito obrigado...

— Sempre que precisar — respondeu Sarah.

— Deus — disse Jon —, estou nesse negócio faz muito tempo e nunca tive que fazer *dezenove* tomadas!

— Eu soube — respondi — que Chaplin às vezes fazia cem tomadas antes de acertar.

— Isso era Chaplin — disse Jon. — Cem tomadas e esgotamos todo o orçamento.

E foi isso naquele dia. Exceto que Sarah disse:

— Inferno, vamos para o Musso's.

E fomos. Conseguimos uma mesa no Salão Velho e pedimos duas bebidas enquanto olhávamos o cardápio.

— Você se lembra? — perguntei. — Você se lembra dos velhos tempos, quando vínhamos aqui olhar as pessoas nas mesas e tentar identificar os tipos, os tipos atores, os tipos diretores ou produtores, os tipos pornô, os agentes, os fingidores? E a gente pensava: "Olhe para eles, falando sobre contratos de filme meia-boca, ou sobre os últimos filmes deles". Que alternativos, que desajustados... melhor desviar os olhos quando o peixe-espada e os linguados chegarem.

— A gente achava que eles eram uma merda — disse Sarah —, e agora nós somos.

— O que vai volta...

— Certo! Acho que vou pedir os linguados...

O garçom ficou diante de nós, trocando os pés, fazendo careta, os pelos das sobrancelhas caindo dentro dos olhos. O Musso's estava ali desde 1919 e tudo era uma encheção de saco para ele: nós, todo mundo ali no lugar. Concordei. Decidi pedir o peixe-espada. Com batatas fritas.

[Trecho do romance *Hollywood*, 1989]

o gênio

este homem às vezes se esquece de
quem é.
às vezes acha que é o
papa.

CORRO COM A CAÇA

outras vezes acha que é um
coelho sendo caçado
e se esconde debaixo da
cama.

então
de uma vez
ele recupera total
clareza
e começa a criar
obras de
arte.

aí ficará bem
por algum
tempo.

então, digamos,
ele estará sentado com a mulher
e três ou quatro outras
pessoas
discutindo várias
questões

ele será encantador,
incisivo,
original.

então fará
algo
estranho.

como a vez em que
ficou de pé
baixou o zíper
e começou a
mijar
no
tapete.

outra vez
comeu um guardanapo
de papel.

e teve
a vez
que ele entrou no
carro
e dirigiu
de ré
todo o caminho até
a
mercearia
e de
volta
de novo
de ré
os outros motoristas
gritando com
ele
mas ele
foi até
lá e

CORRO COM A CAÇA

voltou
sem
incidente
e sem
ser
parado
por uma
viatura.

mas ele é melhor
como o
papa
e seu
latim
é muito
bom.

suas obras de
arte
não são lá
excepcionais
mas elas permitem que
ele
sobreviva
e viva com
uma série de
esposas
de dezenove anos
que
cortam seu cabelo
as unhas dos pés

ajeitam babador
as cobertas e
o
alimentam.

ele esgota
todo mundo
menos
ele mesmo.

———

Eram dez da manhã quando o telefone tocou. Era Jon Pinchot.

— O filme foi cancelado...

— Jon, já não acredito mais nessas histórias. É só o jeito deles de conseguir mais influência.

— Não, é verdade, o filme foi cancelado.

— Como eles podem cancelar? Eles investiram muito, teriam um prejuízo enorme no projeto...

— Hank, a Firepower simplesmente não tem mais dinheiro. Não só o nosso filme foi cancelado, *todos* os filmes foram cancelados. Fui para o escritório pela manhã. Só havia seguranças. Não há *ninguém* no prédio! Andei por tudo, gritando: "Olá! Olá! Tem alguém aí?". Não tive resposta. O prédio inteiro está vazio.

— Mas, Jon, e a cláusula de "exiba ou pague" do Jack Bledsoe?

— Não conseguem pagá-lo *nem* o exibir. Todas as pessoas na Firepower, incluindo nós, estão sem renda. Alguns estão trabalhando há duas semanas sem pagamento. Agora não há mais dinheiro para ninguém...

— O que você vai fazer?

— Não sei, Hank, isso parece o fim...

CORRO COM A CAÇA

— Não tome nenhuma ação precipitada, Jon. Talvez outras empresas fiquem com o filme?

— Não vão. Ninguém gosta do roteiro.

— Ah, é, é verdade...

— O que você vai fazer?

— Eu? Vou para o hipódromo. Mas, se quiser vir aqui beber alguma coisa hoje à noite, vou ficar feliz em te ver.

— Obrigado, Hank, mas tenho um encontro com um casal de lésbicas.

— Boa sorte.

— Boa sorte para você também...

Fui para o norte na Harbor Freeway, em direção a Hollywood Park. Vinha apostando nos cavalos havia mais de trinta anos. Começou depois da minha hemorragia quase fatal no Hospital do Condado de L.A. Eles me disseram que se eu tomasse outra bebida, estava morto.

— O que vou fazer? — perguntei a Jane.

— Sobre o quê?

— O que vou usar como substituto da bebida?

— Bem, tem os cavalos.

— Cavalos? O que você faz?

— Aposta neles.

— Aposta neles? Parece estúpido.

Nós fomos e eu tive uma bela vitória. Comecei a ir diariamente. Então, lentamente, comecei a beber um pouco de novo. Aí bebi mais. E não morri. Então tinha a bebida e os cavalos. Estava viciado em tudo. Naqueles dias não havia corrida de domingo, então eu levava o carro velho até Agua Caliente e voltava aos domingos, algumas vezes ficando para as corridas de cães depois que os cavalos tinham acabado, e os homens chegavam aos bares de Caliente. Nunca fui roubado ou furtado e fui tratado de modo um tanto gentil tanto pelos barmen quanto pelos fregueses mexicanos, mesmo às vezes sendo o único gringo. A viagem tarde da noite era agradável e, quando chegava em casa, não me importava se Jane estava lá ou não. Ela normalmente não estava em casa quando eu chegava. Estava em um lugar muito mais perigoso: a Alvarado Street. Mas desde que houvesse três ou quatro cervejas me esperando, estava tudo bem. Se ela bebesse as cervejas e deixasse a geladeira vazia, aí, sim, estava encrencada de *verdade*.

Quanto aos cavalos, me tornei um estudioso de verdade do jogo. Tinha uns vinte esquemas. Todos funcionavam, mas não era possível aplicá-los todos ao mesmo tempo porque se baseavam em fatores variáveis. Meus esquemas tinham só um fator em comum: que o Público deve sempre perder. Você precisava determinar qual era o jogo do Público e tentar fazer o oposto.

Um dos meus esquemas era baseado em números de índice e posições. Há certos números nos quais o público reluta em apostar. Quando esses números recebem um certo número de apostas no quadro em relação às posições, você tem um vencedor de percentual alto. Estudando muitos anos de resultados de pistas do Canadá, nos EUA e no México, eu descobri uma jogada vencedora com base apenas nesses números de índice. (O número de índice indica a pista e a corrida em que o cavalo fez sua última aparição.) A *Racing Form* publicava esses grandes livros grossos e vermelhos de resultados por dez dólares e dez centavos. Eu os lia por horas, por semanas. Todos os resultados têm um padrão. Se você consegue encontrar o padrão, está dentro. E pode mandar o chefe tomar no cu. Eu tinha dito isso a vários chefes, só para precisar encontrar outros. Na maioria das vezes por ter feito alterações ou trapaceado nos meus próprios esquemas. A fraqueza da natureza humana é uma coisa a mais a ser derrotada nas pistas.

CORRO COM A CAÇA

Entrei em Hollywood Park e dirigi pela "Alameda dos Adesivos". Um treinador de cavalos que eu conhecia havia me dado um adesivo de estacionamento "proprietário/treinador" e também uma entrada para a sede. Ele era um bom homem, e a melhor coisa a respeito dele era que não era um escritor ou um ator.

Entrei na sede, peguei uma mesa e trabalhei nos meus números. Eu sempre fazia isso antes, então pagava um dólar para ir até o Pavilhão Cary Grant. Não tinha muita gente lá e dava para pensar melhor. Quanto a Cary Grant, tinham uma foto imensa dele pendurada no pavilhão. Ele estava com óculos antiquados e aquele sorriso. Legal. Mas que jogador nos cavalos ele era. Era um apostador de dois dólares. E, quando perdia, corria em direção à pista gritando, acenando os braços e berrando: *"Você não pode fazer isso comigo!"*. Se você vai realmente apostar dois dólares, é melhor ficar em casa, pegar o dinheiro e mudar de um bolso para outro.

Por outro lado, *minha* maior aposta era vinte dólares na vitória. Excesso de ganância pode gerar erros porque despesas muito altas afetam seu processo de pensamento. Mas duas coisas: nunca aposte no cavalo com o maior índice de velocidade na última corrida e nunca aposte em um grande cavalo de longo alcance.

Meu dia fora tinha sido agradável o bastante, mas como sempre me chateei com a espera de trinta minutos entre as corridas. Era tempo demais. Era possível sentir a vida sendo esmagada pelo desperdício inútil de tempo. Quer dizer, você só fica sentado ali, escutando todas as vozes falando sobre quem deveria ganhar e por quê. É realmente nauseante. Às vezes você acha que está em um hospício. E de certo modo está. Cada um daqueles babacas acha que sabe mais do que os outros babacas, e eles estão todos juntos em um só lugar. E ali estava eu, sentado com eles.

591

Eu gostava da ação de fato, aquele momento em que todos os seus cálculos tinham sido corretos e a vida tem algum sentido, algum ritmo e significado. Mas a espera entre as corridas era um horror real: sentado com uma humanidade que resmungava e balbuciava e nunca aprenderia ou melhoraria, só pioraria com o tempo. Eu frequentemente ameaçava minha boa mulher Sarah de que ficaria em casa em vez de ir à corrida durante o dia e escreveria dezenas e dezenas de poemas imortais.

Então consegui passar por aquela tarde e voltei para casa, vencedor de pouco mais de cem dólares. Dirigi de volta com a galera trabalhadora. Que gangue eram. Putos, perigosos e falidos. Apressados para chegar em casa e foder, se possível, assistir à TV, dormir cedo para fazer a mesma coisa no dia seguinte, tudo de novo.

Estacionei na entrada e Sarah estava regando o jardim. Ela era uma jardineira ótima. E aguentava minhas insanidades. Me dava comida saudável, cortava meu cabelo e minhas unhas dos pés e no geral me mantinha seguindo em frente de muitos modos.

Estacionei o carro e fui para o jardim, a cumprimentei com um beijo.

— Você ganhou? — perguntou ela.

— Ganhei. Claro. Um pouco.

— Nenhum telefonema — disse ela.

— Muito ruim, isso tudo... — falei. — Sabe, depois de Jon ter ameaçado cortar o dedo e tudo aquilo. Eu realmente sinto por ele.

— Talvez devesse ter convidado ele para vir aqui hoje à noite.

— Eu convidei, mas ele estava amarrado.

— S&M?

— Não sei. Um casal de lésbicas. Algum tipo de alívio para ele.

— Você viu as rosas?

CORRO COM A CAÇA

— Vi, estão lindas. Aqueles vermelhos e brancos e amarelos. Amarelo é minha cor favorita. Tenho vontade de comer amarelo.*

Sarah andou com a mangueira até a torneira, fechou a água e entramos na casa juntos. A vida não era muito ruim, às vezes.

[Trecho do romance *Hollywood*, 1989]

esta

bobagem autocongratulatória enquanto os
famosos se reúnem para aplaudir sua aparente
grandiosidade

você
se pergunta onde
estão os verdadeiros

que
caverna gigante
os esconde

enquanto
os mortalmente sem talento
se curvam para
galardões

---

* Existe uma história falsa de que Van Gogh teria dito que queria comer tinta amarela para ficar feliz por dentro, porque amarelo era sua cor favorita. Mas os diários do médico dele revelam que a vontade de comer tinta tinham motivações suicidas, motivo pelo qual ele não podia entrar no próprio ateliê durante suas crises. [N.E.]

BUKOWSKI

enquanto
os tolos são
enganados
de novo

você
se pergunta onde
estão os verdadeiros

se há
verdadeiros.

esta
baboseira autocongratulatória
vem durando
décadas
e
com algumas exceções

séculos.

isso
é tão monótono
é tão absolutamente impiedoso

isso
revira as tripas até virarem
pó
acorrenta a esperança

isso
faz coisinhas

CORRO COM A CAÇA

como
subir a persiana
ou
colocar os sapatos
ou
andar pela rua
mais difíceis
quase
execráveis

enquanto
os famosos se reúnem para
para aplaudir sua
aparente
grandiosidade

enquanto
os tolos são
enganados
de novo

humanidade
sua filha da puta
doente.

Então, simples assim, o filme voltou a ser feito de novo. Como a maioria das notícias, esta veio pelo telefone via Jon.

— É — disse ele —, começamos a produção de novo amanhã.

— Não entendo. Achei que o filme estivesse morto.

— A Firepower vendeu alguns bens. Uma biblioteca de filmes e alguns hotéis que tinham na Europa. Além disso, conseguiram um empréstimo enorme de um grupo italiano. Dizem que o dinheiro italiano é meio sujo, mas... é dinheiro. De qualquer jeito, quero saber se você e Sarah querem vir para as filmagens amanhã.

— Não sei...

— É amanhã à noite...

— Certo, tudo bem... A que horas e onde?

Sarah e eu nos sentamos a uma mesa. Era sexta-feira à noite e havia um sentimento bom no ar. Estávamos sentados quando Rick Talbot entrou e sentou-se conosco. Ali estava ele em nossa mesa. Ele só quis um café. Eu o tinha visto muitas vezes na TV, resenhando filmes com seu associado Kirby Hudson.* Eles eram muito bons no que faziam e com frequência ficavam emocionados com tudo. Davam avaliações interessantes e, embora outros tenham tentado copiar o formato, eles eram muito superiores aos competidores.

Rick Talbot parecia muito mais jovem do que na TV. Além disso, parecia mais reservado, quase tímido.

— Nós assistimos a você sempre — disse Sarah.

— Obrigado...

— Escute — perguntei a ele —, o que mais te incomoda em Kirby Hudson?

— É o dedo... Quando ele aponta o dedo.

Então Francine Bowers entrou. Ela deslizou para a mesa. Nós a cumprimentamos. Ela conhecia Rick Talbot. Francine tinha um pequeno bloco de notas.

---

* Rick Talbot e Kirby Hudson são referências a, respectivamente, Roger Ebert e Gene Siskel, críticos de cinema. [N.E.]

CORRO COM A CAÇA

— Escute, Hank, quero saber mais sobre a Jane. Índia, certo?

— Meio índia, meio irlandesa.

— Por que ela bebia?

— Era um lugar para se esconder e também uma forma lenta de suicídio.

— Você levava ela para algum lugar além de um bar?

— Eu a levei para um jogo de beisebol uma vez. Para Wrigley Field, quando os L.A. Angels jogavam na Liga da Costa do Pacífico.

— O que aconteceu?

— Ficamos muito bêbados. Ela ficou puta comigo e saiu correndo do parque. Dirigi por horas atrás dela. Quando voltei para o quarto, ela estava lá desmaiada na cama.

— Como ela falava? Falava alto?

— Ela ficava quieta por horas. Então, de repente, ficava louca e começava a gritar, xingando e jogando coisas. No começo eu não reagia. Então ela vinha para mim. Eu andava para lá e para cá, gritando e xingando de volta. Isso seguia por uns vinte minutos, então a gente se acalmava, bebia um pouco mais e recomeçava. Éramos despejados continuamente. Fomos despejados de tantos lugares que não consigo me lembrar de todos. Uma vez, procurando um lugar novo, batemos a uma porta. Ela abriu e ali estava uma proprietária que tinha acabado de se livrar da gente. Ela nos olhou, ficou pálida, gritou e bateu a porta...

— A Jane já morreu? — perguntou Rick Talbot.

— Morreu faz tempo. Todos morreram. Todos os meus companheiros de copo.

— O que *te* faz continuar?

— Gosto de escrever. Me deixa animado.

— E fiz ele começar a tomar vitaminas e começar uma dieta sem gordura e sem carne vermelha — interveio Sarah.

— Você ainda bebe? — perguntou Rick.

— Na maior parte do tempo quando escrevo ou quando tem visita. Não fico feliz perto de pessoas e, depois que bebo o suficiente, elas parecem sumir.

— Conte mais sobre Jane — pediu Francine.

— Bom, ela dormia com um terço debaixo do travesseiro...

— Ela ia à igreja?

— Em tempos estranhos ela ia ao que chamava de "missa aspirina". Acho que começava às oito e meia e durava uma hora. Ela odiava a missa das dez, que muitas vezes durava mais de duas horas.

— Ela se confessava?

— Eu não perguntei...

— Pode me dizer qualquer coisa que me explicaria o caráter dela?

— Apenas que apesar de todas as coisas aparentemente horríveis que ela fazia, os xingamentos, a loucura, o gosto pela bebida, ela sempre fazia as coisas com um certo estilo. Gosto de pensar que aprendi alguma coisinha de estilo com ela...

— Obrigada por essas informações, acho que pode ajudar.

— De nada.

Então Francine e seu bloco de notas sumiram.

— Não acho que já tenha me divertido tanto em um set — disse Rick Talbot.

— O que quer dizer, Rick? — perguntou Sarah.

— É uma sensação no ar. Às vezes, com filmes de baixo orçamento, você tem essa sensação, essa sensação de festival. Mas aqui sinto mais do que nunca...

Ele falava sério. Os olhos dele brilhavam, ele sorria com alegria verdadeira.

Pedi outra rodada de bebidas.

— Só café para mim — falou ele.

A nova rodada chegou e então Rick disse:

— Olhe! É o Sesteenov!

— Quem? — perguntei.

— Ele fez aquele filme maravilhoso sobre cemitérios de animais! Ei, Sesteenov!

Sesteenov se aproximou.

— Sente-se, por favor — pedi.

Sesteenov veio para a mesa.

— Gostaria de beber alguma coisa? — perguntei.

— Ah, não...

— Olhe — disse Rick Talbot —, ali está o Illiantovitch!

Eu conhecia Illiantovitch. Ele tinha feito uns filmes sombrios malucos, sendo seu maior tema a violência na vida superada pela coragem das pessoas. Mas ele fazia isso bem, rugindo da escuridão.

Ele era um homem muito alto com pescoço torto e olhos loucos. Os olhos loucos continuavam te olhando, te olhando. Era um pouco embaraçoso.

Nós chegamos um pouco para o lado para que ele se sentasse. A cabine estava cheia.

— Gostaria de uma bebida? — perguntei a ele.

— Vodca dupla — falou ele.

Eu gostei daquilo, acenei para o barman.

— Vodca dupla — disse ele ao barman, mirando-o com seus olhos loucos.

O barman saiu correndo para fazer sua tarefa.

— Essa é uma grande noite — comentou Rick.

Eu amei a falta de sofisticação de Rick. Aquilo exigia coragem, quando se estava no topo, dizer que gostava do que fazia, que estava se divertindo com isso.

Illiantovitch recebeu a vodca dupla, virou o copo.

Rick Talbot fazia perguntas a todos, incluindo Sarah. Não havia sentimento de competição ou inveja naquela mesa. Eu me senti totalmente confortável.

Aí chegou Jon Pinchot. Ele veio até a mesa, fez uma pequena mesura, rindo:

— Vamos filmar logo, espero. Aí venho buscar todo mundo...

— Obrigado, Jon...

Então ele saiu.

— Ele é um bom diretor — disse Rick Talbot —, mas gostaria de saber por que o escolheu.

— Ele me escolheu...

— Sério?

— Sério... e posso contar uma história sobre ele que vai explicar por que ele é um bom diretor e por que eu gosto dele. Mas é confidencial...

— Me conte — falou Rick.

— Confidencialmente?

— É claro...

Eu me inclinei e contei a história de Jon, a motosserra elétrica e o dedinho dele.

— Isso realmente aconteceu? — perguntou Rick.

— Aconteceu. Confidencialmente.

— É claro...

(Eu sabia: nada é confidencial depois que você conta.)

Enquanto isso, Illiantovitch tinha terminado duas vodcas duplas e estava atrás de outra. Ele ficava me encarando. Então tirou a carteira e puxou um cartão de visita ensebado. Ele o passou para mim. As quatro pontas estavam desgastadas, e estava mole e escuro de sujeira. Tinha desistido de ser um cartão de visitas. Illiantovitch parecia um gênio emporcalhado. Eu o admirei por isso. Ele mal se curvava a falsas aparências. Ele pegou a vodca dupla e a mandou goela abaixo.

Então ele olhou para mim, pesadamente. Olhei de volta. Mas os olhos escuros dele eram demais. Precisei desviar o olhar. Fiz um gesto para o barman me trazer outra. Então olhei de volta para Illiantovitch.

— Você é o melhor cara — falei. — Depois de você, não há nada.

— Não, não é, não — disse ele —, *você* é o melhor. Aqui está o meu cartão! No cartão está o horário da *apresentação do meu filme novo! Você precisa estar lá!*

— Claro, querido — falei, e tirei a carteira e coloquei o cartão dentro dela com cuidado.

— Que noite ótima — disse Rick Talbot.

Conversamos mais amenidades, então Jon Pinchot entrou.

— Estamos prontos para filmar. Podem vir para fora, por favor, assim encontramos lugares para vocês?

Todos nos levantamos para seguir Jon, exceto Illiantovitch. Ele afundou na mesa.

— Foda-se. Vou tomar mais umas vodcas duplas! Vão vocês.

Aquele filho da puta tinha aprendido uma ou duas coisas com a minha cartilha. Ele acenou para o barman, tirou um cigarro torto, enfiou entre os lábios, apertou o isqueiro e queimou um pedaço do nariz.

O filho da puta.

Saímos para a noite.

[Trecho do romance *Hollywood*, 1989]

arte

conforme o
espírito
míngua
a forma
aparece.

Então, simples assim, os trinta e dois dias de filmagem acabaram e estava na hora da festa de encerramento.

No primeiro andar havia um bar comprido, algumas mesas e uma pista de dança. Havia uma escadaria para o andar de cima. Essencialmente eram a equipe de filmagem e o elenco, embora não estivessem todos ali, e houvesse outras pessoas que não reconheci. Não havia música ao vivo e a maior parte da música vinda das caixas de som era disco, mas as bebidas do bar eram reais. Sarah e eu fomos para a frente. Havia duas bartenders mulheres no bar. Pedi vodca e Sarah bebeu vinho tinto.

Uma das bartenders me reconheceu e trouxe um de meus livros. Eu assinei.

Estava cheio e quente ali, uma noite de verão, sem ar-condicionado.

— Vamos pegar uma bebida e subir — sugeri a Sarah. — Está calor demais aqui.

— Ok — disse ela.

Subimos a escada. Estava mais fresco ali, e não havia muita gente. Poucas pessoas dançavam. Como festa, parecia faltar um centro, mas a maioria das festas era assim. Comecei a ficar deprimido. Terminei minha bebida.

CORRO COM A CAÇA

— Vou pegar outra bebida — disse a Sarah. — Quer uma?

— Não, vá em frente...

Desci as escadas, mas antes que pudesse chegar ao bar, um cara gordo, redondo, com muito cabelo, óculos escuros, pegou minha mão e começou a apertá-la.

— Chinaski, li tudo o que você já escreveu, tudo!

— É mesmo? — perguntei.

Ele continuou apertando minha mão.

— Fiquei bêbado com você uma noite no Barney's Beanery! Lembra-se de mim?

— Não.

— Quer dizer que não se lembra de ficar bêbado no Barney's Beanery?

— Não.

Ele levantou os óculos escuros e os colocou no topo da cabeça.

— Agora se lembra de mim?

— Não — falei, puxei minha mão de volta e fui em direção ao bar.

— Vodca dupla — pedi à barman.

Ela me trouxe a vodca.

— Tenho uma amiga chamada Lola — disse ela. — Conhece uma Lola?

— Não.

— Ela me disse que foi casada com você por dois anos.

— Não é verdade — falei.

Saí do bar, fui até a escada. Havia outro cara gordo, nenhum fio de cabelo na cabeça, mas com uma barba grande.

— Chinaski — disse ele.

— Sim?

— Andre Wells... Fiz um pequeno papel no filme... Também sou escritor... Estou com um romance pronto. Queria que o lesse. Posso te enviar uma cópia?

— Tudo bem... — Dei a ele o número da minha caixa postal.

— Mas você não tem um endereço de rua?

— Claro, mas mande para o número da caixa.

Andei até a escada. Tomei metade da bebida subindo a escada. Sarah estava falando com uma figurante. Então vi Jon Pinchot. Ele estava sozinho com sua bebida. Fui até ele.

— Hank — disse ele —, estou surpreso por vê-lo aqui...

— E eu estou surpreso que a Firepower tenha dado dinheiro para isso...

— Eles estão cobrando...

— Ah... Bem, o que vem a seguir?

— Estamos na sala de montagem agora, trabalhando nisso... Depois, precisamos mixar a música... Por que não vem ver como é feito?

— Quando?

— Qualquer hora. Estamos trabalhando de doze a catorze horas todos os dias.

— Certo... Escute, o que aconteceu com Popppy?

— Quem?

— Aquela que deu os dez mil quanto estava morando na praia.

— Ah, ela está no Brasil agora. Vamos tomar conta dela.

Terminei minha bebida.

— Não vai descer para dançar? — perguntei a Jon.

— Ah, não, isso é besteira...

Então alguém chamou o nome de Jon.

— Licença — disse ele —, e não se esqueça de ir para a sala de montagem!

— Claro.

Então Jon atravessou o salão.

CORRO COM A CAÇA

Andei até o corrimão e olhei para o bar lá embaixo. Enquanto estava conversando com Jon, Jack Bledsoe e seus amigos motociclistas tinham entrado. Os amigos dele estavam encostados no bar, com as costas para o balcão, de frente para a multidão. Cada um deles segurava uma garrafa de cerveja, exceto Jack, que segurava uma 7-Up. Vestiam jaquetas de couro, lenços, calças de couro, botas.

Fui até Sarah.

— Vou descer para ver Jack Bledsoe e a gangue dele... Quer vir?

— Claro...

Descemos e Jack nos apresentou a cada um de seus amigos.

— Esse é Harry Vinte e Um...

— Oi, cara...

— Esse é o Flagelo...

— Oi...

— Esse é o Verme Noturno...

— Oi, oi!

— Esse é o Caçador de Cães...

— Demais!

— Esse é Eddie Três Bolas...

— Puta merda...

— Esse é Peido Veloz...

— Prazer em te conhecer...

— E Matador de Xana...

— É...

Foi isso. Eles todos pareciam bons camaradas, mas tinham uma aparência um pouco ensaiada, encostados no balcão e segurando suas garrafas de cerveja.

— Jack — falei —, você fez um grande trabalho de atuação.

— E como! — disse Sarah.

BUKOWSKI

— Obrigado... — Ele mostrou o belo sorriso.

— Bem — falei —, vamos voltar lá para cima, está quente demais aqui embaixo... Por que não sobe?

Eu fiz um sinal para a bartender pedindo novas doses.

— Vai escrever outro roteiro de filme? — perguntou Jack.

— Acho que não... Muita perda de privacidade... Eu gosto de me sentar por aí e ficar olhando para as paredes...

— Se escrever um, me deixe ver.

— Claro. Escute, por que os seus rapazes estão de costas para o bar desse jeito? Estão procurando garotas?

— Não, eles tiveram muitas garotas. Estão só relaxando...

— Certo, te vejo, Jack...

— Continue com o bom trabalho — disse Sarah.

Voltamos para o andar de cima. Logo Jack e a gangue haviam ido embora.

Não foi uma grande noite. Continuei descendo a escada para pegar bebidas. Depois de três horas, quase todo mundo tinha ido embora. Sarah e eu estávamos encostados no balcão. Então vi Jon. Tinha o visto dançando antes. Acenei para ele se aproximar.

— Ei, o que aconteceu com a Francine? Ela não veio para a festa de encerramento.

— Não, não tem imprensa aqui hoje...

— Entendi.

— Preciso ir agora — disse Jon. — Preciso acordar cedo e ir para a sala de montagem.

— Tudo bem...

Então Jon foi embora.

Estava vazio lá embaixo, e mais frio, então fomos ao bar. Sarah e eu éramos os últimos lá. Agora havia só uma bartender.

— Vamos levar uma para o caminho — falei.

— Preciso cobrar as bebidas de vocês agora — disse ela.

— Por quê?

— A Firepower alugou o lugar só até meia-noite... É meia-noite e dez... Mas vou passar umas bebidas de qualquer jeito porque gosto tanto da sua escrita, mas, por favor, não conte a ninguém que fiz isso.

— Minha querida, ninguém jamais saberá.

Ela serviu as bebidas. O povo da discoteca estava começando a chegar. Estava na hora de ir embora. Sim, estava. Nossos cinco gatos esperavam por nós. De algum modo, fiquei triste pelo fim das filmagens. Havia algo de explorativo naquilo. Foi uma aposta. Terminamos nossas bebidas e saímos para a rua. O carro ainda estava lá. Ajudei Sarah a entrar e entrei pelo outro lado. Colocamos os cintos. Dei partida no carro e logo estávamos na Harbor Freeway indo para o sul. Estávamos voltando para a normalidade de todo dia, por um lado, eu gostava disso e, por outro, não gostava.

Sarah acendeu um cigarro.

— Damos comida para os gatos e então vamos dormir.

— E talvez uma bebida? — sugeri.

— Tudo bem — disse Sarah.

Sarah e eu nos dávamos bem, às vezes.

[Trecho do romance *Hollywood*, 1989]

o ato criativo

pelo ovo quebrado no chão
pelo Cinco de Julho
pelo peixe no aquário

BUKOWSKI

pelo velho no quarto 9
pelo gato no muro

por você mesmo

não por fama
não por dinheiro

precisa seguir em frente

conforme envelhece
o glamour diminui

é mais fácil quando se é jovem

qualquer um pode subir às
alturas de vez em quando

a palavra de ordem é
consistência

qualquer coisa que o faça
seguir

essa vida dançando na frente da
sra. Morte.

Ali estava. O filme estava rodando. Eu estava apanhando do
barman na viela. Como expliquei antes, tenho mãos pequenas

CORRO COM A CAÇA

que são uma desvantagem horrível em uma luta de socos. Esse barman em particular tinha mãos enormes. Para piorar as coisas, eu apanhava muito bem, o que me permitia receber muito mais punição. Havia um pouco de sorte do meu lado: eu não tinha muito medo. As brigas com o barman eram uma maneira de passar o tempo. Afinal, era simplesmente impossível ficar sentado no banco do bar o dia inteiro e a noite inteira. E não tinha muita dor envolvida na briga. A dor vinha na manhã seguinte, e não era tão ruim se você tinha conseguido voltar para seu quarto.

E lutando duas ou três vezes por semana, eu estava ficando melhor naquilo. Ou o barman estava ficando pior.

Mas isso tinha sido mais de quatro décadas atrás. Agora estava sentado em uma sala de projeção de Hollywood.

Não é preciso recordar o filme aqui. Talvez seja melhor contar uma parte que ficou de fora. Mais tarde no filme, há uma mulher que quer cuidar de mim. Ela acha que sou um gênio e quer me proteger das ruas. No filme, só passo uma noite na casa da mulher. Mas, na vida real, fiquei umas seis semanas.

A mulher, Tully, morava em uma casa grande em Hollywood Hills. Ela a dividia com outra mulher, Nadine. Tanto Tully quanto Nadine eram executivas poderosas. Estavam no ramo do entretenimento: música, publicações, o que fosse. Pareciam conhecer todo mundo e davam duas ou três festas por semana, muitos tipos de Nova York. Eu não gostava das festas de Tully e me entretinha ficando totalmente bêbado e insultando o maior número de pessoas que conseguisse.

E, morando com Nadine, havia um camarada um pouco mais novo que eu. Era compositor ou diretor, ou coisa assim, temporariamente sem trabalho. Não gostei dele no começo. Eu ficava topando com ele nos arredores da casa ou no pátio pela manhã, quando estávamos os dois de ressaca. Ele sempre usava um maldito cachecol.

Uma manhã, por volta de onze, estávamos os dois no pátio mamando cervejas, tentando nos recuperar de uma de nossas ressacas. O nome dele era Rich. Ele olhou para mim.

— Precisa de outra cerveja?

— Claro... Obrigado...

Ele foi para a cozinha, voltou, me deu a cerveja, então se sentou.

Rich deu um bom gole. Então suspirou fundo.

— Não sei por quanto tempo vou conseguir enganar ela...

— Quê?

— Quer dizer, eu não tenho nenhum talento. É tudo mentira.

— Lindo — falei —, isso é realmente lindo. Eu te admiro.

— Obrigado. E você? — perguntou ele.

— Eu escrevo. Mas não é esse o problema.

— E qual é?

— Meu pau está em carne-viva de foder. Ela nunca fica satisfeita.

— Preciso chupar Nadine toda noite.

— Jesus...

— Hank, somos apenas um par de homens sustentados.

— Rich, essas mulheres liberadas colocaram nossas bolas em um saco.

— Acho que deveríamos começar com a vodca agora — disse ele.

— Certo — falei.

Naquela noite, quando nossas senhoras chegaram, nenhum dos dois conseguiu cumprir seus deveres.

Rich durou mais uma semana, então foi embora.

CORRO COM A CAÇA

Depois disso, eu sempre topava com Nadine andando pela casa nua, ainda mais quando Tully não estava.

— Que merda você está fazendo? — perguntei, por fim.

— Esta é a minha casa e, se eu quero correr por aí com a bunda ao vento, é problema meu.

— Fale sério, Nadine, o que é, de verdade? Quer um pouco de rola?

— Nem se você fosse o último homem do mundo.

— Se eu fosse o último homem do mundo você iria precisar ficar na fila.

— Fique contente por eu não contar para Tully.

— Bem, apenas pare de correr por aí com a xoxota balançando.

— Porco!

Ela subiu as escadas correndo, plop, plop, plop. Bunda grande. Uma porta bateu em algum lugar. Eu não a segui. Uma mercadoria totalmente superestimada.

Naquela noite, quando Tully voltou para casa, ela me mandou passar uma semana em Catalina. Acho que ela sabia que Nadine estava no cio.

Isso não estava no filme. Não se pode botar tudo em um filme.

E, de volta à sala de projeção, o filme terminou. Houve aplausos. Circulamos todos apertando as mãos uns dos outros, nos abraçando. Éramos todos ótimos, éramos mesmo.

Então Harry Friedman me encontrou. Nós nos abraçamos, então apertamos as mãos.

— Harry — falei —, você tem um vencedor.

— Sim, sim, um roteiro ótimo! Escute, ouvi dizer que você escreveu um romance sobre prostitutas!

— Isso.

— Quero que escreva um roteiro para mim. Quero fazer isso!

BUKOWSKI

— Claro, Harry, claro...

Então ele viu Francine Bowers e correu até ela.

— Francine, minha boneca, você esteve magnífica!

As coisas foram gradualmente perdendo o gás, e o salão estava quase vazio. Sarah e eu fomos para fora.

Lance Edwards e o carro dele haviam desaparecido. Precisamos fazer uma longa caminhada de volta para nosso carro. Tudo bem. A noite estava fresca e clara. O filme estava pronto e logo entraria em cartaz. Os críticos dariam sua opinião. Sabia que faziam muitos filmes, um depois do outro depois do outro. O público via tantos filmes que já não sabia o que era um filme, e os críticos estavam nesse mesmo esquema.

Então estávamos no carro voltando para casa.

— Eu gostei — disse Sarah —, é só que teve partes...

— Eu sei. Não é um filme imortal, mas é um bom filme.

— Sim, é...

Então estávamos na rodovia.

— Vou ficar feliz de ver os gatos — falou Sarah.

— Eu também...

— Vai escrever outro roteiro?

— Espero que não.

— Harry Friedman quer que a gente vá para Cannes, Hank.

— Quê? E deixar os gatos?

— Ele disse para levar os gatos.

— De jeito nenhum!

— Foi o que eu falei para ele.

Tinha sido uma noite boa e haveria outras. Cortei para a pista expressa e pisei fundo.

[Trecho do romance *Hollywood*, 1989]

CORRO COM A CAÇA

o auxiliar

sentado em uma cadeira de metal fora da sala de raio X enquanto
a morte, com asas fedidas, flutua pelos
corredores eternamente.
eu me lembro das catingas de hospital de quando
era menino e quando era um homem e agora
como um velho
espero sentado na minha cadeira de metal.

então um auxiliar
um jovem de 23 ou 24
empurra um equipamento.
parece uma cesta de
roupa recém-lavada
mas não tenho certeza.

o auxiliar é desajeitado
não é deformado
mas as pernas funcionam
de um jeito incontrolável
como se dissociadas dos
funcionamentos motores do cérebro.

ele está de azul, vestido todo de azul,
empurrando,
empurrando sua carga.

menininho azul desengonçado

BUKOWSKI

então ele vira a cabeça e grita para
a recepcionista no guichê de raio X:
"se alguém precisar de mim, vou estar no 76
por uns 20 minutos!".

o rosto dele se avermelha enquanto ele grita,
a boca forma uma crescente
virada para baixo como
a boca de uma abóbora de dia das bruxas.

então ele desaparece em alguma porta,
provavelmente a 76.

um cara não muito *agradável*,
perdido como um humano,
há muito seguindo algum
caminho entorpecente.

mas
ele é saudável
ele é saudável.

ELE É SAUDÁVEL!

está bebendo?

arrastado para a praia, o velho caderno amarelo
para fora de novo

CORRO COM A CAÇA

escrevo da cama
como fiz ano
passado.

vou ver o médico
segunda-feira.

"sim, doutor, pernas fracas, vertigem, dor
de cabeça e minhas costas
doem."

"está bebendo?", ele vai perguntar
"está fazendo seus
exercícios, tomando suas
vitaminas?"

acho que estou só enjoado
da vida, os mesmos fatores
estagnados e ainda assim
flutuantes.

até na pista de corrida
vejo os cavalos correndo
e parece
sem sentido.

vou embora cedo depois de comprar bilhetes das
corridas restantes.

"indo embora?", pergunta o caixa

BUKOWSKI

do pari-mutuel.*

"é, está chato",
digo a ele.

"se acha que está chato
lá fora", ele me diz, "precisa
estar aqui atrás."

então aqui estou
apoiado em meus travesseiros
de novo.

só um velho
só um velho escritor
com um caderno
amarelo.

algo está
andando pelo
chão
na minha
direção.

ah, é só
o meu gato

desta
vez.

---

* Um sistema de apostas em que todas as apostas são agrupadas em um *pool* compartilhado e os vencedores dividem o valor total entre si. [N.E.]

doente

estar muito doente e muito fraco é algo muito
estranho.
quando você gasta toda a sua força para ir do
quarto ao banheiro e voltar, parece
uma piada mas
você não ri.

de volta à cama você considera a morte de novo e descobre
a mesma coisa: quanto mais perto chega dela
menos proibitiva ela
se torna.

você tem muito tempo para examinar as paredes
e lá fora
passarinhos em um fio de telefone ganham muita
importância.
e tem a TV: homens jogando beisebol
dia após dia.

sem apetite.
a comida tem gosto de papelão, te deixa
doente, mais do que
doente.

a boa esposa insiste para que você
coma.
"o médico disse..."

pobrezinha.

BUKOWSKI

e os gatos.
os gatos pulam na cama e me olham.
eles encaram, então pulam
para longe.

que mundo, você pensa: comer, trabalhar, foder,
morrer.

por sorte tenho uma doença contagiosa: sem
visitantes.

a balança mostra 70, de
98.

pareço um homem em um campo de concentração.
eu
sou.

ainda assim, tenho sorte: eu me deleito na solidão, eu
nunca vou sentir falta da multidão.

poderia ler os grandes livros, mas os grandes livros não
me interessam.

eu me sento na cama e espero que a coisa toda siga de
um jeito ou de
outro.

como todo
mundo.

contagem de 8

de minha cama
observo
três passarinhos
em um fio de
telefone.

um sai
voando.
então
outro.

sobrou um,
aí
esse também
vai embora.

minha máquina de escrever está
imóvel feito
lápide.

e estou
reduzido a observar
pássaros.

só achei que
deveria te
avisar,
sacana.

traga-me o seu amor

Harry desceu os degraus para o jardim. A maioria dos pacientes estava lá fora. Tinham lhe dito que sua mulher, Gloria, estava lá fora. Ele a viu sentada sozinha a uma mesa. Aproximou-se dela de modo oblíquo, de um lado e um pouco por trás. Circulou a mesa e sentou-se na frente dela. Gloria estava sentada muito ereta, estava muito pálida. Ela olhou para ele, mas não o viu. Então o viu.

— Você é o condutor? — perguntou ela.

— O condutor do quê?

— O condutor da verossimilhança?

— Não, não sou.

Ela estava pálida. Os olhos dela eram azul-claros, bem claros.

— Como você está se sentindo, Gloria?

Era uma mesa de ferro, pintada de branco, uma mesa que iria durar séculos. Havia um pequeno vaso de flores no centro, flores mortas murchas pendendo de talos tristes e moles.

— Você é um comedor de putas, Harry. Você come putas.

— Isso não é verdade, Gloria.

— Elas te chupam também? Chupam o seu pau?

— Eu ia trazer a sua mãe, Gloria, mas ela está gripada.

— Aquela morcega velha sempre está com alguma coisa... Você é o condutor?

Os outros pacientes sentavam-se às mesas ou estavam de pé encostados em árvores ou esticados na grama. Ficavam imóveis e em silêncio.

— Como é a comida daqui, Gloria? Tem algum amigo?

— Terrível. E não. Comedor de puta.

— Quer alguma coisa para ler? O que posso trazer como leitura?

Gloria não respondeu. Então ela levantou a mão direita, olhou para ela, a fechou em um punho e deu um soco no próprio nariz, com força. Harry se esticou e segurou as duas mãos dela.

— Gloria, *por favor*!

Ela começou a chorar.

— Por que não trouxe *chocolate* para mim?

— Gloria, você me disse que *detestava* chocolate!

As lágrimas dela escorriam em profusão.

— *Não* detesto chocolate! *Adoro* chocolate!

— Não chore, Gloria, por favor... Eu te trago chocolates, qualquer um que quiser... Escute, eu aluguei um quarto em um motel a uns dois quarteirões daqui, só para ficar perto de você.

Os olhos claros dela se arregalaram.

— Um quarto de *motel*? Você está lá com uma puta de merda! Vocês assistem a filmes pornô juntos, tem um espelho de corpo inteiro no teto!

— Vou ficar por perto uns dois dias, Gloria — disse Harry, apaziguador. — Vou te trazer qualquer coisa que quiser.

— *Traga-me o seu amor, então* — gritou ela. — *Por que você não me traz o seu amor?*

Alguns pacientes se viraram e olharam para eles.

— Gloria, eu tenho certeza de que não há alguém que se preocupe mais com você do que eu.

— Quer me trazer chocolate? Bom, enfie o chocolate no cu!

Harry tirou um cartão da carteira. Era do motel. Ele o passou para ela.

— Só quero te dar isso antes que me esqueça. Você tem permissão para telefonar para fora? Se quiser alguma coisa, é só me telefonar.

Gloria não respondeu. Ela pegou o cartão e o dobrou em um quadradinho. Então se curvou, tirou um dos sapatos, colocou o cartão nele e o calçou de novo.

Então Harry viu o dr. Jensen vindo pela grama. Ele se aproximou sorrindo e dizendo:

— Ora, ora, ora...

— Oi, dr. Jensen — falou Gloria, sem emoção.

— Posso me sentar? — perguntou o médico.

— Claro — respondeu Gloria.

O médico era um homem gordo. Ele fedia a peso, responsabilidade e autoridade. Suas sobrancelhas pareciam grossas e pesadas, *eram* grossas e pesadas. Elas queriam descer para a boca redonda e molhada dele e desaparecer, mas a vida não deixava.

O médico olhou para Glória. O médico olhou para Harry.

— Ora, ora, ora — disse ele. — Estou realmente *feliz* com o progresso que fizemos até agora...

— Sim, dr. Jensen, estava dizendo agora mesmo para Harry como me senti muito mais *estável,* o quanto as consultas e as sessões em grupo ajudaram. Perdi tanto da minha raiva insensata, da minha frustração inútil, e muito da minha autopiedade destrutiva...

Gloria sentava-se com as mãos dobradas no colo, sorrindo.

O médico sorriu para Harry.

— Gloria teve uma recuperação *memorável*!

— É mesmo — falou Harry. — Percebi.

— Acho que é só uma questão de um *pouquinho* mais de tempo, e então Gloria estará em casa com você de novo, Harry.

— Doutor? — perguntou Gloria. — Posso fumar um cigarro?

— Ora, é claro — disse o médico, tirando um maço de cigarros exóticos e tirando um.

Gloria o pegou e o médico esticou o isqueiro folheado a ouro, fazendo-o acender. Gloria inalou, exalou...

— Você tem mãos bonitas, dr. Jensen — disse ela.

— Ora, obrigado, minha querida.

— É uma bondade que salva, uma bondade que cura...

— Bem, fazemos o melhor que podemos neste velho lugar... — falou o dr. Jensen, com gentileza. — Agora, se me dão licença, preciso falar com alguns dos outros pacientes.

Ele levantou o próprio peso da cadeira com facilidade e foi em direção à mesa onde outra mulher visitava outro homem.

Gloria encarou Harry.

— Aquele cuzão gordo! Ele come a merda das enfermeiras no almoço...

— Gloria, foi maravilhoso ver você, mas foi uma viagem longa e preciso descansar um pouco. E acho que o médico está certo. Eu notei algum progresso.

Ela riu. Mas não era um riso alegre, era um riso de palco, como um papel memorizado.

— Não fiz progresso algum, na verdade, *regredi*...

— Isso não é verdade, Gloria...

— A paciente sou *eu*, Cabeça de Peixe. Consigo fazer um diagnóstico melhor do que qualquer um.

— O que é esse "Cabeça de Peixe"?

— Ninguém te disse que você tem a cabeça igual a de um peixe?

— Não.

— Na próxima vez que se barbear, repare. E tenha cuidado para não cortar as suas guelras fora.

— Vou embora agora... mas venho te visitar de novo amanhã...

— Na próxima vez, trague o condutor.

— Tem certeza de que não posso te trazer nada?

— Você só vai voltar para esse tal quarto de hotel para foder alguma puta!

— E se eu te trouxer um exemplar da *New York*? Você gostava daquela revista...

— Enfia a *New York* no cu, Cabeça de Peixe! E depois enfia a *TIME*!

Harry se esticou e apertou a mão com a qual ela tinha batido no nariz.

— Continue firme e forte, continue tentando. Você vai ficar bem logo...

Gloria não deu sinal de que o tinha escutado. Harry se levantou lentamente, virou e foi em direção à escada. Quando estava na metade das escadas, ele se virou e acenou brevemente para Gloria. Ela continuou sentada, imóvel.

Eles estavam no escuro, mandando ver, quando o telefone tocou.

Harry continuou, mas o telefone não parava de tocar. Era muito perturbador. Logo o pau dele ficou mole.

— Merda — disse ele e rolou para o lado.

Ele acendeu a luminária e atendeu o telefone.

— Alô?

Era Gloria.

— Você está fodendo alguma puta!

— Gloria, por que te deixam telefonar tão tarde? Não te dão uma pílula para dormir ou alguma coisa do tipo?

— Por que você demorou tanto para atender o telefone?

— Você nunca caga? Eu estava no meio de uma bela cagada, você me pegou no meio de uma boa cagada.

— Aposto que sim... Vai terminar depois que desligar o telefone?

CORRO COM A CAÇA

— Gloria, foi essa sua maldita paranoia extrema que te colocou onde está.

— Cabeça de Peixe, a *minha* paranoia muitas vezes foi o presságio de uma verdade que se aproximava.

— Escute, você está falando nada com nada. Vai *dormir* um pouco. Vou até aí ver você amanhã.

— Ok, Cabeça de Peixe, termina a sua *foda*!

Gloria desligou.

Nan estava de roupão, sentada na beira da cama com um uísque com água na mesinha de cabeceira. Ela acendeu um cigarro e cruzou as pernas.

— Bem — perguntou ela —, como está a esposinha?

Harry serviu uma bebida e sentou-se ao lado dela.

— Desculpa, Nan...

— Desculpa pelo que, por quem? Por ela, por mim ou o quê?

Harry virou a dose de uísque.

— Não vamos transformar isso na porra de uma novela.

— Ah, é? Bem, no que você quer transformar isso? Em um simples casinho? Quer tentar terminar? Ou prefere ir ao banheiro e bater punheta?

Harry olhou para Nan.

— Puta merda, não banca a espertinha. Você sabia da situação tão bem quanto eu. *Você* é que quis vir junto.

— Isso é porque eu sabia que, se você não me levasse, ia trazer alguma puta!

— Ah, merda — disse Harry —, *essa* palavra de novo.

— Que palavra? Que palavra?

Nan terminou a bebida, jogou o copo na parede.

Harry foi até lá, pegou o copo, o encheu novamente, passou para Nan, encheu o próprio copo.

Nan olhou para o copo, deu um gole, o colocou na mesinha de cabeceira.

— Vou telefonar para ela, vou contar tudo para ela!

— Vai o caralho! É uma mulher *doente*!

— E *você* é um filho da puta doente!

Bem naquele momento o telefone tocou de novo. Estava no chão no meio do quarto, onde Harry o deixara. Os dois saltaram da cama na direção do telefone. No segundo toque ambos caíram no chão, cada um com um pedaço do aparelho. Eles rolaram e rolaram no tapete, respirando pesadamente, só pernas e braços e corpos em uma justaposição desesperada, e foram refletidos daquela maneira no espelho acima.

[Conto publicado na coletânea *Miscelânea septuagenária*, 1990]

putrefação

ultimamente
tenho esse pensamento
de que esse país
regrediu
quatro ou cinco décadas
e que todo o
avanço social
o bom sentimento de
pessoa para
pessoa
foi levado
embora

CORRO COM A CAÇA

e substituído pelos mesmos
velhos
preconceitos.

nós temos
mais do que nunca
os desejos egoístas de poder
o descaso pelos
fracos
os velhos
os pobres
os
indefesos.

estamos substituindo falta com
guerra
salvação com
escravidão.

desperdiçamos os
ganhos
nos tornamos
rapidamente
menos.

temos nossa Bomba
é nosso medo
nossa danação
e nossa
vergonha.

agora
algo tão triste
tem poder sobre nós
de modo que
o fôlego
vai embora
e nem conseguimos
chorar.

rosto de um candidato político em um outdoor de rua

ali está ele:
sem muitas ressacas
sem muitas brigas com mulheres
sem muitos pneus furados
nunca pensou em suicídio

não mais do que três dores de dente
nunca pulou uma refeição
nunca esteve na cadeia
nunca se apaixonou

7 pares de sapatos

um filho na faculdade

um carro de um ano

apólices de seguro

uma grama muito verde

latas de lixo com tampas firmes

ele vai ser eleito.

paz

perto da mesa do canto no
café
senta-se um casal de
meia-idade.
acabaram a
refeição
e estão bebendo cada um uma
cerveja.
são 9 da noite.
ela fuma um
cigarro.
então ele diz algo.
ela assente.
então fala.
ele sorri, move a
mão.
então ficam em
silêncio.
através das persianas perto da
mesa deles
néon vermelho brilhante

acende e
apaga.

não há guerra.
não há inferno.

então ele levanta a garrafa de
cerveja.
é verde
ele a leva aos lábios,
a inclina.

é uma pequena coroa.

o cotovelo direito dela está
sobre a mesa
e na mão
ela segura o
cigarro
entre o dedão e o
indicador
e
conforme ela olha para
ele
as ruas lá fora
florescem
na
noite.

enganando marie

Era uma noite quente nas corridas de quarto de milha. Ted tinha chegado com duzentos dólares e agora, indo para o terceiro páreo, estava com quinhentos e trinta. Ele entendia de cavalos. Talvez não fosse muito bom em mais nada, mas entendia de cavalos, Ted ficou observando o painel eletrônico e as pessoas. Elas não tinham habilidade para avaliar uma corrida. Mas ainda traziam o dinheiro e os sonhos à pista. O hipódromo tinha uma exata[*] de dois dólares em quase todos os páreos para atraí-las. Isso e o Pick-6.[**] Ted nunca apostava em Pick-6, exatas e duplas. Apenas vencedor direto no melhor cavalo, que não era necessariamente o favorito.

Marie reclamava tanto por ele ir ao hipódromo que só ia duas ou três vezes por semana. Tinha vendido a empresa e se aposentara cedo na área de construção. Não havia muito mais a fazer.

O cavalo quatro parecia bom, com seis para um, mas ainda havia dezoito minutos para a aposta. Ele sentiu um puxão na manga do casaco.

— Desculpe, senhor, mas perdi as primeiras duas corridas. Vi o senhor descontando os seus pules. Parece um cara que sabe o que faz. De quem você gosta no próximo páreo?

Era uma loira arruivada, com uns vinte e quatro anos, quadris estreitos, peitos surpreendentemente grandes; pernas longas, um nariz arrebitado bonitinho, boca de flor; usava um vestido

---

[*] Uma modalidade de aposta na qual o primeiro e o segundo lugares da corrida precisam ser acertados na ordem correta. [N.E.]

[**] Modalidade em que se aposta no animal vencedor de seis corridas seguidas. [N.E.]

azul-claro e sapatos de salto alto brancos. Os olhos azuis dela se levantaram para ele.

— Bem — Ted sorriu para ela —, eu normalmente tenho o vencedor.

— Estou acostumada a apostar em puros-sangues — disse a loira-arruivada. — Essas corridas de quartos de milha são *tão rápidas*!

— É. A maioria delas acaba em menos de dezoito segundos. Você descobre bem rápido se está certo ou errado.

— Se a minha mãe soubesse que estou aqui perdendo dinheiro, ia me bater com o cinto.

— Eu mesmo gostaria de bater em você com o cinto — disse Ted.

— Você não é um daqueles, é? — perguntou ela.

— Só estou brincando — disse Ted. — Vamos, vamos até o bar. Quem sabe escolhemos um vencedor para você.

— Certo, senhor...?

— Me chame de Ted. Qual o seu nome?

— Victoria.

Eles entraram no bar.

— O que você vai beber? — perguntou Ted.

— O que você estiver bebendo — disse Victoria.

Ted pediu duas doses de Jack Daniel's. Ele ficou de pé e virou a bebida, enquanto ela bebericava a dela, olhando para a frente. Ted deu uma olhada na bunda dela: perfeita. Ela era melhor do que uma maldita estrela de cinema, e não parecia mimada.

— Agora — falou Ted, apontando para o folheto —, no próximo páreo o cavalo quatro está melhor e estão dando chances de seis para um...

CORRO COM A CAÇA

Victoria soltou um "aaah...?" muito sexy. Ela se inclinou sobre o folheto dele, tocando-o com o braço. Então ele sentiu a perna dela pressionar a dele.

— As pessoas simplesmente não sabem avaliar um cavalo — falou ele. — Me mostre um homem que sabe avaliar um cavalo e te mostro um homem que consegue vencer todo o dinheiro que puder carregar.

Ela sorriu para ele.

— Queria ter essas suas qualidades.

— Você tem muitas qualidades, gata. Quer outra bebida?

— Ah, não, obrigada...

— Bem, escute — disse Ted —, é melhor irmos fazer a aposta.

— Tudo bem, vou apostar dois dólares na vitória. Qual é, o cavalo número quatro?

— É, gata, é o quarto...

Eles fizeram as apostas e foram assistir à corrida. O quatro não largou bem, levou pancadas dos dois lados, se endireitou e estava em quinto em um páreo de nove cavalos, mas então começou a acelerar e chegou à linha de chegada cabeça a cabeça com o favorito dois para um. Foto.

Droga, pensou Ted, preciso *ganhar essa. Por favor, me dê* essa!

— Ah — disse Victoria —, estou tão *empolgada*.

O painel eletrônico mostrou o número. *Quatro.*

Victoria gritou e pulou alegremente.

— Ganhamos, ganhamos, *ganhamos*!

Ela agarrou Ted e ele sentiu o beijo no rosto.

— Calma, gata, o melhor cavalo venceu, só isso.

Então esperaram pelo sinal oficial e então o painel mostrou o pagamento. Quatorze dólares e sessenta.

— Quando você apostou? — perguntou Victoria.

— Quarenta na vitória — disse Ted.

— Quanto você recebe?

— Duzentos e noventa e dois. Vamos pegar o dinheiro.

Eles começaram a andar em direção aos guichês. Então Ted sentiu a mão de Victoria na dele. Ela a puxou para parar.

— Abaixe — disse ela —, quero cochichar uma coisa no seu ouvido.

Ted se inclinou, sentiu os lábios frios e rosados dela na orelha.

— Você é... um homem mágico... eu quero... dar pra você...

Ted ficou ali sorrindo debilmente para ela.

— Meu Deus — disse ele.

— Qual é o problema? Está com medo?

— Não, não, não é isso...

— Qual é o problema, então?

— É Marie... a minha mulher... sou casado... e ela marca o meu tempo até os minutos. Sabe quando as corridas acabam e quando eu deveria chegar.

Victoria riu.

— Vamos sair *agora*! Vamos para um motel!

— Bem, claro... — falou Ted.

Eles descontaram os pules e andaram até o estacionamento.

— Vamos no meu carro. Eu te trago de volta quando terminarmos — disse Victoria.

Eles acharam um carro dela, um Fiat azul 1982, combinava com o vestido dela. A placa dizia: VICKY. Ao colocar a chave na porta, Victoria hesitou.

— Você não é mesmo um daquele tipo, é?

— Que tipo? — perguntou Ted.

— Que bate com o cinto, um daqueles. Minha mãe teve uma experiência horrível uma vez...

— Relaxa — disse Ted. — Sou inofensivo.

Acharam um motel a uns dois quilômetros e meio do hipódromo. O Blue Moon. Só que o Blue Moon estava pintado de verde. Victoria estacionou e saíram, entraram no motel, se registraram, receberam o quarto 302. Tinham parado para uma garrafa de Cutty Sark no caminho.

Ted retirou o celofane dos copos, acendeu um cigarro e serviu duas doses enquanto Victoria se despia. A calcinha e o sutiã eram rosa, o corpo era rosa e branco e belo. Era incrível como de vez em quando era criada uma mulher com aquela aparência, quando todas as outras, a maioria das outras, não tinha nada, ou quase nada. Era enlouquecedor. Victoria era um sonho lindo, enlouquecedor.

Victoria estava nua. Ela se aproximou e sentou-se na beira da cama perto de Ted. Ela cruzou as pernas. Os seios dela eram muito firmes e ela parecia já estar excitada. Ele realmente não conseguia acreditar na sorte. Então ela riu.

— O que foi? — perguntou ele.

— Está pensando na sua esposa?

— Bem, não, estava pensando em outra coisa.

— Bem, você *deveria* pensar na sua esposa...

— Inferno — disse ele —, foi você quem sugeriu a foda!

— Gostaria que não usasse essa palavra...

— Está desistindo?

— Bem, não. Escute, tem um cigarro?

— Claro...

Ted pegou um, passou para ela, acendeu enquanto ela o segurava na boca.

— Você tem o corpo mais lindo que já vi — falou Ted.

— Não duvido — disse ela, sorrindo.

— Ei, está desistindo disso aqui? — perguntou ele.

— Claro que não — respondeu ela —, tire a roupa.

Ted começou a se despir, sentindo-se gordo, velho e feio, mas também se sentia sortudo: tinha sido o seu melhor dia no hipódromo, de várias maneiras. Ele colocou as roupas em uma cadeira e sentou-se perto de Victoria.

Ted serviu mais uma bebida para cada um deles.

— Sabe — disse a ela —, você tem classe, mas eu também tenho. Cada um de nós tem a própria maneira de mostrar isso. Eu me dei bem na área da construção e ainda me dou bem com os cavalos. Nem todo mundo tem esse instinto.

Victoria bebeu metade do Cutty Sark e sorriu para ele.

— Ah, você é o meu Buda grande e gordo.

Ted virou a bebida.

— Escute, se não quiser fazer isso, não precisamos fazer. Esqueça.

— Deixa eu ver o que o Buda tem...

Victoria esticou o braço e deslizou a mão entre as pernas dele. Ela o pegou, o segurou.

— Ah, ah... sinto alguma coisa — disse Victoria.

— Claro... E aí?

Então ela abaixou a cabeça. Ela o beijou primeiro. Então ele sentiu que ela abria a boca, e a língua.

— Sua *puta*! — exclamou ele.

Victoria levantou a cabeça e olhou para ele.

— *Por favor*, não gosto de falar sacanagem.

— Certo, Vicky, certo. Sem sacanagem.

— Venha para baixo dos lençóis, Buda!

CORRO COM A CAÇA

Ted entrou ali e sentiu o corpo dela perto do dele. A pele dela era fresca, e a boca dela se abriu, e ele a beijou e enfiou a língua. Ele gostava daquilo, fresco, fresco como primavera, jovem, novo, bom. Que delícia maldita. Ele ia rasgá-la! Ele brincou com ela lá embaixo, ela demorou a responder. Então ele sentiu que ela se abria e forçou o dedo para dentro. Ela era dele, a piranha. Ele tirou o dedo e esfregou o clitóris. *Você quer preliminares, vai ter preliminares!*, pensou ele.

Ele sentiu os dentes dela afundarem em seu lábio inferior, a dor era terrível. Ted se afastou, sentindo o gosto do sangue e a ferida no lábio. Ele meio que se levantou e deu um tapa na cara de Victoria, então deu mais um do outro lado da cara dela. Ele a encontrou lá embaixo, deslizou para dentro, enfiou enquanto colocava a boca de volta na dela. Ted seguiu em vingança selvagem, de vez em quando afastando a cabeça, olhando para ela. Ele tentou poupar, se segurar, e então viu aquela nuvem de cabelo loiro-arruivado espalhada no travesseiro sob o luar.

Ted suava e gemia como um menino do secundário. Era isso. Nirvana. O lugar para se estar. Victoria estava em silêncio. Os gemidos de Ted diminuíram, e depois de um momento ele rolou para o lado.

Ele olhou para o escuro.

Me esqueci de chupar as tetas dela, pensou.

Então ouviu a voz dela.

— Sabe de uma coisa? — disse ela.

— O quê?

— Você me lembra daqueles quartos de milha.

— O que quer dizer?

— Tudo acaba em dezoito segundos.

— Vamos correr de novo, gata — falou ele.

***

Ela foi ao banheiro. Ted se limpou no lençol, o velho profissional. Victoria era uma pessoa um tanto desagradável, de certo modo. Mas dava para lidar com ela. Ele tinha algo de vantagem. Quantos homens tinham a própria casa e cento e cinquenta mil no banco na idade dele? Ele tinha classe, e ela sabia muito bem.

Victoria saiu andando do banheiro ainda parecendo calma, intocada, quase virginal. Ted acendeu a luz de cabeceira. Ele se sentou e serviu mais duas doses. Ela sentou-se na beirada da cama com a bebida e ele saiu e sentou-se ao lado dela na cama.

— Victoria — disse ele —, posso deixar as coisas melhores para você.

— Aposto que tem os seus meios, Buda.

— E vou ser um amante melhor.

— Claro.

— Escuta, você deveria ter me conhecido quando eu era jovem. Eu era durão, mas era bom. Eu tinha o que era preciso. Ainda tenho.

Ela sorriu para ele.

— Vamos, Buda, não é tudo tão ruim. Você tem uma esposa, tem muitas coisas ao seu favor.

— Exceto uma coisa — falou ele, terminando a bebida e olhando para ela. — Exceto a única coisa que eu realmente quero...

— Olhe o seu *lábio*! Está sangrando!

Ted olhou para dentro do copo. Havia gotas de sangue na bebida, e sentiu sangue no queixo. Ele limpou o queixo com as costas da mão.

— Vou tomar um banho e me limpar, gata, já volto.

Ele foi ao banheiro, abriu a porta do chuveiro, abriu a água, testando-o com a mão. Parecia boa, e ele entrou, a água caindo sobre ele. Ele via o sangue na água correndo para o ralo. Uma gata selvagem. Tudo o que ela precisava era de uma mão firme.

Marie era legal, ela era boa, um pouco chata, na verdade. Tinha perdido a intensidade da juventude. Não era culpa dela. Talvez ele conseguisse achar um jeito de ficar com Marie e manter Victoria como amante. Victoria renovara sua juventude. Ele precisava de uma porra de renovação. E precisava de um pouco mais de uma boa foda como aquela. É claro, as mulheres eram todas loucas,[*] exigiam mais do que havia. Não percebiam que trepar não era uma experiência gloriosa, era apenas necessária.

— Vamos logo, Buda! — Ele a ouviu gritar. — Não me deixe sozinha aqui!

— Não vou demorar, gata — berrou ele, debaixo do chuveiro.

Ele se ensaboou bem, lavando tudo.

Então Ted saiu, se enrolou na toalha, abriu a porta do banheiro e entrou no quarto.

O quarto de motel estava vazio. Ela tinha ido embora.

Havia uma distância entre objetos comuns e acontecimentos que era marcante. De uma vez, ele via as paredes, o tapete, a cama, duas cadeiras, a mesinha de centro, a cômoda e o cinzeiro com os cigarros deles. A distância entre essas coisas era imensa. Antes e depois estavam a anos-luz de distância.

Em um impulso, ele correu para o armário e abriu a porta. Nada além de cabides.

Então Ted percebeu que as roupas dele haviam sumido. A roupa de baixo, a camisa, a calça, as chaves do carro e a carteira, o dinheiro, os sapatos, as meias, tudo.

Em outro impulso, ele olhou debaixo da cama. Nada.

---

* Chamar mulheres de "louca" é uma das formas mais antigas de misoginia, e que é muito debatida nos dias de hoje, principalmente em denúncias de *gaslighting*. [N.T.]

BUKOWSKI

Então Ted notou a garrafa de Cutty Sark, meio cheia, sobre a cômoda, e foi até lá, pegou e se serviu de uma boa dose. E, enquanto fazia isso, viu duas palavras escritas no espelho da cômoda em batom rosa: TCHAU, BUDA!

Ted bebeu a dose, baixou o copo e se viu no espelho — muito gordo, muito velho. Ele não fazia ideia do que fazer a seguir.

Ele levou o Cutty Sark de volta para a cama, e sentou-se pesadamente na beirada do colchão onde ele e Victoria haviam se sentado juntos. Ele levantou a garrafa e a virou, enquanto as luzes fortes de néon da rua entravam pelas persianas empoeiradas.

Ele ficou sentado, olhando para fora, sem se mexer, vendo os carros passando para lá e para cá.

[Conto publicado na coletânea *Sinfonia do vagabundo*, 1983]

encurralado

bem, disseram que esse dia
chegaria: velho. talento perdido, vasculhando atrás
da palavra

ouvindo os passos
sombrios, eu me viro
olho para trás...

ainda não, velho cão...
será logo.

CORRO COM A CAÇA

agora
sentam-se falando sobre
mim: "é, aconteceu, ele está
acabado... é
triste...".

"ele nunca teve muita coisa,
teve?"

"bem, não, mas agora..."

agora
celebram o meu fim
em tavernas que já não
frequento.

agora
eu bebo sozinho
nessa máquina
avariada

enquanto as sombras tomam
formas
luto contra a lenta
retirada

agora
minha um-dia-promessa
minguando
minguando

agora
acendendo novos cigarros
servindo mais
bebida

foi uma bela
luta

ainda
é.

trólios e treliças

é claro, posso morrer nos próximos dez minutos
e estou pronto para isso
mas o que realmente me preocupa é
que meu editor-publisher pode se aposentar
embora ele seja dez anos mais jovem do que
eu.
foi só há 25 anos (eu estava naquela idade
madura dos 45)
que começamos nossa aliança profana para
testar as águas literárias,
nenhum de nós sendo muito
conhecido.
acho que tivemos um pouco de sorte e ainda temos
um pouco
porém
são muito boas as probabilidades

CORRO COM A CAÇA

de que ele vá optar por tardes quentes e
agradáveis
no jardim
muito antes do que eu.

escrever é a própria intoxicação
enquanto publicar e editar,
tentar receber contas
leva seu próprio
atrito
que também inclui lidar com as
reclamações mesquinhas e demandas
de tantos
queridinhos chamados de gênio que não
são.

não tiro a razão dele por cair
fora
e espero que ele me mande fotos de sua
alameda da Rosa, sua
avenida Gardênia.

vou precisar procurar outros
promulgadores?
aquele camarada de chapéu de pele
russo?
ou aquela besta no Leste
com todo aquele pelo
nas orelhas, com aqueles lábios
molhados e engordurados?

ou meu editor-publisher
ao escapar para aquele mundo de trólios e
treliça
vai passar a
maquinaria
de sua antiga profissão a um
primo, uma
filha ou
algum Poundiano de Big
Sur?

ou vai só passar o legado
para o
Auxiliar de Expedição
que se levantará como
Lázaro,
dedilhando recém-encontrada
importância?

é possível imaginar coisas
terríveis:
"sr. Chinaski, todo o seu trabalho
agora precisa ser enviado em
formato de rondó
e
datilografado
em espaço triplo em papel de
arroz".

o poder corrompe,
a vida aborta

CORRO COM A CAÇA

e tudo o que te
resta
é um
monte de
verrugas.

"não, não, sr. Chinaski:
forma de *rondó*!"
"ei, cara", vou perguntar
"nunca ouviu falar dos
anos 1930?"
"anos 1930? o que é
isso?"

meu editor-publisher atual
e eu
às vezes
discutíamos sobre os anos 1930
a Depressão
e
alguns dos pequenos truques que eles
nos ensinaram —
como sobreviver com quase
nada
e seguir em frente
de qualquer modo.

bem, John, se acontecer, aproveite seu
divertissement para
criar de plantas,
cultivar e arejar

BUKOWSKI

entre
os arbustos, regar apenas de
manhã cedo, espalhar
fibras para desencorajar o
crescimento de mato
e
como eu faço na minha escrita:
usar muito
esterco.

e obrigado
por me localizar aqui no
5124 da DeLongpre Avenue
algum lugar entre
alcoolismo e
loucura.

juntos nós
lançamos o desafio
e há quem aceite
até nessa data tardia
se pode
encontrá-los
enquanto o fogo canta
através das
árvores.

meu primeiro poema no computador

fui para o caminho da morte mortal?
essa máquina vai acabar comigo
quando bebida e mulheres e pobreza
não acabaram?

Whitman está rindo de mim na cova?
Creeley se importa?

isso está com espaçamento certo?
eu estou?

Ginsberg vai uivar?

me acalme!

me dê sorte!

me deixe bom!

me faça seguir!

sou virgem de novo.

um virgem de setenta anos.

não mexa comigo, máquina.

mexa.
quem liga?

fale comigo, máquina!

podemos beber juntos.
podemos nos divertir.

pense em todas as pessoas que vão me odiar neste
computador.

vamos somá-las às outras
e continuar bem
em frente.

então este é o começo
não o
fim.

dinosauria, nós

nascemos assim
nisso
enquanto os rostos de gesso sorriem
enquanto a sra. Morte ri
enquanto os elevadores quebram
enquanto paisagens políticas se dissolvem
enquanto o empacotador do mercado tem diploma universitário
enquanto os peixes oleosos cospem suas presas oleosas
enquanto o sol está mascarado

nós
nascemos assim

CORRO COM A CAÇA

nisso
nessas guerras cuidadosamente loucas
na vista de janelas de fábrica quebradas do vazio
em bares nos quais as pessoas já não conversam com as outras
em brigas de soco que terminam em tiros e esfaqueamentos

nascemos nisso
em hospitais que são tão caros que é mais barato morrer
em advogados que cobram tanto que é mais barato se dizer
    culpado
em um país em que as cadeias estão cheias e os hospícios, fechados
em um lugar onde as massas elevam tolos a heróis ricos

nascemos nisso
andando e vivendo através disso
morrendo por causa disso
mudos por causa disso
castrados
pervertidos
deserdados
por causa disso
enganados por isso
usados por isso
mijados por isso
tornados loucos e doentes por isso
tornados violentos
tornados desumanos
por isso.

o coração está escurecido
os dedos buscam a garganta
a arma

BUKOWSKI

a faca
a bomba
os dedos buscam um deus indiferente

os dedos buscam a garrafa
a pílula
o pó

nascemos nesta letalidade cheia de tristeza
nascemos num governo com 60 anos de dívida
que logo não vai conseguir nem pagar os juros dessa dívida
e os bancos vão queimar
o dinheiro será inútil
haverá assassinato a céu aberto e sem punição nas ruas
serão armas e turbas errantes
a terra será inútil
comida se tornará um retorno minguante
o poder nuclear será tomado por muitos
explosões continuarão a sacudir a terra
homens-robôs radiados vão perseguir uns aos outros
os ricos e escolhidos vão olhar de plataformas espaciais
o Inferno de Dante vai parecer um parquinho de crianças

o sol não será visto e sempre será noite
as árvores vão morrer
toda a vegetação vai morrer
homens irradiados vão comer a carne de homens irradiados
o mar será envenenado
os lagos e rios vão desaparecer
a chuva será o novo ouro

os corpos pútridos de homens e animais vão feder no vento escuro

os poucos últimos sobreviventes serão tomados por doenças
    novas e horrendas
e as estações espaciais serão destruídas por atrito
a redução de suprimentos
o efeito natural de decadência generalizada.
e haverá o silêncio mais belo já ouvido

nascido daquilo.

o sol ainda escondido ali

à espera do próximo capítulo.

sorte

um dia
fomos jovens
nesta
máquina...
bebendo
fumando
escrevendo

foi um tempo
muito
esplêndido
milagroso

ainda
é

só que agora
em vez de
ir na direção do
tempo
ele
se move
na nossa

faz cada palavra
perfurar
o papel

clara

rápida

dura

alimentando um
espaço que se
fecha.

o pássaro-azul

há um pássaro-azul no meu coração que
quer sair
mas sou muito duro com ele,

CORRO COM A CAÇA

digo: fique aí, não vou
deixar ninguém
vê-lo.

há um pássaro-azul no meu coração que
quer sair
mas derramo uísque sobre ele e inalo
fumaça de cigarro
e as putas e os barmen
e os caixas do mercado
nunca sabem que
ele está
aqui dentro.

há um pássaro-azul no meu coração que
quer sair
mas sou muito duro com ele,
eu digo,
fique abaixado, quer aprontar
comigo?
quer estragar os
trabalhos?
quer arruinar as minhas vendas de livros na
Europa?

há um pássaro-azul no meu coração que
quer sair
mas sou muito inteligente, só o deixo sair
de noite às vezes
quando todos estão dormindo.
eu digo, sei que você está aí,

BUKOWSKI

então não fique
triste.

então o coloco de volta,
mas ele canta um pouquinho
ali dentro, não o deixei morrer
ainda
e dormimos juntos
assim
com nosso
pacto secreto
e é bom o bastante para
fazer um homem
chorar, mas eu não
choro, você
chora?

O material deste livro foi originalmente publicado nas seguintes obras: *The Days Run Away Like Wild Horses over the Hills* (1969), *Post Office* (1971), *Mockingbird Wish Me Luck* (1972), *South of No North* (1973), *Arder na água, afundar no fogo* (1974), *Factótum* (1975), *Love Is a Dog from Hell* (1977), *Women* (1978), *Play the Piano Drunk* (1979), *Misto-quente* (1982), *Sinfonia do vagabundo* (1983), *You Get So Alone at Times It Just Makes Sense* (1986), *The Roominghouse Madrigals* (1988), *Hollywood* (1989), *Septuagenarian Stew* (1990) e *The Last Night of the Earth Poems* (1992).

Nota da tradutora

Meu reencontro com o velho safado

Charles Bukowski foi uma leitura da juventude, talvez pela presença constante em bancas e livrarias de rodoviárias e aeroportos, em edições de bolso com preços mais palatáveis para estudantes sem muito dinheiro. Naquela época, li muito mais a prosa do autor do que a poesia, que viria a conhecer melhor anos depois, estudando tradução poética. Das longas viagens embaladas por Bukowski nos vinte e poucos anos ficou a memória de uma leitura divertida sobre temas cabeludos: uma voz espirituosa despejando sarcasmo ao narrar bebedeiras, brigas de bar, traições, violência, relacionamentos disfuncionais, a vida na pobreza em Los Angeles.

O convite para traduzir a coletânea *Corro com a caça* veio acompanhado de uma releitura necessária de Bukowski, de quem havia me distanciado, e a indicação de trechos mais sensíveis nos dias de hoje. Se Bukowski já era acusado de misoginia enquanto vivo, as duas décadas que separavam minhas leituras do autor se encarregaram de aumentar ainda mais a sensibilidade em relação a outros temas, como a descrição de minorias e de tensões raciais. Essa leitura tão próxima que a tradução exige terminou por ser um reencontro interessante. O fato de *Corro com a caça* ser organizado acompanhando a vida do alter ego de Bukowski, Henry Chinaski, da infância à velhice, permite uma visão mais abrangente. Ali está a persona tão conhecida do Velho Safado, mas também o menino pobre espancado pelo pai, o adolescente com um caso de acne tão sério que o deixa desfigurado, o pai que olha embasbacado de amor para a filha pequena.

As questões sensíveis estão ali, é claro, assim como os motivos que fizeram Bukowski conhecer a fama ainda em vida e seguir sendo lido. O humor sardônico que embala tanto prosa quanto poesia provavelmente está entre os principais. Bukowski pode ser um pouco trágico, às vezes repugnante, mas nunca é tedioso. Dotado de uma capacidade de observação assombrosa, ele não poupa ninguém, em especial o próprio Chinaski. E o que embala esse humor é uma escrita seca, direta, sem rodeios, a presença forte da oralidade, da língua das ruas. Uma das linhas que guiaram esta tradução foi o esforço para manter essas características em português, língua menos econômica que o inglês, com atenção especial para o ritmo.

Tive ainda uma preocupação em não amenizar a crueza de certos trechos, por entender que ela é parte importante da obra de Bukowski, cujo tema sempre foi o ser marginalizado: pobres, bêbados, vagabundos, prostitutas, apostadores, viciados. São essas as vozes que ecoam em seus livros, com toda a sua dureza, as gírias e os palavrões, as torções sintáticas. Traduzir Bukowski trouxe questões como a tradução da palavra "*junk*", nome de um dos poemas em *Corra com a caça*. Literalmente, o termo significa "lixo", "tralha"; ficou conhecido como um nome para heroína, especialmente depois da obra do escritor estadunidense William S. Burroughs. No Brasil, o uso da heroína foi mais restrito do que em outros países e, como consequência, temos poucos termos

CORRO COM A CAÇA

alternativos para ela (alguns vizinhos hispânicos usam o termo "*caballo*", comum na Espanha). No sentido semântico específico, temos "bagulho" como sinônimo de drogas em geral, mas muito mais usado para maconha. Ora, aquelas mulheres sentadas no quarto não esperam o próximo baseado; são viciadas em drogas injetáveis. A solução adotada foi seguir para esta linha semântica, com "pico". Gírias, palavrões e passagens descrevendo o corpo feminino são um capítulo à parte — em suma, é preciso analisar cada termo em contexto, é claro, e a busca do tom certo foi parte importante e divertida das pesquisas que o trabalho demanda.

Seria incoerente, portanto, não usar o mesmo fio condutor com as passagens consideradas sensíveis — além de não acreditar que seja papel do tradutor "amenizar" qualquer texto que possa ser considerado problemático na atualidade. Olhamos para essas passagens com o benefício da experiência, com os faróis traseiros da passagem do tempo. É preciso observar a época em que foram escritas e como determinados elementos foram entendidos de modo diferente ao longo dos anos. Trechos como a visita ao pedaço de Venice Beach apelidado de "gueto" (historicamente um território no qual negros podiam comprar propriedades sob um acordo restritivo em Los Angeles, sob ameaça de violência racial da Klu Klux Klan) retratam tensões raciais hoje mais bem estudadas, debatidas e até mesmo transformadas, mas que seguem imensamente presentes na trama social atual dos Estados Unidos.

Se hoje alguns textos de Bukowski suscitam mais questionamentos do que quando foram publicados, é sinal de que houve algum desenvolvimento em relação a determinados temas. São retratos de tempos e de comportamentos que existiram e, em certos casos, persistem de modo transformado, ou mesmo bem semelhante. (Não é sem certa amargura que noto que, enquanto escrevo este texto, o Supremo Tribunal Federal declarou inconstitucional a tese de "legítima defesa da honra" em crimes de violência doméstica. Só agora, em agosto de 2023.)

Tampouco é de se esperar determinadas sensibilidades de um autor que criou todo um folclore pessoal em torno do Velho Safado, embalado por suas leituras de poesia caóticas e pelo filme *Barfly*. Em Bukowski, o que cativa é a rebeldia, o humor sarcástico, a fluidez, a teimosia em retratar a margem do sonho americano, o olhar afiado na descrição do que o rodeia, da infância sufocada na era da Grande Depressão até a fama ainda em vida. Em *Corro com a caça*, o convite é ir além desse folclore pessoal, em um retrato mais abrangente — do pequeno Henry, que observa adultos debaixo da mesa, até o velho que lamenta o silêncio da máquina de escrever, confrontado com a decadência do corpo. Bukowski/Chinaski viveu uma vida coloridíssima e sabe disso. Não tente, já avisa a lápide do autor — mas ler é outra história.

*Marina Della Valle é jornalista, tradutora e doutora
em Estudos Linguísticos e Literários em Inglês pela USP.*

O lugar para encontrar o centro é na beirada

Charles Bukowski nunca escreveu uma autobiografia. Seus diários, contos, romances e poemas são quase todos autobiográficos, mas ele não chegou a escrever um livro único em que se propusesse a narrar a trajetória da própria vida, um todo da infância à velhice que reunisse e organizasse sua história, bebedeiras, ressacas, confusões amorosas e depressão. DON'T TRY [Não tente, em tradução livre], diz o epitáfio em sua lápide, referindo-se a imitar a falta de comedimento que guiou sua vida. Poderíamos estender esse alerta à escrita: não tente biografá-lo. John Martin ousou — não escrever, mas montar uma biografia de Bukowski por meio de seus textos.

A empreitada me pareceu, a princípio, arriscada. Que um texto ficcional seja lido como meramente autobiográfico (mesmo que fosse, mesmo que de fato seja) responde a um apelo contemporâneo pela vida do autor e não necessariamente respeita o que o texto original propõe. Recortar os livros de Bukowski atrás dos rastros de sua vida é correr o risco de deturpar o que cada obra foi concebida para ser, pois um romance é um romance em sua inteireza, assim como uma coletânea de contos ou poemas. No entanto, a dicção comum a esses livros, seja na voz de Henry

Chinaski, alter ego do autor, seja nos outros textos, e principalmente o vigor desses fragmentos — que, sim, se sustentam fora do todo onde se originaram — conseguem erigir um outro todo por trás do qual se esboça a vida inconstante, caótica e intensa de seu autor: uma autobiografia não de grandes acontecimentos, mas de porres, trepadas, traições e da escrita de tudo isso.

Há que se manter algumas ressalvas, porém, à adesão total da escrita de Bukowski à sua vida. Não havendo um único narrador, não sendo possível tornar unívocas as vozes de poemas, contos e romances, não haveria mesmo um fio condutor — e Gloria, personagem de um dos contos, pergunta ao seu interlocutor se ele é o condutor da verossimilhança, ao que ele responde a ela e a nós, que não. John Martin, consciente disso, preserva em *Corro com a caça* trechos sugestivos de que a escrita de Bukowski nem sempre tratava da verdade: "quase todo mundo contou / uma mentira. / a verdade era simplesmente / muito horrível e / vergonhosa para / contar". O relato do belo episódio escolar em que Chinaski não conseguiu cumprir a tarefa de assistir ao presidente e, portanto, inventou sua ida, em se tratando de um acontecimento real, lança toda a escrita que se segue na ficção: "Então, era o que queriam: mentiras. Belas mentiras. Era do que precisavam. As pessoas eram tontas. Ia ser fácil para mim. Olhei ao redor. Juan e seu amigo não estavam me seguindo. As coisas estavam melhorando". Se o trecho é mesmo autobiográfico, desestabiliza seu próprio fundamento de realidade. A literatura de Bukowski trataria, então, não da escrita da realidade, mas, pelo contrário, da invenção dessa realidade, da invenção dessa vida, o que faria de *Corro com a caça* uma biografia não da vida em si, mas da escrita, a escrita da vida — ou mais precisamente a vida da escrita.

Mas vamos ao texto. Vamos à prosa magnética e à poesia certeira de Bukowski, que escreve não sobre seu sofrimento, mas

CORRO COM A CAÇA

a partir dele, como "alguém que gritava quando estava sendo queimado"; não sobre sua inadequação, mas a partir dela, sempre "muito jovem para ser homem e muito velho para/ser menino". É de fora, então, que ele faz a crítica ácida e irônica à escola, ao hospital, aos muitos locais de trabalho, a essa vida que se organiza em torno da labuta sem fim. O único lugar que se salva, o único lugar onde a vida acontece de verdade é o bar, e aqui há uma evidente romantização da boemia, da figura do outsider, da existência fora dos trilhos.

As supostas razões de ser da recusa ao pertencimento seriam justificadas pela exposição ao ódio do pai, à passividade da mãe, ao olhar de repulsa das pessoas ao seu rosto de menino deformado pela acne, infância terrível que instaurou o desconforto primeiro diante do mundo. "Não era bom confiar em outro ser humano. Não importava o que fosse necessário, os humanos não o tinham." Henry Chinaski "não gostava de ninguém naquela escola. Acho que sabiam disso. Acho que é por isso que não gostavam de mim. Eu não gostava do jeito que andavam, falavam ou da aparência deles, mas também não gostava de meus pais. Ainda tinha a sensação de estar cercado por um espaço branco vazio. Sempre havia uma leve náusea em meu estômago". A bebida teria entrado para ficar na vida de Bukowski como remédio para essa náusea, para esse espaço branco, mantendo-o à parte do mundo e assim apto a dizer seu avesso, seu preço existencial, seu negativo, sua falta de lastro. Bukowski constitui seu narrador a partir da crítica ao que se entendia (e se entende) por uma vida de realização, a partir de uma distância que se suprime enquanto se deixa nomear. Mas dizer assim seria simplificador, pois Bukowski também se ressente, se orgulha, quase se encaixa, oscila. "— Dizem que você está saindo do underground, que você é parte do Sistema. O que acha disso? / — Nada"; não há lado de dentro e de fora se "o lugar para encontrar o centro/é na beirada".

Entre o dentro e o fora, o espaço entre Bukowski e o mundo é ocupado por sua escrita. Suas descrições são precisas, afiadas, irônicas, espantosas: o palmo de distância que mantinha das pessoas, dos objetos e da vida comum o provê de acurácia, ainda que nesse palmo coubesse tanto o desprezo quanto o rancor, tanto a ojeriza quanto o ressentimento. Seus personagens imprimem complexidade a um mundo morto: "Um leve sorriso recurvou a parte direita da boca dele. Então o lado esquerdo do rosto estremeceu levemente. Amor-próprio com apenas uma pitada de dúvida", observa Chinaski na barbearia, onde "cabelos mortos caíam e flutuavam em um mundo morto". Ele mesmo interfere no mundo que observa, como quando vê muito de perto uma aranha comendo uma mosca, observação que quase destrói a realidade (ele mata a aranha); observação tão minuciosa que só pode acontecer a partir de uma solidão. Uma solidão que pede o anteparo do mundo, que pede complemento, mas que é também, ao mesmo tempo, proteção e isolamento.

Assim como vale a pena o esforço de resistir a simplificar a vida de Bukowski, vale o de resistir a simplificar sua obra e a recepção a ela. Como, então, lê-lo hoje? Como atravessar palavras nas quais as entranhas da misoginia, do racismo e do capacitismo estão expostas? A mera recusa seria fácil, mas deixar de ler Bukowski não vai apagar a história dos tempos anteriores ao nosso. Há apenas algumas décadas, o machismo ainda se manifestava como ele o descrevia: "E as um dia belas / esposas / ficavam nos banheiros / penteando o cabelo, / passando maquiagem, / tentando colocar seus mundos / novamente de pé". Em certos lugares do mundo — próximos demais a nós — ainda há homens sobre quem continua sendo exato dizer que "tudo de que precisava agora era de uma mulher para dobrar seus calções e camisetas, enrolar as meias para ele e colocá-las na gaveta do armário".

CORRO COM A CAÇA

Ainda assim, reduzir a literatura a um papel formativo seria empobrecê-la, retirar sua capacidade de sustentar o contraditório, de apontar o equivocado, de incitar o leitor a simultaneamente fazer e suspender julgamentos. Charles Bukowski nos convida à leitura que ultrapassa a dinâmica do endeusamento e do cancelamento; nos convida a ler em diálogo com o seu tempo e com o nosso, vislumbrando no espanto diante do que há pouco tempo passava batido a capacidade do mundo de mudar.

Bukowski nos convida a lê-lo também e principalmente porque seus textos continuam bons. Irritantemente bons.

Tente não gostar.

*Natalia Timerman é escritora e doutoranda
em Literatura pela USP.*

"Eu era Charles Alguém": a autoficção na obra confessional de Bukowski

Em uma entrevista, uma jornalista pediu a definição de amor. Do outro lado, alguém com uma voz preguiçosa e arrastada respondeu: "Apenas isso, o amor é uma névoa que queima com a primeira luz de realidade". Esse alguém era Henry Charles Bukowski, e sua eloquente frase transcendeu o tempo, figurando em publicações em redes sociais, reverberando nas letras de músicas contemporâneas de destaque, e enriquecendo as páginas de coletâneas de poemas do próprio autor. Essas palavras também serviram como o ápice dos 114 minutos do documentário intitulado *Born Into This* [Nascido em meio a isso, em tradução livre], sob a direção do renomado cineasta John Dullaghan. Lançada em 2004, a obra cinematográfica almejou traçar meticulosamente a trajetória de vida do notório "velho safado", um apelido conferido em virtude de seu estilo de vida incontestavelmente controverso.

Partindo de *Born Into This* até a compilação intitulada *Corro com a caça*, editada por John Martin, os leitores/espectadores menos familiarizados com a vasta produção literária de Bukowski provavelmente se impressionarão com a abundância de fragmentos autobiográficos imbricados nas complexas tramas textuais do ilustre estadunidense. Há quem considere essa riqueza de elementos quase como uma "autobiografia" destilada, uma vez que o nome do autor se inscreve de forma proeminente em seus romances e poemas. A homonímia entre o narrador, o escritor e o personagem desperta a curiosidade do leitor, criando a sensação de adentrar no subconsciente do (anti-)herói. Dessa perspectiva, seguindo o protagonista Henry Chinasky, cujo primeiro nome coincide com o de batismo do autor, somos conduzidos por sua juventude tumultuada, rumo a uma vida boêmia e desregrada. Mais adiante, a coincidência de nomes é reafirmada por meio da inscrição Charles Bukowski, o personagem que emerge de forma marcante na fase madura, o literato mulherengo e alcoólatra que se revela nas páginas subsequentes. Por que escrever sobre a própria vida? Seria a inclusão do próprio nome uma espécie de compromisso de sinceridade com seus leitores?

O vínculo entre a produção ficcional bukowskiana e sua abordagem autobiográfica tem sido objeto de escrutínio em artigos acadêmicos, reportagens jornalísticas e análises literárias. Nessa esfera, é como se, imersos nos testemunhos literários de Chinaski, pudéssemos contemplar a jornada de autoconhecimento do escritor de carne e osso, testemunhando as adversidades que sofreu sob a tutela paterna, a passividade e conivência da mãe, as figuras marginalizadas que infestam o cenário do personagem, bem como cada gole de álcool que o conduzia a inúmeras ressacas. Quando há o registro e a assinatura com o nome do próprio autor, torna-se, assim, inegável e autêntico, como se tudo tivesse ocorrido? Se cada detalhe da vida do escritor se coaduna perfeitamente com a do autor e a do personagem — enfrentou a acne, nasceu na Alemanha e teve uma infância pobre —, poderíamos estabelecer, de forma irrefutável, um pacto de veracidade?

É visível que a condição literária da ficção está entrelaçada com o jogo do factual, elaborado por meio desses vestígios biográficos, cujas pistas podem ser identificadas tanto no terreno literário quanto no extraliterário. Bukowski não assegura, em nenhuma passagem, estar comprometido com um pacto autobiográfico, contar a verdade sobre o que viu e viveu. Assim, como seria possível empreender uma análise da produção literária do escritor sem esbarrar na dicotomia verdade *versus* imaginação, fictício *versus* não fictício?

No âmbito das escritas de si, cenário das autorrepresentações, um dispositivo de escrita tem ganhado notoriedade desde o final da década de 1970. A autoficção, nome cunhado pelo escritor e acadêmico francês Serge Doubrovsky, revolucionou a discussão crítica sobre a representação do "eu" na literatura, sendo ora elogiada como uma inovadora expressão literária, ora contestada como uma manifestação do narcisismo no campo das letras. Segundo Doubrovsky, a autoficção nada mais é do que uma fórmula simplificada para expressar o "eu" em torno de algo genuíno. Dessa forma, na narrativa autoficcional doubrovskyana, o autor, o narrador e o protagonista compartilham a mesma identidade, inseridos sob a insígnia do romance.

De Doubrovsky para cá, contudo, foram produzidas extensas reflexões sobre o conceito e a natureza da autoficção. Guiados pelas ideias do escritor e professor brasileiro Evando Nascimento sobre a prática em questão, podemos sustentar a concepção de que ela é, essencialmente, um dispositivo que emerge da recusa em firmar um compromisso estrito com a autobiografia ou com a ficção. Ou seja, a autoficção se permite transitar livremente entre as fronteiras desses gêneros, sem se restringir a nenhum deles. Buscar discernir os eventos "efetivamente ocorridos" na narrativa, bem como identificar se o que o escritor delineou constitui uma tentativa de revelar a "verdade" acerca de suas experiências, representa um território volátil e ambíguo no panorama da literatura. O autor que incorpora elementos autoficcionais em sua tessitura literária é aquele que se engaja na exploração dos *biografemas*, orquestra o intricado jogo dúbio, ambíguo.

Assim, torna-se imperativo indagar a qual "eu" estamos nos referindo quando lançamos nosso olhar sobre o eu lírico bukowskiano. Embora o velho Buk tenha habilmente representado ser o *eu* que emerge de suas obras, a partir de correspondências entre sua biografia e sua produção literária, com um sorriso astuto nos lábios, ele parece estar ciente de que o leitor se encontra diante de um jogo que desafia definições inequívocas. Em *Misto-quente* (1982), qualificado pela crítica literária como um "romance de formação com elementos autobiográficos", o protagonista narra suas experiências na escola durante o quinto ano. Uma tarefa é proposta aos discentes pela senhora Fretag. A incumbência consistia, essencialmente, em redigir uma redação sobre o discurso do presidente Hoover. Devido à impossibilidade de comparecer ao evento, Henry Chinaski recorreu à criatividade. Após receber as redações, a senhora Fretag selecionou o trabalho de Henry para ser lido em voz alta para a turma, elogiando-o e, posteriormente, indagando se ele havia estado presente no evento. Sua negativa em relação à presença conferiu à redação um grau adicional de interesse. Assim, no desfecho do conto, o protagonista confessa ter entendido o que as pessoas apreciam: "Mentiras, belas mentiras. Era o que precisavam. As pessoas eram tontas". A partir desse momento, forjam-se as primeiras impressões do eu lírico sobre o que os leitores desejam encontrar numa história.

Essa indecisão narrativa também aparece no poema "Alguém". Uma dama pergunta ao protagonista se ele é mesmo Charles Bukowski. Ao descrever uma cena de sexo com a mulher, ele responde que era "Charles Alguém". Nesse complexo manejo das instâncias dos nomes, o escritor habilmente esculpe o compromisso subjacente à sua escrita: a ambiguidade. Não há um sujeito monolítico e genuíno que dê forma a essas narrativas. Charles é todos e, ao mesmo tempo, apenas mais um, embora seja também o indivíduo que, nos bastidores, orquestra seus personagens, assegurando-se de que não se desnudem facilmente sob a primeira luz de realidade. A partir de um encontro inseparável entre vida e obra, cabe ao leitor/espectador escolher como quer ler todos esses Henrys, Charles e Bukowskis.

Flora Viguini é formada em Jornalismo e Letras (Português-Francês) e mestra e doutora em Letras pela UFES.

Este livro foi impresso pela Lisgráfica, em 2024,
para a HarperCollins Brasil. O papel do miolo é
pólen natural 70g/m², e o da capa é cartão 250g/m².